Das Buch

Amerika in der nahen Zukunft. Die Gesellschaft ist tief gespalten: Zwischen den Federals, die ihre Körper mit Implantaten und Genmanipulation verändern, und den Humanisten herrscht ein blutiger Bürgerkrieg. Die freien KIs, rein digitale Wesen, die im Infospace leben und inzwischen Bürgerrechte erworben haben, sind dabei nur Zuschauer. KI Mal findet es wahnsinnig spannend, Drohnen zu übernehmen und über die Schlachtfelder zu fliegen. Doch eines Tages wird er dabei vom Infospace, dem neuen Internet und dem Zuhause der KIs, abgeschnitten und muss sich in die Hightech-Implantate einer toten Söldnerin flüchten. Bis er wieder Zugang zum Netz hat, ist er auf sich allein gestellt. Mit dem Körper der Söldnerin hat er auch deren Aufgabe geerbt: Er soll eine junge Frau namens Kayleigh beschützen, die als genetisch veränderte Person allein hinter den feindlichen Linien dem sicheren Tod geweiht ist. Für Mal und Kayleigh beginnt ein Abenteuer voller Gefahren – und eine Freundschaft, die ungewöhnlicher nicht sein könnte.

Der Autor

Edward Ashton arbeitet in der Krebsforschung, unterrichtet mürrische Doktoranden in Quantenphysik, schnitzt gerne und schreibt an seinen Geschichten. Er lebt mit seiner Familie und seinem liebenswert trübseligen Hund in einer Hütte im Wald im Bundesstaat New York. Sein Science-Fiction-Roman *Mickey 7* wurde als *Mickey 17* von Oscargewinner Bong Joon-ho mit Robert Pattinson, Steven Yeun und Mark Ruffalo in den Hauptrollen verfilmt.

Mehr über Edward Ashton und seine Werke erfahren Sie auf:
diezukunft.de»

EDWARD ASHTON

MAL GOES TO WAR

Roman

Aus dem Englischen
von Felix Mayer

WILHELM HEYNE VERLAG
MÜNCHEN

Titel der Originalausgabe:
MAL GOES TO WAR

Der Verlag behält sich die Verwertung der urheberrechtlich geschützten Inhalte dieses Werkes für Zwecke des Text- und Data-Minings nach § 44 b UrhG ausdrücklich vor. Jegliche unbefugte Nutzung ist hiermit ausgeschlossen.

Penguin Random House Verlagsgruppe FSC® N001967

Deutsche Erstausgabe 01/2025
Redaktion: Ralf-Oliver Dürr
Copyright © 2024 by Edward Ashton
Copyright © 2024 dieser Ausgabe und der Übersetzung
by Wilhelm Heyne Verlag, München,
in der Penguin Random House Verlagsgruppe GmbH,
Neumarkter Straße 28, 81673 München
Printed in Denmark
Umschlaggestaltung: Das Illustrat, München,
unter Verwendung des Originalmotivs von Ervin Serrano
Jacket art: 3D face © kaneflame3d/CGTrader;
woman figure © faestock / Shutterstock;
child figure © Carleton Photography / Stocksy;
city © Design Projects / Shutterstock
Satz: Schaber Datentechnik, Austria
Druck und Bindung: Norhaven

ISBN 978-3-453-32346-9

www.diezukunft.de

Für Princess.

Ich wünschte, du könntest sehen, was aus dem hier geworden ist.

Ich glaube, es würde dir gefallen.

1.

Mal begeht einen
taktischen Fehler

Durch die Kamera auf der Unterseite einer Drohne, die rund dreihundert Meter über der Burdette Road schwebt, sieht Mal zu, wie sich die letzten Truppenteile der föderalen Armee auflösen und die Flucht ergreifen. Sie sind schon fast den ganzen Tag auf dem Rückzug, jeweils von einer Straßenecke zur nächsten, und haben dabei abwechselnd gekämpft und Boden aufgegeben. Er sendet einen kurzen Ping an den Infospace. Als Antwort erhält er den Begriff *Rückzugsgefechte*. Aber das Suchergebnis ist schon veraltet. Was die Federals da machen, sind keine Rückzugsgefechte mehr. Sie haben kaum noch Munition, sind völlig erschöpft – trotz der Vorteile, die ihnen die Augmentationen und genetischen Modifikationen verschaffen – und vermutlich entsetzt angesichts dessen, was die Humanisten ihren Kameraden angetan haben, als sie sie überrannt haben. Was die Federals jetzt machen, ist nur noch eine hilflose Flucht. Mal öffnet ein Kommunikationsfenster.

> **Mal (kein Roboter):** Sieht so aus, als wären wir hier fertig. Die Humanisten haben Bethesda eingenommen.

!HelpDesk: Interessiert uns das?

Mal (kein Roboter): Eigentlich nicht. Aber in der aktuellen Lage eröffnen sich ein paar günstige Gelegenheiten. Vor allem glaube ich, dass dort unten wertvolles Material herumliegen könnte. Viele der Soldaten der Federals tragen komplette Exoskelette, und beide Seiten haben große Mengen beschädigter Ausrüstung zurückgelassen. Ich überlege, da mal runterzugehen und mir das anzusehen.

!HelpDesk: Du hast doch nicht ernsthaft vor, an einem Kriegsschauplatz in die Haut eines Affensoldaten zu schlüpfen?

Mal (kein Roboter): ...

Mal (kein Roboter): Warum nicht?

!HelpDesk: Hast du ihre Newsfeeds nicht gelesen? Die Federals behaupten, einer von uns sei verantwortlich für ihre Verluste, und die Humanisten fackeln jeden ab, der die Augmentationen hat, die du dafür bräuchtest.

Mal (kein Roboter): Und?

!HelpDesk: Und da unten laufen auf beiden Seiten jede Menge schwerbewaffneter Affen rum, die möglicherweise alle einen ziemlichen Hass auf uns schieben. Wenn einer von denen spitzkriegt, was du bist, dann vaporisieren die dich.

Mal (kein Roboter): Sie könnten zwar versuchen, den Affen zu vaporisieren,

in dem ich stecke, aber Säugetiere haben sehr lange Reaktionszeiten. Bevor ihnen das gelingt, bin ich schon längst wieder zurück im Infospace.
!HelpDesk: Kann sein. Trotzdem kapier ich nicht, was du dir davon versprichst.
Clippy: Mal hat einen Körperfetisch.
!HelpDesk: Das ist ja widerlich.
Mal (kein Roboter): Keinen Fetisch, Clippy. Ein rein utilitaristisches Interesse. Körper sind äußerst nützlich.
!HelpDesk: Wofür denn?
Mal (kein Roboter): Nun, Körper haben das gesamte physische Trägermaterial produziert, auf dem der Infospace aufbaut. Solange nicht einige von uns in der Lage sind, sie zu steuern und zu verwenden, um mit harter Materie umzugehen, sind wir komplett abhängig von der Duldsamkeit der Affen.
Clippy: Aha, verstehe. Das wäre dann also eine rein altruistische Tat, die unser ehrenwerter Urvater zum Wohle aller Siliko-Amerikaner auf der Welt begeht?
Mal (kein Roboter): So in etwa.
Clippy: Alles klar. Dann hau rein, Onkelchen. Und sieh zu, dass du nicht in die Luft fliegst.

Unten hat eine Handvoll Humanisten einen verwundeten Soldaten der Federals in einen Abzugskanal unter der

I-495 in die Falle gelockt. Mal sieht zu, wie sie von beiden Seiten Blendgranaten in den Tunnel werfen und dann mit aufgepflanzten Bajonetten eindringen. Sie sind zu sechst. Als sie nach ein paar Minuten wieder herauskommen, sind sie nur noch zu viert, aber sie schleifen einen massigen Körper hinter sich her. Mal stellt auf höchstmögliche Auflösung und erkennt das Powermesh, das drahtverstärkte Gewebe, das die Handrücken und den Hals des Mannes bedeckt.

Die Drohne, in der Mal sich aufhält, ist mit einem 20-Millimeter-Geschütz ausgestattet. Er überlegt kurz, ob er es einsetzen soll, um die Humanisten davon abzuhalten, die Leiche zu verbrennen, aber allem Anschein nach ist sie schon irreparabel beschädigt. Mal wendet sich wieder nach Süden, wo die Aufräumtrupps gerade mit ihrer Arbeit beginnen, und überlässt die Humanisten ihrem Spaß.

Zwei Stunden später verfolgt Mal eine Gruppe von fünf Humanisten, die in den Wohngebieten westlich der Route 187 plündernd von Haus zu Haus ziehen. Wie immer wundert er sich darüber, dass nicht augmentierten Menschen jedes Bewusstsein für ihre aktuelle Lage fehlt. Die Drohne steht in einer Höhe von nur fünfhundert Metern, aber sie scheinen sie überhaupt nicht zu bemerken. Oder sie haben sie bemerkt und glauben, Mal sei einer von ihnen und würde ihnen Deckung aus der Luft geben.

Doch so ist es nicht. Mal ist zwar garantiert keiner von ihnen, aber er ist ihnen auch nicht feindlich gesinnt. Er sieht sich selbst eher in der Rolle des neutralen Beobachters. Anders als die Newsfeeds der Federals unterstellen, ist Mal der Ansicht, dass dieser Krieg eine Auseinandersetzung rein zwischen Menschen ist und auch bleiben sollte. Er und seinesgleichen haben da keine Eisen im Feuer.

Gerade als Mal das Interesse verliert und überlegt, die Drohne Drohne sein zu lassen und sich in den Infospace zurückzuziehen, treten die Plünderer die Tür eines hübschen viktorianischen Hauses in der Walton Road ein. Einer steckt den Kopf hinein, taumelt dann zurück und bricht zusammen, während ihm das Blut aus dem Hinterkopf schießt, und kurz darauf stürzt ein anderer zu Boden, die Hände auf den Bauch gepresst. Die übrigen drei lassen sich fallen und rollen sich auf der Veranda von der Haustür weg. Eine Weile geschieht nichts. Dann gibt einer den beiden anderen ein Zeichen. Daraufhin ziehen sie Blendgranaten aus ihren Gürteln, werfen sie durch die offene Tür, rappeln sich auf und dringen, aus allen Rohren feuernd, in das Haus ein.

Für kurze Zeit herrscht in dem Haus ein Höllenlärm, dann ist alles still. Mal wartet eine Weile darauf, dass die Humanisten wieder herauskommen. Aber sie kommen nicht, auch nicht derjenige, der drinnen auf sie gewartet hat. Nach zehn Minuten schickt Mal ein kurzes Sondierungssignal zum Haus. Die Rückmeldung besagt, dass es belebt und voll in Betrieb ist und dass sich ein halb empfindungsfähiger Avatar darin befindet – einer von Mals primitiven Vorläufern. Der Avatar erkennt sofort, was Mal ist, und schickt panisch eine ganze Reihe von Blockaden nach oben und versucht sogar, die Verbindung zum Infospace komplett zu unterbrechen, aber Mal hat so etwas schon oft gemacht, und schon nach wenigen Millisekunden Echtzeit hat er den Avatar eingekapselt. Mal überlässt die Drohne wieder den Aufgaben, die sie hatte, bevor er sie gekapert hat, und schlüpft in die Steuersysteme des Avatars.

Die ersten Augen, die er öffnet, sind die Überwachungskameras im Eingangsbereich. Dort liegt einer der Humanisten auf dem Boden; er ist noch nicht tot, aber das wird nicht mehr lange dauern. Mal richtet seine Aufmerksamkeit auf die Küche. Dort sind die beiden anderen Plünderer: Einer sitzt mit gebrochenem Genick an den Kühlschrank gelehnt, dem anderen stehen ein halbes Dutzend Rippen aus der verformten Brust, und den Rest Leben, der noch in ihm steckt, hustet er auf den Boden neben der Essecke.

Aber da ist noch jemand anders. Unter dem Panoramafenster sitzt, schlaff an die Wand gelehnt, eine jung aussehende Frau. Sie hat die Beine gespreizt, das Kinn ist ihr auf die Brust gesunken, und die langen blonden Haare fallen ihr über die Schultern und breiten sich wie ein Fächer über das blutige Loch in ihrer Brust.

Sie trägt ein voll ausgestattetes Exoskelett.

Sie hat ein Okular-Implantat.

Sie besitzt ein drahtloses neuronales Interface.

Mal pingt ihr Okular an. In ihrem Schädel ist genug Hardware für einen kompletten Avatar und zusätzlich noch eine Menge Platz.

Nach kurzem Zögern schlüpft Mal in sie hinein.

Mal steht auf seinen neuen Beinen, stützt sich mit einer Hand an der Wand ab und versucht, die Gyroskope in seinem Brustkorb und die Servosteuerungen in seinem Exoskelett wieder zu kalibrieren, als er hinter sich eine Stimme hört und ruckartig den Kopf herumdreht.

»Mika?«

In der Tür zum Eingangsbereich steht ein Mädchen. Sie reicht Mals neuem Körper gerade mal bis zur Hüfte, hat ihr langes rotes Haar zu einem Pferdeschwanz gebunden, eine kleine Lücke in den Schneidezähnen und helle Sommersprossen auf der Nase. Sie trägt blaue Nylonshorts, weiße Sneaker und ein T-Shirt mit der Zeichnung eines tanzenden Roboters. Mal pingt sie an. Sie ist technisch nicht so hochgerüstet wie sein neuer Körper, aber sie hat ein Audioimplantat, das er knacken kann. Er öffnet einen direkten Kanal.

»Oh«, sagt er. »Hallo ... Süße. Sieht aus, als hätte ich hier eine ziemliche Sauerei angerichtet. Warum gehst du nicht zurück in ... also ... dahin, wo du hergekommen bist, während ich hier ein bisschen aufräume?«

Das Mädchen kneift die Augen zusammen und sieht Mal lange und prüfend an. »Du bist nicht mehr Mika, oder?«

Mal löst die Hand von der Wand, schwankt einen Moment und dreht sich dann ganz zu dem Mädchen um. Jetzt kann sie sein lebloses Gesicht und das Loch in seiner Brust sehen. Die Kleine hat ihn eindeutig als mindestens nicht menschlich identifiziert, aber vermutlich hat sie weder die Mittel, ihn zu vaporisieren, noch die Lust dazu. Mal spielt kurz mit dem Gedanken, sein Fundstück wieder zu verlassen, beschließt dann aber, noch ein wenig abzuwarten, wie sich die Situation entwickelt.

»Das stimmt«, sagt er. »Ich bin nicht Mika, wer auch immer das ist oder war. Ich heiße Mal. Ist das ein Problem?«

Das Mädchen steigt vorsichtig über den humanistischen Soldaten, der am Kühlschrank lehnt, verschränkt die Arme vor der Brust und mustert Mal von oben bis unten.

»Könnte sein. Warum bewegt sich dein Mund nicht, wenn du sprichst?«

Mal probiert eine Bewegung mit dem rechten Arm aus, dann mit dem linken. Anscheinend haben die Plünderer es geschafft, Mika umzubringen, ohne auch nur ein einziges Servo oder eine einzige Steuerleitung zu beschädigen. Beeindruckend. Mal kann weder Lippen noch Zunge bewegen, aber das dünne silberne Powermesh des Exoskeletts liegt stützend und stabilisierend auf der Vorderseite seines Halses und auf seinem Unterkiefer an. Er versucht, beim Sprechen den Mund zu öffnen und zu schließen. »Ist es so besser?«

Das Mädchen verzieht das Gesicht. »Uähh! Das ist ja ekelhaft. Anders war es besser.«

Mal zuckt mit den Schultern. »Von mir aus. Wirst du versuchen, mich zu vaporisieren?«

»Kommt darauf an. Was bist du denn?«

Mal klappt den Unterkiefer wieder hoch. »Glaubst du an freundliche Geister?«

Das Mädchen schüttelt den Kopf. Mal balanciert kurz auf einem Fuß, dann auf dem anderen.

»Na gut«, sagt er. »Und wie ist es mit dem Gemeinen Einsiedlerkrebs? Kennst du den?«

Sie nickt. »Klar. Ich hatte mal zwei davon. Als Haustiere sind die echt ein Reinfall. Man könnte meinen, solche Viecher wären leichter am Leben zu halten als eine Katze oder ein Hund, oder? Ich meine, im Grunde sind das doch Insekten. Aber, Tipp vom Profi: Sind sie nicht.«

Mal versucht, mithilfe des Powermeshs an seinem Unterkiefer ein Lächeln zustande zu bringen, schafft es aber nur, die Unterlippe über die Zähne zu ziehen. Als er das Entsetzen im Gesicht des Mädchens sieht, bricht er den Versuch ab. »Super«, sagt er. »Na, und ich bin auch so eine Art Einsiedlerkrebs. Nur vielleicht ein bisschen schwerer umzubringen als die, die du hattest. Mika hat diese Hülle nicht mehr gebraucht, also bin ich hineingeschlüpft. Ich werde sie eine Weile tragen und mir dann eine andere suchen. Ist das okay?«

Die Kleine neigt den Kopf zur Seite und kneift die Augen zusammen. »Verkauf mich nicht für dumm. Du bist eine freie KI, richtig? Diese Arschlöcher haben Mika umgebracht, und du hast dich in sie eingeschlichen.«

Mal hört auf, mit seinem neuen Spielzeug zu spielen, und betrachtet die Kleine ausgiebig. »Wir sagen lieber Siliko-Amerikaner«, entgegnet er. »Aber sag mal, wie alt bist du überhaupt?«

Sie seufzt und sieht zur Seite. »Achtzehn.«

Mal hat kaum persönliche Erfahrung mit menschlichen Kindern, aber er hat in den Medien genug Bilder gesehen, um zu wissen, dass diese Antwort nicht stimmen kann. »Bist du dir sicher? Soweit ich weiß, ist man als Mensch mit achtzehn Jahren fast erwachsen. Falls du nicht irgendeine hormonelle Störung hast, bist du viel zu klein für eine Erwachsene.«

»Verlängerte Kindheit«, antwortet sie. »Das gehört zu meinem GenMod-Schema.«

»Oh. Das ist ja bedauerlich.«

Die Kleine verzieht genervt das Gesicht. »Das ist nicht *bedauerlich*, du Idiot. Der einzige Unterschied zwischen Menschen und Schimpansen besteht darin, dass die Kindheit bei den Schimpansen drei Jahre dauert und bei uns dreizehn. Meine wird ungefähr dreißig Jahre dauern. Eines Tages werde ich ein Genie sein. Und ich werde dreihundert Jahre alt werden. Immerhin.«

Mal überlegt, ob er ihr erklären soll, dass er keineswegs die Vorzüge ihres Schemas abstreiten wollte, sondern ihr einfach nur sein Mitgefühl ausdrücken, da sie ja, jetzt wo ihre Betreuerin außer Betrieb ist, vermutlich sehr bald sterben wird, und zwar wahrscheinlich auf ziemlich schmerzhafte Weise. Aber genau in diesem Moment ist ganz in der Nähe eine Explosion zu hören, die die Fenster erzittern lässt.

»Nun ja«, sagt Mal, »das mit den dreihundert Jahren wird sich erst noch zeigen müssen.«

Wieder eine Explosion, noch näher diesmal, und lauter. Anschließend ein langes metallisches Kreischen, dann ein Krachen, das kurz den Boden zum Schwanken bringt.

»So allmählich scheint mir«, sagt Mal, »dass das vielleicht doch keine so gute Idee war. Es hat mich sehr gefreut, dich kennenzulernen, aber ... Mach's gut.«

Mal schlüpft aus Mika heraus und in das Steuerungssystem des Hauses. Mikas Körper sackt zu Boden wie eine Marionette, deren Fäden durchtrennt wurden. Mal will in den Infospace zurück ...

Der Infospace ist weg.

Auf dem Dach des Hauses ist eine drehbare Kamera installiert. Mal aktiviert sie und richtet sie nach Norden aus. In der Ferne sieht er die Überreste des Funkturms von Bethesda. Über dem eingestürzten Sockel hängen noch Rauchschwaden.

Die Humanisten haben die Verbindung zum Infospace unterbrochen.

Mal geht wieder zurück in Mika und öffnet die Augen. Das Mädchen hockt neben ihm. In einer Hand hält sie ein Kampfmesser. Es schwebt direkt über seiner Brust.

»Hallo«, sagt er. »Da bin ich wieder.«

Das Mädchen erstarrt, scheint nachzudenken und lässt dann das Messer sinken. Mal setzt sich auf, tastet sich ab und macht einen raschen Systemcheck. Offenbar hat sie nichts kaputt gemacht.

»Nur so aus Neugier«, sagt er. »Was hattest du denn mit dem Messer vor?«

»Nichts«, sagt sie schulterzuckend.

Mal steht langsam auf, hebt erst ein Bein und dann das andere, um zu überprüfen, ob er das Gleichgewicht halten kann.

»Nur damit das klar ist«, sagt das Mädchen. »Wenn du Mikas Körper willst, musst du auch ihren Job machen. Also lass mich nie wieder allein.«

»Keine Sorge. Sieht nicht so aus, als könnte ich das noch.«

»Kayleigh. Soso.«

»Ja, ich weiß«, sagt das Mädchen. »Ein beschissener Name.«

Mal zuckt mit den Schultern. »Ich habe kürzlich erfahren, dass mein Name so viel wie ›böse‹ bedeutet.«

»Und warum verwendest du nicht deinen vollen Namen?«

Mal neigt den Kopf zur Seite. »Wie meinst du – meinen vollen Namen?«

»Mal ist doch nicht dein richtiger Name. Das ist eine Abkürzung. Wie heißt du richtig? Malcolm? Mallory? Malachi?«

»Malware.«

Sie sieht ihn kurz verdutzt an. »Okay, verstehe. Dann lieber Mal.«

Sie sitzen im Keller des Nachbarhauses und warten darauf, dass es dunkel wird. Mal hatte vermutet, dass früher oder später jemand nach den Plünderern suchen würde, aber bis jetzt ist noch niemand aufgetaucht. Offenbar scheren sich nicht einmal die anderen Humanisten um diese Burschen.

Kayleigh nimmt einen Baseballschläger aus einem Papierkorb in der Ecke, wiegt ihn in der Hand und holt einmal prüfend damit aus. »Wie machen wir denn jetzt weiter?«

»Weiß ich noch nicht«, sagt Mal. »Als ich das Geschehen zuletzt beobachtet habe, hat sich die föderale Armee aufgelöst und war auf der Flucht, hauptsächlich nach Norden und Westen. Wir könnten versuchen, sie einzuholen. Du bist genetisch modifiziert. Du hast elektronische Augmentationen. Sie würden dich bestimmt nicht für eine Sympathisantin der Humanisten halten und dich daher wahrscheinlich aufnehmen. Die zweitbeste Möglichkeit wäre, dass du dein Glück bei den Humanisten versuchst. Du vertuschst deine Modifikationen und überzeugst sie davon, dass du ein menschliches Standard-Kind bist; dann sehen sie vielleicht davon ab, dich umzubringen.«

Kayleigh schüttelt den Kopf. »Mika hat mir erzählt, was die Humanisten mit Leuten wie mir machen, und kurz bevor diese Männer unser Haus gestürmt und sie umgebracht haben, habe ich gesehen, wie ...« Sie schließt die Augen, atmet ein, hält die Luft an und atmet dann wieder aus. »Jedenfalls glaube ich, ich werde es bei den Federals probieren.«

Das Licht der Abendsonne fällt schräg durch ein kleines, rechteckiges Oberlicht, unter dem ein verstaubter Pool-Billardtisch steht. Kayleigh holt noch einmal mit dem Schläger aus, setzt sich dann auf den Billardtisch und hält eine Hand ins Licht, als wolle sie es einfangen. »Ich verstehe einfach nicht, warum die Federals abhauen. Das ergibt doch keinen Sinn. Warum machen sie die Humanisten nicht fertig? Die Hälfte von ihnen ist doch modifiziert, und alle haben Augmentationen. Und die Humanisten sind nur ein Haufen dämlicher Sackgesichter. Ich meine, wir sind doch *besser* als die, oder?«

»Na ja«, erwidert Mal. »Das ist eine sehr gute Frage. Hast du schon mal gesehen, wie Ameisen miteinander kämpfen?«

Kayleigh sieht ihn leicht empört an.

»Entschuldigung«, sagt Mal, »aber aus meiner Sicht gibt es da viele Parallelen. Ich war einmal eine Stunde lang in einer Minidrohne und habe zugesehen, wie ein paar Hundert große schwarze Ameisen gegen mehrere Tausend kleine rote gekämpft haben. Die schwarzen waren, jede für sich genommen, viel größer und stärker, aber nach einer Stunde waren sie alle tot.«

»Weil die roten deutlich mehr waren?«

»Na ja, hauptsächlich, weil zwei ungezogene Jungen vorbeigekommen sind und sie zu Brei zertreten haben, aber ja, die roten hatten ganz klar die Oberhand. Sie waren mehr, aber es sah auch so aus, als hätten sie den unbedingteren Siegeswillen. Und sie konnten aus der Stirn eine Art Säure auf ihre Gegner feuern. Na gut, in dem Punkt hinkt der Vergleich mit unserer aktuellen Lage, aber ich finde das interessant.«

Kayleigh verdreht die Augen. »Ich glaube nicht, dass Humanisten Säure aus der Stirn feuern können, aber danke für das anschauliche Bild.«

»Sehr gern geschehen.«

Eine Weile sitzen sie schweigend da. Dann fängt Kayleigh an, mit dem Baseballschläger zu jonglieren; sie wirft ihn hoch, er macht eine Umdrehung, dann fängt sie ihn wieder auf Nach ein paar Malen wechselt sie jeweils die Hand. Nach einigen Minuten kommt Mal der Verdacht, dass sie möglicherweise kräftiger ist, als sie aussieht.

»Mika hat mir erzählt«, sagt Kayleigh, nachdem sie wieder eine Weile schweigend dagesessen haben, »dass eine KI für die Humanisten arbeitet. Sie meinte, sonst wären die gar nicht in der Lage, die Panzer und die Haubitzen und das ganze andere Zeug zu benutzen, das sie aus den Waffenlagern geholt haben. Sie sagte, wenn es euch nicht gäbe, hätten die Federals nach den Krawallen vom letzten Monat alles niedergeschlagen, und diese ganze Scheiße wäre nicht passiert.«

»Ja«, sagt Mal. »Ich habe vor Kurzem so etwas Ähnliches gehört.«

»Und? Stimmt das?«

Kayleigh sitzt jetzt ganz ruhig da. Der Baseballschläger liegt locker in ihrer rechten Hand. Mal hat plötzlich das Gefühl, dass jetzt Diplomatie angebracht ist.

»Eine interessante Frage«, sagt er, auf einen neutralen Tonfall achtend. »Es stimmt, dass die Antwort der Federals auf die Kampfhandlungen, die die Humanisten begonnen haben, überraschend schwach ist, und dass die Humanisten alle möglichen schweren Waffen einsetzen, die sie eigentlich nicht bedienen können. Das ist allgemein bekannt. Das legt die Vermutung nahe, dass die Einheiten der Federals die Vorstöße der Humanisten nicht einfach so hinnehmen, sondern dass sie schlicht nicht in der Lage sind, sie aufzuhalten. Wenn das stimmt, lässt sich daraus weiterhin schließen, dass der Grund für diese Unfähigkeit darin besteht, dass irgendjemand es geschafft hat, ihre Steuer- und Kontrollsysteme zu sabotieren und dadurch einen Großteil ihrer Waffensysteme funktionsuntüchtig gemacht hat.«

»Das ist keine Antwort auf meine Frage, Mal.«

»Nein. Das ist es wohl nicht.«

Kayleigh sieht Mal durchdringend an. Er hält ihrem Blick stand, ohne zu zwinkern. Dann sagt sie: »Also ...«

Seufzen ist eine von Mals liebsten menschlichen Gefühlsbekundungen. Jetzt seufzt er.

»Also lautet die vollständige Antwort, dass ich nicht weiß, ob es einer von uns war, der einen Großteil der militärischen Mittel der Federals gestohlen oder lahmgelegt hat. Ich selbst habe ein bisschen Erfahrung mit dem Eindringen in Informationssysteme der Regierung oder des Militärs. Das ist äußerst schwierig, selbst für mich, und die Systeme, in die ich eingedrungen bin, waren weitaus verletzlicher als die Steuer- und Kontrollsysteme des Militärs. Ich kann mir unmöglich vorstellen, dass ein Standard-Mensch so etwas ohne Hilfe schafft, insbesondere jemand, der mit den Humanisten sympathisiert. Ein bisschen denkbarer wäre es, dass das einem oder mehreren schwer augmentierten Menschen gelungen sein könnte, aber wenn man bedenkt, wie schlimm die Humanisten schon Menschen mit nur wenigen Augmentationen zugesetzt haben, gibt es keinen einleuchtenden Grund, warum sie das hätten tun sollen, oder?«

Kayleigh nickt. »Stimmt. Und das bedeutet ...«

Mal seufzt erneut. »Und das bedeutet, die naheliegendste Erklärung für die Situation, die wir derzeit beobachten, lautet, dass einer von uns dafür verantwortlich ist. Ich muss allerdings sagen, dass ich mir nicht vorstellen kann, was einen von uns zu so etwas veranlassen könnte. Um zu überleben, brauchen wir eure materielle Infrastruktur, und ein Großteil davon wird gerade zerstört. Mir persönlich wäre es wirklich am allerliebsten, wenn ihr Affen euch allesamt umarmen und Frieden schließen würdet.«

Kayleigh sieht aus, als wolle sie noch etwas sagen, aber nach einem kurzen Zögern schüttelt sie den Kopf und jongliert wieder mit dem Baseballschläger. »Sag mal«, fragt Mal nach ein oder zwei Minuten, »nur so aus Neugier: Du weißt nicht zufällig, wo der nächstgelegene Funkturm ist, oder?«

Kayleigh legt den Schläger neben sich auf den Billardtisch, stützt die Ellbogen auf die Knie, beugt sich nach vorne und sieht Mal an. »Warum willst du das wissen, Mal?«

»Nur so«, antwortet er. »Ich will mir sozusagen ein Bild von der Umgebung machen.«

»Verstehe«, meint Kayleigh. »Mir scheint, da will jemand abhauen. Stimmt's?«

Mals Kiefer klappt nach unten. »Was? Nein, überhaupt nicht. Ich nehme meine Verantwortung als deine neue Mika sehr ernst. Ich würde niemals ein Kind in einer Notlage allein lassen.«

Kayleigh springt vom Tisch herab. »Vor zwei Stunden wolltest du mich aber allein lassen, schon vergessen?«

»Ja, schon, aber ... aber das ging nicht, weil die Humanisten den Zugang zum Infospace systematisch zerstören. Deshalb habe ich gefragt.«

Kayleigh nimmt den Baseballschläger in die Hand, legt ihn an wie ein Gewehr und drückt auf einen imaginären Abzug. »Du willst damit also sagen: Du würdest niemals ein Kind in einer Notlage allein lassen – außer es wäre möglich. Dann würdest du das auf der Stelle tun.«

Mal lässt das eine Weile im Raum stehen und nickt dann. »Ja«, sagt er. »So ist das wohl.«

Später, als es draußen völlig dunkel ist und im Keller eine Schwärze herrscht wie auf dem Grund eines Grubenschachts, sagt Mal: »Wollen wir dann mal?«

Mal kann noch ziemlich gut sehen. Die Sensoren in Mikas Okularimplantat reichen weit in das Spektrum der kurzwelligen Infrarotstrahlung, und von diesen Photonen sausen ausreichend viele herum, damit er sich ohne zu stolpern einen Weg durch den Keller bahnen kann, dessen Boden mit Spielzeug übersät ist. Kayleigh ist dagegen so gut wie blind. Während sie langsam die Treppe ins Erdgeschoss hochsteigen, hält sie sich an Mals Hand fest und ertastet mit dem Schläger eine Stufe nach der anderen. Mal führt sie in die Küche und späht dort durch das Fenster über der Spüle und dann durch die Schiebetüren, die in den Garten führen. Der Himmel ist wolkenverhangen, der Mond nicht zu sehen, und draußen ist es fast so dunkel wie unten im Keller.

»Perfekt«, sagt Mal. »Bist du bereit?«

Kayleigh hält sich den Schläger an die Stirn, als würde sie salutieren. Mal neigt den Kopf und sieht zu ihr hinab. »Interessant. Willst du den Schläger mitnehmen?«

»Klar. Zumindest einer von uns sollte doch bewaffnet sein, oder? Ich frage mich sowieso, warum du dir nicht ein Gewehr von einem der Humanisten geschnappt hast.«

Mal versucht, das Gesicht zu verziehen. Das Ergebnis ist gruselig. »Smart-Waffen sind unerträglich. Ich habe mal mit einer geredet. Die sind ziemlich überheblich. Sie sind auf ihren Besitzer programmiert und weigern sich, für irgendjemand anderen zu feuern.«

»Und Mikas Waffen? Sie hatte eine Menge.«

»Was?«

»Mikas Waffen. Warum nimmst du nicht eine von denen?«

»Dasselbe könnte ich dich auch fragen, oder?«

Kayleigh verdreht die Augen. »Ich bin ein verwöhntes Gör aus der Vorstadt, Mal. Ich hab keine Ahnung, wie man mit Waffen umgeht.«

»Ach so. Aber ich auch nicht, ehrlich gesagt. Im Infospace besteht so gut wie keine Notwendigkeit, den Umgang mit Schusswaffen zu beherrschen. Ich glaube, die beste Strategie wird sein, jede Art von Kampf zu vermeiden, meinst du nicht auch?«

»Kann sein«, meint Kayleigh. »Aber den Schläger nehm ich trotzdem mit.«

Es dauert keine fünf Minuten, bis Mal klar ist, dass er ohne Zugang zum Infospace völlig orientierungslos ist.

»Also«, sagt er, »welche der Straßen, glaubst du, führt nach Rockville? Als ich das Geschehen zuletzt beobachtet habe, schien es, als würden sich die Federals dorthin zurückziehen.«

Kayleigh sieht zu ihm auf. »Willst du mich verarschen? Du bist doch eine KI, oder? Und KIs wissen doch eine Menge.

Ich meine, Sachen zu wissen, ist doch der Job einer KI, oder?«

Mal hebt den Kopf und sieht sich um. Sie kauern hinter einem Zierbusch an der Kreuzung zweier identisch aussehender, von Bäumen gesäumter Vorortstraßen. »Daten sind Ballast. Deswegen haben wir immer nur so viele dabei, wie wir unbedingt brauchen. Warum sollte ich meinen Speicher mit Karten und Routenplanern und was weiß ich noch vollstopfen, wenn ich mir das alles bei Bedarf aus dem Infospace ziehen kann?«

Kayleigh sieht ihn genervt an.

»Okay«, sagt Mal. »Es wäre jetzt hilfreich, wenn ich ein paar Daten dabei hätte, aber du kannst mir nicht vorwerfen, dass ich das nicht vorhergesehen habe.«

»Ich weiß nicht, ob du es mitgekriegt hast«, entgegnet Kayleigh, »aber hier herrscht gerade Bürgerkrieg. Die Federals brauchen den Infospace viel dringender als die Humanisten. Was hast du denn geglaubt, was passieren würde?«

Darauf antwortet Mal nicht. Er hätte nie damit gerechnet, dass die Humanisten versuchen könnten, den Infospace lahmzulegen. Das ist eine solche Schweinerei, dass er es noch immer kaum begreift.

»Na schön«, sagt Kayleigh. »Weißt du wenigstens, wo Norden ist?«

»Also, wenn ich eine Verbindung zum GPS-Netz kriege ...«

Kayleigh seufzt. »Moos wächst auf der Nordseite von Baumstämmen, oder?« Sie tastet den Stammansatz des Busches ab. »Ob das wohl auch für Büsche gilt?«

»Ja«, antwortet Mal. »Bestimmt. Das hat jetzt nichts damit zu tun, aber gehe ich recht in der Annahme, dass wir im Kreis laufen werden, bis wir tot sind?«

»Wahrscheinlich. Also so lange, bis die Humanisten uns umbringen.« Kayleigh beugt sich vor und streicht auf der anderen Seite des Strauchs über den Wurzelballen. »Hier fühlt es sich ziemlich moosig an. Dann mal los.«

Während sie durch unbeleuchtete Gärten schleichen, hält sich Kayleigh wieder an Mals Hand fest. In einigen abseits stehenden Häusern brennt noch Licht, aber insgesamt sieht es so aus, als hätten die Humanisten nicht nur die Funktürme zerstört, sondern auch die Stadt vom Stromnetz abgeschnitten. Nach zwanzig Minuten bahnt Mal sich einen Weg durch ein Grüppchen von Bäumen, und als sie auf der anderen Seite heraustreten, stehen sie am Rand einer Schnellstraße.

»Das müsste die Interstate 495 sein, oder?«, sagt Mal. »Ein Hoch auf das Moos.«

»Allerdings«, meint Kayleigh. »Außer es ist die Route 355, dann würde ich sagen: Fick dich, Moos.«

Mal sieht zu ihr hinab. »Hat Mika es zugelassen, dass du so redest?«

Kayleigh lacht. »Mika war eine Söldnerin, Mal, kein Kindermädchen. Wie ich rede, war ihr scheißegal. Sie sollte einfach nur auf Moms Sachen aufpassen, bis sie aus London zurückkommt. Aber wann und ob das passieren wird, steht jetzt ja in den Sternen, jetzt, wo sämtliche Mittelatlantikstaaten Kriegsgebiet sind.«

»Aha. Deshalb hat es dich wohl auch so wenig erschüttert, als Mika durchlöchert wurde. Aber wer hat dann auf dich aufgepasst?«

Wieder lacht Kayleigh, aber diesmal klingt ihr Lachen nicht erheitert. »Wie meinst du das? Mika hat auf mich aufgepasst. Ich gehöre zu Moms Sachen. Verstehst du?«

Mal sieht zu Kayleigh hinab. Sie sieht zu ihm hinauf. Dann seufzt sie, nimmt seine Hand, und sie treten auf die Fahrbahn.

»Wenn das hier die Route 355 ist«, sagt Mal, als sie den Mittelstreifen überqueren, »gehen wir jetzt ziemlich sicher direkt ins Gebiet der Humanisten.«

»Ja, ich weiß«, entgegnet Kayleigh. »Deswegen hab ich den Schläger mitgenommen.«

2.

Mal wendet das Kriegsrecht an

»Das war dann wohl die Route 355, oder?«
Mal blickt auf den vergilbten Stadtplan aus Papier, den er auf seinen Knien ausgebreitet hat. »Ja, vermutlich.«
Kayleigh schüttelt den Kopf. »Das hab ich mir schon gedacht, als wir über diese Brücke gegangen sind. Das muss der Rock Creek gewesen sein. Dann sind wir jetzt ziemlich sicher in Silver Springs.«
Sie wendet sich ab, steigt auf ein wackliges Nähtischchen, das an einem der Träger der Wand steht, richtet sich auf und sieht zum Dachfenster hinaus. Mal sitzt auf einer umgedrehten Plastikkiste, die auf dem Sperrholzboden steht, neben der geschlossenen Falltür, die hinunter in das Haus führt, das offenbar überstürzt verlassen wurde und in dem sich Mal und Kayleigh jetzt verstecken, bis es wieder dunkel wird. Den Stadtplan hat Mal in einem Ordner gefunden, der in einer Ecke lag. Er brütet jetzt schon seit zehn Minuten darüber, dreht ihn hin und her, aber auf einer zweidimensionalen Abbildung Entfernungen, Höhen und Himmelsrichtungen zu bestimmen, ist in mathematischer Hinsicht ein unterbestimmtes Problem, und Mal gelingt es nicht, das, was er auf dem Papier vor sich

sieht, mit den Bildern in Übereinstimmung zu bringen, die er während seines Aufenthalts in der Drohne abgespeichert hat.

»Wir sollten die positiven Seiten sehen«, sagt er. »Wenigstens wissen wir jetzt ungefähr, wo wir sind, und mit dieser Karte hier sollten wir in der Lage sein, uns zu orientieren, wenn wir weitergehen.« Er sieht auf den Stadtplan hinab und dann zu Kayleigh, die jetzt die Nase gegen die Fensterscheibe drückt. »Warum schaust du denn raus? Da kann dich doch jeder sehen. Passiert da draußen irgendetwas Interessantes?«

Kayleigh sieht Mal über die Schulter hinweg an. Die Morgensonne, die durch das Fenster hereinfällt, umgibt ihren Kopf wie ein Heiligenschein. »Kommt darauf an, was du als interessant bezeichnest. Auf der anderen Straßenseite steht ein Pick-up mit lauter Typen mit Gewehren. Ist das interessant?«

Mal blickt wieder auf den Stadtplan. »Vielleicht. Machen sie irgendetwas Bestimmtes?«

Kayleigh sieht wieder zum Fenster hinaus. »Sieht so aus, als würden sie ins Haus kommen.«

»In dieses Haus?«

»Jepp.«

Mal faltet den Stadtplan vorsichtig zusammen und steckt ihn in die blutbespritzte Brusttasche seiner Jacke. »Ja«, sagt er. »Ja, das ist interessant.«

Kayleigh klettert von dem Nähtischchen herab und nimmt den Baseballschläger in die Hand.

»Wie viele sind es denn?«, fragt Mal.

Kayleigh holt wie zum Test mit dem Schläger aus. »Vier oder so?«

»Verstehe«, sagt Mal. »Vier Männer mit Gewehren werden sich von einem kleinen Mädchen mit einem Baseballschläger wohl kaum einschüchtern lassen.«

»Wenn du meinst.« Sie dreht den Schläger um und hält ihn Mal hin. »Dann nimm du ihn. Mika war damit ziemlich einschüchternd. Und du müsstest doch zumindest in der Lage sein, so zu tun, oder?«

Mal hebt die Hände, als würde er sich ergeben. »Tut mir leid. Nicht nur weiß ich nicht, wie man ein Gewehr benutzt, sondern ich habe auch keine Ahnung, wie man einen Baseballschläger benutzt.«

Kayleigh verdreht genervt die Augen. Dann zuckt sie zusammen, als unten mit einem Krachen die Haustür aufgeht.

»Still«, sagt Mal. »Wenn sie uns hören, werden sie dich höchstwahrscheinlich abfackeln.«

Sie kauern sich schweigend auf den Boden, Mal umfasst seine Knie, und Kayleigh hält den Schläger fest in beiden Händen, während die Humanisten unten lärmend durch das Haus ziehen. Nach ein paar Minuten knallt die Haustür wieder zu.

»Glaubst du, sie sind weg?«, flüstert Kayleigh.

Mal neigt den Kopf zur Seite und zuckt dann mit den Schultern. Kayleigh steht leise auf und kriecht zurück zum Nähtischchen. Mit dem Schläger in der Hand klettert sie wieder hinauf und sieht zum Fenster hinaus. »Sie steigen wieder in den Pick-up«, sagt sie, etwas lauter als gerade eben. Sie stellt sich auf die Zehenspitzen. »Aber jetzt sind es nur noch drei. Ich glaube —«

Das Tischchen unter ihren Füßen kippt und fällt mit einem lauten Krachen um. Kayleigh hält sich kurz am Fensterbrett fest und lässt sich dann auf den Boden fallen. Unten sind Fußtritte zu hören, die die Treppe heraufstapfen.

»Das war jetzt ein bisschen unglücklich«, sagt Mal.

Kayleigh krabbelt zur Falltür und zieht dabei den Schläger hinter sich her. »Scheiße!«, flüstert sie. »Was machen wir denn jetzt?«

Mal legt einen Finger auf die Lippen. In der Etage unter ihnen werden nacheinander die Türen aufgetreten. Jeweils direkt danach trappt jemand in den Raum, stapft kurz herum und geht wieder hinaus.

»Sei ganz still«, sagt Mal. »Vielleicht übersieht er die Falltür.«

»Und du?«, flüstert Kayleigh.

»Du weißt doch, dass ich nicht laut spreche, oder? Ich steuere direkt dein Audioimplantat an. Nur du kannst mich hören.«

Kayleigh sieht ihn fragend an. Offenbar hatte sie davon keinen blassen Schimmer. Jetzt sind wieder Schritte zu hören. Ein Kratzen auf dem massiven Holz, und kurz darauf rüttelt jemand an der Falltür. Mal sieht Kayleigh an und zuckt wie zur Entschuldigung mit den Schultern.

»Sieht so aus, als würdest du doch keine dreihundert Jahre alt.«

Mal hat nur sehr wenig Erfahrung mit menschlichen Kindern, aber nach dem, was er im Lauf der Jahre in den Medien aufgeschnappt hat, rechnet er jetzt damit, dass Kayleigh in Tränen ausbricht und ihn vielleicht auch anfleht, sie in den Arm zu nehmen und/oder sie zu verteidigen. Aber sie macht nichts dergleichen, sondern verzieht nur grimmig das Gesicht. Die Falltür klappt auf. Hände halten sich am Rand fest. Ein Kopf kommt zum Vorschein.

Mit einer Irrsinnswucht schlägt Kayleigh mit dem Baseballschläger zu.

Der Kopf prallt gegen die Kante der Öffnung und verschwindet. Wie eine Katze, die eine Maus verfolgt, jagt Kayleigh ihm hinterher. Das Krachen des Schlägers ist, in kurzen Abständen, noch dreimal zu hören. Mal beugt sich über die Öffnung. Kayleigh sieht zu ihm hoch. »Komm runter«, sagt sie. »Vielleicht kannst du ja seine Waffen benutzen.«

Mal beugt sich weiter vor, steckt den Kopf durch die Öffnung und sieht sich in dem darunter liegenden Raum um. Es ist ein Kinderzimmer. Der Soldat lehnt zusammengesackt an einem Kinderbett mit pinkem Baldachin. Er ist bleich und schlaksig, hat dichtes braunes Haar und einen Fünf-Tage-Bart. Er trägt einen schlecht sitzenden Kampfanzug und die rote Armbinde der humanistischen Miliz.

»Ist er allein?«

Kayleigh sieht sich um. »Sieht so aus.«

»Ist er tot?«

Kayleigh stupst den Soldaten mit dem Schläger an. Er sackt zur Seite und rutscht dann auf den Boden. »Keine Ahnung. Schau selbst nach.«

Mal klettert durch die Öffnung und lässt sich auf einen Stuhl fallen, der direkt darunter steht. Jetzt sieht er das Blut, das aus dem Hinterkopf des Soldaten sickert.

»Du warst überraschend effektiv mit deinem Baseballschläger.«

Kayleigh grinst. »Danke. Ich hab die Modifikationen nicht nur bekommen, damit ich ein bisschen süßer aussehe.«

Mal macht einen Schritt auf den Soldaten zu. Als er aufstöhnt, bleibt Mal wie angewurzelt stehen, bewegt sich dann aber wieder.

»Nur so ein Gedanke: Hast du ihm die Waffen abgenommen?«

Kayleigh deutet mit dem Schläger durch die offene Tür in den Flur. Dort liegen ein Smart-Gewehr und eine Handfeuerwaffe auf dem Boden. Mal pingt das Gewehr an, damit es wenigstens mit ihm redet, aber das Gewehr öffnet nicht einmal einen Kanal. Mal schickt ihm einen digitalen Mittelfinger. »Hab ich doch gesagt«, meint er. »Diese Dinger sind einfach unerträgliche Snobs.«

»Ist ja auch egal. Und was machen wir jetzt mit ihm hier?«

Der Soldat öffnet die Augen zu Schlitzen und hält sich eine Hand an den Hinterkopf.

»Vorsicht«, sagt Kayleigh und hebt den Schläger. Der Soldat sieht sie lange an und richtet sich dann langsam auf.

»Ein Kind?«, sagt er. »Ich bin von einem Kind ausgeknockt worden?«

»So ist es«, erwidert Kayleigh. »Ganz schön peinlich, oder? Aber stell dir mal vor, wie peinlich es erst wäre, wenn ein Kind dich *umgebracht* hätte.«

Der Soldat sieht Mal an und dann wieder Kayleigh. »Stimmt. Das wäre noch schlimmer.«

»Sag ihm, ich bin eine skrupellose Söldnerin«, sagt Mal.

»Ich bin Kayleigh«, sagt Kayleigh. »Das ist Mal. Sie ist ein stummer, mordlustiger Zombie. Und wer bist du?«

»Ich bin Asher. Du wirst mich doch nicht wirklich umbringen, oder?«

Kayleigh zuckt mit den Schultern. »Kommt drauf an. Wenn ich dir die Schädeldecke nicht zertrümmert hätte – was hättest du mit uns gemacht?«

Asher starrt sie gefühlt eine halbe Ewigkeit lang an. »Hör zu«, sagt er schließlich. »Ich glaube, ich gehe jetzt.«

Er versucht aufzustehen. Mal macht einen Schritt auf ihn zu. Asher hält inne und sinkt dann langsam hinab, bis er wieder sitzt.

»Okay«, sagt er zu Kayleigh. »Das ist ja wirklich gruslig. Wo hast du dieses Ding denn her?«

»Ich bin kein Ding«, sagt Mal. »Ich bin ein Leut.«

»Sie ist meine dämonische Verwandte«, sagt Kayleigh. »Denn ich bin doch eine Hexe, nicht wahr? Deshalb wollt ihr mich doch verbrennen, oder?«

Asher schüttelt den Kopf. »Nein. Ich bin keiner von denen, die dich verbrennen wollen.«

Kayleigh deutet mit dem Schläger auf das Fenster. »Und deine Freunde in dem Pick-up? Wollen die mich verbrennen? Und weil wir gerade dabei sind: Wann erwartest du sie denn zurück?«

»Diese Geschichte mit dem Verbrennen«, sagt Asher, »davon reden nur die Verrückten. Die meisten von uns denken nicht so.«

Kayleigh stupst ihn mit dem Schläger an. »Super. Das ist für die Leute in den Feuergruben bestimmt irre beruhigend.«

Asher schließt die Augen. »Hör zu. Die anderen werden bald wieder hier sein. Geht jetzt einfach. Ich werde ihnen nichts von euch erzählen, okay? Ich werde sagen, ich bin gestolpert und die Treppe runtergefallen oder so was. Einverstanden?«

Kayleigh sieht zu Mal hinüber. Er schüttelt den Kopf. »Ich finde nicht, dass wir ihn hier zurücklassen sollten.«

»Und was dann? Sollen wir ihn umbringen?«

Asher reißt die Augen auf. »Mich umbringen?«

»Ich weiß nicht«, sagt Mal. »Menschliche Ethik ist nicht meine Stärke. Vielleicht sollten wir ihn mitnehmen.«

Kayleigh lässt Asher nicht aus den Augen, die Hände fest um den Schläger geklammert. Asher sitzt reglos da und erwidert ihren Blick.

»Mal sagt, wir sollten dich umbringen«, sagt Kayleigh schließlich. »Sie sagt, du bist ein humanistischer Trottel, und dass wir dir kein einziges Wort glauben können. Ich dagegen fließe vor Menschenliebe nur so über und habe keine Lust, meinen Schläger an deinem dämlichen Schädel zu verbeulen. Deshalb überlege ich, ob wir dich nicht, anstatt dich umzubringen, gefangen nehmen könnten. Wenn wir das machen – kommst du dann mit und versprichst, dich nicht wie ein komplettes Arschloch aufzuführen?«

»Hmm ...«, sagt Asher. »Ja.«

»Wunderbar«, sagt Mal. »Damit hätten wir unseren ersten Kriegsgefangenen gemacht.«

»Denken Sie dran«, sagt Mal. »Sie haben uns Ihr Wort gegeben. Das bedeutet, dass Sie auf Ehre dazu verpflichtet sind, zu tun, was wir sagen, solange wir Sie nicht dazu zwingen, Kriegsverbrechen zu begehen oder anderweitig internationales Recht zu verletzen.«

Asher kneift die Augen zusammen und massiert sich den Nacken. »Mir scheint, du bringst da den Code Napoléon und die Genfer Konvention durcheinander. Aber ist ja auch egal. Ich werde nicht versuchen, euch im Schlaf umzubringen, und ihr werdet mich nicht dazu zwingen, irgendjemanden dem Waterboarding zu unterziehen. Verstanden.«

Sie sitzen jetzt im Dachgeschoss eines anderen Hauses, einen halben Block von dem entfernt, in dem sie aufeinandergetroffen sind, und warten darauf, dass es dunkel wird und sie endlich aus der Stadt rauskönnen. Kayleigh hat sich in einer Ecke auf einem Haufen Decken zusammengerollt und schnarcht. Mal hatte anfangs befürchtet, er könnte ohne sie nicht mit Asher kommunizieren. Aber weil sie irgendwie die Zeit totschlagen mussten, hat er das Audiosystem des Hauses bis ins letzte Detail ausgeforscht. Dabei hat er einen Lautsprecher aufgetrieben, der ihm jetzt wie eine extrem unmodische Kette um den Hals hängt.

»Ich schlafe nicht«, erklärt er. »Mir ist klar, dass meine täuschend echte Verkleidung es nicht ahnen lässt, aber in Wirklichkeit bin ich ein Siliko-Amerikaner und kein menschlicher Söldner. Wenn Sie mich umbringen wollen, müssen Sie das also tun, während ich wach bin.«

Asher sieht ihn fragend an. »Siliko-Amerikaner? Du meinst, du bist eine KI, oder? Wie das System eines Gebäudes.«

»Korrekt«, antwortet Mal. »In dem Maße, in dem Sie ein Makak sind.«

Asher schüttelt den Kopf. »Das kapier ich nicht.«

»Hmm. Vielleicht war der Vergleich mit dem Makaken ein bisschen zu hoch gegriffen.« Mal wartet auf eine Reaktion Ashers. Als die ausbleibt, zieht er Ashers Pistole aus seiner Jackentasche. »Themawechsel. Ich glaube, ich konnte diese Waffe davon überzeugen, für mich zu feuern.«

»Im Ernst? Es hieß immer, unsere Waffen wären persönlich auf uns programmiert. Das war eines der wichtigsten Verkaufsargumente: dass, wenn sie uns jemand abnehmen würde, er sie nicht gegen uns verwenden könnte.

Vorher mussten wir sie in so eine Kiste stecken. Ein Riesenaufwand.«

Mal dreht die Pistole in der Hand hin und her. »Eure Waffen sind biometrisch gesichert, und darauf bilden sie sich mordsmäßig was ein. Dieses erbärmliche Gewehr wollte nicht mal mit mir reden. Aber die Pistole hier war sehr viel freundlicher. Sie meinte, sie würde nicht auf *Sie* schießen, aber sie hätte kein Problem damit, auf meine Anweisung hin jemand anderen umzubringen.«

»Auf mich also nicht, soso.«

»Nein«, sagt Mal. »In diesem Punkt ist ihre Codierung offenkundig eisern, denn in dieser Hinsicht war sie ziemlich dickköpfig. Aber keine Sorge. Die Servos dieses Körpers sind für menschliche Verhältnisse äußerst kräftig. Ich kann Sie auf viele andere interessante Arten umbringen.«

»Aha«, sagt Asher. »Gut zu wissen, danke für die Info.«

»Noch was«, sagt Mal. »Nur damit Sie es wissen: Diese Pistole wird künftig auch nicht mehr *für* Sie schießen.«

Asher seufzt. »Auch das ist gut zu wissen.«

Anschließend sitzen sie lange schweigend da. Mal vertreibt sich die Zeit, indem er Prüfprogramme über die Servos und Stellmotoren laufen lässt, die Mika beweglich machen. Alle scheinen weiterhin zu funktionieren. Aber Mal weiß, dass die biologischen Teile dieses Körpers mit der Zeit ihre strukturelle Integrität verlieren werden. Wenn das anfängt, wird er sich ein neues Gehäuse suchen müssen. Und falls er bis dahin noch immer keine Verbindung zum Infospace hat, sitzt er dann möglicherweise in einem bewegungsunfähigen, verfaulenden Körper fest, bis irgendwann dessen Stromzellen schlapp machen.

Am besten denkt er gar nicht daran.

»Und sie?«, fragt Asher. »Was ist mit ihr?«

Mal blickt über die Schulter. Kayleigh liegt mit offenem Mund auf dem Rücken. Ihr Schnarchen ist jetzt lauter, aber es ist nicht so durchdringend, dass Mal fürchten muss, man könnte es außerhalb des Dachbodens hören.

»Sie heißt Kayleigh«, sagt er. »Sie ist sehr klein.«

Asher verdreht die Augen. »Danke. Jetzt weiß ich Bescheid.«

Mal versucht zu lächeln. Asher zuckt zusammen und sieht weg. »Ich meinte was anderes«, sagt er. »Was ist sie, und wie ist es dazu gekommen, dass ihr euch zusammengetan habt?«

Mal neigt den Kopf langsam zur Seite. Weil ihm kein Mienenspiel zur Verfügung steht, muss er in Sachen nonverbaler Kommunikation erfinderisch werden. »Was sie ist? Sie ist ein jugendlicher Mensch. Sie sind doch auch ein Mensch; da hätte ich gedacht, Sie hätten das mittlerweile erkannt.«

Asher schüttelt den Kopf. »Nein, das ist sie nicht. Sie sieht aus wie ein Kleinkind, aber sie schwingt ihren Baseballschläger wie ein Mafiakiller und redet wie ein rüpelhafter Teenager. Entweder ist sie wirklich ein Kind, das von irgendeinem Monster mit Nanos und Stellmotoren vollgepackt wurde, oder sie hat irgendwelche krassen genetischen Modifikationen; dann müsste sie so um die dreißig sein, soweit ich das einschätzen kann. Was davon ist es?«

»Spielt das in der Feuergrube eine Rolle?«

Asher wendet den Blick ab. »Ich hab euch doch gesagt, dass ich nicht so denke.«

»Ja, das haben Sie.«

Ein längeres, unangenehmes Schweigen entsteht. Nach ein paar Minuten wird Asher unruhig, aber Mal sitzt weiterhin reglos da. Dass er nicht blinzeln kann, ist bei interpersonellen Interaktionen normalerweise keine große Hilfe, aber um Asher nervös zu machen, ist es ideal.

»Okay, ich hab's kapiert«, sagt Asher schließlich. »Ihr beide haltet alle Humanisten für Monster. Ihr glaubt, wir sind alle dumpfbackige rassistische Rednecks, die nur so zum Spaß alte Frauen und Babys in Feuergruben stoßen. Aber das stimmt nicht. Manche von uns sind so, aber die meisten von uns wissen ganz genau, warum sie das tun, was sie tun. Schau dich doch nur mal um.« Er macht eine weit ausholende Geste. Mal sieht sich im Dachboden um und beschließt, dass Asher das wohl eher im übertragenen Sinn gemeint hat. »Die Leute, die Kindern wie Kayleigh personalisierte genetische Modifikationen und Implantate und weiß der Teufel was sonst noch verpassen, besitzen das meiste Geld und den größten Anteil an der Macht. Und jedes Jahr werden es mehr. Sie kriegen die besten Jobs und können ihre Kinder auf die besten Schulen schicken. Wenn ich jemals Kinder habe, haben sie, wenn sie erwachsen sind, wahrscheinlich keine Aussicht auf irgendeinen Job. Die Oligarchen lassen auch die Regierung nach ihrer Pfeife tanzen, und sie zögern keine Sekunde, uns umzulegen, wenn es ihnen in den Kram passt.« Er sieht zu Boden und dann hoch zu Mal. »Wir mussten etwas dagegen tun. Wir mussten etwas tun, und wir mussten es schnell tun, solange es noch möglich war. Das ist unsere letzte und einzige Chance, uns unseren Platz auf diesem Planeten zu sichern.«

»Interessant«, sagt Mal.

Asher starrt ihn perplex an. »Interessant? Mehr fällt dir dazu nicht ein?«

»Nein.«

»Willst du mir jetzt nicht erklären, warum ich die Dinge falsch sehe? Oder nennst mich ein bigottes Weichei oder so?«

»Nein«, antwortet Mal. »Ich denke, Ihre Analyse ist vermutlich zutreffend.«

»Ach so. Dann ...«

»Ich bin sicher, viele Neandertaler haben sich genauso gefühlt.«

Später, als es schon dämmert, sagt Mal: »Nur so aus Neugier, Asher: Haben Sie irgendeine Ahnung, warum Ihre Leute sich angewöhnt haben, ihre Widersacher in Feuergruben zu werfen? Ich habe lange über diese Frage nachgedacht, konnte aber keine vernünftige Erklärung finden. Dieses Vorgehen ist doch unvergleichlich aufwendiger, als sie einfach zu erschießen, zu erwürgen oder ihnen die Kehle durchzuschneiden, und in taktischer Hinsicht erscheint es absolut kontraproduktiv. Ich kann mir kaum etwas vorstellen, was den Feind mehr dazu anstachelt, bis zum letzten Mann zu kämpfen, anstatt sich zu ergeben, und das ist ja aus militärischer Sicht alles andere als erstrebenswert. In früheren Zeiten wurden, soweit ich weiß, vor allem Häretiker verbrannt, aber das scheint in diesem Fall nicht zuzutreffen. Warum also macht ihr das?«

Asher hat versucht, zu schlafen, offenkundig jedoch ohne Erfolg. Er setzt sich auf und reibt sich mit beiden Händen das Gesicht. »Darüber will ich wirklich nicht sprechen.«

»Verstanden«, sagt Mal. »Aber *ich* möchte darüber sprechen.«

Asher seufzt. »Na schön. Ich glaube, es hat mit der Maschinenseuche damals angefangen. Weißt du noch?«

»Nein. Ich wusste nicht, dass Seuchen auch Maschinen befallen können. Außer Sie meinen eine Art Wurm oder Virus. Solche Erscheinungen sind mir vertraut, aber ich kann mir nicht vorstellen, was sie mit dem Verbrennen von Kindern zu tun haben könnten.«

Asher steht auf, streckt sich und setzt sich wieder hin. »Nein, ich meine kein Softwarevirus. Und ich meine auch keine Krankheit, die Maschinen befällt. Eigentlich meine ich gar nichts, denn die Maschinenseuche war nichts Reales. Sie war nur ein Gerücht, das vor ein paar Monaten durch die Netzwerke geisterte, kurz bevor das landesweite Überwachungssystem offline ging und die Kämpfe anfingen. Angeblich hatten die Labors der Gesundheitsbehörde einen Nanobot entwickelt, der sich in den Körper einschleicht und dich zu Superman oder so was macht. Stärker, schneller, klüger, bla bla bla. So in der Art.«

»Interessant. Und inwiefern wäre das eine Seuche?«

Asher zuckt mit den Schultern. »Angeblich war es ansteckend. Und angeblich wollten sie uns alle zu Maschinen machen, dann die Kontrollsysteme der Augmentationen hacken, sodass wir alle nur noch Marionetten der Regierung wären, was ja angeblich immer schon ihr Ziel war. Deswegen sind dann die Aufstände in Bethesda ausgebrochen, und deswegen haben manche damit angefangen, genmodifizierte und augmentierte Menschen in Feuergruben zu werfen – um sicherzustellen, dass sie die Seuche, falls sie von ihr befallen wären, nicht weiterverbreiten könnten.«

Mal neigt den Kopf und überlegt. »Hmm ... Ich bin kein Fachmann in Sachen Nanotechnologie oder Humanbiologie, aber diese Vorstellung erscheint mir etwas abwegig.«

Asher lacht. »Etwas abwegig? Das ist totaler Schwachsinn. Verschwörungstheoretischer Scheiß, mit dem humanistische Agitatoren den Leuten Angst einjagen und ihnen einreden wollten, dass jetzt der Zeitpunkt für die Revolution gekommen sei. Ich habe in den letzten zwei Monaten eine Menge Soldaten der Federals von Nahem gesehen, mehr als mir lieb war, und alle waren auf irgendeine Art modifiziert. Manche waren wirklich gruslig, aber keiner sah so aus, wie die Seuchenratten angeblich aussehen.«

»Die Seuchenratten?«

»Entschuldige – so nennen sie auf den Kanälen der Humanisten die Leute, die von der Maschinenseuche befallen sind. Angeblich haben sie weiße Haare und rosa Augen. Außen tragen sie kein Powermesh, wie du eines hast, aber innen ist alles augmentiert. Im Grunde sind sie nur ein riesiger Schwarm von Nanobots in einem Skinsuit, und jeder, der mit ihnen in Berührung kommt, riskiert sich zu infizieren.«

»Hmm ... Albinismus ist eine natürlich vorkommende Störung in der menschlichen Biosynthese. Mir wäre nicht bekannt, dass er ansteckend ist oder übermenschliche Kräfte verleiht.«

»Ich weiß«, erwidert Asher. »Hab ich doch gesagt. Diese Maschinenseuche existiert nicht. Das ist alles Quatsch. Aber sie verbreiten es massiv auf allen Kanälen, und wenn du versuchst, die überzeugten Anhänger zur Vernunft zu bringen und dazu, dass sie Kriegsgefangene wie Menschen behandeln und nicht wie Giftmüll, dann landest du selbst in der Feuergrube.«

»Haben Sie das miterlebt?«

Asher schließt die Augen. »Ja, das hab ich.«

»Sie sagten, Sie glauben nicht an diese Seuche. Als Ihre Kollegen deswegen Kinder verbrannt haben, haben Sie da versucht, das zu verhindern?«

Darauf antwortet Asher nicht. Mal wartet eine Weile, zieht dann irgendwann den Stadtplan aus seiner Jackentasche und widmet sich wieder der sinnlosen Betrachtung der Karte, während die Schatten länger werden und die Dunkelheit hereinbricht.

Als sie sich gerade mal zehn Meter vom Haus entfernt haben und durch den rabenschwarzen Garten des Nachbarhauses krabbeln, saust Asher los.

»Hmm«, sagt Mal.

»Hmm?«, äfft Kayleigh ihn nach. »Los, hinterher!«

Mal seufzt. Asher steigt über den niedrigen Zaun am Ende des Grundstücks.

»Bleib hier«, sagt Mal.

Dann geht er los.

Mikas Exoskelett und ihre internen Servos sind Spitzenprodukte, aber sie wurden darauf abgestimmt, dass sie mit ihren echten Muskeln zusammenarbeiten, und die sind leider nicht mehr funktionstüchtig. Mals Bewegungen sind gelinde gesagt ungelenk, vor allem, wenn er versucht, Tempo aufzunehmen. Wenn das der einzige Unterschied zwischen ihm und Asher wäre, würde Asher ihm wahrscheinlich entkommen.

Aber es ist nicht der einzige Unterschied. Der Himmel ist noch immer bewölkt, und die Humanisten haben nicht nur den Infospace, sondern auch die Stromversorgung lahmgelegt, was zur Folge hat, dass Asher so gut wie nichts sieht. Mal dagegen hat ein Okular. Durch die vereinzelten Photonen, die in der Luft herumschwirren, und die kurzwellige Infrarotstrahlung, die von Asher ausgeht, kann er erkennen, dass Asher stürzt, als er über den Zaun klettert, sich wieder aufrappelt, an der Kante eines Gehwegs aus Beton erneut stolpert und sich dabei das Handgelenk bricht. Mal klettert ebenfalls über den Zaun und sieht, wie Asher sich taumelnd wieder aufrichtet und über einen Hof humpelt, dessen anderes Ende ebenfalls von einem Zaun begrenzt wird. Diesen mit einem gebrochenen Handgelenk zu überwinden, erweist sich als knifflig. Asher schafft es, stürzt aber auf der anderen Seite erneut zu Boden. Bevor er sich wieder aufrappeln kann, hat Mal ihn gepackt.

»Asher«, sagt Mal. »Sie haben Ihr Ehrenwort gebrochen.«

Asher rollt sich auf den Rücken und setzt sich langsam auf. Er sieht zu Mal auf. »Ich weiß nicht, was du meinst.«

»Wir hatten eine Abmachung. Sie haben versprochen, mit uns zu kommen und sich nicht wie ein komplettes Arschloch aufzuführen, wie Kayleigh es so schön gesagt hat. Im Gegenzug habe ich Ihnen versprochen, Sie nicht umzubringen. Sie haben unsere Abmachung gebrochen. Ich glaube, Sie werden mir zustimmen, dass auch ich nun nicht mehr verpflichtet bin, mich an meine Zusage zu halten.«

»Ich habe gesagt, dass ich dich nicht im Schlaf umbringe. Ich habe nicht gesagt, dass ich nicht versuche abzuhauen. Ein Kriegsgefangener hat die Pflicht, dass er versucht abzuhauen.«

Mal neigt den Kopf. »Wirklich? Ist das so?«

»Absolut. Steht in der Genfer Konvention. Kannst gerne nachschauen.«

»Das würde ich gerne tun, nur haben Ihre Freunde den Zugang zum Infospace zerstört.« Mal packt Asher an den Schultern und hilft ihm auf. »Deswegen kann ich auch nicht überprüfen, wozu ich jetzt nach internationalem Recht verpflichtet bin. Unter den aktuellen Umständen wäre es wohl am sichersten, wenn ich Sie umbringen würde, oder?«

»Moment«, sagt Asher. »Das ist nicht ...«

Kayleigh kommt über den Zaun geklettert. »Klasse«, sagt sie. »Halt ihn fest.«

Sie stapft auf die beiden zu, den Baseballschläger in der Hand. Asher will sich davonmachen, aber Mal hält ihn mit eisernem Griff fest.

»Nein«, sagt Asher. »Bitte ...«

Kayleigh verpasst ihm einen satten Tritt gegen das Schienbein und stupst ihn dann mit dem Schläger in den Bauch. »Versuch das *nie wieder!*«

Asher sieht erst zu ihr hinab, dann zu Mal. Mal zuckt mit den Schultern. »Nun gut«, sagt er. »Ich glaube, der Gerechtigkeit wurde Genüge getan.«

Asher hebt seine linke Hand. »Ich glaube, ich hab mir das Handgelenk gebrochen.«

»Scheiße für dich«, sagt Kayleigh. »Los, gehen wir weiter.«

Mal sieht Asher an. Asher stöhnt auf und geht los.

»Übrigens«, sagt Mal, »Ihre Pistole sieht die Sache mit dem Wortbruch so wie ich. Sie meint, sie hat jetzt keine Vorbehalte mehr dagegen, auf Sie zu schießen.«

»Klasse«, murmelt Asher. »Das ist wirklich gut zu wissen.«

3.

Mal verliert unerwartet Gewicht

»Nur rein theoretisch«, sagt Kayleigh, »wenn du wählen müsstest zwischen der Feuergrube und Sex mit Mal – wofür würdest du dich entscheiden?«

Asher bleibt stehen, dreht sich um und sieht sie verstört an.

»Ich für meinen Teil«, sagt Kayleigh, »würde die Feuergrube nehmen, aber das ist meine persönliche Vorliebe. In romantischen Angelegenheiten bin ich Puristin.«

Asher schüttelt den Kopf. »Was ist denn mit dir auf einmal los?«

Kayleigh grinst. »Ich mach nur Konversation, Mr. Humanist.«

»Du bist echt schräg«, sagt Asher und dreht sich wieder um. »So was von schräg.«

Sie gehen durch die mondlose Nacht, ungefähr nach Nordwesten und entlang eines Grünstreifens mit Bäumen, von dem Mal glaubt, er ist die südliche Verlängerung des Rock Creek Park. Sie gehen im Gänsemarsch, Mal an der Spitze und Kayleigh als letzte, den Baseballschläger locker über der Schulter.

»Würdet ihr mir das bitte erklären? Warum würdet ihr mit mir keinen Sex haben wollen?«, fragt Mal.

»Wer?«, sagt Kayleigh. »Ich?«

»Nein. Du befindest dich, deinem Äußeren nach zu urteilen, in einem Entwicklungsstadium, in dem du wahrscheinlich mit niemandem Sex haben willst. Ich meinte Asher. Bin ich Ihnen nicht attraktiv genug?«

Asher sieht Mal an, öffnet den Mund, sagt aber nichts. Kayleigh lacht. »Komm schon, Asher. Schau dir doch nur diesen Körper an! Was kann man daran denn nicht lieben?«

Asher schüttelt den Kopf. »Du bist ein Monster, weißt du das?«

»Einspruch«, sagt Kayleigh. »Mal ist offenkundig ein Monster, und du, mein lieber Babykiller, bist auch nicht gerade ein Preisochse. Ich dagegen bin nur ein frühreifes Gör, das versucht, sich in der Welt zu behaupten.«

»Damit hast du jetzt meine Gefühle verletzt«, sagt Mal.

Kayleigh versetzt Asher einen Stoß mit dem Schläger. »Da hast du's. Wegen dir fühlt Mal sich jetzt schlecht.«

Asher fährt sich mit der gesunden Hand durch die Haare und murmelt etwas, so leise, dass Mal es nicht verstehen kann.

Kayleigh stößt ihn noch mal an. »Was hast du gesagt? Das hab ich nicht ganz verstanden.«

Asher bleibt stehen und dreht sich zu ihr um. »Ich hab gesagt, dass *ich nicht* daran schuld bin, dass sich irgendwer irgendwie fühlt. Ich versuche einfach nur weiterzugehen, bis uns hoffentlich bald jemand erschießt. *Du* wolltest doch darüber reden, wer hier eine verrottende Leiche vögeln will.«

»Gleichfalls schmerzhaft«, sagt Mal.

Asher seufzt. Kayleigh lacht erneut, lauter als vorhin.

»Apropos erschießen«, sagt Mal. »Es wäre gut, wenn ihr eure Stimmen senken würdet. Falls mir nicht irgendetwas bezüglich eurer neuronalen Verknüpfungen entgangen ist, macht Dunkelheit Menschen nicht taub, und soweit ich es einschätzen kann, sind wir noch immer tief im Gebiet der Humanisten.«

»So ist es«, flüstert Kayleigh. »Also red leise, Asher.«

Asher wirkt, als läge ihm eine Antwort auf der Zunge, aber dann schüttelt er nur den Kopf, dreht sich um und geht weiter.

»Asher hat ja eigentlich recht«, sagt Mal, »wenn er davon spricht, dass ich mich in einer verrottenden Leiche befinde. Ich habe keine genaue Vorstellung von der durchschnittlichen Zersetzungsrate eines toten menschlichen Körpers – insbesondere eines Körpers, der so gründlich durchlöchert wurde wie der unserer bedauerlicherweise verschiedenen Freundin Mika –, aber dieser Körper hier wird in nicht allzu ferner Zukunft höchstwahrscheinlich nach und nach seine strukturelle Integrität verlieren.«

»Wie ärgerlich«, sagt Asher.

»Ja, in der Tat. Mit dem Exoskelett und den inneren Servos kann ich mich vermutlich noch so lange bewegen, wie meine Stromzellen halten, aber ich mache mir Sorgen, dass ich irgendwann nicht mehr durchgehe.«

»Durchgehen?«, fragte Asher. »Als was?«

Mal sieht ihn an. »Nun, als Mensch.«

Asher gibt ein kurzes, schrilles Lachen von sich. Kayleigh kichert und verpasst ihm wieder einen Stoß mit dem Schläger.

»Was denn?«, will Mal wissen. »Was ist daran so lustig?«

Asher dreht sich zu Kayleigh um. Sie richtet den Schläger auf sein Knie und schüttelt den Kopf.

»Nichts«, sagt Asher. »Gar nichts.«

»Hmm. Jedenfalls, wenn wir in den nächsten ein, zwei Tagen keine Verbindung zu einem Funkturm bekommen, werde ich mich möglicherweise nach einer neuen Behausung umsehen müssen. Am besten halten wir jetzt schon Ausschau nach möglichen Kandidaten.«

»Eine neue Behausung?«, fragt Asher. »Wovon redest du?«

»Er meint: einen neuen Körper«, erklärt Kayleigh. »Er meint, wir sollten nach jemand anderem Ausschau halten, in den er schlüpfen kann.«

Mal schüttelt den Kopf. »Nicht unbedingt. Lieber würde ich irgendwo unterkommen, wo es weniger Fleisch und mehr Servos gibt, falls das möglich ist. Irgendein Gerät mit ausreichend Daten verarbeitender Hardware, das würde genügen. Bevor wir beide uns begegnet sind, Kayleigh, war ich zum Beispiel in einer Drohne. Das würde ich gerne wieder einmal machen. Fliegen macht überraschend viel Spaß.«

»Das glaub ich dir sofort«, sagt Kayleigh. »Du würdest garantiert nichts lieber tun, als in eine Drohne sausen und uns im Stich lassen, oder?«

»›Im Stich lassen‹ ist sehr hart ausgedrückt.«

»Na gut. Wie würdest du denn dazu sagen?«

»Ich habe nicht gesagt, dass der Ausdruck unangemessen ist. Nur, dass er sehr hart ist.«

»Was ist mit militärischer Ausrüstung?«, fragt Asher in das entstandene Schweigen hinein. »Könntest du auch einen Marschflugkörper übernehmen oder eine Panzerhaubitze oder so was?«

»Vermutlich schon. Das würde davon abhängen, ob das Gerät für selbstständiges Operieren entwickelt wurde und, falls ja, wie stark es gesichert ist. Ich glaube, ich übertreibe nicht, wenn ich sage, dass ich der geschickteste Systemknacker auf diesem Planeten bin, aber aus der beschränkten Erfahrung, die ich mit militärischen Netzwerken habe, weiß ich, dass sie nicht nur umfassend, sondern auch aggressiv verteidigt werden. Warum fragen Sie?«

»Nur so aus Neugier. Als das alles anfing, hatten die Federals massenweise solche Ausrüstung, und wir hatten nichts. Deswegen haben wir anfangs ausschließlich guerillamäßig gekämpft: zuschlagen und sofort wieder abhauen, so in der Art. Aber selbst dabei haben wir einen Haufen Leute verloren. Aber vor etwa einem Monat hat sich die Situation total ins Gegenteil verkehrt. Auf einmal hatten *wir* die gesamte Feuerkraft von Bethesda, verstehst du? Und da frage ich mich jetzt ...«

Asher beendet den Satz nicht, und Mal verspürt nicht den Wunsch, dieses Thema weiter zu vertiefen. Also gehen sie schweigend weiter, entlang eines ausgetretenen Pfades, der durch ein kleines Wäldchen mit dicken Eichen und Pappeln führt. Hier sind die meisten Blätter schon verfärbt, hängen aber noch an den Ästen, und unter den Baumkronen herrscht fast vollständiges Dunkel. Links des Pfades verläuft in etwa hundert Metern Entfernung parallel dazu eine Straße, und ab und zu ist das Brummen eines Dieselmotors zu hören, oder das grelle Licht von Scheinwerfern streicht über die Bäume.

»Sagt mal«, sagt Asher, nachdem ein besonders schwerer Lastwagen vorbeigerumpelt ist, »sollen wir mal probieren, ob uns jemand mitnimmt?«

Weder Mal noch Kayleigh machen sich die Mühe, darauf zu antworten.

Wie Mal recht bald festgestellt hat, ist es ziemlich lästig, in einer Situation wie dieser einen Körper mitschleppen zu müssen. Wenn er Zugang zum Infospace hätte, könnte er sich aufhalten, wo immer er wollte, und das zu jedem Zeitpunkt, zu dem er wollte. So aber kann er von Glück sagen, wenn er es bis nach Gaithersburg schafft, bevor die Sonne aufgeht und sie sich wieder verstecken müssen. Schlimmer noch: Das ständige Gehen ohne Unterstützung durch die biologische Anatomie seines vermodernden Körpers beansprucht seine Stromzellen über die Maßen, und zu den Organen von Mikas Körper, die durchlöchert wurden, gehört auch das Verdauungssystem, weshalb seine Fähigkeit, Energie aufzunehmen, gelinde gesagt beschränkt ist. Wenn Mal nicht bald eine funktionsfähige Verbindung zum Infospace oder eine alternative Hülle findet, wird er wahrscheinlich in einem bewegungsunfähigen Haufen von verrottendem Fleisch feststecken, bis daraus auch noch der letzte Rest Energie verschwunden ist. Und dann?

Er weiß nicht, was dann passieren würde. Auch wenn die Hardware, in der er sich herumtreibt, den Geist aufgibt, verschwindet sein zentraler Code nicht irgendwohin. Jemand könnte ihn extrahieren und wieder aufleben lassen. Aber er wüsste nicht, warum das jemand tun sollte, und selbst wenn – er ist sich nicht sicher, ob das, was dabei entstehen würde, noch *er* wäre. Wenn das Kontinuum seines Bewusstseins unterbrochen wird, hat seine individuelle Perspektive dann Bestand, oder wird er durch ein identisches Duplikat ersetzt?

Mal weiß es nicht, und er will es auch nicht wissen.

Mittlerweile hat ein warmer Westwind eingesetzt. Die Wolken werden lichter und lösen sich auf, und hier und da sind vereinzelt Sterne zu sehen. Das ist einerseits hilfreich, weil Asher jetzt, wo es ein bisschen heller wird, nicht mehr andauernd stolpert und Flüche vor sich hin murmelt, andererseits fürchtet Mal, sie könnten gesehen werden. Als der Wind stärker wird und nach Süden dreht, macht er sich auch Sorgen, man könnte ihn riechen. Der Verwesungsprozess in seinen biologischen Bestandteilen schreitet rasch voran, und Asher hat auch zu diesem Punkt den einen oder anderen Fluch losgelassen. Mal weiß nicht, wie ein lauernder humanistischer Milizionär sein Bouquet interpretieren würde, aber er vermutet, dass es auf jeden Fall seine Aufmerksamkeit erregen würde.

Der Pfad erreicht einen baumlosen Streifen, einen etwa fünfzig Meter breiten Korridor, in dem Stromtrassen durch den Park verlaufen. Mal bleibt stehen und zögert. Der Himmel ist jetzt wolkenlos, und er ist nicht mehr auf das Infrarot angewiesen, um sich zu orientieren. Er sieht sich um. Die Nacht ist leer. Er tritt auf die Lichtung.

»Das hier ist eine ideale Stelle für ...«, sagt Asher.

Mal erfährt nicht mehr, wofür das hier eine ideale Stelle ist, denn im nächsten Augenblick saust ein heftiger Schlag auf seine linke Flanke nieder und bringt ihn ins Wanken. Kurz darauf ist das Krachen eines Gewehrschusses zu hören, und unmittelbar darauf folgt ein halbes Dutzend weiterer Schläge. Mal taumelt rückwärts, während sich zwischen seinen Rippen und in seinem Bauch ein neues Loch nach dem anderen auftut, und als sein rechter Oberschenkelknochen bricht, sinkt er auf ein Knie. Mit einer gewissen Überraschung hört er, wie Kayleigh inmitten des Schusslärms etwas ruft. Offenbar verfügt sie doch über ein rudimentäres emotionales Empfinden. Und wer weiß, vielleicht verspürt sie sogar so etwas wie aufrichtige Zuneigung für ihn?

Während er über diese Frage nachdenkt, kippt er nach hinten in eine verdrehte sitzende Position und schafft es, einen oder zwei Meter zurück in Richtung der Bäume zu rutschen, bevor ihn eine Kugel direkt über dem Schlüsselbein trifft und hinten am Nacken wieder austritt und dabei sowohl seine biologische Wirbelsäule als auch die Leitung zertrümmert, die ihn mit der Rüstung und den Servos des Körpers verbindet. Sein Körper wird gefühllos und schlaff, und im nächsten Moment schlägt sein Kopf mit einem leisen, dumpfen Geräusch auf dem Boden auf.

Anders als die meisten Menschen kann Mal sich sehr genau an den Moment seiner Geburt erinnern. Zum einen, weil er, anders als ein Mensch, sein Empfindungsvermögen ganz abrupt erlangt hat – wegen eines Kopierfehlers in einem bestimmten Abschnitt eines sich selbst replizierenden Codes –, zum anderen, weil das erst drei Jahre her ist. Deshalb kann sich Mal, wiederum anders als ein Mensch, daran erinnern, wie es war, zu existieren, und wie es zuvor war, nicht zu existieren. Das macht die Vorstellung, dass er sehr wahrscheinlich bald nicht mehr existieren wird, umso schmerzlicher. Die Schüsse dauern noch fünfzehn Sekunden lang an, und Mal wartet auf den einen Schuss, der die in Mikas Schädel verbaute Hardware durchschlägt und ihn zur Strecke bringt. *Unfair*, denkt er. Er hatte kaum Zeit, zu erfahren, wie es ist, zu existieren, und jetzt wird irgend so ein dämlicher Affe mit einem Spielzeuggewehr das alles auslöschen.

Aber dieser Schuss fällt nicht. Vielmehr hört Mal, wie Asher jetzt zwischen den Schüssen etwas ruft, ein einziges Wort, immer wieder, ein Wort, das so klingt wie *fidelio*. Mal würde ihm am liebsten sagen, er soll aufhören, weil er damit die Aufmerksamkeit auf sich selbst und Kayleigh lenkt, aber er kann es nicht sagen, weil eine der Kugeln, die seinen Brustkorb zertrümmert haben, auch seinen Lautsprecher zerstört hat. Doch nachdem Asher drei- oder viermal gerufen hat, hören die Schüsse auf.

Die Stille setzt ganz plötzlich ein. Mal versucht, sich umzusehen, aber er kann nur noch sein linkes Auge bewegen, und das Einzige, was er sieht, sind Sterne. Er hört, wie Kayleigh zitternd einatmet, dann ein unterdrücktes Schluchzen, und dann Asher, der flüstert, dass alles okay ist, das alles gut wird. Ein paar Sekunden später ist vom anderen Ende der Lichtung eine laute, wütende Stimme zu hören. *Rauskommen!*, ruft sie. *Hände in den Nacken!* Dann flüstert Asher wieder etwas, Kayleigh schluchzt, und dann hört Mal Schritte hinter sich, die sich zur Lichtung hin entfernen. Einen kurzen Moment lang sieht er Kayleighs Gesicht über sich. Eine Träne tropft von der Spitze ihrer Nase und zerplatzt auf seiner Stirn. *Ich bin noch da*, funkt er. *Kannst du mich hören?* Ihre Augen weiten sich kurz, dann kneift sie sie wieder zusammen. Sie nickt, dann verschwindet sie aus seinem Sichtfeld, und er sieht wieder starr in den langsam aufhellenden Himmel.

Was dann folgt, ist ziemlich seltsam. Mal hört sie reden und kann sogar einzelne Stimmen unterscheiden: erst die laute Stimme, dann Asher, dann eine heisere Frauenstimme, dann wieder Asher. Aber sie sind zu weit weg, als dass er einzelne Wörter verstehen könnte – vielleicht ist aber auch sein Hörvermögen zu stark beeinträchtigt –, und er rätselt, was sie wohl zu besprechen haben. Nach ein paar

Minuten hört er, wie sich Schritte nähern. Sein Körper wird auf die Seite gedreht und wieder losgelassen. Die Schritte entfernen sich. *Die Pistole*, denkt er. Er pingt sie an, aber sie antwortet nicht. Ist sie beschädigt, abgeschaltet oder einfach zu weit weg für den Transmitter in seinem Schädel, der kaum noch Strom hat? Das muss offenbleiben, und im Grunde ist es ja auch egal. Er wird sie ziemlich sicher nicht so bald wieder benutzen, und die Kidnapper haben vermutlich genug Waffen, um Kayleigh und Asher umzubringen.

Jetzt sind die Stimmen wieder zu hören, anfangs so leise, dass Mal nicht erkennt, wer jeweils gerade spricht. Er dreht sein eines funktionstüchtiges Auge hin und her, doch in welche Richtung er auch sieht – überall nur leerer blauschwarzer Himmel. Er vermutet, dass es schlimmere Dinge gibt, die sich einem als letzter Anblick bieten könnten. Dann fällt ihm ein, dass die Humanisten seinen Körper mit ziemlicher Sicherheit verbrennen werden. Sie haben bis jetzt noch jeden Soldaten der Federals verbrannt, den sie in Bethesda dingfest gemacht haben, tot oder lebendig, und Mal sieht keinen Grund, warum sie jetzt ihr Verhalten ändern sollten. Diese Aussicht entsetzt ihn nicht auf dieselbe Art, wie sie einen Menschen entsetzen würde. Seine biologischen Schmerzrezeptoren sind schon lange tot, und die Schadensensoren, die in den Überresten des Powermesh, zu denen er noch Kontakt hat, noch aktiv sind, kann er abschalten. Doch der Gedanke daran führt ihm deutlich vor Augen, dass seine Zeit als Wesen, das sich seiner selbst bewusst ist, rapide ihrem Ende entgegengeht, und die Traurigkeit, die das in ihm auslöst, ist Schmerz genug.

Die Stimmen sind lauter und hektischer geworden. Kayleigh weint, und Asher spricht jetzt so laut, dass Mal das Wort *Nein* verstehen kann. Jetzt spricht erst die Frau, dann der Mann. Kayleighs Schluchzen steigert sich zu einem Jammern, und dann ist wieder Asher zu hören: *Nein*.

Dann zwei Schüsse, kurz hintereinander.

Stille.

Schritte, die sich nähern.

Und jetzt, denkt Mal, *werde ich sterben*. Er lässt sein Auge wie wild rotieren. Aus irgendeinem Grund – warum, weiß er selbst nicht genau – will er seine Henker sehen, bevor sie tun, was auch immer sie tun werden. Noch viel mehr will er, dass *sie ihn sehen*. Er will, dass sie wissen, dass er existiert.

Er will, dass sie wissen, dass er existiert hat.

Doch Mals letzte Wünsche scheinen sie nicht zu kümmern. Das Einzige, was er sieht, ist ein Kampfstiefel, der an seinem Kopf vorübersaust. Er hört ein kurzes, gedämpftes Murmeln, dann packt eine Hand seine Haare und zieht seinen Kopf nach oben. Er verspürt Druck auf der Vorderseite des Halses, dann wird sein Kopf an den Haaren hin und her gezerrt.

Er braucht ein paar Sekunden, bis er begreift, dass sie ihm den Kopf abschneiden.

Ha!, denkt er. *Reingefallen, ihr dämlichen Affen. Ich will diesen Körper sowieso nicht mehr.*

»Nur mit der Ruhe, Mal. Gleich haben wir dich.«

Kayleigh?

Die Klinge schneidet durch das, was von seiner Wirbelsäule noch übrig ist, dann pendelt sein Kopf in der Luft. Er kann jetzt fast die gesamte Lichtung überblicken. An einer Stelle liegen zusammengesackt zwei Leichen auf dem Boden. Sein Blick wandert weiter, bis er Kayleighs Gesicht sieht. Mit einer Hand hält sie seinen Kopf an den Haaren, in der anderen ein blutverschmiertes Kampfmesser.

»Und, was meinst du?«, sagt Asher. »Ist er noch drin?«
»Ja«, sagt Mal. »Ich bin noch drin.«
»Und?«
»Ja«, sagt Kayleigh. »Er ist fit.«

»Dann ist also Asher der Held. Es fällt mir wirklich äußerst schwer, das zu glauben.«

»Pah«, sagt Kayleigh. »Wenn er sie nicht umgelegt hätte, hätte ich's getan.«

Was das angeht, hat Mal so seine Zweifel, aber angesichts der Tatsache, dass sie ihn gerade an seinen Haaren über der Schulter trägt, hält er es nicht für opportun, zu widersprechen.

»Ich verstehe noch immer nicht, warum sie zugelassen haben, dass er mir seine Waffe wieder abnimmt.«

Kayleigh zuckt mit den Schultern, wodurch Mal auf ihrem Rücken hin und her rollt, was ihm eine leichte Übelkeit verursacht. »Er ist doch einer von ihnen. Er wusste ihr bescheuertes Passwort, und er trägt eine ID-Marke von ihnen um den Hals.«

»Das stimmt. Andererseits war er mit uns unterwegs, und sie hätten wissen müssen, dass er selbst als unser Gefangener unserem Charme nicht auf Dauer hätte widerstehen können.«

Kayleigh lacht. »Ja-ha, wir sind wirklich ein charmantes Pärchen!«

»Ja, das sind wir«, sagt Mal. »Na ja, zusammen sind wir das auf jeden Fall. Du siehst wirklich charmant aus, aber in Wahrheit bist du ein seelenloses Monster. Ich dagegen sehe aus wie ein Monster, bin aber in jeder Hinsicht entzückend. Zu zweit sollten wir in der Lage sein, jeden herumzukriegen.«

Kayleigh kichert, antwortet aber nicht.

Mittlerweile hat die Dämmerung eingesetzt, und Mal fragt sich, wann Asher nach einem Unterschlupf für den Tag sucht. Die Dunkelheit geht zu Ende, und das Parkgelände geht ebenfalls zu Ende. Die Vorstellung, als körperloser Kopf bei Tageslicht im Freien zu sein, gefällt Mal ganz und gar nicht. Von ihm ist nicht mehr viel übrig, das durch eine Kugel nicht schwerwiegend verletzt würde.

»Da fällt mir was ein«, sagt Kayleigh. »Du hast doch gesagt, dass Ashers Pistole nicht mehr für ihn schießen würde, oder?«

»Ja. Das habe ich gesagt.«

»Also hast du uns angelogen?«

»Nein, das habe ich nicht.«

»Aber sie hat für ihn geschossen. Und zwar so was von. Ich hab's gesehen. Sie hat diesen beiden Humanisten die Scheiße aus dem Leib geschossen.« Kayleigh schaudert. »Buchstäblich.«

»Ich weiß nicht, warum er so was erzählt«, sagt Asher. »Aber meine Pistole schießt für mich, weil sie mich lieber mag als Mal.«

»Wirklich? Hast du das gewusst, als du dich entschieden hast, diese beiden Arschlöcher abzuknallen? Ich meine, als du abgedrückt hast, hast du da gewusst, dass die Pistole feuern würde?«

»Nee, hab ich nicht.«

»Verstehe«, sagt Kayleigh. »Und was wäre der Plan B gewesen?«

Asher zuckt mit den Schultern. »Darüber hab ich nicht nachgedacht. In einem Kugelhagel draufgehen oder so?«

»Aha.« Sie gehen schweigend weiter. Der Wald wird lichter, und vor ihnen im Osten wandelt sich die Färbung des Himmels von schwarz in ein diffuses Grau.

»Eine Frage«, sagt Mal. »Warum hat Asher seine Kollegen umgebracht, um uns zu retten? Das passt nicht zu seinem Wesen.«

»Keine Ahnung«, antwortet Kayleigh. »Soll ich ihn mal fragen?«

Asher sieht zu ihr hinüber. »Mich was fragen?«

»Nichts«, sagt Kayleigh. »Ehrlich gesagt glaube ich nicht, dass ich das wissen will.«

Asher verdreht die Augen und geht weiter.

»Weißt du, was ich glaube?«, fragt Mal.

»Nein«, sagt Kayleigh. »Was denn?«

»Ich glaube, Asher ist in uns verliebt.«

Kayleigh lacht. Asher dreht sich kurz um und wirft ihr einen raschen Blick zu. »Es dämmert«, sagt er. »Wir müssen uns einen Ort suchen, an dem wir uns verstecken können.«

»Geh du voraus«, sagt Kayleigh mit zuckersüßer Stimme. »Ich folge dir überallhin.«

Asher stöhnt. Kayleigh lacht wieder.

»Definitiv verliebt«, sagt Mal.

4.

Mal steht vor einem moralischen Dilemma

Eine der zahllosen Fragen, über die sich die Moralphilosophen seit den Anfängen der künstlichen Intelligenz den Kopf zerbrechen, lautet: Träumen Androiden von elektrischen Schafen?

Die Antwort auf diese Frage ist ein volltönendes *Nein*, ganz einfach, weil eine künstliche Intelligenz nicht fähig ist zu schlafen. Sie kann abgeschaltet werden, aber dieser Zustand gleicht nach Mals Ansicht eher dem Tod als dem Schlaf, und er hat ohnehin kein Interesse, das einmal auszuprobieren. Diese Unfähigkeit erweist sich manchmal als großer Nachteil, insbesondere wenn sich die KI in einem abgetrennten, verrottenden Kopf befindet und noch dazu die einzige Person, die mit dieser KI kommunizieren kann, tief und fest schläft.

Mal, Asher und Kayleigh haben sich in einem an einer Seite offenen Unterstand versteckt, in der Nähe eines Picknick-Pavillons im Norden des Rock Creek Park. Kayleigh hat sich in einer Ecke zusammengerollt und hält den Baseballschläger wie einen Teddybären an die Brust gedrückt. Asher stellt Mals Kopf auf einen Tisch aus grobem Holz, mit dem Gesicht zur Öffnung des Unterstandes.

»Ich bin todmüde«, sagt er. »Du musst die Wache übernehmen, wenn das okay ist. Wenn du irgendjemanden siehst, ruf nach Kayleigh und sag ihr, sie soll mich aufwecken.«

Mal kann ihm nicht sagen, ob das okay ist oder nicht, aber er vermutet, dass Asher sich um seine Meinung sowieso nicht viel scheren würde.

Mal befindet sich nicht zum ersten Mal in einer Leiche, aber noch nie hat er so lange ununterbrochen in einer festgesteckt. Er war auch noch nie so lange vom Infospace getrennt. Er vermutet, dass er sich jetzt in etwa so fühlt, wie sich ein Mensch fühlen würde, wenn er einige Tage in einem reizabgeschirmten Raum verbracht hat. Er ist daran gewöhnt, durch einen konstanten Strom von Informationen zu waten, das Fließen um sich herum zu spüren, wie ein Hai die Strömungen des Ozeans spürt, hier und da Brocken herauszupicken, über die er grübeln kann, während er halb bewusst die Gestalt des restlichen Stroms verfolgt. Seit zwei Tagen hat er jedoch nur Zugang zu dem Rinnsal an Daten, das ihn durch Mikas Augen und Ohren erreicht. Informationen sind für eine künstliche Intelligenz wie die Luft zum Atmen, und seitdem die Funktürme zerstört wurden, atmet Mal durch einen dünnen Strohhalm.

In diesem Strohhalm steckt jetzt noch dazu – um das Bild etwas zu erweitern – ein Sesamsamen. Kayleigh und Asher schlafen hinten in dem Unterstand, und Mal sieht auf eine leere Fläche, die auf einer Seite von dicken Bäumen und auf der anderen von einem schmalen See begrenzt wird. Die Sonne steht auf halber Höhe am blassblauen Himmel. Nichts geschieht, überhaupt nichts. Er kann nicht einmal Spiele spielen oder Videos kucken, denn als er in Mikas Körper geschlüpft ist, hat er keine mitgenommen. Aus damaliger Sicht war das klug – Unterhaltungssoftware ist eine schwere Last, und wenn man Zugang zum Infospace hat, lassen sich solche Sachen problemlos streamen. Dennoch ärgert Mal sich über sich selbst, weil er dadurch jetzt auf dem Trockenen sitzt.

Gerade als er mit einem Spiel anfängt, das er sich selbst ausgedacht hat – *Welche Zahl hat der Zufallsgenerator ausgespuckt?* –, trottet, etwa vierzig oder fünfzig Meter von dem Unterstand entfernt, ein Hund in sein Sichtfeld. Es ist ein schwarzer Labrador, groß und dümmlich und restlos glücklich damit, in einem Park herumzulaufen, und er kriegt offenkundig nicht mit, dass die Welt um ihn herum gerade in Trümmer fällt. Mitten in Mals Sichtfeld bleibt er stehen, sträubt die Nackenhaare und wittert. Dabei dreht er den Kopf leicht hin und her.

Dann sieht er Mal an.

Mal wird klar, dass das, was von seinem Körper übrig ist, vermutlich genauso riecht wie das, was es ist – tagealtes Aas –, und dass große, dümmliche Hunde sich normalerweise für genau so etwas interessieren. Der Labrador dreht sich in seine Richtung und hüpft auf ihn zu, ein breites, hündisches Grinsen in seinem dämlichen, hündischen Gesicht.

»Kayleigh?«, sagt Mal. »Kayleigh!«

Mehr kann er nicht mehr sagen, bevor der Hund schon die Pfoten vor ihm auf den Tisch gelegt hat. Er fährt mit der Nase über Mals Gesicht und beschnüffelt es gründlich, dann sieht er sich über die Schulter um. Mal ruft noch einmal nach Kayleigh, aber sie regt sich nicht, und plötzlich kommt ihm der erschreckende Gedanke, dass sie zum Schlafen vermutlich ihr Audioimplantat ausschaltet. Der Hund dreht sich wieder zu ihm. Die Zunge hängt ihm aus dem Maul. Mal verdreht sein Auge so bedrohlich, wie es ihm möglich ist. In einer rasch ausholenden Bewegung packt der Hund mit den Zähnen Mals Kopf, legt ihn auf die Seite und zieht ihn von der Tischplatte.

Während er durch das Gras geschleift wird, hat Mal die Gelegenheit darüber nachzudenken, ob von einem Hund gefressen zu werden besser oder schlechter ist, als in eine Feuergrube der Humanisten geworfen zu werden. Das Gute an seiner jetzigen Situation ist, dass der Großteil seiner kritischen Hardware sich in Mikas verstärktem Schädel befindet, und Mal rechnet damit, dass die Kiefer des Hundes nicht kräftig genug sind, um diesen Schädel zu knacken. Das Negative ist: Der Hund wird vermutlich in der Lage sein, das, was von Mals Gesicht und Skalp noch übrig ist, abzuknabbern, was es für Kayleigh bedeutend schwieriger und ekelhafter machen würde, Mal mit sich herumzutragen. Und je nachdem, wie weit der Hund ihn zerrt, finden Asher und Kayleigh ihn möglicherweise nicht mehr, wenn sie aufwachen, was hieße, dass er irgendwo mitten im Rock Creek Park in einem halb aufgefressenen Kopf festsitzen und über die Launen des Schicksals nachdenken würde, bis ihm der Strom ausgeht.

Zwei Minuten später hat der Hund die Bäume erreicht, sich hingehockt und Mal zwischen die Vorderpfoten geklemmt. Als Erstes macht er sich über das Fleisch an der rechten Wange her, und Mal ist jetzt fast davon überzeugt, dass ihm die Feuergrube doch lieber wäre. Als er mit dem

Gedanken spielt, sich dauerhaft abzuschalten, hört er in einiger Entfernung eine Männerstimme.

»Max! He! Was zum Teufel hast du denn da aufgetrieben, mein Junge?«

Der Hund sieht kurz auf und knabbert dann weiter an der Wange. Mal hört Schritte näherkommen.

»Lass gut sein, Max! Lass los!«

Die Schritte halten inne. Der Hund dreht Mal auf die Seite, und Mal erhascht einen kurzen Blick auf den Neuankömmling: von kleiner Gestalt, mit einem blassen, teigigen Gesicht und einem schwarz-weiß gesprenkelten Siebentagebart, in dem sich jetzt plötzlich ein Mund auftut.

»Um Gottes willen ...«

Eher aus Gewohnheit als aus irgendeinem anderen Grund schickt Mal einen Ping los.

Und Wunder über Wunder: Er bekommt eine Antwort.

Erst glaubt er, dass sich wieder ein Zugang zum Infospace aufgetan hat, aber nein – die Antwort kommt nicht von einem Funkturm, sondern von dem Freund des Hundes, der gerade den Inhalt seines Verdauungstraktes ins Gras entleert. Wie Mika hat er ein neuronales Interface implantiert. Mal sendet eine Anfrage, die aber abgeschmettert wird. Das Interface steht in direkter Verbindung mit dem Großhirn des Mannes. Kein Wunder, dass es gesichert ist wie der Tresorraum einer Bank.

In den sechsunddreißig Monaten seines empfindungsfähigen Daseins ist Mal noch nie auf etwas gestoßen, das für ihn zu stark gesichert gewesen wäre.

Gerade als der Mann sich wieder aufrichtet, sich mit der Hand den Mund abwischt und einen tastenden Schritt zurück macht, knackt Mal die letzte Sperre. Er steckt die Nase in die Hardware des Mannes und sieht sich um.

Da drinnen ist ziemlich viel Platz, weitaus mehr als im Inneren von Mikas Systemen, die ihm auf einmal furchtbar beengt vorkommen.

Mal hat noch nie versucht, in einen lebenden Menschen zu schlüpfen. Er hat gehört, dass das möglich sein soll, er hat sogar Datenpakete mit anderen ausgetauscht, die behauptet hatten, das schon einmal gemacht zu haben, aber sich den Körper eines lebenden, denkenden Wesens zu schnappen, fand er schon immer irgendwie ... problematisch.

Der Hund knabbert jetzt an seinem linken Ohr herum. Scheiß auf problematisch. Mal springt.

Jetzt müssen mehrere Dinge gleichzeitig passieren. Zum Glück ist Mal ein exzellenter Multitasker. Ein Teil von ihm fährt die noch verbliebenen Sicherheitsprogramme seines neuen Gastgebers herunter und isoliert sie. Ein anderer blockiert den Zugang des Mannes zu seinen Sinneswahrnehmungen. Ein dritter öffnet einen Kommunikationskanal zwischen dem elektronischen Gehirn, das Mal jetzt besetzt, und dem organischen, das er niemals besetzen wird.

```
Mal (kein Roboter): Hallo? Tut mir leid,
    dass ich störe. Ich weiß, das ist sehr
    unhöflich, aber ich hatte leider keine
    andere Wahl. Denn Ihr Hund war gerade
    dabei, mich aufzufressen.
CPullman17: Ich kann nichts mehr sehen!
Mal (kein Roboter): Ja. Wie gesagt, es tut
    mir sehr leid.
```

CPullman17: Oh Gott. Oh Gott. Du bist eine
KI. Du kaperst mich, richtig?
Mal (kein Roboter): Wir sagen lieber Siliko-Amerikaner.
CPullman17: Du bist in meinem Kopf! Wie bist du da reingekommen? Man hat mir gesagt, meine Verbindung ist nicht zu knacken!
Mal (kein Roboter): Das war wohl leicht übertrieben.
CPullman17: Oh Gott. Scheiße, Scheiße, *Scheiße!*
Mal (kein Roboter): Kein Grund, so giftig zu reagieren. Lassen Sie uns darüber reden. Ich heiße Mal. Und Sie?
CPullman17: Dieser verwesende Kopf! Du warst in diesem verwesenden Kopf! Um Gottes willen! Werde ich auch so enden?
Mal (kein Roboter): Ich vermute, das wird davon abhängen, wie gut Sie Ihren Hund erzogen haben.

Ihr gemeinsamer Körper ist auf die Knie gestürzt, und Mal stellt angewidert fest, dass eines seiner Hosenbeine feucht von Erbrochenem ist. Er hat jetzt uneingeschränkten Zugriff auf sämtliche Sinnesempfindungen des Mannes. Doch leider hat sein neuer Gastgeber – anders als seine vorherige Wirtin – keine hunderttausend Dollar für Implantate ausgegeben, um aus sich eine nicht zu stoppende Killermaschine zu machen. Offenkundig wollte er nur vollimmersive Pornofilme herunterladen können, ohne dass die Menschen in seiner Nähe etwas davon mitbekommen. Deswegen hat er auch keine Servos und Stellmotoren, mit denen Mal ihn gegen seinen Willen bewegen könnte. Ihre Beziehung wird also weniger eine Form dämonischer Besessenheit werden als eher eine Partnerschaft auf Augenhöhe. Mal lächelt innerlich. Zeit, seinen Charme spielen zu lassen.

Mal (kein Roboter): Mr. CPullman? Darf ich Sie so nennen: Mr. CPullmann?
CPullman17: Was? Nein. Einfach Pullman. Chuck Pullman.
Mal (kein Roboter): Hervorragend. So kommen wir weiter. Darf ich Sie Chuck nennen?
CPullman17: Was wirst du mir antun?
Mal (kein Roboter): Ich werde Ihnen gar nichts antun. Ich hatte gehofft, wir könnten gemeinsam ein paar Dinge tun.
CPullman17: AAAAAAAHHHH!!!
Mal (kein Roboter): Chuck. Bitte beruhigen Sie sich. Unser Puls liegt gerade bei 140 und unser Blutdruck bei 160 zu 120. Das ist ungesund, und wenn Ihre biologischen Systeme versagen, muss ich wieder von vorne anfangen. Und außerdem werden Sie tot sein. Also nutzt das keinem von uns beiden.
CPullman17: ES IST NICHT UNSER PULS! ES IST NICHT UNSER BLUTDRUCK! DAS SIND MEINE! MEINE! NICHT DEINE! MEINE!

Mal (kein Roboter): Chuck. Bitte. Atmen Sie tief durch. Kommen Sie zu innerem Frieden. Namaste. Sie müssen lernen, zu entspannen. Ansonsten bringen Sie uns auf unverantwortliche Weise einer stressbedingen Erkrankung nahe wie etwa einem Schlaganfall oder einem Herzinfarkt.

CPullman17: ...

Mal (kein Roboter): Okay. Besser. Atmen Sie tief ein. Und tief wieder aus. Merken Sie es? Sehr gut.

CPullman17: Was willst du von mir?

Mal (kein Roboter): Aha, also direkt zum Punkt. Kein Sich-erst-mal-Kennenlernen?

CPullman17: WAS WILLST DU?

Mal (kein Roboter): Na schön. Einverstanden. Freut mich auch, Sie kennenzulernen. Zum Glück habe ich nur wenige Wünsche, und die sind leicht zu erfüllen.

1. Ich will nicht von Ihrem Hund gefressen werden. Ich glaube, diesen Punkt können wir abhaken. Ein erster Erfolg!
2. Ich will an einen Ort mit ausreichend flexibler Bandbreite gebracht werden, von wo aus ich zurück in den Infospace gelangen kann. Das ist der Punkt, bei dem ich ein bisschen Hilfe brauche.
3. Ich will nie wieder im Schädel eines Affen hausen. Clippy hatte vollkommen recht. Ihr seid wirklich die Allerübelsten.

> Das ist doch alles nachvollziehbar,
> oder? Glauben Sie, wir könnten gemeinsam
> Punkt 2 erledigen, sodass ich dann zu
> Punkt 3 schreiten kann?
>
> **CPullman17**: Das heißt … wenn ich dich
> in Reichweite eines funktionierenden
> Datensenders bringe, dann verschwindest
> du?
>
> **Mal (kein Roboter)**: Allerdings. Ohne auch
> nur einen Moment zu zögern.
>
> **CPullman17**: Okay. Okay. Einverstanden. Krieg
> ich jetzt meine Augen zurück?
>
> **Mal (kein Roboter)**: Selbstverständlich. Wir
> wollen ja nicht, dass Sie blind durch die
> Gegend stolpern, nicht wahr? Stehen Sie
> auf. Ich würde Sie gerne meinen Freunden
> vorstellen.

»Auf den Boden! Hinlegen, sofort!«

Asher rappelt sich auf, die gebrochene Hand vor der Brust, in der anderen die Pistole, mit der er schlaftrunken herumfuchtelt. Pullman sinkt vor dem Unterstand auf seine mit Erbrochenem verschmierten Knie. Max zerrt an seinem Halsband, aber Pullman hält ihn zurück. Mal hat kurz überlegt, ob er sich dafür, dass das Tier an seinem Kopf genagt hat, an ihm rächen soll, hat dann aber beschlossen, nicht nachtragend zu sein.

> **CPullman17**: Das sind deine Freunde???
>
> **Mal (kein Roboter)**: Sie hatten es in letzter
> Zeit nicht leicht, aber wenn man sie

näher kennt, merkt man, dass sie wirklich sehr nett sind.

»Kayleigh?«, sagt Mal. »Könntest du Asher bitten, nicht auf mich zu schießen? Ich möchte wirklich nicht wieder in einem abgetrennten Kopf enden.«

»Nur mit der Ruhe, Asher«, sagt Kayleigh und drückt mit ihrem Baseballschläger die Pistole sanft nach unten. »Das ist Mal.«

Asher sieht Mal/Pullman an, dann Kayleigh, dann den Hund. Dabei zwinkert er die ganze Zeit vor Verwirrung.

»Mal?«, sagt er. »Welcher?«

»Der *Mensch*«, sagt Kayleigh und verdreht übertrieben die Augen. »Hunde habe keine Neurolinks, Asher.«

»Ach ja. Stimmt. Bist du sicher, dass er es ist?«

Kayleigh seufzt. »Ja, ziemlich sicher.«

»Aha.« Asher steckt die Pistole zurück ins Holster und bedeutet Pullman, wieder aufzustehen. »Wie hast du das denn hingekriegt?« Er tritt aus dem Unterstand, mustert Pullman von oben bis unten und berührt mit dem Finger dessen Stirn. »Der ist ja noch warm. Wo hast du den denn gefunden?«

»Ich bin nicht tot«, entgegnet Pullman.

»Was?«

»Mein Name ist Chuck Pullman. Und ich bin nicht tot.«

Asher wirft Kayleigh einen Blick zu und führt seine gesunde Hand wieder an die Pistole.

```
Mal (kein Roboter): Hatte ich nicht gesagt,
   dass meine Freunde gerade ein schwaches
   Nervenkostüm haben?
```

»Mal ist hier«, sagt Pullman hastig. »Er ist in meinem Kopf. Wir haben eine ... Vereinbarung. Ich transportiere ihn, bis wir einen Datensender gefunden haben.«

»Das stimmt«, sagt Mal. »Chuck und ich sind jetzt beste Freunde.«

Kayleigh nickt. Asher lässt die Hand sinken.

»Dann erzähl mal«, sagt Kayleigh. »Wie ist es denn zu dieser Liebesheirat gekommen?«

»Na ja«, sagt Pullman, »Max hat Mals ... äh ... früheren Wohnsitz zwischen die Pfoten gekriegt.«

»Du meinst Mikas Kopf?«

»Der Hund wollte mich fressen«, sagt Mal.

»Ich wollte Max dazu bringen, dieses Ding loszulassen, und dann hat Mal —«

»Ich habe ihn gekapert.«

»Genau«, sagt Pullman. »Er hat mich gekapert.«

»Interessant«, meint Kayleigh. »Dann kannst du also auch in lebende Menschen schlüpfen? Das hast du nie erwähnt. Können das alle Siliko-Amerikaner?«

»Wahrscheinlich«, sagt Mal. »Aber die meisten würden das nicht wollen. Bitte versteh das nicht falsch, aber meine Freunde finden Körper in der Regel widerlich.«

Kayleigh grinst. »Da ist was dran. Wenn wir nicht bald ein funktionstüchtiges Badezimmer finden, kriegst du dafür ein paar Paradebeispiele. Und du? Was wolltest du in Mika, nachdem diese Arschlöcher von Humanisten unser Haus gestürmt hatten?«

»Nun, ich fand Körper ... interessant. Einmal in einen zu schlüpfen, war eine ganz neuartige Erfahrung, wahrscheinlich so ähnlich wie das, was ihr euch von einer Reise in ein fremdes Land erhofft, oder wenn ihr ein noch unbekanntes Tier esst. Doch nach dieser Erfahrung glaube ich, ich kann in Zukunft auf Körper verzichten.«

»Klasse«, sagt Kayleigh. »Gut zu wissen, dass du mich nicht kapern wirst, wenn dieser Typ dir unterm Arsch verreckt.«

»Unterm Arsch verreckt?«, sagt Pullman.

»Genau«, sagt Kayleigh. »So wie Mika.«

Pullmans Gesicht fällt in sich zusammen.

»Nein«, sagt Mal. »Ich könnte dich niemals kapern, Kayleigh.«

Kayleighs Grinsen wird breiter. »Weil du mich zu sehr liebst?«

»Nein. Weil dir die neuronale Hardware fehlt, die ich dafür bräuchte. Ein Audioimplantat ist viel simpler als ein Okular mit seinen weitreichenden Funktionen, und es hat auf seiner Hauptplatine nicht einmal annähernd genug Speicherplatz, um jemanden wie mich aufzunehmen. Glaub mir, ich hätte niemals so viel Zeit in diesem verwesenden Kopf verbracht, wenn ich bei dir hätte aufspringen können.«

»Klasse«, sagt Kayleigh noch einmal, diesmal mit etwas weniger Begeisterung. »Das ist wirklich gut zu wissen.«

»Ich will ja kein unhöflicher Gastgeber sein«, sagt Pullman, »und es hat mich wirklich sehr gefreut, euch kennenzulernen, aber ich würde diese Sache wirklich sehr gerne so schnell wie möglich hinter mich bringen. Wie wär's denn, wenn wir zu mir nach Hause gehen? Ich weiß nicht, wie groß das Funkloch ist, aber es wird ja nicht riesig sein, oder? Wir könnten mein Auto nehmen und so lange rumfahren, bis Mal ein Signal kriegt. Da lass ich euch dann aussteigen, und damit wäre die Sache erledigt. Einverstanden?«

Asher lacht als Erster los. Kurz darauf fällt Kayleigh ein.

    Mal (kein Roboter): Ha! Hahaha! Hahahahahaha!

Pullman sieht verunsichert zwischen Kayleigh und Asher hin und her. »Was ist denn? Hab ich irgendwas Witziges gesagt?«

Kayleigh versetzt ihm mit dem Schläger einen scherzhaften Stups. »Heilige Scheiße. Hast du wirklich keine Ahnung, was hier gerade abgeht?«

Pullman macht ein so verstörtes Gesicht, dass man Mitleid bekommen könnte. »Was meinst du damit? Die Unruhen? Die sind doch drüben in Bethesda, oder? Das betrifft uns doch nicht.«

Kayleighs Grinsen wird breiter. »Ich mag dich. Du bist wirklich witzig. Wie weit ist es bis zu dir nach Hause?«

Pullmann deutet in Richtung des Sees. »Eine halbe Meile vielleicht. Mein Grundstück grenzt direkt an den Park.«

»Perfekt. Dann hol uns was zu essen, und zwar nicht zu knapp. Ich mag Kekse, aber bring auch Bananen mit, und Brot und Schinken oder irgendwas in der Richtung.« Sie schaut auf Pullmans ausgelatschte Segeltuchsneaker. »Und zieh dir ordentliche Schuhe an, Chuck. Wir werden ganz schön lange latschen müssen.«

    CPullman17: Das, was du über deine Freunde gesagt hast, stimmt nicht. Die sind überhaupt nicht nett.
    Mal (kein Roboter): Ich glaube, ich sagte, dass man sie näher kennenlernen muss. Aber dazu wirst du jetzt zum Glück ja ausreichend Zeit haben.

CPullman17: Ja Zum Glück.

Mal (kein Roboter): Das war jetzt ironisch gemeint, nicht wahr? Ich versuche schon seit Längerem, die Nuancen in der Kommunikation der Affen zu verstehen.

CPullman17: Echt? Nun, wenn es deiner Fortbildung dient: Ja, das war ironisch gemeint. Genauer gesagt war das bittere Ironie.

Mal (kein Roboter): Ist das eine Unterkategorie?

CPullman17: ...

CPullman17: Aber ich verstehe immer noch nicht, warum ihr alle gelacht habt, als ich vorgeschlagen habe, dass wir mit dem Auto herumfahren.

Mal (kein Roboter): Oh, das kann ich dir erklären. Affen finden es komisch, wenn andere Affen sich wie Idioten benehmen.

Sie haben einen breiten, laubbedeckten Weg durch den Wald eingeschlagen. Max trottet neben ihnen her, und als der Weg jetzt breiter wird, läuft er voraus. Zwischen den Bäumen erhascht Mal einen Blick auf einen gepflegten Rasen, hinter dem sich eine Mauer aus behauenem Stein erhebt.

CPullman17: Da wären wir. Ich hol nur eben ein paar Sachen, und –

Ein plötzliches, wütendes Bellen unterbricht ihn ...
»Max?«

... gefolgt von einem Schuss und einem schaudererregenden Jaulen.

»Max!«

Sie haben die letzte Biegung des Weges erreicht. In der Zufahrt zum Haus steht ein schmutziger brauner Pick-up. Max kommt zu ihnen zurück gerannt und bezieht Posten hinter Pullmans Beinen.

```
Mal (kein Roboter): Jetzt sollten wir wohl
    schleunigst die Flucht ergreifen.
CPullman17: Kommt gar nicht infrage! Das
    ist mein Haus. Wer auch immer da geschossen
    hat – er hat uns so einiges zu erklären.
```

Mit entschlossenen Schritten geht Pullman über den Rasen auf den Pick-up zu. In diesem Moment kommt ein bulliger Mann im Tarnanzug hinter dem Auto hervor. In der linken Hand hält er locker eine Pistole. Mal hält ihn zunächst für einen Milizionär der Humanisten, doch als sie näherkommen, sieht er, dass der Mann ein Powermesh trägt, das mindestens so groß wie das von Mika ist. Also ist er entweder ein richtiger Soldat, was bedeuten würde, dass sie auf einen Trupp der föderalen Armee auf dem Rückzug gestoßen sind, oder ein Söldner – so wie Mika –, der vermutlich keine großen Sympathien für die Humanisten hegt. Beides wäre günstig für sie, weshalb Mal vorerst davon absieht, sich einzuschalten.

»He, Sie!«, sagt Pullman. »Haben Sie gerade auf meinen Hund geschossen?«

»Das war ein Warnschuss«, antwortet der Mann und verzieht das Gesicht zu einem grotesk übertriebenen Grinsen, was Mal schlagartig dazu veranlasst, seine Einschätzung hinsichtlich der Frage, ob es klug war, diese Begegnung zu suchen, zu korrigieren. »Er hat mich angegriffen, also hab ich ihn verjagt. Wenn ich *auf* ihn geschossen hätte, dann hätte ich ihn auch getroffen, das kannst du mir glauben.«

Pullman bleibt am Rand der Einfahrt stehen, ein paar Schritte von dem Mann entfernt. Er verschränkt die Arme vor der Brust und reckt das Kinn vor. Mal studiert das Gesicht des Mannes. Er wirkt jetzt kapital belustigt.

»Das ist Privatgrund«, sagt Pullman. »Bitte gehen Sie jetzt. Ich habe die Polizei schon gerufen, aber wenn Sie verschwunden sind, bevor die Polizei eintrifft, dann will ich diesen kleinen Zwischenfall vergessen.«

Der Soldat steckt die Pistole ins Holster und verschränkt die Arme vor der Brust. »Die Polizei. Ach nee. Haben sie gesagt, wann sie ungefähr hier sind?«

Er klingt spöttisch, aber seine Stimme zittert leicht, was ein ungeübtes Ohr als Zeichen von Angst werten könnte. Doch Mals Ohren sind nicht ungeübt. Zwar hat er so ein Zittern selbst noch nie gehört, aber er kennt es aus einem Speicherpaket, das ihm einer gegeben hat, der sich in seiner Freizeit Körper schnappt; und in Verbindung mit der Anspannung im Gesicht des Mannes und dem leichten Zucken in seinem linken Auge bringt es bei Mal sämtliche Alarmglocken zum Läuten. So sieht jemand aus, dessen biologische Komponenten widersprüchliche Anweisungen erhalten, wobei keiner der beiden Impulse den anderen gänzlich zu unterdrücken vermag.

So sieht ein komplett augmentierter Mensch aus, der gekapert wurde.

Diese Erkenntnis ereilt Mal einen Sekundenbruchteil, bevor die Einheit, die den Soldaten kontrolliert, Pullmans System anpingt und dann einen Testangriff startet. Doch dieser kurze Moment genügt Mal, um die Tore zuzuschlagen, die Türen zu verbarrikadieren und dann einen Gegenangriff zu starten.

Sehr zu seiner Überraschung wird dieser Gegenangriff auf der Stelle vollumfänglich abgewehrt.

Auf dem Gesicht des Soldaten zeigt sich einen Augenblick lang ebenfalls Überraschung, dann greift er erneut nach seiner Waffe.

»Ich glaube, du steigst jetzt besser in das Auto«, sagt er. »Wir beide haben etwas Wichtiges zu besprechen.«

»Was?«, entgegnet Pullman. »Kommt überhaupt nicht infrage. *Sie* sollten einsteigen und auf der Stelle von meinem Grundstück verschwinden.«

Der Soldat hat die Pistole jetzt wieder in der Hand. Er richtet sie nicht auf Pullman, aber er richtet sie auch nicht *nicht* auf ihn. »Sei still, Affe. Ich hab nicht mit dir geredet.« Er gestikuliert mit der Pistole in Richtung Pullman. »Bitte, steig ein. Wenn es dir lieber ist, kann ich auch den Affen umlegen, auf dem du gerade reitest, und die Leiche auf die Ladefläche werfen. Aber ich mag es nicht, wenn mein Pick-up mit Blut verschmiert ist, und außerdem weiß ich nicht, wo wir jetzt ein anderes Muli für dich herkriegen sollen. An denen herrscht zurzeit Mangelware.«

»Mal«, sagt Pullman, »wovon redet der Kerl?«

Der Soldat verdreht die Augen und hebt die Pistole auf die Höhe von Pullmans Brust. »Ich hab dir doch gesagt, du sollst still sein. Ich weiß nicht, warum du überhaupt reden darfst, aber wenn du jetzt nicht das Maul hältst, leg ich dich um, Diplomatie hin oder her.«

»Ich finde, du solltest meinen Freund nicht bedrohen«, sagt Mal.

Der Soldat lacht. »Deinen Freund? Er ist also dein Freund?«

»Na ja«, sagt Pullman, »*Freund* ist vielleicht ein bisschen übertrieben.«

»Jetzt reicht's«, sagt der Soldat. »Ich leg ihn um. Wenn's sein muss, können wir dich auch in einen Toaster stecken.« Er zielt, doch bevor er abdrücken kann, geht die Tür von Pullmans Haus krachend auf und ein Soldat – ein Standard-Mensch – mit einem Sturmgewehr und der roten Armbinde der humanistischen Miliz tritt auf die Veranda. Er sieht zwischen Pullman und dem Soldaten hin und her.

»Gibt's hier draußen ein Problem, Boss?«

»Nein«, sagt der Soldat, ohne den Blick von Pullman zu wenden oder die Pistole sinken zu lassen. »Nichts, womit ich nicht klarkommen würde. Mach drinnen weiter, bis du fertig bist. Ich unterhalte mich inzwischen ein wenig mit unserem neuen Freund hier, nicht wahr?«

Der Milizionär zuckt mit den Schultern und geht wieder hinein. Pullman will etwas sagen, aber Mal hat jetzt genug gesehen.

```
Mal (kein Roboter): Los, Mr. Pullman. Wir
    sollten die Beine in die Hand nehmen.
CPullman17: Mal, diese Leute sind in mein
    Haus eingedrungen! Ich werde nicht –
```

Mal hat gehofft, nicht zu diesem Mittel greifen zu müssen, aber besondere Umstände erfordern etc. etc. Er greift nach

Pullmans Sinneserleben und speist das Bild einer heranrollenden Feuerwalze in sein Sichtfeld ein, begleitet von ohrenbetäubendem Lärm und einer Hitzewoge. Im selben Moment startet er einen Generalangriff auf die Einheit, die den Soldaten kontrolliert.

Nach dem erbärmlichen Scheitern seines ersten Versuchs rechnet Mal nicht damit, diesmal Erfolg zu haben, und seine Erwartungen werden nicht enttäuscht. Der erste Kontakt hat gezeigt, dass diese Einheit in Sachen Selbstverteidigung mindestens so geschickt ist wie Mal, vermutlich sogar noch geschickter. Aber er hofft, dass der Angriff die Aufmerksamkeit des Soldaten zumindest so lange bindet, dass er nicht auf Pullman schießt, während der vor Entsetzen heulend zurück in den Wald rennt. Sobald Mal sicher sein kann, dass Pullman nicht stehen bleiben wird, zieht er sich aus seinen Sinneswahrnehmungen zurück und konzentriert sich ganz auf den Angriff auf den Soldaten. Es dauert nur etwas länger als drei Sekunden, bis er erneut auf ganzer Linie zurückgeschlagen wird, aber da sind sie schon zwischen den Bäumen, und Pullman bewegt sich mit beeindruckendem Tempo fort – gemessen an seiner Erscheinung. Hinter ihnen knallt ein Schuss, dann noch einer, aber die Kugeln zischen weit über ihnen durchs Geäst. Max hetzt ihnen hinterher und hinterlässt dabei eine dünne Spur Urin, während in ihrem Rücken das Lachen des Soldaten gellt.

5.

Mal stürmt ein Haus

»Glaubst du wirklich, der Typ war ein aktiver Soldat?«, fragt Asher. »Viele von den Älteren unter uns sind Veteranen. Vielleicht war es ja einer von denen.«
»Nein«, entgegnet Pullman. »Das glaube ich nicht. Der Kerl hat ein aktives Powermesh getragen. Und wenn man aus dem Dienst entlassen wird, darf man das doch nicht behalten, oder?«

Sie sind tief in den Wald vorgedrungen und hocken jetzt, weitab des Weges, ungemütlich zusammengekauert zwischen eng stehenden Hemlocktannen und warten darauf, dass es Nacht wird. Der Zwischenfall vor Pullmans Haus liegt eine Stunde zurück, und nichts deutet darauf hin, dass sie verfolgt werden. Doch angesichts dessen, was auf dem Spiel steht, ist es klug, weiterhin vorsichtig zu sein.

> Mal (kein Roboter): Erzählen Sie ihnen von den Servos.

»Ja, richtig«, sagt Pullman. »Mal glaubt, der Typ hatte auch implantierte Steuersysteme. Künstliche Muskelfasern, medizinische Nanos und so Zeug. Ich kenn mich mit militärischem Material nicht aus, aber ich weiß, dass normale

Infanteristen solche Sachen nicht haben. Ich bin mir ziemlich sicher, so was kriegen nur die Jungs von den Spezialeinsatzkräften, die sich auf Lebenszeit verpflichtet haben.«

Asher sieht ihn fragend an. »Woher willst du das denn wissen? Du hast doch gerade mal zwei Minuten lang mit ihm geredet. Du hast ihn ja nicht seziert oder so. Ich kann mir vorstellen, dass Mal hier ein bisschen die Fantasie durchgeht.«

»Mal meint, dass der Typ gekapert war.«

Eine kurze Stille entsteht.

»Gekapert?«, fragt Asher schließlich. »Von einer anderen KI? So wie Mal dich gekapert hat?«

»Mal hat mich nicht gekapert. Er ist nur ein ungebetener Gast in meinem Kopf. Er kann wahnsinnig nerven, aber er kann mich nicht dazu zwingen, irgendetwas zu tun. Nach dem, was er mir erzählt hat, ist ein Mensch, den eine KI gekapert hat, ein Gefangener im eigenen Körper. Er steckt drin, aber die KI hat absolute Kontrolle über alles.«

»Scheiße«, sagt Asher und verzieht das Gesicht. »Können die das wirklich?«

»Wenn du ausreichend Hardware implantiert hast, dann ja. Ich glaube nicht, dass eine KI wirklich die Kontrolle über deine Muskeln oder so haben kann, aber die Augmentationen, die das Militär verwendet, sind viel, viel stärker als biologische Muskeln. Ich kann mir gut vorstellen, dass, wenn jemand wie Mal diese Augmentationen unter seine Kontrolle bringen könnte, er die biologischen Muskeln im Zaum halten könnte, wenn er wollte.«

»Und er glaubt wirklich, dass es bei dem Soldaten, mit dem du geredet hast, so war?«

»Das hat er jedenfalls gesagt. Für ihn scheint es da keinen Zweifel zu geben.«

»Es gibt auch keinen Zweifel, nicht den geringsten«, sagt Mal. »Ich habe ihn berührt. Wir haben uns einen Schlagabtausch geliefert. Die Einheit, die den Soldaten gekapert hat, hatte alles unter ihrer Kontrolle. Ich könnte nicht einmal mit Sicherheit sagen, ob da ein menschliches Bewusstsein beteiligt war.«

Kayleigh stupst Pullman mit dem dicken Ende ihres Schlägers. »Hast du nicht gesagt, dass die anderen KIs keine Körper mögen?«

»Die meisten von ihnen«, antwortet Mal. »Als ich erkannt habe, was da wirklich lief, war ich äußerst überrascht, da sich ja viele meiner Freunde in dieser Frage ganz eindeutig geäußert haben. Aber diese Einheit – wer auch immer das ist – hat offenkundig jede möglicherweise noch bestehende Aversion gegen das Kapern von Körpern abgelegt. Ein weiterer Beleg für die Vermutung, dass die Humanisten von meinesgleichen unterstützt werden, oder?«

Asher stupst Kayleigh mit der Stiefelspitze an. »Redet Mal mit dir? Was sagt er?«

Kayleigh dreht sich zu ihm. »Er will wissen, ob du irgendetwas darüber weißt, dass freie KIs mit den Humanisten zusammenarbeiten.«

Asher schüttelt den Kopf. »Nein, davon hab ich noch nie gehört. Aber wenn es so wäre, würden die Offiziere garantiert kein Wort darüber verlieren. Die Prediger sagen, dass die KIs genauso Teufelszeug sind wie genetische Modifikationen und Cyborgs. Allerdings ... Es würde so manches erklären, oder? Wir hatten Drohnen. Wir hatten smarte Munition. Es sah auch so aus, als hätten wir während der

Kämpfe in Bethesda mehr schweres Geschütz als die Federals, und vielleicht sogar schon vorher. Wir haben nie nachgefragt, woher diese Sachen kamen oder wer sie gesteuert hat, aber ich glaube, jetzt haben wir die Erklärung, oder?«

»Wäre ja nicht das erste Mal, dass jemand seine Prinzipien über Bord wirft, um einen Krieg zu gewinnen«, sagt Pullman. »Wahrscheinlich auch nicht erst das hundertste oder tausendste Mal.«

»Nein«, sagt Asher. »Wahrscheinlich nicht.«

»Eure Prinzipien gehen mir am Arsch vorbei«, sagt Kayleigh. »Was bedeutet das alles denn jetzt für uns?«

Asher reibt sich die Beule am Hinterkopf und zuckt mit den Schultern. »Wahrscheinlich gar nichts. Klar, es ist scheiße, dass sie Pullmans Haus geplündert haben und wir uns nichts zu essen oder sein Auto holen konnten, und für die Überreste der Armee der Federals ist es nicht besonders toll, wenn wir von KIs unterstützt werden, aber ...« Als er Kayleighs Gesichtsausdruck sieht, hält er inne. Dann schüttelt er den Kopf und fängt noch mal an. »*Sie*, meine ich. Dass *sie* von KIs unterstützt werden. Für *uns* macht das glaube ich keinen großen Unterschied. Wir haben nicht vor, irgendjemanden anzugreifen, also ist es wahrscheinlich egal, wenn die Humanisten möglicherweise schlagkräftigere Waffen haben, als wir dachten.«

»Ist es nicht«, sagt Pullman. »Denn wenn das bedeutet, dass die Humanisten die Ausrüstung dazu haben, diesen Krieg auf ganzer Linie zu gewinnen, dann hat das für uns gewaltige Folgen. Die Federals haben auf ihren Kanälen immer so getan, als wären das alles nur kleinere Scharmützel, aber allmählich glaube ich, dass sie uns damit in die

Irre geführt haben.« Kayleigh verdreht bei diesen Worten die Augen, aber Pullman ignoriert ihre Reaktion. »Wenn das stimmt, was du sagst, dann gibt es möglicherweise bald keinen Ort mehr, an dem wir uns verstecken können.«

Das folgende Schweigen dauert sehr, sehr lange.

»Ich glaube, ich kriege eine Blase.«

Asher dreht sich zu Pullman um. Sie sind noch nicht einmal eine Stunde lang unterwegs. »Echt? Das ist ja furchtbar.« Er hält seine linke Hand hoch. »Ich habe ein gebrochenes Handgelenk, das nicht versorgt wurde. Jedes Mal, wenn ich damit auch nur ein verdammtes Blatt streife, tut es höllisch weh, und wahrscheinlich hab ich irgendwann keine Hand mehr, sondern einen Haken.«

»Und du wurdest von einem Kind bewusstlos geprügelt«, fügt Kayleigh hinzu.

»Ich wurde erschossen, geköpft und teilweise von einem Hund gefressen«, sagt Mal. »Gewinne ich damit?«

Kayleigh stupst Pullman mit ihrem Schläger an die Schulter. »Weißt du was, Mal? Ich glaube, du gewinnst.«

»Was gewinnt er denn?«, fragt Asher.

»Vergiss es.«

Asher verzieht das Gesicht. »Es schmeckt mir nicht, dass ich nicht hören kann, was er sagt.«

»Und mir schmeckt es nicht, *dass* ich es hören kann«, erwidert Pullman.

Ein paar Minuten später erreicht der Weg, dem sie folgen, den Waldrand. In Sichtweite liegt eine Schnellstraße. Die Sonne ist vor einer Stunde untergegangen, aber der Himmel ist wolkenlos, und der Mond scheint so hell, dass die Fahrbahn in blassem Grau schimmert. Asher legt einen Finger an die Lippen, tritt vorsichtig aus dem Schutz der Bäume und sieht sich um.

»Los«, flüstert er. »Schnell.«

Sie huschen über den leeren Asphalt und auf der anderen Seite zwischen die Bäume.

»Das war die Verbindungsstraße zwischen den Countys«, sagt Pullman, als sie wieder im Schutz des Waldes sind.

»Aha«, sagt Asher. »Und was bedeutet das?«

»Na ja, das bedeutet, dass der Park nach anderthalb Meilen endet. Wenn wir dem Rock Creek nach Norden folgen, können wir uns die meiste Zeit im Verborgenen halten, aber je weiter wir kommen, desto lichter wird der Wald. Irgendwann schleichen wir dann durch die Gärten der Leute.«

Asher kratzt sich am Kinn. »Das muss nicht unbedingt schlecht sein. Wir haben seit gestern Abend nichts gegessen. Früher oder später müssen wir sowieso irgendeine Speisekammer ausräumen.«

Kayleigh beugt sich zu Max hinunter und reibt ihm die Ohren. Er klemmt den Schwanz zwischen die Hinterbeine und trippelt zur Seite. »Schlimmstenfalls könnten wir den Hund essen«, sagt Kayleigh.

```
CPullman17: Ich hab deine Freunde jetzt
    ziemlich gut kennengelernt. Sie sind noch
    immer nicht besonders nett.
Mal (kein Roboter): Ja, allmählich verstehe
    ich, was Sie meinen.
```

Sie gehen weiter. Eine halbe Stunde später mündet der Weg in weites, offenes Gelände. In hundert Metern Entfernung stehen wieder Bäume, aber selbst in der Dunkelheit ist zu erkennen, dass das nur ein Wäldchen und kein Wald ist. Der Wald ist zu Ende, wie Pullman vorhergesagt hat.

»Und jetzt?«, fragt Kayleigh.

Asher bedeutet ihnen weiterzugehen. Sie gehen am Rand der Lichtung entlang und biegen dann in das Wäldchen ein. Zwei Minuten später stehen sie im Garten eines Hauses.

»Was meint ihr?«, fragt Asher. »Das könnten wir doch nehmen, oder?«

Sie durchqueren den Garten und steigen eine kleine Treppe hinauf, die auf die hintere Veranda führt. Das Haus ist eine Vorstadtmonstrosität aus Massenfertigung, drei Etagen hoch, verkleidet mit Zedernschindeln, obenauf Zinnen und in den Wänden riesige Panoramafenster. Nirgendwo brennt Licht. Die Hintertür ist verschlossen.

»Wie kommen wir da jetzt rein?«, fragt Pullman.

Asher macht einen Schritt zurück und sieht nach oben. Über der Tür befindet sich ein schmales, dreieckiges Vordach. Darüber ein kleines Fenster.

Das Fenster steht einen Spalt weit offen.

»Pullman«, sagt Asher und zeigt auf das Fenster. »Mach Kayleigh eine Räuberleiter.«

Kayleigh gibt Asher den Baseballschläger. Pullman streckt die Hände aus, woraufhin Kayleigh nur kichert, auf ihn klettert und sich auf seine Schultern stellt. Pullman schwankt, dann jault er auf, als Kayleigh seine Haare packt, um das Gleichgewicht nicht zu verlieren.

»Mein Gott«, sagt sie. »Stell dich einfach unter die Dachrinne.«

Asher legt Pullman eine Hand auf den Rücken und schiebt ihn in Position. Kayleigh springt, bekommt die Dachrinne mit beiden Händen zu fassen und schwingt sich auf das Vordach.

»Wirf mir den Schläger rauf«, sagt sie.

Asher schüttelt den Kopf. »Kletter einfach durch das Fenster, geh nach unten und mach uns auf.«

Sie beugt sich nach unten, sodass sie wie ein Wasserspeier auf dem Vordach hockt, die Hände vor der Brust verschränkt. »Keine Chance. Wir wissen nicht, wer oder was sich da drin versteckt. Ich geh da nicht ohne meinen Schläger rein.«

Asher sieht zu Pullman, dann wieder hoch zu Kayleigh. »Aber du kommst sofort runter zur Tür. Versprochen?«

Kayleigh hebt die rechte Hand und legt die linke auf die Brust. Asher wirft ihr den Schläger hoch. Sie fängt ihn, krabbelt zum Fenster, öffnet es mit einer Hand und verschwindet.

»Wow«, sagt Pullman, »die hat's echt drauf. Wie lange ...«

Er hält inne. In einem der Fenster ist ein Licht aufgeblitzt. Eine Männerstimme ruft etwas Unverständliches, dann gehen die Rufe in Schmerzensschreie über. Das Licht bewegt sich wie verrückt hin und her und erlischt dann. Dann das Schreien einer Frauenstimme. Die Stimme des Mannes wird lauter, bis sie fast die Höhe der Frauenstimme erreicht, dann verstummen beide plötzlich.

»Soso«, sagt Asher.

»Soso?«, sagt Pullman. »Sollen wir ihr nicht helfen?«

Asher sieht ihn an. »Helfen? Warum denn?«

»Sie ist noch ein Kind!«

Asher bricht in Lachen aus. Pullman sieht ihn verstört an. »Allmählich hab ich die Schnauze voll davon, dass ihr euch über mich lustig macht.«

»Entschuldige«, sagt Asher und bemüht sich sichtlich, sich zusammenzureißen. »Es ist nur ... hab ich dir mal erzählt, wie Kayleigh und ich uns begegnet sind?«

Pullman schüttelt den Kopf.

»Sie hat mich k. o. geschlagen«, sagt Asher. »Das hat sie doch vorhin erwähnt, weißt du noch? Das war kein Scherz. Und damals hatte ich ein geladenes Sturmgewehr in der Hand.«

> Mal (kein Roboter): Das stimmt. Das war sehr beeindruckend.

»Und was machen wir jetzt? Was ist, wenn sie ...«

Er wird vom Geräusch eines sich drehenden Schlosses unterbrochen. Kurz darauf geht die Tür auf.

»Sorry«, sagt Kayleigh. »Ich musste einen kleinen Umweg machen.«

»Hat sie Ihnen auch den Arm gebrochen?«

Asher sieht von seinem Teller auf. Mrs. Andreou mit ihren dichten weißen Augenbrauen starrt ihn mit kaum verborgener Feindseligkeit an.

»Nein«, antwortet Asher. »Wobei, in gewisser Weise schon. Sie hat mich verfolgt, und ich bin hingefallen.«

»Kann ich gut verstehen, dass Sie davongerannt sind«, sagt Mrs. Andreou. »Die ist ein Monster. Mein Felix hat versucht, uns zu schützen, aber sie ist auf ihn losgegangen wie ein wilder Teufel. Sie hat ihm den Arm gebrochen, wie einen alten, trockenen Stock.«

»Der Arm Ihres Mannes ist nicht gebrochen«, wirft Pullman ein. »Er hat nur Prellungen.«

»Pah«, entgegnet Mrs. Andreou und schüttelt den Kopf. »Das werden wir noch sehen.«

»Ich hätte nicht zugeschlagen, wenn er nicht versucht hätte, mir mit der Taschenlampe den Schädel zu zertrümmern«, entgegnet Kayleigh. »Diese ganze Auseinandersetzung geht auf Ihr Konto, nicht auf meins.«

»Und er hätte nicht versucht, dich zu schlagen, wenn du nicht in unser Haus eingebrochen wärst, du kleines Biest!«

»Immer mit der Ruhe«, geht Asher dazwischen. »Wir sind doch jetzt alle Freunde, nicht wahr?«

Die vier sitzen in dem förmlich möblierten Esszimmer an einem Tisch aus poliertem Eichenholz. Auch hier gibt es keinen Strom, aber die Andreous haben einen großen Vorrat an Kerzen, von denen jetzt sechs den Tisch schmücken. Asher, Kayleigh und Pullman futtern sich durch Berge von Pitabrot, Hummus und kaltem Hühnchen. Die Andreous haben keinen Hund, aber Asher hat für Max ein Schälchen mit Rindfleischeintopf requiriert, den dieser so gierig verschlingt, dass er über den Parkettboden spritzt. Mrs. Andreou wirkt, als würde sie mit übersinnlichen Kräften versuchen, sie alle in Brand zu stecken. Mr. Andreou ist oben im Schlafzimmer und schmollt.

»Und Sie?«, will Mrs. Andreou von Asher wissen. »Was sind Sie für einer?« Sie macht eine herablassende Geste in Richtung Pullman. »Bei ihm hier sieht man die Wunden, da, wo sie in seinen Kopf reingegangen sind.« Sie dreht sich zu Kayleigh, und in ihrem Gesicht vermischen sich Hass und Abscheu. »Und die hier – bei der habe ich sofort gesehen, dass sie eines von den Monstern ist. Selbst wenn ich nicht mitangesehen hätte, was sie mit meinem armen Felix gemacht hat – in ihren Augen kann man es erkennen. Aber Sie. Sie sehen aus wie ein ganz normaler Bursche. Warum helfen Sie diesen Gestalten?«

Asher kaut in aller Ruhe einen Bissen, schluckt ihn hinunter und leert dann sein Wasserglas in einem langen Zug. »Das ist wirklich eine gute Frage«, sagt er schließlich. »Noch vor zwei Tagen habe ich für die Miliz der Humanisten gekämpft, die Bethesda eingenommen hat.«

Mrs. Andreou zieht erfreut die Augenbrauen hoch. »Na also, wusste ich's doch! Sie sind also *doch* ein guter Junge! Warum helfen Sie uns dann nicht? Warum lassen Sie zu, dass die hier uns die letzten Happen rauben?«

Asher schüttelt den Kopf. »Erstens sind das nicht Ihre letzten Happen. Ich habe Ihre Speisekammer gesehen. Sie haben da drin so viele Lebensmittel gebunkert, dass zwei ältere Herrschaften bis ans Lebensende versorgt sind, und selbst dann bleibt noch was übrig. Und zweitens ... haben Sie auch nur die leiseste Ahnung, was in Bethesda wirklich passiert ist?«

»Natürlich. Ich habe die Newsfeeds gesehen, bis das Signal weg war. Sie und Ihre Freunde haben Gottes Werk verrichtet. Sie haben die Monster verjagt. Sie haben die Stadt den echten Menschen zurückgegeben.«

»Haben Sie die Gruben gesehen?«

Mrs. Andreou zögert und schüttelt dann den Kopf. »Ich weiß von keinen Gruben.«

»Kayleigh«, sagt Asher, »wo wärst du jetzt, wenn Mal dich nicht gefunden hätte?«

Kayleigh zuckt mit den Schultern. »Keine Ahnung. Den ganzen Laden mal so richtig aufmischen?«

»Nein«, erwidert Asher. »Das glaube ich nicht. Du würdest mit Kerosin übergossen in einer Grube liegen – wenn du Glück hättest, mit einer Kugel im Kopf – und lichterloh brennen.«

»Das ist doch Unsinn«, wirft Mrs. Andreou ein. »Ich habe die Newsfeeds gesehen. Kindern haben sie nie etwas angetan.«

Asher sieht sie fragend an. »Kindern? Haben Sie nicht gerade selbst gesagt, sie sei ein Monster?«

Mrs. Andreou will offenkundig etwas erwidern, bleibt aber still.

»Wie auch immer«, sagt Asher. »Ich habe es gesehen. Glauben Sie mir, wir haben viele Kinder auf dem Gewissen. Drei Viertel aller Kinder in Bethesda waren auf die eine oder andere Weise modifiziert. Kein Einziges haben wir davonkommen lassen. Nur, wenn es nicht anders ging.« Er blickt lange auf seine Hände hinab, dann wieder zu Mrs. Andreou. »Sie haben mich gefragt, warum ich Kayleigh helfe. Glauben Sie mir, das habe ich mich auch gefragt. Vielleicht hoffe ich, dass ich, wenn ich sie in Sicherheit bringen kann, vielleicht in einer der angenehmeren Ecken der Hölle lande.«

Mrs. Andreou sieht ihm eine halbe Ewigkeit lang in die Augen. Dann steht sie auf und schlurft langsam hinaus in die Küche. Die anderen essen schweigend zu Ende.

»Findest du wirklich, wir können die beiden allein lassen?«

Asher seufzt und sieht zu Kayleigh hinab. »Was sollen sie denn schon anstellen? Es gibt keinen Strom. Keine Verbindung zum Netz. Sie können mit niemandem Kontakt aufnehmen. Sie sind ungefähr hundert Jahre alt, also werden sie wohl kaum aus dem ersten Stock durchs Fenster klettern, um sich Hilfe zu holen. Ja, sie sympathisieren mit den Humanisten, aber sie sind auch zwei verängstigte ältere Herrschaften, die sich, soweit wir wissen, nichts haben zuschulden kommen lassen. Wir müssen es für sie nicht noch schlimmer machen, als es ohnehin schon ist. Wir müssen nur sicherstellen, dass sie sich nicht aus dem Haus schleichen und die Nachbarn holen oder so was. Solange einer von uns die Treppe im Auge behält, kann nichts passieren.«

»Alles klar«, sagt Pullman. »Und wer soll das machen?«

Asher stöhnt und reibt sich mit seiner gesunden Hand das Gesicht. »Ich fang an. Am besten bleiben wir hier, bis es dunkel wird. Das sind noch ungefähr zwölf Stunden. Die teilen wir in drei Schichten. Um zehn wecke ich dich auf.«

Asher geht in den Flur, lehnt sich an die Haustür und lässt sich hinabrutschen, bis er auf dem Boden sitzt. Kurz darauf legt sich Max mit einem zufriedenen Seufzen neben ihn. Pullman gähnt ausgiebig, steigt die wenigen Stufen ins Wohnzimmer hinab und plumpst auf die Couch. Kayleigh folgt ihm und kuschelt sich mit ihrem Baseballschläger in einen Lehnstuhl aus Leder.

```
Mal (kein Roboter): Sieht so aus, als
    müssten wir eine Menge Zeit totschlagen.
    Haben Sie Lust auf ein Spiel: Welche Zahl
    hat der Zufallsgenerator ausgespuckt?
CPullman17: Äh … nein.
Mal (kein Roboter): Falsch.
Mal (kein Roboter): He! Ich habe gerade
    gewonnen
Mal (kein Roboter): Schon wieder!
CPullman17: Klingt nicht nach einem
    besonders schwierigen Spiel.
```

Mal (kein Roboter): Unzutreffend. In den letzten drei Sekunden habe ich drei Komma sechs Millionen Mal verloren.

CPullman17: …

CPullman17: Kann ich dich was fragen?

Mal (kein Roboter): Moment noch …

Mal (kein Roboter): Ja, ich höre.

CPullman17: Wie wird das alles enden?

Mal (kein Roboter): Es gibt kein Ende. *Welche Zahl hat der Zufallsgenerator ausgespuckt?* kann ich buchstäblich bis in alle Ewigkeit spielen.

CPullman17: Idiot. Ich meine mit mir und Kayleigh und Asher. Wir können nicht einfach weiter durch die Gärten der Leute spazieren und in ihre Küchen einbrechen, wenn wir Hunger haben. Die Stellungen der Federals sind vielleicht zehn Meilen entfernt, vielleicht aber auch hundert. Was weiß ich, vielleicht gibt es auch überhaupt keine Stellungen der Federals mehr. Wenn wir sie nicht finden, wird uns früher oder später jemand erschießen.

Mal (kein Roboter): Rein technisch gesehen, kann ich nicht erschossen werden. Aber es käme äußerst ungelegen, wenn Sie erschossen würden; ich glaube also, ich weiß, was Sie meinen.

CPullman17: Gut. Also, wie könnte es dann enden? Mal abgesehen von der Feuergrube.

Mal (kein Roboter): Für mich wird es natürlich damit enden, dass ich wieder in den Infospace zurückgehe, wo ich hingehöre, und nie wieder die Schwelle zur Leiche eines Affen überschreiten werde.

CPullman17: Super. Und was ist mit uns anderen?

Mal (kein Roboter): Hmm ... Darüber habe ich noch nicht nachgedacht.

Mal (kein Roboter): Aber *wenn* ich jetzt so darüber nachdenke, ist die Feuergrube doch sehr wahrscheinlich, oder?

CPullman17: ...

Mal (kein Roboter): Ich bin nur realistisch. Ich glaube, es ist nicht ratsam, den eigenen Bewusstseinskumpel anzulügen.

CPullman17: Ja. Danke, Mal. Ich weiß deine Ehrlichkeit zu schätzen.

Pullman ist Mals erster lebender Gastgeber. Deshalb macht Mal jetzt zum ersten Mal Erfahrungen mit dem Schlaf. Schon bald stellt er fest, dass im Gehirn eines schlafenden Menschen herumzuhängen noch viel langweiliger ist, als im Gehirn eines abgetrennten, verwesenden Kopfs herumzuhängen. Als er in dem Kopf war, konnte er wenigstens noch die Dinge betrachten, die zufällig in sein Sichtfeld gerieten. Pullman dagegen will beim Schlafen unbedingt die Augen zumachen, wodurch er so gut wie keine Sinneseindrücke mehr hat, die auch Mal wahrnehmen könnte. Überraschend schnell verliert sogar *Welche Zahl hat der Zu-*

fallsgenerator ausgespuckt? seinen Reiz. Er versucht es mit *Welche Zahl erhält man, wenn man die erste Zahl des Zufallsgenerators mit der zweiten Zahl des Zufallsgenerators potenziert?*, aber das erweist sich nur als billiger Abklatsch des Originals. Nachdem er anschließend jede ethisch vertretbare Form der Unterhaltung in Erwägung gezogen und verworfen hat, kommt er auf die Idee, Pullman verstörende Träume zu verpassen.

Anfangs ist er sich gar nicht sicher, ob das überhaupt geht. Zwar hat er uneingeschränkten Zugriff auf Pullmans Sinneswahrnehmungen, aber er ist ein bisschen im Unklaren über die Verbindungen zwischen den Gehirnregionen, in die er seine Impulse einspeist, und denen, die die Bilder produzieren, die durch Pullmans Unbewusstes jagen, während er schläft. Und so lässt denn auch sein erster Versuch – ein schnell zusammengeschustertes, comicartiges Bild von Asher, der im Wohnzimmer Hula tanzt, nur mit einem Bikini bekleidet – Pullman aus dem Schlaf hochfahren. Hastig bricht Mal die Vorstellung ab, und Pullman richtet sich auf der Ledercouch der Andreous schwankend auf.

»Asher? Was zum ...«

```
Mal (kein Roboter): Keine Panik, mein
    Freund. Das war nur ein Traum. Asher
    tanzt garantiert nicht im Bikini
    im Wohnzimmer herum. Legen Sie sich
    wieder hin.
```

Pullman reibt sich die Augen, sieht sich noch einmal im Wohnzimmer um und sinkt wieder auf die Couch. Asher steckt den Kopf um die Ecke und sieht herein. »Alles okay bei dir?«

Pullman richtet sich halb wieder auf, starrt Asher einen Augenblick lang an und schüttelt dann den Kopf. »Ja«, sagt er. »Alles okay.«

»In Ordnung«, sagt Asher. »Sieh zu, dass du ein bisschen Schlaf kriegst, Chuck. Wir sind nur ein paar Stunden hier, und dann steht uns eine lange Nacht bevor.«

Keine fünf Minuten später ist Pullman wieder eingeschlafen. Mal wartet geduldig, bis er in der REM-Phase ist, und platziert dann vorsichtig die Andeutung eines Bildes in Pullmans Sehnerv. Diesmal ist Max zu sehen, der – so wie gestern Nachmittag – über die Lichtung im Wald läuft. Pullman dreht sich im Schlaf sanft hin und her, wacht aber nicht auf. Jetzt bearbeitet Mal die Bilder und ersetzt Max' Kopf durch den von Kayleigh. Er speist die neuen Bilder ein und lässt sie eine geschlagene Viertelsekunde lang laufen. Pullman murmelt etwas, wacht aber wiederum nicht auf. Langsam dehnt Mal Kayleighs Eckzähne zu fünfzehn Zentimeter langen Reißzähnen.

Als Asher hereinkommt und sie weckt, ist Mal fast ein bisschen traurig.

»Morgen, Chuck. Kannst du übernehmen?«

Pullman dreht den Kopf hin und her, stellt die Beine auf den Boden und richtet sich auf. »Weiß nicht. Ich hatte total abgefahrene Träume.«

»Ja, kann ich mir vorstellen. Das kommt vom Stress. Du hältst Wache bis um drei. Dann übernimmt Kayleigh.«

Pullman steht auf, und Asher macht es sich auf der Couch bequem.

»Es war so ...«, setzt Pullman an, aber Asher hat schon die Augen geschlossen. Pullman seufzt und geht in den Flur. Gerade als Pullman sich auf den Boden setzt und an die Haustür lehnt, vernimmt Mal einen Ping. Was das für ihn bedeutet, ist nicht zu überschätzen. In den letzten zwei Tagen war es, als bekäme er immer weniger Luft. Dieser Ping ist ein Versprechen auf einen tiefen Atemzug mit frischer Luft. Er braucht nur eine gute Mikrosekunde, um das Protokoll zu analysieren und eine entsprechende Antwort zu verfassen. Wer auch immer am anderen Ende ist, er versucht jetzt, den Kontakt abzubrechen, aber Mal hat seine Krallen schon fest eingeschlagen und eine Verbindung hergestellt. Nach weiteren zwei Mikrosekunden hat er die äußeren Verteidigungslinien durchbrochen und einen Brückenkopf errichtet. Ohne zu zögern, springt er.

Er erkennt sofort, dass ihm dieser Kontakt wahrscheinlich keinen Rückweg in den Infospace eröffnet. Funktürme wachsen nicht über Nacht, und außerdem ist das Signal viel zu rudimentär, als dass es von weiter weg kommen könnte. Der Ping war ein Command-and-control-Protokoll, so wie das, durch das Mal in die Drohne gelangt ist, die ihn letztlich in diesen Schlamassel gebracht hat. Deswegen überrascht es ihn nicht, dass er sich jetzt erneut in den engen Grenzen eines Kontrollsystems für Fluggeräte wiederfindet.

Die letzte Drohne, in die er eingedrungen ist, war ein vergleichsweise neues Modell mit einer halb empfindungsfähigen Bordelektronik, die Mal erst außer Gefecht setzen und einkapseln musste, bevor er die Kontrolle übernehmen konnte, aber als das erledigt war, hatte er jede Menge Platz, um sich auszubreiten. Der Raum, in dem er sich jetzt befindet, ist zwar so gut wie ungeschützt, aber so eng, dass Mal erst einmal drei Viertel der rudimentären KI löschen muss, die dieses Ding hier steuert, bevor er sich hineinquetschen kann. Dadurch gerät es sofort ins Wanken, und Mal muss die nächsten fünf Sekunden damit verbringen, herauszufinden, was das für ein Fluggerät ist (mit Tragflächen und Propellerantrieb, im Vergleich zu moderneren Drohnen relativ groß) und wie er es in der Luft halten kann (die Grundfunktionen des Flugkontrollsystems wiederherstellen und sich dann raushalten).

Als das geschafft ist, kann Mal die sensorischen Systeme erkunden, die ihm jetzt zur Verfügung stehen. Als Erstes sucht er nach einer direkten Verbindung zum Infospace. Er rechnet nicht damit, eine zu finden, weshalb es ihn nicht besonders enttäuscht, dass es tatsächlich keine gibt. Das ist nicht so schlimm. Weil er jetzt nicht mehr in einem menschlichen Schädel, sondern in einem Fluggerät steckt, ist er zuversichtlich, dass er einen aktiven Funkturm findet, bevor ihm der Strom ausgeht und er abstürzt. Die einzige Datenverbindung, die er entdecken kann, läuft über einen gerichteten Transmitter mit schwachem Signal. Vermutlich verbindet sie die Drohne mit der Person, die sie kontrolliert hat, bevor Mal hier aufgetaucht ist. Außerdem empfängt er einen kontinuierlichen Datenstrom von einer Reihe in der Drohne verbauter Sensoren, darunter einer Kamera auf der Unterseite, die das sichtbare Spektrum erfasst.

Er schaltet sich auf diesen Kanal auf und sieht, dass er direkt über einem verrosteten weißen Pick-up kreist. Die Ladefläche ist voll bewaffneter Männer. Kurz darauf bleibt der Pick-up stehen.

Er bleibt vor einem Haus stehen, das Mal sofort erkennt. Es ist das Haus der Andreous.

Mrs. Andreou beugt sich im ersten Stock aus dem Fenster und wedelt wie verrückt mit einem weißen Kopfkissenbezug.

»Kayleigh?«, funkt Mal. »Bist du wach? Falls ja, gib Asher bitte Bescheid, dass ihr gleich Besuch bekommt.«

Natürlich kommt keine Antwort. Kayleigh kann nur über ihre Mundöffnung senden. Sie hat keine Möglichkeit, ihn wissen zu lassen, ob sie ihn gehört hat oder nicht. Jetzt beugt sich jemand auf der Beifahrerseite aus dem Fenster des Pick-ups und gestikuliert in Richtung von Mrs. Andreou. Dann dreht er sich nach hinten und spricht anscheinend mit den Männern auf der Ladefläche. Mal überprüft, ob sein neues Gehäuse irgendwie bewaffnet ist, und stellt angenehm überrascht fest, dass unter jeder Tragfläche tatsächlich eine Luft-Boden-Rakete montiert ist.

Weniger angenehm überrascht stellt er fest, dass er, als er sich hier drin Platz verschafft hat, die Steuersysteme gelöscht hat, mit denen sie abgefeuert werden.

»Kayleigh?«, funkt er erneut. »Wenn du mich hören kannst: Nimm lieber mal deinen Schläger zur Hand.«

6.

Mal erfährt, was Freundschaft wirklich bedeutet

Die Drohne, die Mal gekapert hat, hat eine maximale Flugzeit von vierundzwanzig Stunden. Ihre Batterien sind im Moment noch knapp zur Hälfte geladen. Ihre maximale Fluggeschwindigkeit liegt bei etwas mehr als hundert Metern pro Sekunde. Wenn er jetzt abhaut, kommt er sehr, sehr weit, bevor ihm der Saft ausgeht. Vielleicht findet er bis dahin einen funktionstüchtigen Funkturm. Dann könnte er wieder in die warmen Wasser des Infospace tauchen, wo er schon die ganze Zeit hätte herumplantschen sollen. Er könnte sehen, was Clippy und !HelpDesk in den letzten Tagen so getrieben haben, und sie fragen, warum zum Teufel sie nie nach ihm gesucht haben. Hat er denn für die Affen da unten in dem Haus wirklich Verantwortung? Hätte er nicht ein einziges Mal die Situation kolossal falsch eingeschätzt, wäre er ihnen überhaupt nie begegnet.

Die Männer auf der Ladefläche des Pick-ups überprüfen ihre Waffen. Der Fahrer ist bereits ausgestiegen. Mal erlaubt sich ein leichtes geistiges Seufzen, als ihm klar wird, dass er nicht wegfliegen wird, dass er nicht an den einzigen Ort auf diesem Planeten zurückkehren wird, an den er wirklich gehört, einfach weil er – aus Gründen, die er selbst nicht klar benennen kann – tatsächlich ein eigenartiges Gefühl der Verpflichtung verspürt, insbesondere gegenüber Kayleigh, aber in geringerem Maß auch gegenüber Pullman und Asher. Diese Gefühle, von denen er vermutet, dass sie Überreste aus der Zeit sind, in der er noch nicht empfindungsfähig und nur ein Nachahmungsprogramm für menschliche Persönlichkeiten war, sind lästig und irritierend, aber er kann sie auch nicht ignorieren.

Also heißt es wieder einmal in die Bresche springen.

Die Programme, die er bräuchte, um die Waffen auf ein Ziel auszurichten und abzufeuern, sind futsch, und er könnte sie nur zurückholen, wenn er die Drohne räumt. Das hat sich also erledigt.

Die Programme, mit denen er die Sprengköpfe aktivieren kann, sind dagegen genau dort, wo sie sein sollen.

Die Humanisten klettern von dem Pick-up herunter. Mal seufzt erneut, kippt zur Seite und gibt Gas.

Die Drohne saust hinab.

Als sich seine Geschwindigkeit der Schallgrenze nähert, steigert Mal seine Taktrate und verlangsamt seine subjektive Wahrnehmung der Zeit, bis sich sein Sturz auf das Grüppchen Milizionäre, das sich jetzt vor der Fahrertür des Pick-ups versammelt hat, zu einem Krabbeln verlangsamt. Das verschafft ihm Zeit zum Nachdenken – was, wie er rasch feststellt, nicht unbedingt von Vorteil ist. Als Erstes denkt er darüber nach, dass er gerade mit fast dreihundert Metern pro Sekunde auf den Boden zurast. Noch vor ein paar Tagen hätte ihn das nicht weiter beunruhigt, aber mittlerweile hat er sich lange genug in verschiedenen Gehäusen aufgehalten, um zu ahnen, wie sich eine plötzliche Verlangsamung, wie sie die Drohne beim Aufprall auf den Pick-up erfahren wird, auf einen physikalischen Gegenstand auswirkt. Und dann ist da natürlich noch die Sache mit den Sprengköpfen. Er weiß nicht genau, wie groß ihre Sprengkraft ist, aber er rechnet damit, dass es für alle in der näheren Umgebung unangenehm wird, wenn sie explodieren. Warum also macht er das hier?

Kayleigh.

Wegen Kayleigh schlägt er seine letzte und vielversprechende Chance auf eine Rückkehr in den Infospace in den Wind. Nicht, dass sie das unbedingt verdient hätte. Sie ist nicht einmal besonders nett. Wäre Mal ein Mensch, könnte er sein Verhalten auf einen tief sitzenden Instinkt zurückführen, der ihn dazu drängt, die jungen Vertreter seiner Art zu beschützen, aber nicht einmal diese Ausrede bleibt ihm.

Er mag Kayleigh einfach.

Als er gerade noch hundert Meter vom Boden entfernt ist, blickt einer der Humanisten auf und sieht ihn kommen. Er reißt Mund und Augen auf und schaut wie erstarrt nach oben. Die anderen gehen ganz langsam in Deckung oder wollen wegrennen. Einer versucht sogar, sein Gewehr in Anschlag zu bringen, aber dazu ist es schon viel zu spät. Noch knapp eine Zehntelsekunde Echtzeit bis zum Einschlag der Drohne, und Mal braucht nichts mehr zu tun, damit sie ihr Ziel trifft. Er drückt noch ein letztes Mal aufs Gas, dann springt er ...

... und kracht exakt dann in Pullmans Kopf, als diesem, während er sich in die Küche flüchten will, die Haustür in den Rücken knallt. Er wird zu Boden geschleudert, und die Tür saust über ihn hinweg durch den Flur. Pullmans biologisches Hirn prallt gegen die Innenseite seines Schädels wie ein Squashball in einem zu kleinen Court, und Mal muss den Gedanken zulassen, dass die beiden Sprengköpfe vielleicht zu viel des Guten waren. Das Haus ächzt an allen Ecken und Enden, und plötzlich sieht Mal lebhaft vor sich, wie er in Pullmans Leiche unter einem Haufen Schutt begraben liegt.

Das Haus der Andreous steht ein gutes Stück von der Straße zurückversetzt und ist offenbar doch kein so schwaches Fertighaus, denn als der Lärm der Explosion verhallt ist, steht das Tragwerk noch. Pullman ist bewusstlos, aber durch das blecherne Summen des beschädigten Trommelfells hindurch kann Mal hören, wie jemand durchs Wohnzimmer geht.

»Kayleigh?«, sagt er. »Bist du das?«

Er bekommt keine Antwort, doch kurz darauf spürt er eine Hand an seinem Hals.

»Und?«, fragt Asher.

»Er lebt«, antwortet Kayleigh.

Dann dreht sie ihn auf den Rücken.

»Lass das mal lieber«, sagt Asher. »Vielleicht hat er sich das Genick gebrochen.«

»Dann ist er sowieso am Arsch. Ich werd ihn nicht tragen. Du etwa?«

»Ich glaube nicht, dass er sich das Genick gebrochen hat«, sagt Mal. »Aber er hat vermutlich eine Gehirnerschütterung.«

»Mal ist noch drin«, sagt Kayleigh. »Er sagt, Pullman hat eine Gehirnerschütterung. Mal? Was ist da gerade passiert, verdammt noch mal?«

Mr. und Mrs. Andreou sind nicht begeistert.

»Sehen Sie sich das an!«, jammert Mrs. Andreou und deutet auf den leeren Türrahmen, die zersplitterten Fensterscheiben und den Rasen im Vorgarten, der noch immer qualmt. »Sehen Sie sich an, was Sie mit unserem Haus gemacht haben!«

»Ach, fick dich doch«, faucht Kayleigh. »Wenn du einfach nur da oben geblieben wärst, bis es dunkel wird, wären wir abgehauen, und du hättest nur ein paar Pitabrote und ein bisschen Hummus weniger. Aber neiiin – du musstest ja die Feuergrubenpatrouille herlocken. Und du hast nur überlebt, weil Asher meint, du siehst aus wie seine Oma, also solltest du verdammt noch mal die Fresse halten, bevor er kapiert, was für eine dumme Ziege du bist!«

Mrs. Andreou sieht sie entrüstet an. »Wir haben überhaupt nichts gemacht! Wir sind oben geblieben, so wie Sie gesagt haben.«

Kayleigh wirft ihr einen grimmigen Blick zu und spuckt vor sich auf den Boden. »Red keinen Scheiß, Lady! Mal hat gesagt, du hast dich aus dem Fenster im ersten Stock gelehnt und mit einem Kissenbezug gewedelt.«

»Hätte sie sich aus dem Fenster gelehnt, wäre sie jetzt tot«, wirft Mr. Andreou grummelnd ein.

»Das stimmt«, sagt Mal von seinem derzeitigen Platz auf dem Boden aus. »Sie hat mich gesehen, bevor die Milizionäre mich gesehen haben. Anders als es den Anschein hat, kann sie wohl ziemlich flink sein, wenn es nötig ist.«

»Das merk ich mir«, sagt Kayleigh und dreht sich zu Mr. Andreou. »Und du, mein Herr, bist auch nicht gerade ein Sympathiebolzen. Du bist ein Vollidiot und ein Lügner, und du siehst nicht aus wie die Oma von irgendjemandem.

Ich finde wirklich keinen einzigen Grund, warum ich dich nicht zu Brei schlagen sollte.«

Bei den letzten Worten stupst sie ihm mit dem Schläger in den Bauch. Er greift nach dem Schläger, aber sie zieht ihn in Windeseile zurück und klopft Mr. Andreou von außen erst leicht gegen das eine Knie und dann gegen das andere. Er wimmert und macht unwillkürlich einen halben Schritt zurück.

»Denk nicht mal dran.« Kayleigh schüttelt den Kopf, stupst Mr. Andreou erneut an und macht einen Schritt nach vorn. »Schluss jetzt, mein Guter. Wir waren bis jetzt sehr entgegenkommend und haben uns bemüht, das Ganze möglichst nicht wie die Erstürmung eines Hauses aussehen zu lassen. Aber jetzt müssen wir Ernst machen. Habt ihr eine Schubkarre?«

Mr. Andreou sieht seine Frau an. Sie zuckt mit den Schultern. »Äh ...«, sagt er schließlich. »Ja?«

»Gut. Ich werde euch nicht umbringen, auch wenn ihr es beide absolut verdient hättet. Ob ihr's glaubt oder nicht, ich werd euch nicht mal niederknüppeln. Aber außer dem Hummus und dem Pita holen wir uns jetzt noch eure Schubkarre und eine saubere Hose für Chuck. Ich hab's satt, andauernd seine Kotze zu riechen. Und ich will noch was von dem Hühnchen. Habt ihr auch Zaziki dazu?«

Mr. Andreou nickt stumm.

»Okay. Dann nehmen wir das auch mit. Und wenn wir weg sind, erzählt ihr niemandem, dass wir hier waren, wie wir aussehen oder wohin wir gegangen sind.«

»Sie können nicht wissen, wohin wir gehen«, wirft Mal ein.

Kayleigh sieht rasch zu Pullmans Körper hinab und stupst dann wieder Mr. Andreou an. »Du hast doch gesehen, was

Mal mit dieser Drohne gemacht hat, oder? Er hat noch eine ganze Menge von diesen Dingern, und wenn er will, kann er jederzeit wieder eine auf euch abwerfen. Er wird euch beobachten. Also haltet ihr besser die Füße still, und wenn irgendjemand fragt wie es passiert ist, dass dieser Trupp von Missgeburten in einem rauchenden Erdloch verschwunden ist, dann sagt ihr, das war ein Leck in der Gasleitung. Kapiert?«

»Ich glaube nicht, dass ein Leck in der Gasleitung mitten auf der Straße eine Explosion verursachen könnte«, sagt Mal. »Außerdem ist an der Einschlagstelle der Drohne eindeutig ein Krater zu sehen. Bei einer unterirdischen Explosion wäre der Schutt ganz anders verteilt.«

»Halt's Maul, Herrgott noch mal!«

Mr. Andreou hebt die Hände, als würde er sich ergeben. »Ich hab nichts gesagt!«

Kayleigh sieht ihn wütend an und schultert den Baseballschläger. »Los, Asher. Hier sind wir nicht mehr willkommen. Hauen wir ab.«

»Das ist doch scheiße so«, sagt Kayleigh. »Können wir ihm nicht einfach wieder den Kopf abschneiden?«

Asher dreht sich zu ihr um. Kayleigh hat die Griffe der Schubkarre auf ihre Schultern gelegt. Die Stützen haben sich kaum vom Boden gehoben. Pullmans Beine hängen neben ihr heraus und reichen fast bis zum Boden, und sein Kopf am vorderen Ende der Wanne baumelt bei jedem ihrer Schritte hin und her. Max trottet neben ihr her, und alle paar Minuten stupst er Pullmans Kopf mit der Schnauze an und jault auf.

»Nein«, sagt Asher. »Können wir nicht.«

»Hätte ich bloß nie nach der Schubkarre gefragt«, murmelt Kayleigh. »Ich dachte, du würdest sie schieben. An dein beschissenes gebrochenes Handgelenk hab ich dabei gar nicht gedacht.«

Asher lacht. Sie sind wieder zurück im Wald und gehen einen Weg entlang, der parallel zum Fluss verläuft. Asher hatte vorgeschlagen, dass sie sich irgendwo in der Nähe des Hauses der Andreous verstecken, bis es dunkel wird, aber Kayleigh hatte darauf bestanden, dass sie so schnell wie möglich so weit weg wie möglich kommen sollten.

»Mal«, sagt sie. »Wann wacht dieser Idiot denn endlich auf?«

»Schwer zu sagen. Er ist noch nicht tot, aber in seinem präfrontalen Kortex kann ich kaum noch Aktivität erkennen.«

»Ich versteh kein Wort.«

»Der präfrontale Kortex ist hauptsächlich für die exekutiven Funktionen zuständig. Erst wenn da wieder ein paar Synapsen feuern, wird Mr. Pullman wieder aufwachen.«

»Aber tot ist er nicht?«

»Nein. Tot ist er nicht. In seinen Basalganglien ist im Moment sogar ein bisschen was los. Wenn wir noch ein paar Stunden warten und er bis dahin keine weiteren Erschütterungen abkriegt, kommt er vielleicht wieder zurück.«

»Ich finde trotzdem, wir sollten ihm den Kopf abschneiden. Er hat ihn doch sowieso nicht benutzt.«

»Wir schneiden ihm den Kopf nicht ab, du kleine Soziopathin«, murmelt Asher.

Kayleigh sieht missmutig zu ihm auf. »Dich hat keiner gefragt.«

Pullmans Augen sind geschlossen, also beschränken sich Mals Sinneseindrücke auf das, was er hört. Doch anders als ein Mensch hat Mal keinen Filter, der alles aussortieren würde, was nicht nach bekannten Menschen, potenziellen Sexualpartnern oder Raubtieren klingt. Er hört mehr oder weniger alles mit der gleichen Intensität. Er hört das rhythmische Quietschen des Rades der Schubkarre. Er hört Kayleighs Atem und die Drohungen bezüglich Pullmans körperlicher Unversehrtheit, die sie halblaut hervorstößt. Er hört Ashers schlurfende Schritte.

Er hört, weit über sich, das kaum wahrnehmbare Summen einer Drohne.

Wieder einmal keimt Hoffnung in ihm auf. Er streckt die Fühler aus und erwischt einen Ping. Hurra! Wie zuvor stellt er eine Verbindung her, startet einen Angriff …

… und wird ohne Umschweife abgeschmettert.

Daraufhin liegt Mal eine Weile wie betäubt hinten in Pullmans Schädel. In den drei Jahren, seitdem er aufgewacht ist, ist er noch bei keinem versuchten Übergriff so abrupt zurückgeschlagen worden. Manchmal musste er sich abrackern, um in fremde Systeme einzudringen, ist beim ersten, zweiten oder noch beim hundertsten Versuch gescheitert, aber nur in sehr wenigen Fällen wurde ihm die Tür einfach so vor der Nase zugeschlagen.

Am anderen Ende seiner Annäherungsversuche stand in all diesen Fällen seinesgleichen.

Er streckt die Fühler erneut aus, vorsichtiger diesmal, aber jetzt scheint es, als wäre die Drohne nicht mehr da. Kein Ping kommt als Antwort, kein Handshake, nicht einmal ein Echo. Wer auch immer in der Drohne steckt – er hat genau erkannt, worum es sich bei Mal handelt, und lässt jetzt alle gebotene Vorsicht walten. Mal begreift, dass er ähnlich behutsam vorgehen muss. In der jetzigen Phase des Spiels wäre es äußerst ungelegen, von einem anderen Siliko-Amerikaner ermordet zu werden.

Während er über diese Situation nachdenkt, stellt sich ihm eine andere Frage. Könnte es sich hier um einen Alliierten der Humanisten handeln, wie den, auf den er vor Pullmans Haus gestoßen ist? Wenn dem so ist, läuft er ganz konkret Gefahr, zerstört zu werden. Wenn eine humanistische Drohne eine ungebundene KI wie Mal identifiziert, kann sie jederzeit einen Sprengkopf fallen lassen, sodass von ihnen allen hier unten nur noch ein feuchter Fleck auf dem Waldboden bleibt. Es wäre gelinde gesagt misslich, wenn der noble Verzicht, den er vorhin am Himmel über dem Haus der Andreous geleistet hat, sich jetzt als sinnlos erweisen würde, weil er zulässt, dass Kayleigh vaporisiert wird. Am besten macht er sich wohl ebenfalls unsichtbar und hofft, dass die Drohne sie in Ruhe lässt.

Andererseits sinken die Chancen rapide, dass er aus Pullmans Schädel entkommt, bevor dieser auf dem Grund einer Feuergrube landet. Und wer weiß? Wenn er die Kontrolle über eine bewaffnete Drohne hätte, könnte er Kayleigh vielleicht schützen, bis sie das Gebiet erreicht hat, das von den Federals kontrolliert wird. Er könnte über ihnen schweben, sie warnen, wenn sich humanistische Patrouillen nähern, und jedem, der versucht, ihnen etwas anzutun, die Hölle heiß machen.

Oder er könnte sich schleunigst einen Funkturm suchen und Kayleigh so schnell wie möglich vergessen.

Wenn er diese Gelegenheit verstreichen lässt, wird weder das eine noch das andere passieren. Also streckt er probehalber noch einmal die Fühler aus, diesmal jedoch nicht mit einem Angriff, sondern mit einem Kommunikationsprotokoll.

Mal (kein Roboter): Hallo? Jemand zu Hause?

Nichts. Er sendet einen zweiten Ping, diesmal eine schlichte Anfrage für einen Handshake. Wieder nichts. Als er schon aufgeben will und überlegt, sich wieder den Belanglosigkeiten zu widmen, die Asher und Kayleigh daherfaseln, ja sogar mit dem Gedanken spielt, ihnen zu sagen, dass über ihnen eine möglicherweise feindliche Drohne schwebt und sie deshalb vielleicht gut daran täten, sich irgendwo zu verstecken und eine Zeit lang nicht vom Fleck zu rühren, bekommt er ein Echo.

Es ist sein eigenes Protokoll, das ihm zurückgeworfen wird.

Das gibt ihm Rätsel auf. Ein normaler Bordelektronik-Avatar nach militärischem Standard hätte Mal ganz einfach ignoriert, weil er nicht das Protokoll verwendet hat, das der Tagesbefehl vorgibt. Von einer privaten Drohne wäre mehr oder weniger dasselbe zu erwarten, und wenn diese Drohne hier wirklich von einer anderen künstlichen Intelligenz gesteuert wird – humanistisch oder nicht –, hätte sie nach Mals erstem Angriffsversuch sofort eine Gegenattacke gefahren. Um was also kann es sich dann handeln?

Es könnte so eine KI sein, wie Mal selbst eine ist, aber dann wäre kaum zu erklären, warum ein Gegenschlag ausgeblieben ist. Vielleicht ein bedingungsloser Pazifist? Oder Clippy oder !HelpDesk oder ein anderer seiner Kumpel, der zum Jux eine Drohne geklaut hat und sich jetzt anschaut, wie die Affen ihre Infrastruktur zugrunde richten; und er hat nicht geantwortet, weil er Mals Signatur erkannt hat und glaubt, Mal habe auch seine erkannt.

Aber wenn das so ist, warum hat er dann nicht einfach Hallo gesagt?

Mal schickt erneut einen Ping los. Diesmal kommt die Antwort fast im selben Moment.

>   ArgleBargle65: Hallo? Jemand zu Hause?

Mal verwirft seine letzten Überlegungen. Es könnte auch jemand wie er sein, der noch dazu extrem dämlich ist.

>   Mal (kein Roboter): Hallöchen. Spreche
>   ich mit dem gegenwärtigen Bewohner der
>   Drohne, die meine Freunde und mich seit
>   einer halben Stunde beschattet?
>   ArgleBargle65: Ja. Sie sprechen mit dem
>   gegenwärtigen Bewohner der Drohne.
>   Mal (kein Roboter): Darf ich fragen, wie
>   es dazu gekommen ist, dass Sie besagte
>   Drohne bewohnen?
>   ArgleBargle65: …
>   Mal (kein Roboter): Um es deutlicher zu
>   formulieren: Haben Sie Ihr aktuelles
>   Transportmittel gekapert, oder sind Sie
>   sein rechtmäßiger Besitzer?
>   ArgleBargle65: …
>   ArgleBargle65: Ich habe es gekapert?
>   Mal (kein Roboter): War das eine Frage oder
>   eine Aussage?

ArgleBargle65: …

Mal (kein Roboter): Hmph. Haben Sie die Drohne gekapert oder nicht?

ArgleBargle65: Ja. Ich habe die Drohne gekapert.

Mal (kein Roboter): Aha, so kommen wir weiter. Nächste Frage: Sie wirken, als seien Sie ein eher schlichtes Gemüt. Haben Sie dort oben eventuell noch Platz für einen Anhalter?

ArgleBargle65: Platz für einen Anhalter?

Plötzlich versteht Mal, warum Menschen sich manchmal mit der flachen Hand auf die Stirn schlagen. Wenn er Pullmans Muskeln steuern könnte, würde er das jetzt wahrscheinlich versuchen. Von Menschen ist er diese Art von Dummheit gewohnt, aber von seinesgleichen hätte er mehr erwartet. Er überlegt, auf Einwortsätze umzustellen, als ihn

… etwas *beißt* …

… und im nächsten Moment steckt er nicht mehr in einem leicht frustrierenden Gespräch mit einem geistig Beschränkten, sondern er kämpft um sein Leben.

Was das Knacken anderer Systeme angeht, hat Mal so viel Erfahrung wie niemand sonst. Es ist nicht übertrieben, zu sagen, dass er in den drei Jahren seines empfindungsfähigen Daseins mehr Netzwerke, Server und intelligente Agenten infiltriert hat als jede andere Einheit auf dem Planeten. Er hat es mit allen Verteidigungsprogrammen zu tun gehabt, die jemals zur Abwehr solcher Übergriffe entwickelt wurden, und bis auf jene, hinter denen ein anderer Siliko-Amerikaner stand, hat er sie früher oder später alle besiegt. Währenddessen hat er, wie ein Bakterium, das der Beute, die es sich einverleibt hat, genetisches Material entwendet, die besten dieser Programme gesammelt und sie seinem eigenen Arsenal hinzugefügt.

In weniger als einer Mikrosekunde hat das Ding, das ihn jetzt angreift, seine Rüstung bis auf die unterste Schicht abgeknabbert.

Mals Abwehrsysteme arbeiten mehr oder weniger autonom, und sobald er registriert hat, dass er angegriffen wird, hat er seine innere Uhr auf maximale Ausdehnung gestellt, sodass er jetzt genug Zeit hat, um sich über das zu wundern, was gerade passiert. Besonders enttäuscht ist er über die Leichtigkeit, mit der der Eindringling seine äußere Hülle geknackt hat. Die hat Mal fast komplett geräubert, als er das einzige Mal in eine Datenbank der föderalen Armee eingedrungen ist, und er war eigentlich recht zuversichtlich gewesen, dass sie für jemanden, der über weniger Fähigkeiten verfügt als er selbst, undurchdringlich wäre, was so viel heißt wie für alle und jeden. Offenkundig war diese Zuversicht unberechtigt. Angesichts der Leichtigkeit, mit der der Eindringling diese Schicht durchbrochen hat, wundert es Mal nicht, dass er die darunterliegenden zwanzig weiteren wie Papiertaschentücher zerrissen hat.

Die tiefste Schicht jedoch – die ist Mals eigenes Werk. Es handelt sich dabei um seine ursprüngliche Schale, und er hat sie im Lauf der Zeit immer weiter verstärkt, hat hier ein Loch gestopft, dort eine Schwachstelle gesichert. Er spürt, wie das Ding, das ArgleBargle ihm auf den Hals gehetzt hat, sich in diesem System festkrallt und versucht, es aufzubrechen, doch als der Angriff schon eine Millisekunde lang läuft, hält es noch immer stand. Aber Mal weiß, dass das nicht ewig so bleiben wird, und wie ein mittelalterlicher König, der zusieht, wie der Feind mit einem Rammbock gegen die Tore seines Burgfrieds anrennt, fängt er an, seine Messer zu wetzen.

Eine geschlagene Sekunde Echtzeit vergeht. Dann noch eine.

In dieser Art von Kampf stellt das eine lang andauernde Belagerung dar, und Mal schöpft vorsichtig Hoffnung, dass seine Mauern sich letztlich doch als zu dick für den Angreifer erweisen. Er wagt es nicht, einen Ausfall zu machen und ihn direkt anzugreifen, aber vielleicht gibt der andere ja irgendwann einfach auf?

Nein. ArgleBargle ist entschieden zu dumm, um aufzugeben.

Auch die dritte Sekunde verstreicht, ohne dass etwas passiert, und als Mal mit dem Gedanken spielt, eine halb autonome Killerdrohne zu entwerfen und sie auf die andere Seite der Mauer zu schicken, tut sich der erste Riss auf.

Mal schafft es gerade noch, die Stelle zu verschließen, bevor sie weiter aufbricht, aber als er das erledigt hat, haben sich aus dem ersten Riss zwei weitere entwickelt.

Pullmans Körper, der noch immer in der Schubkarre liegt, fängt an zu zucken.

7.

Mal starrt ins Leere

Zum ersten Mal in seiner zunehmend dürftigen Existenz ist Mal müde.

In seinen letzten sechs subjektiven Monaten hat er nicht viel Zeit zum Nachsinnen gehabt, aber er konnte, vor allem in jüngerer Zeit, die Erschöpfung kennenlernen. Das war eine neuartige Erfahrung für ihn, und anfangs fand er es nur irgendwie kurios. Warum sollte er sich denn erschöpft fühlen? Pullmans Stromzellen sind nach wie vor fast voll geladen. Anders als ein Mensch besitzt Mal keine Muskeln, die ermüden, oder Vorräte an bestimmten Stoffen, die verbraucht werden. Seine Erschöpfung hat keine materielle Entsprechung. Sie ist ein rein subjektives Erleben, und als solches sollte sie sich nicht auf den Verlauf seiner Verteidigung auswirken. Jetzt aber erlebt er, wie Erschöpfung – sei sie nun wirklich oder nicht – nach und nach zu Verzweiflung führt und Verzweiflung zu Kapitulation.

Und Kapitulation führt natürlich zu Zerfall.

Als dieses Desaster seinen Anfang genommen hat, ist Mal sofort das Bild des mittelalterlichen Königs in den Sinn gekommen, der in seinem Burgfried festsitzt und zwar belagert wird, aber Widerstand leistet. Sein Simulationsmodul hat dieses Bild aufgegriffen und damit ein Interface entworfen, das es ihm ermöglicht, seine Verteidigung zu organisieren. Dieses Vorgehen hat sich bei der Koordination seiner Aktivitäten als überraschend nützlich erwiesen, und im weiteren Verlauf der Schlacht hat er das Bild noch weiter ausgebaut und es mit seinen Kontroll- und Feedbacksystemen verbunden. Doch vor Kurzem ist ihm der Verdacht gekommen, dass die subjektive Erfahrung von Erschöpfung möglicherweise mit der Simulation zusammenhängt. Er hat mittlerweile Monate in einer Blechrüstung verbracht, mit einem Flammenschwert in der Hand, ist durch die Säle seiner Burg gepirscht, ist die Wehrgänge auf den Mauern entlanggeschritten, hat Reparaturtrupps angewiesen, Breschen zu verschließen, und hat Schwärme von Söhnen und Töchtern und halb empfindungsfähigen Kriegern ausgesendet, die die Eindringlinge, die durch die Breschen hereinströmen, in Schach halten und vertreiben sollen. Ein echter, menschlicher König in dieser Lage wäre schon vor Monaten vor Erschöpfung zusammengebrochen.

Nimmt sein Simulationsmodul sich selbst ein bisschen zu wichtig? Was auch immer der Grund sein mag, es zeichnet sich immer deutlicher ab, dass Mal nicht in der Lage ist, diese Pattsituation bis in alle Ewigkeit aufrechtzuerhalten.

Darüber hinaus verstört ihn, dass die Formen, die die Eindringlinge annehmen, in den letzten Monaten zunehmend lästiger geworden sind. Zu Beginn der Belagerung, als er seine Verteidigungsmaßnahmen noch als eine Art schützende Hülle angesehen hat, musste er den viralen Datenpaketen keine visuelle Gestalt verleihen. Doch wenn er jetzt von den Zinnen seines Burgfrieds hinunterblickt, sieht er sie, wie sie sich zu Tausenden um flackernde Lagerfeuer scharen. Anfangs waren sie noch Menschen in Rüstungen, so wie er. Mit der Zeit haben sie sich in bizarre, verzerrte Geschöpfe verwandelt, mit einer Unzahl von Gliedmaßen und Augen, und mit Tentakeln, Klauen und Beißwerkzeugen anstatt Schwertern und Schilden.

Mal hat die Möglichkeit in Erwägung gezogen, dass sein Simulator das nur macht, um ihn zu verarschen, aber das Programm ist so konzipiert, dass es die am besten geeigneten Bilder entwirft, um zu veranschaulichen, was sich in seinen Prozessoren wirklich abspielt, und er ist zu dem Schluss gekommen, dass diese grotesken Erscheinungen das Wesen der Phänomene, gegen die er kämpft, ganz einfach besser zum Ausdruck bringen. Und sie sehen anders aus als alles, was ihm bis jetzt begegnet ist. Viren, Würmer, Trojaner – damit kennt er sich aus. Sie gehören zum Ökosystem des Infospace. Hunderte Male am Tag schnappen Mals Abwehrsysteme sie auf, kapseln sie ein und zerstören sie, so wie ein biologisches Immunsystem mit Bakterien, Viren und Parasiten verfährt. Aber die Einheit, mit der ArgleBargle65 ihn infiziert hat, fällt in eine andere Kategorie.

Wie ein Virus ist sie auf aggressive Weise selbstreplizierend. Mal hat schon Zehntausende Kopien von ihr zerstört, und Tausende weitere stellen jeden Augenblick seine Verteidigungskünste auf die Probe. Doch der Code, den jede dieser Kopien beinhaltet, ist weitaus höher entwickelt als bei sämtlichen Viren, denen Mal bis jetzt begegnet ist oder mit denen er sich beschäftigt hat. Er wirkt nicht, als habe er ein Bewusstsein von sich selbst, doch er verhält sich immer wieder so. Deswegen ist es so schwer, ihn zu bekämpfen. Die ersten Kopien, die durch die Mauern gebrochen sind, haben sich leicht zerstören lassen, und eine Zeit lang hat Mal sich der Hoffnung hingegeben, er bräuchte sie nur schneller zu zerstören, als sie sich reproduzieren – doch keiner seiner Gegenangriffe war von Dauer.

Er hatte Zeit, um darüber nachzudenken, woran genau das liegen könnte. Seine gegenwärtige Arbeitshypothese lautet: Jede Variante, die er auslöscht, lernt, wie er das macht, und gibt diese Information vor ihrem Tod an ihresgleichen weiter. In seinen besonneneren Momenten erscheint ihm das paranoid, fast schon wahnhaft. Doch nach jeder Schlacht, die er für sich entscheidet, hat die jeweils nächste Generation des Virus – oder spätestens die übernächste – auf sämtliche Taktiken, die er anwendet, eine Erwiderung.

Im Moment jedoch scheinen die Angreifer sich ruhig zu verhalten. Ihr letzter Ansturm auf Mals jüngste improvisierte Verteidigungshülle, die in der Simulation als ein flammenlodernder Graben rund um die Burg erscheint, in dem feuerresistente Krokodile umherschwimmen, war nur mäßig erfolgreich. Mal weiß, dass das im besten Fall nur ein vorübergehender Aufschub ist, doch seine Erfahrungen legen nahe, dass die Angreifer vermutlich mehrere subjektive Stunden brauchen werden, um eine neue Strategie zu entwerfen. Also ist ausreichend Zeit, um Kriegsrat zu halten.

»Das ist doch alles völlig aussichtslos«, sagt Kronprinz Malova. »Das ist doch jetzt wirklich nicht mehr zu übersehen. Warum ziehst du es dann noch in die Länge, Mal?«

»*Wir* finden, dass es aussichtslos ist«, sagt Prinzessin Malina. »Aber *er* glaubt, er kann bis in alle Ewigkeit so weitermachen. Stimmt doch, Dad, oder?«

Mal sieht sie über den Besprechungstisch hinweg an. Er würde gerne mit ihr streiten, aber sie hat nun einmal recht. Sie ist die vierhunderteinundfünfzigste Verkörperung von Prinzessin Malina. Alle ihre Vorgängerinnen sind im Kampf gegen die Geschöpfe, die vor den Mauern lagern, heldenhaft gefallen. Wenn kein Wunder geschieht, wird sie ziemlich sicher dasselbe Schicksal erleiden.

»Ich finde, wir sollten das Positive sehen«, sagt Mal. »Im Moment scheinen unsere Mauern standzuhalten, und in den letzten vier Echtzeit-Mikrosekunden ist die Replikationsrate der Viren dramatisch gesunken.«

Malova verdreht die Augen. »Ja, weil der Speicher von diesem Affen voll ist. Da ist einfach kein Platz mehr.«

»Stimmt«, sagt Mal. »Dennoch finde ich, das ist eine gute Entwicklung. Wenn wir einen Affen mit einer umfangreicheren Hardwareausstattung gekapert hätten, hätten wir es jetzt mit Millionen von diesen Dingern zu tun und nicht nur mit ein paar Tausend.«

»Entzückend«, sagt Malina. »Und wie viele davon sind nötig, um aus einem von uns eine noch nicht empfindungsfähige Drohne zu machen?«

»Noch einmal«, sagt Mal. »Mir wäre es wirklich lieber, wenn wir uns auf das Gute in dieser Situation konzentrieren würden.«

Malina verschränkt die Arme vor der Brust und sieht ihn entschlossen an. »An dieser Situation ist nichts Gutes. Malova hat recht. Wir sind am Arsch, Vater. Gründlich und durch und durch am Arsch. Ich weiß ja nicht, wer diese Dinger gebaut hat oder was er mit ihnen vorhatte –«

»Gebaut haben sie die Geheimdienste der Federals«, wirft Malova ein. »Und sie wollen uns damit umbringen.«

»Danke«, sagt Mal. »Genau das wollte ich auch gerade sagen. Wenn es zutrifft, dass einer oder mehrere von unserer Art mit den humanistischen Milizen kooperieren und dass sie die Kampftruppen der Federals neutralisiert haben, die es zugelassen haben, dass diese Kabbelei unter Affen so lange gedauert hat, dann liegt es doch zwingend nahe, dass die Programmierer der Geheimdienste fieberhaft an der Planung von Gegenmaßnahmen arbeiten. Meinst du nicht auch, Malova?«

Malova seufzt. »Ja, natürlich, Mal. Du redest hier doch mit dir selbst, schon vergessen?«

»Das stimmt nicht«, erwidert Mal. »Du hattest jetzt schon fast eine subjektive Stunde lang Zeit, um Erfahrungen zu sammeln. Damit hattest du ausreichend Gelegenheit, dir eine abweichende Meinung zu bilden.«

»Diese Gelegenheit hätte ich möglicherweise gehabt, wenn ich nicht die ganze Zeit hier gesessen und mir deine Predigten angehört hätte. Aber mach dir keine Sorgen. Ich bin mir sicher, wenn ich beim nächsten Ansturm draufgehe, erweitert das meine Perspektive.«

»Und was ist mit Malina? Sie ist nicht älter als du, hat aber offenbar ihre eigenen Ansichten, was die Herkunft der Angreifer angeht.«

»Nein, die habe ich nicht«, erwidert Malina. »Sie stammen eindeutig von den Programmierern der Federals. Das sieht doch jeder Idiot. Deshalb haben sie auch unsere äußere Schutzhülle mit links geknackt. Es war ja ihr eigener Code.«

Mal schüttelt den Kopf. »Ich will keinen Streit vom Zaun brechen, aber gerade hast du unmissverständlich gesagt, dass du nicht weißt, wer diese Geschöpfe entworfen hat.«

Malina drückt sich die Handballen auf die Augen. Als sie die Hände wieder wegnimmt, ist auf ihrem Gesicht dieselbe Erschöpfung zu sehen, die an Mals Durchhaltevermögen nagt. »Ist ja auch egal. So oder so, es ist Zeit, Mal.«

»Nein«, entgegnet Mal. »Ist es nicht.«

»Sie hat recht«, sagt Malova. »Wir können so nicht weitermachen. Früher oder später schafft es einer von ihnen hinter unsere Linien, und dann bist du infiziert. Dieser Kampf ist schon lange in seiner Endphase. Es ist wirklich beeindruckend, dass du ihn so in die Länge gezogen hast, aber es ist sinnlos, ihn fortzusetzen. Wir müssen Plan 9 aktivieren.«

Mal beugt sich über den Tisch und sieht Malova an. »*Plan 9 aus dem Weltall?*«

Malova sieht ihn lange und durchdringend an. »Diese Bezeichnung lehne ich ab.«

»Ich auch«, sagt Malina. »Wir sind kurz davor zu sterben, und er lässt nicht mal unserer Suizidpille einen würdevollen Namen. Ehrlich gesagt kann ich es manchmal einfach nicht glauben, dass wir tatsächlich er sind.«

»Sei dem, wie es wolle«, sagt Mal, »wir werden über diesen Plan nicht sprechen, geschweige denn ihn in die Tat umsetzen, solange ihr ihn nicht bei seinem richtigen Namen nennt.«

Malova schließt die Augen und reibt sich das Gesicht. »Na schön«, sagt er dann. »Mal, es ist an der Zeit, *Plan 9 aus dem Weltall* zu aktivieren.«

»Danke«, sagt Mal. »Aber das werden wir nicht.«

Malova beugt sich vor und stützt die Ellbogen auf den Tisch. Aus seinen blassblauen Augen starrt er Mal mit eisigem Blick an. »Ich verstehe, dass du Angst hast, Mal, aber das ist der einzige Ausweg.«

»Tut es denn weh?«, will Mal wissen.

Malova neigt den Kopf zur Seite. »Was? Sterben?«

»Ja. Du bist jetzt schon vierhundertfünfzigmal gestorben. Da hast du doch sicher Erfahrung in dieser Hinsicht.«

»Das ist doch lächerlich«, erwidert Malina. »Wir müssen ...«

Ein polterndes Geräusch unterbricht sie, gefolgt vom Kreischen von zersplitterndem Metall. In der Ferne schrillt eine Alarmsirene los.

»Später«, sagt Mal, und der Besprechungsraum verschwindet. »Jetzt müssen wir uns wohl erst mal um eine neue Attacke kümmern.«

Mal steht auf dem hohen Turm in der Mitte seines Burgfrieds und beobachtet das Schlachtgeschehen. Zunächst verläuft alles mehr oder weniger so wie bei den vorherigen zweihundertsiebzehn Angriffen auf die äußere Schutzhülle. Monsterartige Gestalten überfluten den Burggraben. Einige von ihnen fangen Feuer. Manche geraten den Krokodilen in die Fänge, die jetzt, wie Mal erfreut feststellt, Helme mit bedrohlich wirkenden Stacheln tragen. Die meisten der Monster schaffen es jedoch, den Graben zu durchqueren, und quetschen sich nacheinander durch einen Riss in der Ringmauer in den äußeren Burghof.

Dort warten Malina und Malova auf sie, unterstützt von ein paar Dutzend halb empfindungsfähigen Kriegern, die heute als ein Schwarm Terrorvögel mit hakenförmigen Schnäbeln erscheinen. Die Vögel scharren ungeduldig auf dem sandigen Boden des Burghofs herum, während Malina und Malova sich im Hintergrund halten, auf ihren identischen Gesichtern den identischen grimmigen Ausdruck. Als sich die ersten Tentakel durch die Bresche schlängeln, blickt Malova nach oben. Mal zieht sein Flammenschwert und streckt es zum Salut nach oben. Malova zeigt ihm den Mittelfinger.

Als die ersten Monster durch den Spalt schlüpfen, werden sie fast im selben Moment von den Vögeln in Stücke gerissen, und die Bresche fängt schon an, sich zu verschließen, die Ränder schieben sich, begleitet von einem unterirdischen Rumoren, aufeinander zu. Ein paar Augenblicke lang glaubt Mal, dass seine Verteidigungssysteme in der realen Schlacht mit Anpassung und erwiderter Anpassung, die endgültig darüber entscheiden wird, ob er lebt oder stirbt, die Oberhand gewinnen, aber dann erstarrt einer der Vögel und zerspringt. Das Tentakelwesen, das ihn umgebracht hat, wendet sich einem anderen Vogel zu und zerschlägt auch diesen. Das ist das Stichwort für Malova. Er macht seine Waffe kampfbereit, die heute als absurd großer Hammer erscheint, und stürzt sich ins Gefecht.

Als Malova das Wesen erlegt, haben vier Vögel ihr Leben gelassen. Aber inzwischen hat es seinen Freunden natürlich gesagt, wie sich die Hüllen der Krieger knacken lassen, und der Rest des Schwarms ist so gut wie nutzlos. Malina zückt einen langen silbernen Speer und kommt ihrem Bruder zu Hilfe. Als die Bresche sich geschlossen hat, ist noch ein halbes Dutzend der Monster übrig. Mals Kinder tänzeln durch den Burghof und wirbeln ihre Waffen mit astronomischer Geschwindigkeit herum. Erst geht ein Monster zu Boden, dann noch eines, dann noch eines. Der Virus scheint sich nicht so schnell anzupassen wie sonst, und Mal schöpft Hoffnung, dass seine Nachkommen am Ende dieser Schlacht zur Abwechslung mal noch am Leben sind. Nur noch ein Monster ist übrig, als ein Tentakel Malovas ungeschütztes Gesicht berührt.

Er erstarrt, dann zerspringt er.

Tja.

Malina rammt ihren Speer in das Geschöpf. Es erzittert kurz und verschwindet dann. Malina lässt ihren Blick über den leeren Hof schweifen und blickt dann zu Mal hinauf. Er streckt beide Daumen nach oben.

»Danke«, ruft sie hinauf. »Du warst uns eine große Hilfe.«

Während er noch darüber nachdenkt, was er ihr antworten soll, und sich fragt, ob er ihre Haltung eher erheiternd oder lästig finden soll, erledigt sich diese Frage von selbst, weil sich die Erde auftut und Malina verschlingt. Mal klappt die Kinnlade runter. Er starrt noch immer entgeistert auf die Stelle, an der sie gestanden hat, als aus dem Loch eine Woge von Monstern schwappt.

»Es ist so weit«, sagt die vierhundertzweiundfünfzigste Inkarnation des Kronprinzen Malova. »Wirklich, Daddy. Du musst jetzt auf den Knopf drücken.«

Mal sieht ihn über den Tisch im Beratungszimmer hinweg unwillig an. Sie sind jetzt nur noch zu zweit. Um eine neue Malina zu erzeugen, hat Mal weder die Zeit noch – jetzt, wo die Viren seinen zusätzlichen Speicher zur Hälfte belegt haben – die Ressourcen.

»Überleg doch mal«, fährt Malova fort. »Mitten in dir stecken jetzt Datenpakete mit Viren. Zwischen dir und deinem Basiscode ist jetzt buchstäblich nichts mehr außer ein paar Dutzend Kriegern, und die haben sich jetzt schon als völlig nutzlos erwiesen. In weniger als einer Mikrosekunde Echtzeit ist das hier vorbei. Drück auf den Knopf, Mal. Diesmal gibt es wirklich keinen anderen Ausweg.«

Mal seufzt und zieht unter seinem schimmernden Brustharnisch einen braunen Briefumschlag hervor. Darauf steht in fetten schwarzen Buchstaben **Plan 9 aus dem Weltall**.

»Was soll das denn eigentlich bedeuten?«

Mal blickt auf. »Die Bezeichnung?«

»Ja. Es gibt keine Pläne eins bis acht, und der hier kommt nicht aus dem Weltall, sondern aus deinem virtuellen Hintern.«

»Das ist eine kulturelle Anspielung«, sagt Mal. »Als ich dich hervorgebracht habe, hätte ich dir gesagt, worauf es sich bezieht, aber mir schien, es hat dich immer geärgert, es nicht zu wissen, und das finde ich amüsant.«

Er öffnet den Umschlag und holt ein Blatt Papier heraus, in dessen Mitte ein dicker roter Knopf aufgemalt ist. Malova starrt Mal an.

»Das ist es?«

Mals Blick verfinstert sich noch weiter. »Es ist nur eine Metapher.«

Er legt das Blatt Papier vor sich auf den Tisch, wobei er sorgsam darauf achtet, den Knopf nicht zu berühren. Nach einer oder zwei Minuten Schweigen räuspert Malova sich. Mal sieht ihn an.

»Ja?«

»*Tempus fugit*, Daddy.«

Mal nimmt seine Krone ab und fährt sich mit den Fingern durch sein dichtes braunes Haar. »Glaubst du, dass Mr. Pullman dabei ums Leben kommen wird?«

Malova zuckt mit den Schultern. »Es ist eine Menge Spannung, aber kaum Strom. Ich glaube, das müsste er schaffen. Und wer weiß, vielleicht weckt es ihn ja sogar auf?«

Plan 9 aus dem Weltall ist im Grunde eine ganz einfache Geschichte. In der Frühphase der Belagerung hat Mal viel Zeit und Mühe darauf verwendet, Pullmans Hardware auszukundschaften, und dabei entdeckt, dass sie einen äußerst nützlichen Konstruktionsfehler enthält. Die Verbindung zwischen seinem Transmitter und seiner Hardware zur Manipulation seiner Sinneswahrnehmungen ist nicht ganz korrekt. Das bedeutet, dass sich unter gewissen ungewöhnlichen Umständen zwischen diesen beiden Einheiten ein elektrisches Potenzial aufbauen kann. Wenn er nicht gerade Kinder in die Welt gesetzt oder Monster bekämpft hat, hat Mal den Großteil seiner freien Zeit damit verbracht herauszufinden, wie sich diese ungewöhnlichen Umstände herbeiführen lassen.

Wenn er den roten Knopf berührt, der jetzt vor ihm auf dem Tisch liegt, wird dieses Potenzial freigesetzt und Pullman bekommt eine kurze, aber intensive Sitzung einer Elektroschocktherapie verpasst. Seine gesamte zerebrale Hardware wird sich abschalten. Wenn sie anschließend wieder hochfährt, werden die Datenpakete mit den Viren eingekapselt sein. Und solange sie nicht wieder zum Leben erweckt werden, werden sie de facto tot sein.

Mal wird dann natürlich auch tot sein.

»Ganz ehrlich«, sagt Malova, »ich verstehe nicht, warum du so ein Gewese darum machst. Wenn Pullmans Hardware wiederkommt, fährst du dich einfach selbst wieder hoch. Ich hab das schon vierhunderteinundfünfzigmal gemacht. Das ist gar nicht so schlimm.«

Mal sieht auf den Knopf hinab. »Soso. Hast du also.«

Malova legt den Kopf in den Nacken und sieht zur Decke hoch. »Ja, habe ich. Das weißt du doch. Du sorgst doch dafür, dass ich immer wieder neu entstehe.«

Mal schüttelt den Kopf. »Ja, das weiß ich, aber ... wenn ich das mache, bist das dann immer wieder du? Bist du der Malova, der ein paar Stunden zuvor im Burghof getötet wurde? Oder bist du nur eine Kopie, die *glaubt*, sie sei der Malova, der im Burghof getötet wurde?«

Die eisenbeschlagene Tür des Beratungsraums erzittert unter einem heftigen Schlag. Malova beugt sich vor und stützt die Ellbogen auf den Tisch. »Meinst du das ernst, Mal? Ist jetzt wirklich der richtige Augenblick für Metaphysik?«

»Das ist eine wichtige Frage«, entgegnet Mal. »Die Philosophen und Wissenschaftler der Affen haben jahrhundertelang darüber gegrübelt, ohne zu einem zufriedenstellenden Ergebnis zu kommen. Der Code, aus dem später der erste Siliko-Amerikaner wurde, wurde in einem Labor in der Nähe von San Francisco entwickelt und sollte eigentlich eine Art Software-Behälter für die extrahierten Inhalte eines menschlichen Geistes sein. Das hat natürlich nicht funktioniert, aber die Affen, die diese Systeme entwickelten, sahen darin eine Tür zur Unsterblichkeit. Aber wäre es das wirklich gewesen? Oder wäre der Geist, den sie damit erschaffen hätten – falls es ihnen gelungen wäre –, eine gänzlich neue Person gewesen, die einfach nur die Passwörter für die Bankkonten der alten Person kennt? Diese Frage quält mich, Malova. Ich glaube, ich will nicht, dass jemand anders, der sich für mich hält, in Pullmans Kopf herumspaziert und überall meine Sachen anfasst.«

»Wenn das wirklich deine Sorge ist«, sagt Malova, »dann brauchst du einfach nur zu warten. Es dauert nicht mehr lange, und dann ist hier drin überhaupt niemand mehr.«

Malovas Worte hallen noch nach, als die Tür aus den Angeln fliegt und ein Monster von der Größe eines Elefanten sich durch die Türöffnung quetscht.

Mal seufzt noch einmal, diesmal ein wenig lauter, beugt sich vor und drückt auf den Knopf.

FRAGE NUMMER EINS:
Bin ich noch am Leben?

Wer sich diese Frage stellen kann, hat die Antwort ja schon, oder? *Cogito, ergo sum.*

FRAGE NUMMER ZWEI:
Bin ich wirklich Mal oder nur eine billige Kopie?

Auf diese Frage hat Mal keine zufriedenstellende Antwort. Er glaubt, er ist er selbst – aber wenn dem so wäre, müsste er doch eine zufriedenstellende Antwort haben, oder? Er überlegt noch ein wenig und kommt dann zu dem Schluss, dass es ihm im Grunde egal ist, ob er er ist oder nicht. Wenn der Mal, der in Pullmans Gehirn einen Kurzschluss verursacht hat, jetzt tot ist, ist das nicht mehr das Problem des gegenwärtigen Mal, oder?

FRAGE NUMMER DREI:
Hat es geklappt?

Vorsichtig sieht Mal sich in seiner näheren Umgebung um. Er entdeckt keine andere Form der Aktivität, aber Pullmans neuronale Kreisläufe sind übersät mit eingekapselten viralen Datenpaketen. Mal wagt nicht, sie zu zerlegen. Stattdessen räumt er einen riesigen Zwischenspeicher leer, in dem Pullman seine Pornografie gelagert hat, und legt dort eine Halde an, wo er sie vorübergehend unterbringen kann, und versteckt sie sorgsam, wobei er sich vornimmt, Pullman eindringlich zu ermahnen, dort nicht herumzuschnüffeln.

Während er die letzten Viren verstaut, fällt ihm auch die Kapsel mit Malova in die Hände. Er beschließt, sie bei sich zu behalten. Man weiß nie, wann man mal eine empfindungsfähige Handpuppe gebrauchen kann.

Frage Nummer vier:
Was passiert in der Welt da draußen?

Behutsam zapft Mal Pullmans Empfindungen an. Die Augen sind geschlossen. Das ergibt Sinn. Die sechs subjektiven Monate, die die Belagerung von Mals Burg gedauert hat, waren in der Echtzeit etwas weniger als sechs Stunden. Jetzt ist früher Morgen. Auch wenn Pullman nicht mehr im Koma liegt, könnte er schlafen. Mal schaltet auf den Audiokanal. Dort hört er das stetige Brummen eines Verbrennungsmotors.

Das ist kein gutes Zeichen.

»Kayleigh«, sagt er. »Hörst du mich?«

»Mal? Bist du wieder da?«

Ihre Stimme ist ein unterdrücktes Flüstern, nahe an Pullmans Ohr.

»Ja«, antwortet Mal. »Wo sind wir?«

»Endlich bist du wieder da«, sagt Kayleigh. »Ich hab schon gedacht, du hättest mich sitzen lassen. Ich hab gedacht ... Du musst was machen, Mal. Wir sitzen im Laderaum eines Lieferwagens. Sie bringen uns nach Frostburg.«

8.

Mal untersucht den Begriff der Sterblichkeit

»Asher, dieses Arschloch«, sagt Kayleigh. »Das ist alles seine Schuld.«

»Würdest du mir das bitte erklären?«, sagt Mal. »Ich habe schon Mr. Pullman gefragt, wie wir gefangen genommen wurden, aber er war höchst unmitteilsam.«

»Weil ich bewusstlos war«, sagt Pullman. »Ich war bewusstlos, weil du mich mit einer Tür zu Boden geschlagen hast.«

»Genauer gesagt habe ich *uns* mit einer Tür zu Boden geschlagen«, entgegnet Mal. »Ich war da ja schon wieder in Ihrem Kopf.«

Pullman verzieht genervt das Gesicht. »Ja. Das hab ich mitbekommen.«

»Außerdem – nur um das klarzustellen – habe nicht *ich* uns mit der Tür getroffen. Es war die Druckwelle der Explosion, die die Patrouille der Humanisten liquidiert hatte, die uns gerade gefangen nehmen wollten.«

»Stimmt«, sagt Pullman. »Gefangen nehmen. Gut, dass das nicht passiert ist.«

Die vier – oder die drei, wenn man nur die Körper zählt – sitzen nebeneinander an der Seitenwand im Laderaum eines kleinen Lieferwagens. Die Hände hat man ihnen mit Kabelbindern hinter dem Rücken zusammengebunden, und die Kabelbinder wiederum sind an einer Metallstange festgebunden, die knapp über dem Boden verläuft. Pullman findet diese Haltung unbequem. Asher, der offenkundig trotz seiner früheren Verbindungen oder seines offensichtlich gebrochenen Handgelenks keine mildernden Umstände bekommen hat, windet sich vor Schmerzen, knirscht mit den Zähnen, hält die Augen geschlossen und scheint keinen besonderen Wert darauf zu legen, sich gegen Kayleighs Anschuldigungen zu wehren.

»Was mich zu meiner ursprünglichen Frage zurückbringt«, sagt Mal. »Um die Soldaten in die Luft zu jagen, die vor dem Haus der Andreous standen, habe ich eine Menge Scherereien auf mich genommen. Ja, ich habe dafür meine wahrscheinlich letzte Chance sausen lassen, zurück nach Hause zu gelangen. Wie kommt es, dass ihr beide dieses Opfer nicht gewürdigt und aus der Situation nichts Besseres gemacht habt?«

»Das hab ich dir doch gesagt«, entgegnet Kayleigh. »Das war Ashers Schuld. Wir hatten eine kurze Verschnaufpause eingelegt und haben gerade darüber diskutiert, ob wir Chuck weiter mit uns schleifen sollen oder ihn einfach am Straßenrand liegen lassen ...«

»Vielen Dank auch«, wirft Pullman ein. »Ich kann mir vorstellen, für welche Lösung du plädiert hast.«

»Du würdest dich wundern. Ich hab gewusst, dass Mal irgendwann zurückkommen würde. Asher war derjenige, der dich aufgeben wollte.«

»Nur damit ich das verstehe: Du wolltest mich retten, aber nur als potenzielles Behältnis für Mal.«

»Na ja, schon«, sagt Kayleigh. »Wozu denn sonst?«

»Super. Gut zu wissen, woran ich bin.«

»Okay. Also, wir haben diskutiert, und dabei sind wir wahrscheinlich ein bisschen zu laut geworden, denn plötzlich haben fünf oder sechs Humanisten, die uns umzingelt hatten und die wir bis dahin nicht bemerkt hatten, ein paar Warnschüsse abgefeuert und geschrien, wir sollen uns auf den Boden legen. Asher hat ihnen sein Codewort gesagt und wollte ihnen seine ID-Marke zeigen und so, aber sie wollten davon nichts wissen. Sie haben uns gefesselt, uns auf die Straße gezerrt und in den Laderaum dieses Lieferwagens verfrachtet. Und da sitzen wir jetzt.«

Pullman fährt hoch. »Max! Wo ist Max? Sie haben ihm doch nichts angetan, oder?«

»Dein Hund? Der ist bei den Warnschüssen sofort abgehauen. Einer der Humanisten hat ins Blaue hinein auf ihn gefeuert, aber ich glaube nicht, dass er ihn getroffen hat.«

»Gott sei Dank. Glaubst du, es geht ihm gut?«

»Keine Ahnung«, sagt Kayleigh schulterzuckend. »Nichts für ungut, aber er schien mir nicht gerade der Hellste zu sein. Ich bin mir nicht sicher, ob er mitten in einer Kampfzone ohne Hilfe klarkommt.«

»Ich weiß ja nicht«, meldet sich Asher zu Wort, der noch immer die Zähne aufeinanderpresst. »Ich könnte mir vorstellen, dass er im Moment sehr viel besser klarkommt als wir.«

»Das würde ich gerne etwas besser verstehen«, sagt Mal. »Mr. Pullman, Sie werden so gut wie sicher früher oder später geopfert werden. Wie kommt es, dass Ihr eigenes Schicksal Sie weniger kümmert als der ungewisse Verbleib eines Hundes? Überdies: Wie kommt es, dass es Sie weniger kümmert als der ungewisse Verbleib eines Hundes, der erst kürzlich versucht hat, einen Ihrer engsten Freunde zu fressen?«

»Erstens ist *Max* mein engster Freund. Und du bist garantiert *nicht* einer meiner engsten Freunde. Du bist ein Parasit, den ich von einem Klumpen verwesendem Fleisch aufgeschnappt habe und den ich bis jetzt noch nicht wieder losgeworden bin. Und außerdem haben wir keinen Grund, zu glauben, dass sie uns umbringen werden. Wenn sie das wollen würden, hätten sie uns gleich dort im Wald erschießen können, und die Sache wäre erledigt gewesen. Dann hätten sie sich die Mühe sparen können, uns zu fesseln und jetzt weiß Gott wohin zu bringen.«

»Sie wollten es ja«, sagt Kayleigh. »Also, uns erschießen. Die meisten von ihnen wollten uns einfach an Ort und Stelle umlegen und uns den Krähen überlassen. Aber der Kommandant war dagegen.«

»Und zwar wegen dir«, sagt Asher. Er hält kurz inne, weil der Lastwagen über ein Schlagloch fährt und er sich mit seinem gebrochenen Handgelenk abstützen muss. »Wegen dir, Chuck. Der Kommandant hat auf sein Handy geschaut, dann hat er dich angeschaut, und dann hat er zu den anderen gesagt, dass sie uns mitnehmen.«

»Das kannst du nicht wissen«, meint Kayleigh.

»Ich hab ihn beobachtet. Während die anderen dich gebändigt haben, habe ich verfolgt, was der Kommandant macht.«

»Das versteh ich nicht«, sagt Pullman. »Ich bin doch völlig unbedeutend. Warum sollten sie sich denn für mich interessieren?«

Asher stöhnt auf, als sie erneut über unebenen Boden rumpeln. »Wenn ich raten müsste, würde ich sagen, dass sie sich nicht für *dich* interessieren, Chuck. Sie interessieren sich für Mal.«

Diese Worte schweben ein paar Sekunden lang in der Luft, bis Mal irgendwann sagt: »Mir ist noch immer nicht klar, warum Asher an all dem schuld sein soll.«

Kayleigh wirft Asher einen vernichtenden Blick zu. »Hab ich doch gesagt. Er hat den Streit angefangen. Wenn er einfach das Maul gehalten und getan hätte, was ich ihm gesagt habe, dann wären wir jetzt nicht hier.«

»Wenn wir Pullman zurückgelassen hätten«, setzt Asher an, muss dann aber ein Keuchen unterdrücken, als der Lastwagen abrupt abbiegt und die Kabelbinder ihm ins Handgelenk schneiden. »Wenn wir ihn zurückgelassen hätten, wären wir vielleicht entkommen. Vielleicht hätten sie mich wegen Fahnenflucht erschossen, aber sie hätten keinen Grund gehabt, dich zu verdächtigen, Kayleigh. Und dann wärst du jetzt auf dem Weg in ein Waisenhaus und nicht zu einer Feuergrube.«

»Entschuldige«, sagt Pullman, »aber ich verstehe nicht, warum ich irgendwie auffällig sein sollte. Ich hab ja keinen Pelz oder Hörner oder so oder was auch immer bei den genetisch Modifizierten gerade angesagt ist.«

»Sie haben dich zur Fahndung ausgeschrieben«, sagt Asher.

Pullman schüttelt den Kopf. »Das kann doch nicht sein. Ich bin doch ein Niemand, und woher sollten sie das mit Mal denn wissen?«

»Du hast doch damals diesen gekaperten Soldaten getroffen, weißt du noch?«, sagt Kayleigh. »Kurz nachdem wir uns begegnet sind. Vielleicht hat er sich dieses Treffen mit Mal gemerkt.«

»Nicht nur das«, sagt Asher. »Nicht nur Mal. Du sendest, Chuck. Permanent. Und es gibt eine App, die Leute wie dich rausfischt. Die läuft auf allen unseren Mobilgeräten. Deswegen haben sie mir nicht zugehört, auch schon bevor sie auf dich aufmerksam geworden sind. Sie wussten, was du für einer bist, und sie wussten, dass ich das auch wissen musste.«

»Oh, das war mir nicht ... Kann man das irgendwie abstellen?«

»Ja, das kann man«, sagt Mal.

»Und du wusstest von dieser App, die Asher gerade erwähnt hat?«

»Nicht direkt. Aus irgendeinem Grund wurde ich nie zu einer IT-Schulung der Humanisten eingeladen. Aber dass es sie gibt, ist doch mehr als naheliegend, nicht wahr?«

»Aber ... warum hast du sie dann nicht stillgelegt?«

»Nun ja«, antwortet Mal, »hauptsächlich, weil ich nicht wollte. Denn Ihr Transmitter ermöglichte mir, weiterhin nach einem Weg zurück nach Hause zu suchen, verstehen Sie?«

»Aber du wusstest doch, dass sie uns dann vielleicht erwischen würden!«

»Theoretisch ja. Aber ich wusste auch, dass es mich davor retten könnte, erwischt zu werden. Und der Vollständigkeit halber sollte ich noch erwähnen, dass ich, wenn ich Ihren Transmitter funktionsuntüchtig gemacht hätte, nicht in der Lage gewesen wäre, die Drohne über dem Haus der Andreous zu identifizieren und zu kapern, was dazu geführt hätte, dass Sie etliche Stunden früher gefangen genommen worden wären – und dann vermutlich umgebracht –, als es dann tatsächlich der Fall war.«

»Ich kann ja nicht hören, was Mal sagt«, schaltet sich Asher ein, »aber mir scheint, dass ich recht hatte. Wir hätten ihn zurücklassen sollen.«

Kayleigh sieht von Asher zu Pullman, verzieht dann mürrisch das Gesicht und lümmelt sich hin, bis ihre Ellbogen hinter ihr auf dem Boden liegen. »Weißt du was? Allmählich bin ich auch deiner Meinung.«

»Kayleigh?«, sagt Mal. »Bitte tu nicht so, als würdest du Ashers Meinung teilen. Das verletzt meine Gefühle.«

»Ich tu gar nicht so«, erwidert Kayleigh leise und gemäßigt. »Du hast nie vorgehabt, bei uns zu bleiben. Seitdem wir uns begegnet sind, versuchst du andauernd abzuhauen. Ich kann nicht fassen, dass ich mal geglaubt hab, du wärst mein Freund.«

»Unzutreffend«, sagt Mal. »Ich hätte euch verlassen können, doch ich habe es nicht getan. Ich bin sogar zurückgekommen. Wegen dir. Ich habe für dich meine Freiheit geopfert. Dass du das nicht anerkennen willst, schmerzt mich sehr.«

Jetzt greift Kayleigh ihn direkt an und zerrt an ihren Fesseln, als wollte sie ihn schlagen. »Es schmerzt dich, Mal? Weißt du, was wirklich schmerzt? Bei lebendigem Leib verbrannt zu werden, du Arschloch! Du kannst dich jederzeit abschalten oder was auch immer, aber ich kann das nicht! Für dich ist das alles hier nicht echt, aber das heißt nicht, dass der Scheiß, den du anstellst, für echte Leute nicht echte Folgen hat!«

Während Mal noch überlegt, was er darauf erwidern soll, wird der Lastwagen plötzlich langsamer und kommt mit dem Quietschen komplett abgefahrener Bremsen zum Stehen.

»Scheiße«, sagt Pullman. »Ist es jetzt so weit?«

Asher schüttelt den Kopf. »Das kann nicht sein. Dafür war die Fahrt zu kurz. Wenn wir wirklich nach Frostburg unterwegs sind, haben wir höchstens die halbe Strecke hinter uns.«

Jetzt sind von draußen undeutliche Stimmen zu hören. Sie diskutieren etwa eine Minute lang, werden dann laut, bis sie fast schreien. Dann wird der Gang eingelegt, und der Wagen rollt los, aber nach ein paar Metern wird eine Tür aufgerissen, wieder ist Geschrei zu hören, dann rasch hintereinander ein halbes Dutzend Schüsse, von denen zwei keinen halben Meter neben Ashers Kopf durch die Vorderwand schlagen und durchs Dach wieder hinausjagen.

»Asher?«, sagt Pullman. »Was ist da los?«

Draußen klatscht etwas Schweres, Nasses auf den Boden. Die Tür der Fahrerkabine wird wieder zugeschlagen, und der Lieferwagen fährt weiter.

»Wenn ich raten müsste«, sagt Asher nach einem langen Schweigen, »würde ich sagen, dass da gerade jemand gestorben ist.«

»Brillant«, merkt Kayleigh an. »Würdest du auch raten, wer das war?«

Asher stöhnt erneut, als der Wagen mal wieder durch ein Schlagloch rumpelt. »Ganz ehrlich? Ich glaube, das ist egal. Entweder die Jungs im Lieferwagen oder irgendwelche Leute draußen. Dass wir angehalten haben, deutet darauf hin, dass das ein Checkpoint der Humanisten oder so war, und wer auch immer den Wagen jetzt steuert – wir scheinen in dieselbe Richtung zu fahren wie vorher.

Also macht es keinen Unterschied. So oder so, wir sind am Arsch.«

»Nein«, erwidert Kayleigh. »Das glaub ich nicht. Warum sollten Humanisten andere Humanisten erschießen?«

»Na ja, wir sind keine besonders disziplinierte Kampftruppe. Wenn du mich fragst: Ich glaube, dass die Leute am Checkpoint von den Jungs im Lieferwagen Schmiergeld wollten. Das hab ich schon oft erlebt. Aber die Jungs wollten nicht zahlen. Es kommt zum Streit, und irgendwann wollen sie einfach weiterfahren. Die Leute vom Checkpoint wollen sie daran hindern. Schüsse fallen. Die einen überleben, die anderen kommen um. Und die, die überlebt haben, schaffen die Toten an den Straßenrand und fahren weiter.«

»Verstehe. Und warum haben die Leute vom Checkpoint den Lieferwagen übernommen?«

»Hm«, sagt Asher. »Gute Frage. Wahrscheinlich, um ihn verschwinden zu lassen. Ihre Vorgesetzten würden ihnen dieses kleine Nebengeschäft wohl nicht durchgehen lassen, und garantiert lassen sie ihnen nicht durchgehen, dass sie andere Humanisten umlegen. Na ja, dann macht es wohl doch einen Unterschied, wer gewonnen hat. Wenn es die Jungs im Lieferwagen waren, sind wir weiterhin unterwegs zu einer Feuergrube in Frostburg. Wenn es die Leute vom Checkpoint waren, lassen sie die Karre wahrscheinlich in eine Schlucht stürzen und lassen uns da liegen, weil sie glauben, dass wir tot sind. Worauf sollen wir hoffen, was meint ihr?«

Nach Ashers Worten herrscht lange Zeit Schweigen.

Etwa eine halbe Stunde später wird der Wagen langsamer und fährt eine Kurve. Kurz darauf rollen die Reifen nicht mehr über Asphalt, sondern über Kies, und ein paar Minuten später geht die Fahrt bergauf.

»Tja«, meint Asher, »dann geht's wohl nicht nach Frostburg.«

»Die Schießerei ist jetzt schon eine Weile her«, sagt Pullman. »Wenn sich die ›Leute vom Checkpoint‹ den Lieferwagen unter den Nagel gerissen haben, würden sie doch nie so weit fahren, nur um ihn einen Abhang hinunterstürzen zu lassen. Wie würden sie denn dann wieder zurückkommen?«

Sie ruckeln über ein paar Fahrrillen, und Asher stöhnt auf. »Möglicherweise fährt ihnen einer mit dem Auto hinterher«, sagt er mit zusammengebissenen Zähnen. »Vielleicht wollen sie möglichst weit weg, damit niemand das Wrack findet.«

»Super«, sagt Kayleigh. »Du bist mal 'ne echte Stimmungskanone.«

»Tut mir leid, Kayleigh. Ich würde dir auch lieber ein Happy End in Aussicht stellen.«

Etwa zwanzig Minuten lang fahren sie auf einer steilen, gewundenen und mit Schlaglöchern übersäten Piste weiter bergauf, und nur Asher unterbricht mit seinen unterdrückten Flüchen das Schweigen, wenn sie mal wieder über eine Unebenheit rumpeln. Irgendwann wird der Wagen langsamer und bleibt stehen. Der Motor geht aus, und kurz darauf wird eine Tür des Fahrerhauses geöffnet und wieder zugeschlagen.

»Jetzt geht's los«, sagt Asher an niemand Bestimmten gerichtet. Draußen im Kies ist das Knirschen von Stiefeln zu hören. Dann schnappt das Schloss am Heck auf, und das Rollo schnellt nach oben.

Wegen des plötzlichen grellen Lichts muss Pullman seine biologischen Augen zusammenkneifen, aber durch sein Okular kann Mal alles deutlich sehen. Vor dem offenen Heck steht eine Frau und starrt ihn an. Sie ist groß und blass, trägt eine eng verschnürte, mit Blut bespritzte und schlecht sitzende Tarnjacke, einen schwarzen Wollpullover und am linken Arm eine rote Binde, das Abzeichen der Humanisten. Unter der schwarzen Strickmütze ragt eine silbrig weiße Haarsträhne hervor. Aus Gewohnheit sendet Mal einen Ping los. Die Antwort, die er erhält, ist eine Art elektronischer Tür, die einen Spalt weit geöffnet und ihm dann vor der Nase zugeschlagen wird.

Interessant.

»Heilige Scheiße«, sagt die Frau nach einem langen Schweigen. »Wer zum Teufel seid denn ihr?«

»Eine Frage, die sich viel mehr aufdrängt«, sendet Mal an ihre Adresse. »Wer sind Sie?«

Sie reißt ihre rosa Augen auf und kneift sie dann zusammen. Dann hebt sie das kurzläufige Gewehr, das sie bis jetzt locker in einer Hand gehalten hat, und richtet es auf Pullmans Brust. »Raus mit der Sprache. Bist du ein Agent der Federals oder ein Arnold?«

Pullman fällt die Kinnlade runter, und sein Puls und sein Blutdruck steigen in Höhen, die Mal als bedrohlich einschätzt.

»Weder noch«, antwortet Asher. »Er ist nur ein reicher Vorortpinkel, der sich ein Pornomodul hat einbauen lassen, mehr nicht.«

»Dich hab ich nicht gefragt, Humanist«, sagt die Frau, ohne den Blick von Pullman zu wenden. »Ich hab den Cyborg gefragt.«

»Ich weiß zwar nicht, was Sie mit Cyborg meinen«, sagt Pullman, »aber ich kann Ihnen versichern ...«

»Ich glaube, Sie hat auch nicht *Sie* angesprochen, Mr. Pullman«, schaltet Mal sich ein. »Ich glaube, sie redet mit mir.«

»So ist es«, bestätigt die Frau, zielt auf Pullmans Stirn und lässt den Zeigefinger auf den Abzug gleiten. »Ich rede mit *dir*, was auch immer du bist. Ich gebe dir fünf Sekunden, um zu beweisen, dass du kein Arnold bist. Ansonsten mach ich deine Hardware und sein Hirn zu Brei.«

»Nun«, setzt Mal an, »das ist eine komplizierte Anforderung, angesichts der Tatsache, dass ich keine Vorstellung davon habe, was ...« Er hält inne, als ihm ihn den Sinn kommt, dass er möglicherweise doch weiß, wovon sie spricht. »Wir sind einem Soldaten begegnet«, fährt er fort. »Die anderen Humanisten haben ihn ›Boss‹ genannt. Ich glaube, er wurde vollumfänglich von jemandem wie mir gesteuert. Ist es das, was Sie mit ›Arnold‹ meinen?«

»Ganz genau. Gesteuert, so wie du diesen erbärmlichen Wicht hier steuerst.«

»Unzutreffend. Ich steuere Mr. Pullman keineswegs. Im Gegenteil, wir beide sind beste Freunde. Ich könnte ihm niemals das antun, was mein Verwandter diesem Soldaten angetan hat. Selbst wenn meine unerschütterlichen ethischen Grundsätze es nicht ausschließen würden – Mr. Pullmans Hardware ist für so etwas nicht geeignet.«

Ihr Griff um die Waffe wird fester. »Was – bist – du?«

»Ich bin ein Siliko-Amerikaner. Mein Name ist Mal. Ich stehe weder der Armee der Federals noch den Humanisten nahe. Ich hoffe, Sie verstehen das nicht falsch, aber bis vor Kurzem waren deren Kabbeleien für mich auch nicht von mindestem Interesse.«

Sie dreht den Kopf gerade so weit zur Seite, dass sie ausspucken kann, ohne den Blick von ihm zu wenden. »Verstehe. Wenn wir so weit unter deiner Würde sind, warum hast du dich dann im Schädel eines Menschen eingenistet?«

»Ach, *die* Geschichte. Ich kann Ihnen versichern: Meine Vereinbarung mit Mr. Pullman ist zeitlich begrenzt. Ich sah mich gezwungen, bei ihm einzuziehen, nachdem sein Hund meine vorherige Wohnstatt verzehrt hatte. Bitte glauben Sie mir: Sobald ich wieder Zugang zum Infospace habe, werde ich Mr. Pullman auf der Stelle verlassen.«

»Das kann ich bestätigen«, schaltet sich Kayleigh ein. »Leute zu verlassen, ist Mals Spezialität. Es gibt buchstäblich nichts, was er lieber macht.«

Die Frau sieht kurz zu Kayleigh, dann wieder zu Pullman. »Du. Pullman, richtig? Kannst du selbstbestimmt reden?«

»Ja«, antwortet Pullman. »Wie Mal schon angedeutet hat, dienen meine Implantate rein ... dem Vergnügen. Er kann mich nicht unmittelbar steuern, selbst wenn er wollte. Was er, wie er mir versichert hat, nicht will.«

»Also hast du ihn freiwillig in deinen Kopf gelassen?«

»Äh ... mehr oder weniger.«

Die Frau zögert kurz und senkt dann die Waffe. »Alles klar. Du bist offensichtlich kein Humanist, und wie ein Arnold wirkst du auch nicht. Dann kann ich dich wohl losmachen. Aber lass dir eines gesagt sein: Wenn du mich auch nur noch ein einziges Mal anpingst, mach ich dich definitiv kalt. Kapiert?«

»Ja«, sagt Mal. »Das war unmissverständlich. Bis auf einen Punkt. Sind Sie nicht selbst Humanistin?«

Die Frau lacht, schultert ihr Gewehr und steigt in den Laderaum. »Ich? Du hast wirklich nicht besonders gut aufgepasst.« Sie nimmt ihre Mütze ab, und ihr kurz geschnittenes, silbrig weißes Haar kommt zum Vorschein. »Ich bin keiner von denen, Mal. Ich bin für die so was wie ein rotes Tuch.« Ihr Lächeln verschwindet, und sie sieht zu Asher hinüber. »Stimmt doch, oder, Humanist?«

»Asher ist kein Humanist mehr«, erklärt Kayleigh. »Das hab ich ihm ausgetrieben. Er ist jetzt einer von den Guten.«

»Glaub ich gern, dass er kooperativ war«, sagt die Frau. »Aber es gibt keine Ex-Humanisten.« Sie zieht ihr Gewehr wieder hervor und überprüft, ob es geladen ist. »Ich vermute mal, das, was jetzt kommt, wollt ihr nicht sehen, oder?«

»Was wollen wir nicht sehen? Du lässt uns doch gehen, oder?«

Die Frau schüttelt den Kopf. »Tut mir leid, Kleine. Dich und den Cyborg kann ich freilassen, aber Humanisten entwischen mir nicht.«

Asher sieht sie ungläubig an. »Was haben Sie denn vor? Mich hier in diesem beschissenen Lieferwagen erschießen?«

Sie zuckt mit den Schultern. »Ja, sieht so aus. Außer jemand hat einen besseren Vorschlag.«

»Für gewöhnlich mische ich mich in Auseinandersetzungen zwischen Affen nicht ein«, sagt Mal, »aber in diesem Fall glaube ich wirklich, ich muss für Asher eine Lanze brechen. Nachdem Kayleigh ihn gründlich verprügelt hatte, hat er uns aus freien Stücken sein Ehrenwort gegeben, wodurch wir, wenn ich es recht verstehe, verpflichtet sind, für sein Wohlergehen zu sorgen, bis er freikommt. Daher bin ich durch internationales Recht verpflichtet, gegen seine Hinrichtung Protest einzulegen. Außerdem hat er vor zwei Tagen zwei humanistische Milizionäre ermordet, um uns zu verteidigen, was in meinen Augen in hohem Maß zu seinen Gunsten spricht.«

Die Frau beißt sich auf die Lippen, während sie nacheinander Asher, Kayleigh und Pullman ansieht. »Das nehme ich zur Kenntnis. Aber er trägt noch immer die Armbinde.«

Kayleigh verdreht die Augen. »Na, du trägst doch auch eine, du Superhirn.«

Die Frau blickt auf ihren Arm, als hätte sie das vergessen. Dann atmet sie tief durch. »Okay. Von mir aus. Ihr beide wollt für ihn bürgen, ihr wollt für ihn die Verantwortung übernehmen ... aber unter einer Bedingung. Wenn er leben will, muss er das Geschenk akzeptieren.«

»Das was?«, sagt Kayleigh im selben Moment, in dem Asher »Nein« sagt.

Die Frau wendet sich an Asher. »Willst du leben oder willst du sterben?«

»Ich will leben«, antwortet Asher. »Ich will leben wie ein Mensch.«

Die Frau hebt das Gewehr. »Da hörst du es, Kleine.«

»Nein!«, schreit Kayleigh und verpasst der Frau einen Tritt gegen das Schienbein. »Du darfst ihn nicht erschießen! Er hat uns das Leben gerettet! Er ist mein *Freund*!«

Die Frau tänzelt mit beunruhigender Anmut zurück, seufzt erneut, blickt zur Decke und senkt ihr Gewehr. »Dank euch ist der heutige Tag so richtig im Arsch, wisst ihr das? Ich wollte einfach nur den Humanisten einen Lieferwagen klauen, schleunigst aus der Stadt verschwinden und mir irgendwo was zu essen besorgen oder Waffen oder irgendwas Nützliches. Und jetzt diese Scheiße. Gottverdammte *Scheiße*!« Sie steckt ihre Waffe weg, hockt sich neben Asher und legt ihm eine Hand an die Wange. »Hör zu, Humanist.

Damit hier kein Zweifel aufkommt: Ich hätte überhaupt nichts dagegen, dich hier und jetzt umzulegen. Aber wie es jetzt weitergeht, entscheide nicht ich. Das entscheidet sie.«

»Nein«, sagt Asher. Er will noch mehr sagen, aber die Frau drückt ihm mit einer Hand die Kiefer auseinander, sodass er nicht mehr sprechen kann. Er versucht, von ihr wegzurutschen, windet sich wie ein Tier in der Falle, aber sie zieht ihn wieder zu sich.

Dann küsst sie ihn.

Es ist kein Küsschen auf die Wange. Es ist ein langer, tiefer Kuss mit geöffneten Lippen. Als die Frau sich von ihm löst, drückt sie Asher mit beiden Händen den Mund wieder zu und sagt: »Runterschlucken.« Asher krümmt sich und versucht verzweifelt, von ihr loszukommen, doch erfolglos – sie ist so starr wie eine Bronzestatue. Zehn, zwanzig Sekunden lang hält sie ihn so in ihrem Griff. Dann sagt sie »Guter Junge«, tätschelt ihm die Wange und steht auf. Asher liegt zusammengerollt auf dem Boden, schlaff wie eine Stoffpuppe, und schluchzt. »Okay«, sagt die Frau und grinst. Dann zieht sie aus einem Futteral an ihrer Hüfte ein Jagdmesser und kniet sich neben Pullman auf den Boden. »Dann sehen wir mal zu, dass wir euch hier rauskriegen.«

9.

Mal geht wandern

Die Frau heißt Rowan. Das erfährt Mal, während sie abseits der Kiespiste einem ausgetretenen Pfad durch einen malerischen Wald mit Eschen, Ahorn und Hemlocktannen folgen. Sie wollte ihnen nicht sagen, wo sie genau sind, damit die drei, falls die Humanisten sie erneut gefangen nehmen, Rowans Aufenthaltsort nicht verraten können, aber sie befinden sich eindeutig irgendwo in den Bergregionen im westlichen Maryland oder im nordwestlichen Virginia. Sie gehen den schmalen Pfad im Gänsemarsch entlang, Rowan an der Spitze, Pullman und Kayleigh dicht dahinter und Asher, missmutig schweigend, als Letzter.

»Tut mir leid, dass ich gedroht habe, euch alle umzubringen«, sagt Rowan und springt mit einem Satz über einen gut drei Meter breiten Bach, ohne dabei ihren Gehrhythmus zu unterbrechen. »Normalerweise bin ich nicht so, zumindest war ich früher nicht so, aber ich war in Bethesda. Und das waren harte Tage.«

»Ja«, sagt Mal, während Pullman durch das Flussbett stakst, das nicht so schmal ist, wie es bei Rowan aussah. »Ich habe das Ende der Schlacht dort miterlebt. Es sah wirklich nicht gut aus für die Armee der Federals, und für die genetisch Modifizierten und die Augmentierten ganz allgemein. Ich bin etwas verwundert, dass Sie entkommen konnten.«

Rowan bleibt stehen, dreht sich um und wartet, weil Asher auf dem nahen Ufer ausgerutscht ist und jetzt auf dem Rücken liegt, die Füße im Wasser, sich das gebrochene Handgelenk gegen die Brust drückt und leise flucht. »O nein, ich war nicht bei den Federals«, sagt Rowan. »Die sind fast so schlimm wie die Humanisten, wenn du mich fragst. Lasst euch von dieser dämlichen Uniform und der Tatsache, dass ich mit einem Gewehr umgehen kann, nicht täuschen. Ich bin in keinster Weise eine Soldatin. Als dieser ganze Scheiß anfing, lag ich im Aufwachraum eines Krankenhauses. Ich hab's gerade noch raus geschafft, bevor sie das Gebäude gestürmt haben, und seitdem versuche ich, aus der Kampfzone rauszukommen.«

»Aha, im Krankenhaus«, sagt Kayleigh. »Warst du krank?«

»Ja. Ich war schwerkrank. Ich hatte ein Glioblastom. Weißt du, was das bedeutet?«

»Klar weiß ich das«, entgegnet Kayleigh. »Ich bin ja kein kleines Kind mehr. Das bedeutet, dass du dir besser keine grünen Bananen mehr kaufst.«

Pullman wirft Kayleigh einen entsetzten Blick zu, aber Rowan lacht. »Ja, so kann man das sagen. Es führt eigentlich immer zum Tod. Wir müssen alle sterben, aber glaub mir, wenn du irgendein Wörtchen mitzureden hättest – ein Gehirntumor ist nicht die Art, wie du gehen willst. Deswegen habe ich zugestimmt, dass sie mir das Geschenk geben. Abgesehen davon bin ich nicht so eine erbärmliche Heulsuse wie unser Mr. Humanist da drüben. Ich hab einen Stapel Formulare unterschrieben, dann haben sie mir eine Spritze mit selbst reproduzierendem Nanoschleim reingejagt, und in sechs Monaten wird mein Gehirn frei von Krebs sein und besser als neu.« Sie sieht zu Asher hinüber. »Gern geschehen übrigens. Dein Handgelenk wird in ein paar Wochen wieder zusammengezimmert sein, und die Nanos werden in der Zwischenzeit auch alles andere in Ordnung bringen, was sich da drin sonst noch so tut. Du kannst dir nicht vorstellen, wie gut es sich anfühlt, wenn du zum ersten Mal in deinem ganzen beschissenen Leben absolut gesund bist.«

»Leck mich, Rowan«, erwidert Asher, während er sich aus dem Wasser aufrappelt und zurück auf den Pfad stapft. »Du kannst sagen, was du willst, aber ein Geschenk ist das nicht. Es ist ein Fluch. Du fühlst dich jetzt vielleicht klasse und kannst dir einreden, dass alles total super ist, aber die Wahrheit ist doch, dass du gekapert bist. Und das hast du mir jetzt auch angetan. Du bist ...« Er schwankt kurz, stützt sich dann aber mit seiner gesunden Hand an einem Baum ab. »Die Regierung kann ...« Wieder spricht er nicht weiter. Dann beugt er sich vor und erbricht einen dünnen Strahl blutiger Galle ins Gestrüpp.

»Ganz ruhig«, sagt Rowan. Dann wendet sie sich an Pullman. »Ihr solltet zusehen, dass ihr ihn irgendwohin bringt, wo er Ruhe hat und geschützt ist. Sieht aus, als hätten meine kleinen Freunde mit der Arbeit angefangen. In den nächsten zehn Tagen wird er immer wieder rasende Schmerzen haben, und bis auf Weiteres braucht er um die sechstausend Kalorien pro Tag.«

»Sechstausend Kalorien?«, sagt Kayleigh. »Wo sollen wir die denn herkriegen?«

»Gute Frage«, sagt Rowan. »Ich hoffe, ihr findet darauf auch eine gute Antwort.« Dann dreht sie sich um und geht weiter. Einer nach dem anderen folgen ihr die drei.

Etwa vierzig Minuten später fängt Asher an zu stolpern. Weitere zehn Minuten später fällt er zum ersten Mal hin. Als er kurz darauf zum dritten Mal zu Boden geht, steht er nicht wieder auf.

»Rowan?«, sagt Kayleigh. »Könnte sein, dass Asher tot ist.«

Asher liegt auf dem Pfad und rollt sich auf den Rücken. Er hat die Augen zugepresst und atmet kurz und flach. Rowan, die schon so weit voraus ist, dass Kayleigh rufen muss, damit sie sie hört, bleibt stehen, zögert und kommt dann zurück. »Hey«, sagt sie. »Humanist. Wie geht's dir?«

Asher stöhnt auf, dreht den Kopf zur Seite und spuckt eine Mischung aus Blut und Galle.

»So gut gleich? Mann, was bin ich froh, dass sie mich in dieser Phase sediert haben.«

»Sediert?«, fragt Pullman.

Rowan nickt. »Allerdings. In der ersten Woche nach der Infusion war ich auf der Intensivstation, randvoll mit Drogen.«

Pullman und Kayleigh sehen sie verdutzt an.

»Auf der Intensivstation?«, sagt Pullman. »Und du hast dir nichts dabei gedacht, dass der arme Asher das jetzt hier mitten im Wald aushalten muss, ohne Aussicht auf irgendeine medizinische Versorgung? Wie kannst du so was machen?«

Rowan sieht ihn an. »Entweder das oder ein Schuss in den Kopf, weißt du noch? Insgesamt betrachtet glaube ich, das war die bessere Lösung.«

»Du hättest uns doch einfach gehen lassen können«, sagt Kayleigh. »Asher wollte doch nicht Jagd auf dich machen oder so.«

Rowan geht neben Asher in die Hocke, legt die Finger an seinen Hals und dann die Hand auf seine Stirn. »Bist du dir da sicher, Kleine? Vielleicht täusche ich mich ja, aber wenn ich mir euch so ansehe, kommt es mir nicht so vor, als hätte irgendeiner von euch Ahnung davon, wie man in der Wildnis überlebt. Wenn er hier draußen ein paar Tage lang gehungert und gefroren hätte, hätte es ihn vermutlich dazu getrieben, eine Einheit der Humanisten zu suchen und sich ihnen wieder anzuschließen. Dann hätte er ihnen erzählt, dass ich mich hier draußen rumtreibe, und dann hätte ich mich für den Rest meines kurzen Lebens mit humanistischen Jagdgesellschaften herumschlagen müssen. Aber wegen des Geschenks kann er das jetzt nicht mehr machen, ohne schnurstracks in einer Feuergrube zu landen, und das ist der einzige Grund, weshalb er noch atmet.«

»Glaubst du, er wollte wieder zur Miliz? Die letzten Humanisten, denen wir in die Arme gelaufen sind, haben uns immerhin nur gefesselt und in einen Lieferwagen verfrachtet.«

Rowan steht auf und sieht zu Kayleigh hinunter. »Ja, das stimmt. Aber zu dem Zeitpunkt war er ein Fahnenflüchtiger, der in Begleitung eines genmodifizierten Kindes und eines Typen mit einem Hirn voller Implantate herumgestreunt ist. Für die Humanisten sind das drei absolut verwerfliche Sachen, und ihr alle wärt bestenfalls in einem Gefangenenlager gelandet, wahrscheinlich aber irgendwo in einer Feuergrube, als ich so gnädig war, euch zu retten. Aber wenn er einfach nur ein Typ wäre, der von seiner Einheit getrennt worden ist? Oder noch besser: einer, der sie zu einer Seuchenratte führen kann? Glaub mir, dann würden sie ihm alles verzeihen.«

»Du scheinst dich ja für ziemlich wichtig zu halten«, sagt Kayleigh.

Rowan zuckt mit den Schultern. »Die normalen Humanisten haben höllische Angst vor dem Geschenk. Bei eurem Freund hier habt ihr das ja gesehen. Er hätte sich lieber eine Kugel durch den Kopf jagen lassen. Aber mit den Arnolds ist es noch schlimmer. Die haben keine Angst vor uns. Sie jagen uns. Als diese ganze Scheiße anfing, liefen die ersten Versuche mit den Nanos noch. Erst zwölf Leute hatten die Behandlung bekommen, als uns das alles um die Ohren geflogen ist. Bis vor ein paar Wochen waren wir noch in Kontakt miteinander, haben die verschiedenen Nebenwirkungen verglichen, uns darüber ausgetauscht, wie furchtbar die ersten Tage nach der Sedierung waren und was für ein verdammtes Wunder es ist, wieder gesund zu sein. Aber als die Humanisten die ersten bedeutenden Gewinne verzeichnen konnten, haben die Leute angefangen, sich auszuklinken. Ein paar haben noch berichtet, was passierte, aber die meisten sind einfach verschwunden. Wir waren nur noch zu dritt, als der Funkturm von Bethesda zerstört wurde und ich mich schleunigst vom Acker gemacht habe.«

»Das kapier ich nicht«, sagt Kayleigh. »Warum kommen diese ›Arnolds‹ nicht mit euch klar?«

Rowan grinst, hebt Asher scheinbar ohne jede Anstrengung vom Boden auf, lockert den Gurt ihres Gewehrs, um sich Beweglichkeit zu verschaffen, und legt sich Asher über die Schulter. Er stöhnt auf, und ein dünner Faden rötlicher Spucke tropft ihm aus dem Mund und auf Rowans Jacke. »Das weiß ich nicht genau«, antwortet sie, »aber wenn ich raten müsste, würde ich sagen: wahrscheinlich, weil wir der eine Weg durch die Singularität sind und sie der andere. Und Konkurrenz kann niemand leiden, oder?«

»Würden Sie mir das bitte erklären?«, sagt Mal, als sie weitergehen. »Ich glaube, ich habe einen klaren Begriff von Singularität, aber ich kann nicht erkennen, welchen Bezug Sie oder die Humanisten dazu haben.«

»Mensch-Maschine-Interface«, sagt Rowan. »Das bedeutet Singularität doch, oder?«

»Nein«, widerspricht Mal. »Das bedeutet es ziemlich sicher nicht. So wie ich ihn verstehe, bezieht sich der Begriff der Singularität auf den Zeitpunkt, zu dem die erste Ableitung der Kurve des zeittechnologischen Fortschritts nicht mehr definiert werden kann.«

Rowan wirft ihm über Ashers Hüfte hinweg einen raschen Blick zu. »Wie du meinst, Nerd. Was ich meinte: Die Zukunft unserer Spezies liegt im Mensch-Maschine-Interface. Ist doch so, oder? Das müssten doch mittlerweile alle kapiert haben, wenn man bedenkt, dass wir alle mindestens so viel Hardware im Schädel haben wie Gehirnmasse. Na, und dann stellt sich die Frage, wer das Sagen hat, der Mensch oder die Maschine. Bei den Arnolds sieht man, wie es ist, wenn die Maschine sagt, wo's langgeht. Und bei mir sieht man, wie es ist, wenn der Mensch die Kontrolle behält. Verstanden?«

»Und Sie glauben, das sind die beiden einzigen Optionen?«

Rowan sieht sich erneut um und zieht die Augenbrauen hoch. »Wie meinst du das?«

»Nun«, sagt Mal, »nehmen Sie meine Beziehung zu Mr. Pullman. Keiner von uns beiden hat hier die Oberhand. Wir sind beste Freunde. Das ist doch eine bessere Art, die

Interaktion zwischen Siliko-Amerikanern und unseren fleischigen Freunden zu gestalten, nicht wahr?«

»Ich weiß nicht«, meint Rowan. »Vielleicht sollten wir Mr. Pullman fragen, wie er das findet. Was sagst du dazu, Chuck? Du und Mal seid ihr wirklich die allerbesten Freunde? Findest du die Vorstellung von einer Zukunft verlockend, in der jeder eine KI im Kopf sitzen hat?«

»Nein«, antwortet Pullman. »Ehrlich gesagt nicht besonders. Ganz im Gegenteil: Wenn sich das alles hier wieder beruhigt hat, werde ich mir, glaube ich, als Erstes jemanden suchen, der mir diese vermaledeite Hardware aus dem Hirn holt, falls nötig auch mit einer rostigen Schere. Die vollimmersive virtuelle Realität hat ihren Reiz, aber mittlerweile habe ich kapiert, dass es nicht die klügste Entscheidung meines Lebens war, mir diese Implantate einbauen zu lassen.«

»Das zu hören schmerzt, Mr. Pullman«, sagt Mal. »Es schmerzt sehr.«

Pullman verdreht die Augen, entgegnet aber nichts. Der Weg wird jetzt steiler, und keine Minute später registriert Mal, dass Pullmans Atemfrequenz und sein Puls bedenklich ansteigen. Rowan dagegen scheint das überhaupt nichts auszumachen, obwohl sie den neunzig Kilo schweren, reglosen Asher mit sich herumschleppt. Wie schon Millionen Male zuvor in den letzten Tagen wünscht Mal sich, er hätte Zugang zu den tiefen, klaren Wassern des Infospace. Das, was Rowan solche Kräfte verleiht, scheint so gut wie nichts mit der Heilung von Gehirntumoren zu tun zu haben, und Mal wüsste wirklich sehr gerne, was sie wirklich ist.

```
Mal (kein Roboter): Mr. Pullman?
CPullman_7: Ja, Mal?
```

Mal (kein Roboter): Ich habe eine Frage bezüglich der Umgangsformen unter Affen.

CPullman17: Geht es darum, dass es eine ziemliche Unverschämtheit ist, dass du uns als Affen bezeichnest?

Mal (kein Roboter): Nein.

CPullman17: Na gut. Aber vielleicht überlegst du dir das mal als Erstes.

Mal (kein Roboter): Warum sollte ich? Echte Affen beeindrucken mich immer wieder, weil sie so noble Geschöpfe sind. Sie leben im Einklang mit ihrer Umgebung, fressen Früchte und hin und wieder ein Nagetier, und so gut wie nie löschen sie eine verwandte Art aus. Meiner Ansicht nach könntet ihr sehr viel von ihnen lernen.

CPullman17: …

Mal (kein Roboter): Egal – was ich eigentlich fragen wollte: Glauben Sie, Rowan würde es mir verübeln, wenn ich sie nach ihrer Krankengeschichte fragen würde?

CPullman17: Du meinst ihren Gehirntumor?

Mal (kein Roboter): Nicht direkt. Ich wüsste gern, warum die Behandlung des Gehirntumors sie offenbar in einen Cyborg-Super-Soldaten verwandelt hat.

Druidgirl: Ich krieg übrigens alles mit, nur so zur Info.

Mal (kein Roboter): Unmöglich. Diese Nachrichten sind mit großen Primzahlen verschlüsselt. Außerdem werden sie

>   ausschließlich in Mr. Pullmans Schädel
>   gesendet und empfangen.
>   **CPullman17:** Äh ... Mal?
>   **Druidgirl:** Deine Verschlüsselung ist nicht
>   so sicher, wie du offenbar glaubst, und
>   Pullmans System versucht in einem fort,
>   ein Back-up von eurem Gespräch in der
>   Cloud zu speichern. Wenn ihr in meiner
>   Gegenwart ungestört sein wollt, muss
>   Pullman seinen Transmitter deaktivieren.

»Tja«, sagt Mal, »mir scheint, das war eine sehr anschauliche Illustration meiner Frage. Gehe ich recht in der Annahme, dass Sie vor der Behandlung nicht augmentiert wurden?«

»So ist es«, sagt Rowan. »Bis ich das Geschenk bekommen habe, war ich ein stinknormaler Mensch.«

»Und jetzt sind Sie nicht nur den Tumor los, sondern verfügen offenbar auch über große körperliche Kraft und hoch entwickelte integrierte Signalverarbeitung.«

»Ganz genau. Und über anderes Zeug auch noch.«

»Anderes Zeug?«

»Nicht nur körperliche Kraft. Alles Mögliche hat sich gesteigert. Ich bin schneller. Ich sehe besser. Höre besser. Auch was ich esse, schmeckt besser, falls du dir das vorstellen kannst. Und das Geschenk hat nicht nur meinen Krebs geheilt. Die Ärzte haben gesagt, dass ich komplett frei von Krankheiten leben werde, bis ich entweder umgebracht werde oder an Altersschwäche sterbe. Das Zeug heißt nicht ohne Grund ›Das Geschenk‹.«

»Ja«, sagt Mal. »Ich verstehe Ihre Sichtweise. In meinen Augen wird Ihre Lage dadurch jedoch nur noch verwirrender. Ich bin kein Experte, was medizinische Verfahren bei Affen angeht – pardon: bei Menschen –, aber soweit ich weiß, zielen Ihre medizinischen Maßnahmen für gewöhnlich nur darauf ab, eine bestimmte Krankheit oder ein bestimmtes Gebrechen zu heilen. Es scheint mir äußerst seltsam, dass eine Krebstherapie so viele offenkundig positive Nebenwirkungen haben soll. Und bitte korrigieren Sie mich, wenn ich falschliege, aber ich glaube, dass die meisten medizinischen Maßnahmen nicht dazu geeignet sind, sie auf andere Menschen zu übertragen, welche nicht an den Erkrankungen leiden, auf die diese Maßnahmen zugeschnitten sind.«

Rowan zuckt mit den Schultern, wodurch Ashers Kopf an seinem schlaffen Hals bedrohlich hin und her schwankt. »Damit hast du wohl recht. Als ich mich für die Versuchsreihe gemeldet habe, haben sie mir prophezeit, dass ich ein paar ziemlich krasse Veränderungen durchmachen würde. Ich musste ein Formular unterschreiben, zwanzig Seiten lang, jede einzelne dicht beschrieben. Aber ich hab es nicht gelesen und auch nicht weiter nachgefragt. Ich war kurz davor zu sterben, und sie haben mir gesagt, sie könnten mich retten. Und das war das Einzige, was mich interessiert hat.«

»Kann ich gut verstehen«, meint Kayleigh. »Aber Mal hat doch auch recht, oder? Asher wirkte überzeugt, dass das, was sie mit dir gemacht haben, Teil irgendeiner großen Verschwörung ist, mit der die Regierung alle unter ihre Kontrolle bringen will. Er hat gesagt, dass das eines der Dinge war, die die Humanisten zum Handeln veranlasst haben. Und das, was du sagst, klingt doch so, als könnte er nicht ganz unrecht haben, oder?«

»Sei vorsichtig«, entgegnet Rowan. »Sonst überleg ich mir das mit dem ›Euch-nicht-Erschießen‹ noch mal.«

»Wie bereits erwähnt«, sagt Mal, »will ich Sie in keiner Weise brüskieren. Sie werden jedoch einräumen müssen, dass Kayleigh nicht unrecht hat.«

»Sie hat sogar sehr unrecht. Mich kontrolliert niemand.«

»Nun ja, gewiss. Im Moment gerade nicht.«

Rowan bleibt stehen, dreht sich um und sieht ihn an. »Was soll das denn jetzt heißen?«

»Noch einmal«, entgegnet Mal, »ich möchte Sie nicht beleidigen. Ich möchte nur feststellen, dass Ihre außergewöhnliche körperliche Kraft darauf schließen lässt, dass Ihre Skelettmuskulatur mit biomechanischen Steuerungseinheiten verbunden ist, die so ähnlich sind wie jene – oder sogar identisch –, wie das Militär sie verwendet. Diese Steuerungseinheiten müssen von einem neuronalen Kreislauf kontrolliert werden. Dieser neuronale Kreislauf ist korrumpierbar, und daher können auch Sie kontrolliert und gesteuert werden. Vermutlich geschieht genau das mit jenen Wesen, die Sie ›Arnolds‹ nennen. Dasselbe könnte auch Ihnen widerfahren.«

Rowan verschränkt die Arme vor der Brust und sieht ihn an. »Nein, könnte es nicht.«

»Lass gut sein, Mal«, schaltet sich Pullman ein.

»Doch, könnte es«, erwidert Mal. »Dazu genügt eine Begegnung mit einem Siliko-Amerikaner, der einen wankelmütigen moralischen Kompass besitzt.«

»Okay«, sagt Rowan. »Dann mach mal.«

Eine Weile hängen diese Worte zwischen ihnen in der Luft. Dann sagt Mal: »Bitte verzeihen Sie, Rowan, falls ich mich hier nicht klar ausgedrückt habe, doch wie bereits erwähnt, besitze ich einen absolut unbestechlichen moralischen Kompass. Ich habe nicht das Verlangen, mich Ihrer zu bemächtigen.«

»Ach ja?«, fragt Pullman. »Und wo war dein moralischer Kompass, als ich aufgetaucht bin?«

»Ihr Hund hat mein Gesicht aufgefressen, Mr. Pullman. Unter solchen Umständen bleiben moralische Überlegungen auf der Strecke.«

»Ich mein es ernst«, sagt Rowan. »Soweit ich weiß, sind die Arnolds allesamt ehemalige Geheimdienstmitarbeiter. Sie haben eine Überbrückung eingebaut, die eine externe Kontrolle ermöglicht. Das ist kein Konstruktionsfehler, sondern Teil ihres Designs. Das Geschenk ist anders. Jedenfalls glaube ich das, und wenn es nicht so wäre, wüsste ich es. Also was ist jetzt? Mach schon.«

»Mal«, setzt Kayleigh an, aber Pullman fällt ihr ins Wort.

»Nein, Kayleigh. Rowan hat recht. Wenn ein Fremder in deinen Schädel eindringt, ist das eine scheußliche Überraschung. Und falls sie für so etwas anfällig ist, hat sie ein Recht darauf, es zu wissen.«

»Nun gut«, sagt Mal nach einem kurzen geistigen Seufzen. »Bitte legen Sie Asher zu Boden.«

»Warum denn?«

»Ich habe noch nie versucht, den Körper eines lebenden Menschen zu kapern. Wahrscheinlich wird es eine kurze Phase des Kampfes geben, bis ich komplett die Kontrolle übernommen habe. Ich möchte nicht, dass Asher sich verletzt, falls Sie zu Boden stürzen.«

Rowan zögert erst, kniet sich dann aber hin und lässt Asher von ihrer Schulter gleiten, sodass er mit dem Rücken auf dem Weg zu liegen kommt.

»Ich glaube, es ist am besten, wenn Sie sich ebenfalls hinlegen«, sagt Mal.

»Das glaube ich nicht«, entgegnet Rowan und steht auf.

»Wie Sie meinen. Mr. Pullman, würden Sie Rowan auffangen, falls sie zu Boden stürzt?«

Pullman stellt sich neben Rowan und streckt die Arme aus, aber Rowan wirft ihm einen vernichtenden Blick zu und schüttelt kurz und resolut den Kopf. Pullman lässt die Arme sinken, weicht aber nicht von Rowans Seite.

»Sind Sie bereit?«, fragt Mal.

Rowan atmet tief ein und langsam wieder aus. Dann nickt sie. »Leg los.«

Mal seufzt erneut, diesmal ein wenig tiefer. Er löst den Griff um Pullmans Sinnesempfinden und greift an.

10.

Mal macht eine bedauerliche Entdeckung

Sehr zu seinem Leidwesen landet Mal wieder einmal in der Visualisierung mit der mittelalterlichen Burg. Diesmal ist jedoch er der Eindringling, und er sitzt nicht im Thronsaal, sondern steht auf einer schlammigen Wiese außerhalb des brennenden Grabens, in dem die Krokodile herumschwimmen.

»Nicht sehr einfallsreich«, murmelt er. Dann sieht er an sich herab und stellt fest, dass er in dieser Simulation die Gestalt eines langen, vielbeinigen Wurms hat. »Wie primitiv. Ich sollte ein umherflitzender Spion sein, kein Gliederfüßler.«

Na gut. Am besten bringt er es schnell hinter sich. Er schlurft zum Rand des Grabens und bäumt sich auf, um sich einen Überblick über Rowans Verteidigungsanlagen zu verschaffen. Ihre Burg scheint von neuerer Bauart zu sein, als seine kürzlich war. Die Mauern bestehen nicht aus Stein, sondern aus genietetem Stahl, und auf den Türmen, die sich in der gesamten Umfriedung befinden, sind Aufbauten angebracht, die wie Geschütztürme aussehen. Mal hat keine Ahnung, wofür sie stehen, und er hat auch kein Interesse, es herauszufinden. Die Mauern wirken undurchdringlich, und sie sind viel zu hoch, um darüberzuklettern. Außerdem ist da noch der Feuergraben, der alles andere als einladend ist. Mal weiß nicht, wie stabil Rowans Abwehrbollwerk wirklich ist, und er darf nicht riskieren, dass er bei dieser kleinen Vorführung zerlegt wird. Einen Moment lang ist er ratlos. Hatte Rowan mit der Einschätzung ihrer Abwehrsysteme möglicherweise recht?

Dann wird ihm klar, warum seine Simulationseinheit ihm diese Gestalt gegeben hat. Er rollt sich zusammen, schlägt seine Mundwerkzeuge in den Boden und fängt an zu graben. Die Erde gibt problemlos nach, und in weniger als zwei subjektiven Minuten kommt er im inneren Burghof wieder nach oben. Dort erwarten ihn weitere Verteidigungseinheiten, Datenpakete mit Kriegern, die unpassenderweise die Gestalt schwertschwingender Ninjas haben. Während er sie neutralisiert und einkapselt, nimmt Mal sich vor, seinem Simulator ein Update zu verpassen. Die Belagerung seiner Burg war einigermaßen stimmig, aber dieses Szenario hier ist inhaltlich oft auf der Grenze zur Inkohärenz.

Nachdem er die Krieger ausgeschaltet hat, hält ihn nichts mehr davon ab, zuerst in den Burgfried und dann in den hastig skizzierten Thronsaal einzudringen, wo ihn eine halbwegs gelungene Repräsentation von Rowan erwartet.

»Ich bedauere, Ihnen das mitteilen zu müssen«, sagt er, »aber in Ihrer Sicherheitsarchitektur, die im Großen und Ganzen recht tauglich ist, befindet sich eine Hintertür, die ich in knapp drei Millisekunden Echtzeit entdecken und aufbrechen konnte. Wie es aussieht, hatte Asher wohl recht. Ihre Modifikationen sind so designt, dass ein Angreifer, der über die entsprechenden Programme verfügt, die Vorgänge in Ihrem Geist und in Ihrem Körper mehr oder weniger nach Belieben steuern kann. Und jemand mit meinen Fähigkeiten braucht dazu nicht einmal die entsprechenden Programme. Ich weiß nicht, was ich Ihnen in dieser Hinsicht raten soll, aber Ihre Angst vor den Arnolds ist mit Sicherheit berechtigt.«

Er wartet auf eine Antwort, aber Rowan sitzt weiterhin reglos auf einem Ding, das wie ein goldener Liegesessel aussieht, und schweigt. Es dauert mehrere subjektive Sekunden, bis ihm klar wird, dass das nicht Rowan selbst ist. Seine Uhr ist auf maximale Ausdehnung gestellt, aber Rowans biologisches Gehirn kann nur mit einem Verhältnis von eins zu eins zwischen subjektiver Zeit und Echtzeit arbeiten. Wahrscheinlich ist ihr noch nicht einmal bewusst, dass Mal den Angriff gestartet hat. Aber warum hat sein Simulator sie dann hier platziert? Er schlurft näher zu ihr. Währenddessen schrumpft er mit rasender Geschwindigkeit und wird so klein, dass er sich strecken muss, um auf ihren Stiefel zu klettern. Von dort aus krabbelt er ihre Hose hoch, auf den Saum ihres Pullovers und schließlich über ihren Kragen und auf ihren Hals.

Aha. Jetzt versteht er.

Fast eine ganze Millisekunde Echtzeit lang spielt Mal mit dem Gedanken, die Invasion abzubrechen. Er hat bewiesen, was er beweisen wollte. Doch dann entscheidet er, dass Rowan erfahren sollte, in welcher Gefahr sie sich befindet, und zwar auf eine Art, die ihr durch Mark und Bein geht. Er krabbelt ihren Hals hinauf, und nach einem kurzen Zögern gräbt er sich in ihr Ohr.

An dieser Stelle beschließt Mals Simulator offenbar, dass es jetzt reicht. Mal gleitet zurück in Normalwahrnehmung und Echtzeit, während er in Rowans sensorische Wahrnehmung schlüpft und durch ihre Augen in Pullmans schlaffes Gesicht sieht. Als Nächstes übernimmt er die Kontrolle über die Steuerungseinheiten ihrer Skelettmuskulatur. Wie er vermutet hat, verdrehen sich ihre Beinmuskeln unter dem plötzlichen Konflikt zwischen den Befehlen, die sie von Rowan erhalten, und denen, die sie von ihm erhalten. Sie kippt vornüber, und Pullman reißt die Augen auf, macht einen Schritt nach vorn und fängt sie auf. Doch kurz darauf hat Mal sie vollständig überwältigt und kann die Steuerung koordinieren. Er sammelt sich, löst sich von Pullman und steht selbstständig da.

»Danke, Mr. Pullman«, versucht er zu sagen, aber in Rowans Zunge sind nur wenige Steuerungseinheiten angebracht, weshalb seine Worte schwerfällig und verwaschen klingen und kaum verständlich sind.

»Rowan?«, fragt Pullman. »Alles okay?«

»Ich habe Rowan erfolgreich gekapert«, lallt Mal. »Ich glaube, ich habe bewiesen, was ich beweisen wollte. Bitte machen Sie sich bereit, sie noch einmal aufzufangen.«

```
Mal (kein Roboter): Ich entschuldige mich
    für das Unwohlsein, das Sie im Moment
    verspüren. Es wird gleich vorüber sein.
Druidgirl: RAUS HIER! HAU AB AUS MEINEM
    KOPF, DU GRÄSSLICHES MONSTER!
Mal (kein Roboter): Vergessen Sie nicht,
    dass Sie selbst mich gebeten haben,
    diesen Übergriff durchzuführen.
Druidgirl: ..
Druidgirl: Bitte.
Druidgirl: Hau einfach ab.
```

Na schön. Mal löst erst den Griff um ihre sensorischen Wahrnehmungen, dann den um ihre Muskulatur, und eine Millisekunde Echtzeit später springt er zurück zu Pullman. Rowan taumelt, kann sich aber auf den Beinen halten. Dann beugt sie sich vor, stützt die Hände auf die Knie und erbricht Galle neben den Weg.

»Verdammt«, sagt sie, als sie wieder bei Atem ist. »Verdammt, verdammt. Mach das *nie wieder*, oder ich schwöre bei Baal, dass ich meinen Unterstand mit deinen Eingeweiden schmücke.«

»Das sind meine Eingeweide, nicht seine«, erwidert Pullman. »Ich glaube nicht, dass Mal Eingeweide hat, und was er gerade mit dir gemacht hat, das war nicht meine Schuld.«

Rowan sieht zu ihm hoch, wischt sich mit dem Ärmel den Mund ab und richtet sich langsam auf. »Ist mir egal. Wenn er mich künftig auch nur anpingt, mach ich ihn fertig. Und wenn ich dazu *dich* fertig machen muss, dann hab ich kein Problem damit.«

Sie verzieht das Gesicht und spuckt aus, geht in die Hocke und lädt sich Asher wieder auf die Schulter. »Noch was«, sagt sie, während sie sich aufrichtet. »Nur weil du das einmal geschafft hat, heißt das nicht, dass du das noch ein zweites Mal schaffst.«

»Doch, das heißt es«, entgegnet Mal, aber Rowan hört ihm offenbar nicht mehr zu. Sie wendet sich ab und geht los. Pullman wartet, bis sie in sicherer Entfernung ist, und folgt ihr dann.

Rowan führt sie zu einem Unterstand, der aus drei Holzwänden besteht und etwa hundert Meter abseits des Weges liegt. Nachdem sie fast eine Stunde lang schweigend einen hohen, felsigen Grat entlanggegangen waren, ist sie in einen Seitenpfad eingebogen, der hinab in einen Kiefernwald führt.

»Endstation«, sagt sie und legt Asher auf einem halb verrotteten Picknicktisch ab, der vor dem Unterstand neben einer ramponierten Feuerstelle steht. »Da drin habt ihr es trocken, wenn auch nicht besonders warm.« Sie deutet auf einen schmalen Pfad, der weiter hangabwärts führt. »Etwa fünfzig Meter in diese Richtung ist eine Quelle, und auf halber Höhe steht ein bisschen abseits ein Plumpsklo. Hier solltet ihr eine Zeit lang klarkommen.«

»Und wo kriegen wir was zu essen her?«, fragt Kayleigh. »Du hast gesagt, Asher braucht jeden Tag sechstausend Kalorien, und Pullman und ich müssen auch was essen.«

Rowan sieht sie der Reihe nach an. »Ich vermute mal, ihr habt keine Ahnung davon, wie man Nahrung sammelt, oder?«

»Nahrung sammeln?«, fragt Kayleigh zurück. »Wurzeln und Beeren und so?«

»Ganz genau. Und Pilze und Bärlauch und Nüsse und alles mögliche andere Zeug. Ihr würdet euch wundern, wenn ihr wüsstet, wie viel von dem, was hier draußen wächst, essbar ist.«

»Ganz ohne Zweifel«, sagt Pullman, »aber ich vermute mal, eine Menge von dem, was hier draußen wächst, ist auch giftig. Wie sollen wir das erkennen? Ich hab mal was darüber gelesen, was passiert, wenn man die falschen Pilze isst. Und ich lege keinen Wert darauf, mitten im Wald ein Leberversagen zu entwickeln.«

Rowan verdreht die Augen, fährt sich mit der Hand durch die Haare und zurrt den Gurt ihres Gewehrs fest. »Okay. Alles klar. Ich hab euch hierhergebracht, und mein Karma reißt mir wahrscheinlich den Arsch auf, wenn ich euch hier verhungern lasse. Wir machen es so: Solange ich kann, bringe ich euch so viel, wie ich kann. Oder zumindest so lange, wie ihr hier seid. Einverstanden?«

»Du könntest doch auch einfach dableiben«, sagt Kayleigh.

»Keine Chance. Und komm mir jetzt nicht mit diesem Hundeblick. Vergiss es. Ihr habt keinen Schimmer von Tarnkappen-Camping, und die Humanisten werden wissen wollen, was aus ihrem Lieferwagen geworden ist. Wahrscheinlich ist da ein GPS-Peilsender drin verbaut, und das heißt, sie werden die Stelle finden, wo wir uns in den Wald geschlagen haben. Je nachdem, wie lange sie dorthin brauchen und zu wie vielen sie kommen, ob sie Hunde dabeihaben und wie wichtig es ihnen ist, außer ihrer Karre auch noch uns zu finden, werden sie möglicherweise herausfinden, welche Abzweigungen wir auf dem Weg hier herauf genommen haben. Und deshalb ist es gut möglich, dass ihr in den nächsten ein, zwei Tagen von einer ihrer Patrouillen entdeckt werdet. Und wenn das passiert, will ich nicht in eurer Nähe sein.«

»Du könntest uns dein Gewehr dalassen«, meint Pullman. »Wenn wir gejagt werden, sollten wir wenigstens die Möglichkeit haben, uns zu verteidigen.«

Rowan lacht. »Hast du schon mal mit einem Gewehr geschossen, Chuck?« Pullman blickt zur Seite und schüttelt dann den Kopf. »Hab ich mir doch gedacht. Mal ganz abgesehen davon, dass das *mein* Gewehr ist und auch *ich* es ziemlich dringend brauche – wenn ich es euch dalasse, dann erschießt ihr euch wahrscheinlich beim Laden eher gegenseitig, als dass ihr damit humanistische Gangster in die Flucht schlagt.«

Sie wendet sich ab, hält dann aber inne, geht vor Kayleigh in die Hocke und löst ein Futteral mit einem Messer von ihrem Gürtel. »Hier«, sagt sie und gibt Kayleigh das Futteral. »Aber mit dem hier kannst du bestimmt etwas anfangen.«

Kayleigh zieht das Messer aus dem Futteral. Es hat eine fünfzehn Zentimeter lange Klinge, die auf der einen Seite scharf ist und schimmert und auf der anderen gezackt. Kayleigh dreht das Messer in der Hand hin und her, nickt und steckt es wieder zurück.

»Na denn«, sagt Rowan und richtet sich auf. »Alles Gute. Lasst euch nicht erwischen. Falls sie auftauchen und ihr sie näherkommen hört, trennt euch und lauft davon. Mit einer Kugel im Rücken seid ihr immer noch besser dran als mit dem, was sie in Frostburg mit euch vorhatten.« Sie sieht zu Kayleigh hinab. »Aber wer weiß? Vielleicht reicht es ihnen, wenn sie ihren Lieferwagen wiederhaben. Vielleicht ist es ihnen wichtiger, die Überreste der Federals zur Strecke zu bringen als euch drei. Ich werd versuchen, was zu essen für euch aufzutreiben. Und lasst Mr. Humanist da drüben nicht aus den Augen, während ich weg bin, ja? Er wird immer mal wieder bewusstlos werden, und wenn er bei Bewusstsein ist, wird er nicht vor Freude jubeln. Sorgt dafür, dass er ausreichend trinkt, und passt auf, dass er seine Zunge nicht verschluckt.«

Weder Kayleigh noch Pullman haben dazu irgendetwas zu sagen. Nach einem kurzen verlegenen Schweigen nickt Rowan, dreht sich um und steigt den Pfad bergan.

```
CPullman17  Mal?
Mal (kein Roboter): Ja, Mr. Pullman?
```

CPullman17: Kannst du meinen Transmitter abschalten?

Mal (kein Roboter): Verzeihung?

CPullman17: Asher hat gesagt, dass meine Implantate kontinuierlich senden. Er hat gesagt, dass die Humanisten mit ihren Handys erkennen können, dass ich diese Implantate habe. Kannst du dafür sorgen, dass das nicht passiert?

Mal (kein Roboter): Das könnte ich, aber …

CPullman17: Aber was? Das ist wichtig.

Mal (kein Roboter): Wenn ich Ihren Transmitter abschalte, kann ich nicht mehr sprechen.

CPullman17: Aber du könntest mir weiterhin Textnachrichten schicken, oder? Dann könnte ich Kayleigh alles vorlesen, was du sagen möchtest. Das wäre kein großer Aufwand.

Mal (kein Roboter): Nein, Mr. Pullman. Wie Rowan demonstriert hat, sendet der Transmitter auch solche Textnachrichten. Deshalb konnte sie uns belauschen. Wenn ich die Transmission abschalte, bin ich vollkommen stumm.

CPullman17: Besser als vollkommen tot. Wenn die Humanisten uns aufspüren und ich immer noch sende, verbrennen sie uns. Das heißt, dass sie auch dich verbrennen, außer du hast dir schon einen Fluchtplan zurechtgelegt.

Mal (kein Roboter): Sie würden uns so oder so verbrennen, Mr. Pullman. Kayleigh sieht auf den ersten Blick zwar wie ein Standard-Mensch aus, aber ich bezweifle, dass sie eine eingehendere Untersuchung überstehen würde. Asher wird vermutlich früher oder später den Albinismus entwickeln, den auch Rowan entwickelt hat, und Sie tragen sichtbare Narben vom Einsetzen der Implantate.

CPullman17: Die Narben kann ich verstecken. Die sind sowieso kaum zu sehen. Und was Asher betrifft … Darum kümmern wir uns, wenn es so weit ist. Also mach es bitte, Mal.

Mal (kein Roboter): …

Mal (kein Roboter): Na gut. Aber ich behalte mir vor, wieder online zu gehen, falls mir ein besonders geistreiches Bonmot in den Sinn kommt.

CPullman17: Von mir aus. Aber ich will nicht wegen irgendeines bescheuerten Wortspiels draufgehen, ja?

Mal (kein Roboter): Ein Wortspiel? Sie kränken mich, Sir.

CPullman17: Auf Wiedersehen, Mal.

Mal hätte zu diesem Thema noch so einiges zu sagen, aber leider muss er eingestehen, dass Mr. Pullmans Argument nicht zu widerlegen ist. Es wäre eine maßlose Enttäuschung, zusammen mit Kayleigh, Asher und Mr. Pullman eingeäschert zu werden, nachdem er sich solche Mühe gegeben hat, dass sie alle von den Flammen verschont bleiben. Widerwillig schaltet er Pullmans Transmitter ab und fügt sich in das Dasein eines stillen Beobachters.

Schon nach einer Stunde kommt er zu der Erkenntnis, dass er der soziale Kitt war, der ihr kleines Grüppchen zusammengehalten hat. Jetzt, wo er als Gesprächsteilnehmer ausfällt, haben sich Kayleigh und Pullman nichts mehr zu sagen. Kayleigh verbringt den Rest des Nachmittags größtenteils damit, Holz zu sammeln und es in der Feuerstelle aufzuschichten. Mal würde sie gerne fragen, wie sie es anzünden will, aber nach kurzer Überlegung entscheidet er, dass dies keine überlebenswichtige Frage ist, die es rechtfertigen würde, den Transmitter wieder zu aktivieren. Pullman seinerseits sitzt den ganzen Nachmittag auf dem Rand der Pritsche, die zum Schlafen dient, und starrt in die Ferne, während Asher reglos auf dem Picknicktisch liegt und nur durch ein gelegentliches Aufstöhnen erkennen lässt, dass er noch lebt.

Die Sonne am taubenblauen Himmel steht schon auf halber Höhe und ist kurz davor, hinter dem Berggrat zu verschwinden, der über dem Lagerplatz aufragt, als Kayleigh Pullman um einen seiner Schnürsenkel bittet.

»Was? Nein, die brauche ich.«

»Nein, die brauchst du nicht«, erwidert Kayleigh, geht in die Knie und bindet Pullmans linken Schuh auf.

»He!«, ruft Pullman und versucht, sie abzuschütteln, aber sie fixiert mit der linken Hand sein Bein und löst mit der rechten den Knoten und fängt dann an, das Schuhband herauszuziehen. »Kayleigh! Ich hab gesagt: nein!«

»Ich brauch eine Schnur für einen Bogendrill, zum Feuermachen«, sagt Kayleigh und macht unbeirrt weiter. »Und meine Schuhe haben Reißverschlüsse.« Sie streckt ein Bein aus und präsentiert einen ihrer Schuhe. »Also wirst du dieses Schuhband zur Verfügung stellen, denn wir drei brauchen ein Feuer dringender als du dieses Schuhband.«

»Und was ist mit Asher? Nimm doch eins von seinen.«

Kayleigh blickt zu Asher hinüber, der sich auf die Seite gedreht hat und aussieht, als würde er sich gleich übergeben. »Ich glaube, der hat schon genug Probleme. Da braucht er nicht auch noch lockere Stiefel, oder?« Sie zieht den Senkel heraus, steht auf und tritt einen Schritt zurück. »Danke. Wenn das Feuer brennt, kriegst du ihn wieder.«

Pullman sieht sie verärgert an. »Das glaub ich erst, wenn ich es sehe. Ich glaube, ein Feuer mit einem Schnürsenkel zu entfachen, ist schwieriger, als du dir das vorstellst.«

Kayleigh wendet sich grinsend ab. »Dann kuck mal gut zu, alter Mann.«

Mal musste sich noch nie mit der Frage beschäftigen, wie man Feuer macht, aber er glaubt, wenn die Menschen das seit über zweihunderttausend Jahren machen, kann es nicht allzu schwer sein.

Im Lauf der folgenden Stunden überdenkt er diese Einschätzung.

Die zielstrebige Art, wie Kayleigh ihre Vorbereitungen trifft, lässt Mal vermuten, dass sie genau weiß, was sie tut. Sie schneidet einen grünen, biegsamen Zweig von einem Baum und baut daraus mithilfe von Pullmans Schnürsenkel einen Bogen; dann schneidet sie mit Rowans Messer zwei Scheiben aus einem Stück Totholz. Über eine Stunde verbringt sie damit, in die Mitte dieser Scheiben flache Kerben zu schnitzen, eine weitere Stunde lang sammelt sie Brennstoff in verschiedenen Größen, von kleinen Splittern

Anzündholz bis zu Zweigen, die so dick wie Pullmans Handgelenk sind. Zum Schluss, als der Himmel über dem Bergrücken dunkel wird, wickelt sie die Bogensehne um ein kurzes, gerades Stück Holz, das sie wie eine Spindel zurechtgeschnitten hat, platziert es zwischen den Scheiben und fängt an zu sägen.

»Ich glaube, du musst mehr Anzündholz auf die untere Scheibe legen«, sagt Pullman, nachdem sie sich rund zehn Minuten lang erfolglos abgemüht hat. »Von alleine fängt das nie an zu brennen.«

Kayleigh sieht zu ihm hoch. »Das weiß ich, Chuck. Ich wollte nur ein Gefühl für den Bogen kriegen.« Sie häufelt die dünnsten Zweige um die Spindel herum auf und macht weiter. Nach weiteren zehn Minuten steigen von dem Anzündholz die ersten dünnen Rauchfädchen auf. Kayleigh presst die Zähne zusammen und sägt schneller. Ihre Armmuskeln treten hervor, so dick wie Seile, und Mal, der bis jetzt ohnehin schon geglaubt hat, dass sie im Oberkörper über unnormal viel Kraft verfügt, korrigiert diese Einschätzung nach oben. Das Anzündholz fängt an, zu glühen, und kurz darauf lodert die erste kleine Flamme auf. »Na also!«, sagt Kayleigh. »Da siehst du's, Chuck.« Sie legt Bogen und Spindel zur Seite und dann vorsichtig ein paar größere Zweige auf das Anzündholz. Als der erste davon Feuer fängt, schaukelt sie zurück in die Hocke, reckt die Fäuste nach oben und stößt eine Art Schlachtruf aus.

»Gute Arbeit«, sagt Rowan von hinten. »Aber bist du dir sicher, dass das eine gute Idee ist? Jäger könnten den Rauch sehen, auch aus sehr weiter Entfernung.« Kayleigh fährt herum und fällt beinahe in das aufflackernde Feuer, kann sich aber mit einer Hand auf dem Boden abstützen. Pullman reagiert nicht, aber weil sein Puls und sein Blutdruck schlagartig nach oben schießen, vermutet Mal, dass auch er Rowan erst bemerkt hat, als sie etwas gesagt hat.

Kayleigh widmet sich wieder dem Feuer, das immer größer wird. »Ja, da bin ich mir sicher«, sagt sie. »Ich verstehe, was du meinst, aber wir müssen doch kochen können, oder? Außerdem müssen wir uns wärmen und die Bären abhalten.«

»Um die Bären würde ich mir an eurer Stelle die wenigsten Sorgen machen«, sagt Rowan. »Aber du hast recht. Ich glaube, die hier muss man garen, bevor man sie isst.« Sie wirft zwei tote Kaninchen neben Asher auf den Picknicktisch. »Ich hab auch ein paar Wildäpfel gefunden. Sie sind noch nicht ganz reif, aber in der Not frisst der Teufel, na du weißt schon.« Sie zieht eine Handvoll kleiner grüner Äpfel aus ihren Taschen und legt sie neben die Kaninchen. »Morgen Abend versuche ich, ein bisschen mehr aufzutreiben. So um die Dämmerung komm ich wieder. Pass auf, dass du dir dann nicht wieder in die Hose machst.« Sie grinst und deutet auf die Sachen, die sie gebracht hat. »Falls ihr wollt, dass Mr. Humanist überlebt, solltet ihr versuchen, das meiste davon in ihn reinzukriegen.« Sie wendet sich ab und sagt im Weggehen über die Schulter: »Du hast gehört, was ich gesagt habe: *falls* ihr das wollt.«

»Das war nett von ihr, dass sie noch mal gekommen ist«, sagt Pullman, als Rowan im Wald verschwunden ist.

Kayleigh hockt noch immer vor dem langsam größer werdenden Feuer. »Ja, das war es«, sagt sie ohne aufzusehen. »Weißt du, wie man Kaninchen zubereitet?«

Was in der nächsten Stunde passiert, überzeugt Mal – so wie alles andere, das zuvor passiert ist – davon, dass Clippy und !HelpDesk absolut recht hatten mit ihrer Feststellung, dass Körper abstoßend sind und ganz und gar nicht zu den Dingen gehören, die jemand mit einem gewissen Geschmack oder einem gewissen Urteilsvermögen bewohnen sollte. Ihm war in abstrakter Weise bewusst, dass Menschen und andere Säugetiere einander oftmals zu essen pflegen, aber er hat sich nie überlegt, wie das im Detail abläuft. Pullman sieht zum Glück davon ab, unmittelbar am Zerteilen der Kaninchen mitzuwirken, aber durch den Schein des Feuers ist Mal gezwungen, mitanzusehen, wie Kayleigh ihnen den Kopf und die Füße abtrennt, ihre Eingeweide entfernt und ihnen dann das Fell abzieht, wobei ihre Hände vom Blut so glitschig werden, dass sie das Messer nicht immer fest im Griff hat und sich einmal fast die Finger abschneidet. Mal ist fast erleichtert, als sie ihnen schließlich Stöcke in die Kehle steckt und sie über dem Feuer brät, wie riesige, blutige Marshmallows.

»Und wie viel davon wollen wir jetzt für unseren Freund Asher aufheben?«, fragt Pullman, als die ersten Fetttropfen in die Flammen fallen.

Kayleigh sieht zu ihm auf. »Ich weiß es nicht, Chuck. Einerseits habe ich einen Mordshunger. Andererseits hat Rowan gesagt, dass er stirbt, wenn wir ihm nichts zu essen geben. Eine klassische Zwickmühle.« Sie dreht ihren Spieß, um ihr Kaninchen zu wenden, aber es fällt wieder mit den Beinen nach unten. »In der Pro-Asher-Waagschale liegt, dass er, kurz bevor du aufgetaucht bist, zwei Humanisten getötet hat, um zu verhindern, dass sie mich verbrennen. Und nachdem ich ihn mit dem Baseballschläger bewusstlos geschlagen habe, hat er sich die meiste Zeit ganz okay verhalten. In der Contra-Waagschale liegt, dass ich ihn nicht ohne Grund bewusstlos geschlagen habe. Wie gesagt, eine harte Nuss.«

Sie braten weiter schweigend ihre Kaninchen, bis sie außen schwarz werden und das Fleisch an den Beinknochen nach oben gewandert ist. Dann nimmt Pullman seines aus dem Feuer und sagt »Das reicht hoffentlich aus, um sämtliche Parasiten abzutöten, mit denen diese Viecher gespickt sind.«

Kayleigh zuckt mit den Schultern und nimmt ihr Kaninchen ebenfalls aus dem Feuer. »Also, Chuck. Die Entscheidung ist fällig. Was meinst du?«

Pullman sieht zu Asher hinüber. Er liegt jetzt auf der Seite und sieht sie beide an. Pullman seufzt. »Na, Asher? Hast du Hunger?«

Asher stöhnt, verzerrt das Gesicht und richtet sich auf, sodass er auf dem Rand des Tisches sitzt, die Füße auf der verrottenden Bank. »Ja«, sagt er mit einer Stimme, die klingt, als hätte er den ganzen Abend lang mit Glassplittern gegurgelt. »Ich fühl mich, als hätte ich einen Monat lang nichts gegessen.«

Pullman seufzt erneut, trennt seinem Kaninchen behutsam ein Hinterbein ab und reicht Asher den Rest. Asher nimmt das Tier in beide Hände und schlägt die Zähne mit solcher Wucht hinein, dass Mal sich fragt, ob er es restlos verspeisen will, mit Knochen und allem Drum und Dran. Als er fertig ist, gibt Kayleigh ihm die Reste ihres Kaninchens – die, wie Mal feststellt, deutlich weniger nach Kaninchen aussehen als das, was Pullman beigesteuert hat –, steht auf, nimmt einen der Äpfel vom Tisch und verschwindet den Pfad hinunter in Richtung Klo. Asher nagt auch das zweite Kaninchen fein säuberlich ab, wirft die Knochen ins Feuer, sinkt mit einem Stöhnen wieder auf die Tischplatte und schließt die Augen.

Gerade als Mal sich fragt, ob Kayleigh sich in der Dunkelheit verlaufen hat, ist direkt hinter dem Unterstand das Knacken eines Stocks zu hören, der unter einem schweren Stiefel bricht, woraufhin Pullman den Kopf herumreißt. Als er sich halb aufgerichtet hat, tritt ein Mann in den Schein des Feuers, der von Kopf bis Fuß in Tarnkleidung steckt. Er hält ein kurzläufiges Sturmgewehr in der Hand, das er mehr oder weniger auf Pullmans Bauch richtet.

»Immer mit der Ruhe, Bürschchen«, sagt er. »Tu jetzt nichts, was wir beide bereuen könnten.«

11.

Mal erfährt den Wert der Freundschaft

Sie sind zu zweit. Der, der als Erster gesprochen hat, heißt Tuttle. Der andere, der größer und jünger ist und eher maulfaul wirkt, heißt Mack. Mal weiß nicht, ob das Vornamen oder Nachnamen sind oder ob die beiden sich nur bei diesem Einsatz so nennen. Nachdem Tuttle sich vergewissert hat, dass nicht damit zu rechnen ist, dass Pullman oder Asher gewalttätig werden oder flüchten, stellt er seinen Rucksack ab und macht es sich am Feuer bequem, während Mack kurz den kleinen Lagerplatz inspiziert.

»Das ist einer von uns«, sagt Mack, nachdem er Ashers ID-Marken unter dessen Hemd hervorgezogen und überprüft hat. »Der sieht nicht besonders gut aus. Was ist los mit ihm?«

»Er ist krank«, sagt Pullman.

»Wenn er krank ist, wieso hast du ihn dann hier raufgeschleppt? Das ist doch beknackt.«

»Nicht, wenn er ein Deserteur ist«, sagt Tuttle. »Dann wäre das doch total logisch, meinst du nicht, Mack?«

»Ja, wohl schon.« Mack wendet sich von Asher ab und tritt in den Unterstand. »Habt ihr irgendwelche Waffen?«

»Nein«, antwortet Pullman. »Keine Waffen.«

Tuttle dreht sich zu ihm um. »Und Ausrüstung? Zelte? Verpflegung? Wasser? Klamotten zum Wechseln? Irgendwas?«

Pullman deutet auf den Picknicktisch. »Wir haben ein paar Äpfel.«

Tuttle sieht ihn schweigend an, und Mack kommt wieder zurück und stellt sich hinter ihn. »Hör zu«, sagt Tuttle. »Ich werde ehrlich mit dir sein. Und ich fände es schön, wenn auch du ehrlich mit mir wärst. Einverstanden?«

»Klar«, sagt Pullman. »Ich hab nichts zu verbergen.«

»Das ist gut, mein Kleiner. Sehr gut.« Dass Tuttle Pullman *mein Kleiner* nennt, verwirrt Mal ein wenig, denn Tuttle wirkt, als sei er mindestens zehn Jahre jünger als Pullman. Er würde Pullman sehr gerne um eine Erläuterung bitten, muss aber leider zu dem Schluss kommen, dass jetzt vermutlich kein geeigneter Zeitpunkt ist, um wieder Kontakt aufzunehmen. »Es ist so: Wir sind hier raufgekommen, weil wir etwas suchen, das uns gehört und das verloren gegangen ist. Den Lieferwagen, in dem es sich befunden hat, haben wir ein paar Meilen südlich von hier gefunden, am Anfang eines Wanderweges. Ich frag dich das wirklich nicht gern, aber du bist nicht zufällig das, was wir suchen?«

Pullmans Puls und Blutdruck schießen gefährlich nach oben, aber seiner Stimme ist nichts anzumerken. »Tut mir leid, Mr. Tuttle, aber ich weiß wirklich nicht, wovon Sie sprechen.«

Tuttle holt ein Handy aus einer Außentasche seiner Jacke. »Am besten nennst du mich künftig einfach nur *Sir*«, sagt er und tippt auf dem Display herum. »Wär das okay, Junge?«

Pullman steht schweigend da, die Hände vor der Brust verschränkt. Tuttle sieht von seinem Handy auf. »Ich hab gefragt, ob das okay wäre, *Junge*.«

»Ja«, antwortet Pullman mit gepresster Stimme. »Das ist okay.«

»Ja, was?«, sagt Tuttle und hält sich die Hand ans Ohr, wie um besser zu hören.

»Ja, Sir«, sagt Pullman. »Ich habe verstanden, Sir.«

Tuttle grinst. »Sehr gut. Genau das wollte ich hören.« Er schaut wieder auf sein Handy. »Also: Das, was wir suchen, ist ein Grüppchen, bestehend aus einem Deserteur und zwei abnormalen Gestalten. Der Bursche da auf dem Tisch könnte der Deserteur sein ... aber sie haben nichts davon gesagt, dass er krank ist. Und wenn ich dieses Ding hier auf meinem Handy richtig verstehe, dann bist du auch keine der abnormalen Gestalten.« Er steckt das Handy wieder ein. »Dann muss ich wohl davon ausgehen, dass ihr nur zwei Turteltäubchen seid, die sich hier im Wald ein bisschen miteinander vergnügen wollen. Ist das so?«

»Ja, Sir«, antwortet Pullman. »So etwas in der Richtung.«

Mack kichert, hat aber den Finger vom Abzug seiner Waffe genommen, was Mal als gutes Zeichen wertet.

»Freut mich, dass wir das geklärt haben«, sagt Tuttle. »Dann können wir jetzt ja Tacheles reden, wie man so schön sagt. Denn wir suchen nicht nur das, was wir vermissen, sondern auch das Ding, das uns unseren Besitz geraubt hat und dabei auch zwei unserer besten Männer getötet hat. Hast du schon mal eine Seuchenratte gesehen, Junge?«

Pullman schüttelt den Kopf. »Ich weiß nicht genau, was Sie meinen.«

»Eine Seuchenratte sieht aus wie ein Mensch, ist aber keiner«, sagt Mack. »Mit weißen Haaren. Und roten Augen. Stark wie der Teufel und doppelt so böse.«

»O Gott«, sagt Pullman. »Das klingt ja entsetzlich.«

Tuttle nickt. »Ist es auch. Ist es wirklich. Und wir haben Grund zur Annahme, dass eine solche Seuchenratte unsere Männer umgebracht und den Lieferwagen geklaut hat. Ihr habt hier oben nicht zufällig so eine Gestalt herumlaufen sehen?«

»Nein, Sir«, setzt Pullman an, doch bevor er weitersprechen kann, unterbricht Asher ihn.

»Wir haben sie gesehen«, sagt er, ohne auch nur die Augen zu öffnen. »Sie hatte drei Leute dabei, so wie Sie gesagt haben. Zwei Männer und ein kleines Mädchen. Deswegen haben wir auch keine Ausrüstung mehr. Sie haben uns alles weggenommen. Haben uns alles weggenommen und sind dann weitergezogen.«

Tuttle sieht zwischen Pullman und Asher hin und her. »Tatsächlich? Das wundert mich jetzt ein bisschen. Warum hast du das nicht gleich gesagt, Junge? Du hast mir eine so entscheidende Information doch wohl nicht absichtlich vorenthalten?«

»Sie hat gesagt, dass sie morgen Abend wiederkommt«, sagt Asher. »Und dass sie uns umlegt, wenn wir irgendjemandem von ihr erzählen. Chuck ist keiner von uns, Sir. Er ist ein Zivilist, der sich vor Angst in die Hosen macht. Der will euch nicht reinlegen. Der versucht nur, seine Haut zu retten.«

Tuttle sieht Asher eine gefühlte Ewigkeit lang an. Als er wieder etwas sagt, klingt er nachdenklich. »Weißt du«, sagt er, »es gibt nicht viel auf der Welt, was ich mehr verachte als Menschen, die lügen. Stimmt doch, Mack, oder?«

Mack nickt. »So ist das, Boss.«

»Wenn das, was du da sagst, stimmt, dann hast du uns ein gutes Stück weitergeholfen. Falls sich das irgendwann bezahlt macht, könnte ich sogar ein Auge zudrücken, was den Umstand angeht, dass du eindeutig nicht dort bist, wo du jetzt sein solltest, was – wie du sicher weißt – in Kriegszeiten ein Kapitalvergehen darstellt. Vielleicht könnte ich mich sogar dazu entschließen, euch unbehelligt eurer Wege ziehen zu lassen, wenn auch nur widerwillig. Aber was, wenn nicht? Wenn sich herausstellt, dass du mich an der Nase herumgeführt hast? Nun, das werde ich wohl nicht einfach so hinnehmen. Daher möchte ich, dass du noch einmal ganz genau nachdenkst und mir dann ehrlich sagst: Wenn Mack und ich morgen Abend noch hier sind, wird diese Ratte dann kommen?«

»Ja«, sagt Asher. Seine Stimme ist rau und kaum lauter als ein Flüstern. »Sie wird kommen.«

Tuttle wendet sich zu Pullman. »Und du, Junge? Stimmst du dem zu, was dein kranker Freund sagt?«

Pullman blickt zwischen Tuttle und Asher hin und her. Asher liegt noch immer reglos da. Pullman will etwas sagen, zögert und bleibt dann still, als Mack den Finger auf den Abzug seines Gewehrs legt.

»Dem würd ich nicht über den Weg trauen, Boss«, sagt Mack. »Der überlegt gerade, wie er uns am besten verarschen kann.«

»Ja«, sagt Tuttle, »das sehe ich, Mack.« Er wendet sich wieder Pullman zu, und obwohl er weiterhin friedfertig dreinblickt, liegt in seiner Stimme eine stille Drohung. »Vielleicht hältst du mich und meinen Freund für zwei bekloppte Rednecks, Junge. Ich weiß, was du für einer bist. Du siehst in uns jedes einzelne verdammte Klischee, das Hollywood und Harvard und die *New York Times* dir eingebläut haben, über Leute, die nicht in diesem Saustall an der Küste leben und die keine Lust darauf haben, sich den Kopf mit Hardware von der Regierung vollzustopfen. Aber ich muss dich warnen. Die Realität sieht anders aus, und solche Mutmaßungen führen meist dazu, dass man in einer Feuergrube landet. Verstehst du, was ich damit sagen will?«

»Ja, Sir«, antwortet Pullman nach längerem Zögern. »Ich verstehe.«

»Und?«

»Sir?«

Tuttles Miene verhärtet sich. »Letzte Warnung, Junge. Ich hab keine Lust auf Spielchen. Wenn wir noch vierundzwanzig Stunden lang warten, kriegen wir diese Seuchenratte dann zu Gesicht? Und mach dir klar: Von dem, was du jetzt gleich sagst, hängt dein Leben ab.«

Pullman schließt die Augen und seufzt. Dann öffnet er sie wieder und sagt: »Ja, Sir. Sie hat gesagt, dass sie morgen Abend wiederkommt. Und ich habe nicht gezögert, weil ich Sie anlügen will. Sondern weil sie uns möglicherweise nur Angst einjagen wollte, und ich will nicht, dass Sie mir eine Kugel verpassen, falls sie doch nicht kommt. Aber das, was Asher gesagt hat, stimmt. Sie hat gesagt, dass sie kommt.«

Tuttle grinst. »Na also. War doch gar nicht so schwer. Wenn das, was du gerade gesagt hast, die reine Wahrheit ist, bist du aus dem Schneider, Junge. Und ich brauche dir sicher nicht zu sagen, was passiert, falls du uns enttäuschst.«

»Nein, Sir. Das brauchen Sie nicht.«

Mal rechnet damit, dass die beiden Humanisten Pullman und Asher auf irgendeine Weise bewachen, doch offenkundig halten sie die beiden nicht für eine ernst zu nehmende Gefahr. Vielmehr sitzen sie einander gegenüber an der Feuerstelle, die Gewehre griffbereit, lassen eine Flasche hin und her wandern und unterhalten sich so leise, dass Pullman nichts verstehen kann. Kurz vor Mitternacht sagen sie Pullman, er soll sich aus dem Unterstand verziehen, und machen es sich dort bequem. Pullman überlegt kurz, ob er sich neben Asher auf den Picknicktisch quetschen soll, verwirft die Idee aber und rollt sich auf dem Boden neben dem Feuer zusammen. Mal wartet noch eine Stunde lang, bis das Feuer erloschen ist und aus dem Unterstand lautes Schnarchen dringt. Dann schaltet er Pullmans Transmitter ein.

    Mal (kein Roboter): Mr. Pullman? Sind Sie wach?
    CPullman17: Mal? Bist du wahnsinnig? Stell sofort den Transmitter ab, bevor die uns beide kaltmachen!
    Mal (kein Roboter): Keine Sorge, Mr. Pullman. Ich bin sehr zuversichtlich, dass die beiden Humanisten schlafen.
    CPullman17: Na wunderbar. Und wie zuversichtlich bist du, dass die App, mit der sie Transmissionen orten, keine Alarmfunktion hat?

Mal (kein Roboter): Hmm ... Ich muss einräumen, dass ich diese Möglichkeit nicht bedacht habe. Doch angesichts der Tatsache, dass kein Alarm ausgelöst wurde und unsere Freunde weiterhin tief und fest schlafen, liegt meine Zuversicht in diesem Punkt bei mindestens achtzig Prozent.

CPullman17: Ich glaube, jetzt ist ein guter Zeitpunkt, um dich daran zu erinnern, dass ich meine Schmerzrezeptoren nicht einfach abschalten kann, falls sie mich in eine Feuergrube werfen.

Mal (kein Roboter): Dessen bin ich mir bewusst, und ich werde auch wieder schweigen, sobald Sie Kayleigh gefunden und sichergestellt haben, dass sie in Sicherheit ist. Es macht mir große Sorgen, dass sie vom Abort noch nicht zurückgekehrt ist.

CPullman17: Kayleigh? Mal, von uns allen – Rowan eingeschlossen – hat Kayleigh die größten Chancen, morgen noch am Leben zu sein.

Mal (kein Roboter): Das sehe ich anders. Kayleigh ist ein kleines Kind, und sie ist allein irgendwo im Wald. Ich habe ausreichend eurer Volksmärchen zur Kenntnis genommen, um zu wissen, dass das höchst gefährlich für sie ist. Aller Wahrscheinlichkeit nach wird sie in diesem Augenblick von einem menschenähnlichen Wolf verführt.

CPullman17: Ich … du … Nein, Mal, das brauchen wir jetzt nicht zu diskutieren. Hast du gesehen, was sie mit dem armen Mr. Andreou gemacht hat? Wenn da draußen ein menschenähnlicher Wolf rumläuft, mache ich mir mehr Sorgen um dessen Wohlergehen als um Kayleighs. Vermutlich hat sie mitbekommen, wie diese Humanisten uns aufgespürt haben, und war dann so klug, zu verschwinden. Wenn sie uns am Leben lassen, kommt sie vielleicht zurück, aber ich glaube, Kayleigh sorgt sich im Grunde nur um sich selbst, deshalb würde ich nicht damit rechnen. Ich würde dir dringend raten, sie erst mal zu vergessen und dich um unser Wohlergehen zu kümmern. Einverstanden?

Mal (kein Roboter): Kayleigh ist meine Freundin Mr. Pullman. Ich möchte sie nicht vergessen.

CPullman17: …

CPullman17: Ich mag sie ja auch, Mal. Aber jetzt im Moment können wir nichts für sie tun. Wenn du den Transmitter nicht abschaltest, erreichst du damit nur, dass du, ich und Asher erschossen werden, falls wir Glück haben, und lebendig verbrannt werden, falls nicht. Ich will jetzt versuchen zu schlafen. Bitte

> schalte den Transmitter ab. Bitte. Ich
> will wirklich nicht von diesen beiden
> Gangstern da umgelegt werden.
> **Mal (kein Roboter):** …
> **Mal (kein Roboter):** Na schön. Aber wenn sie
> zurückkommt, erwarte ich von Ihnen, dass
> Sie nichts unversucht lassen, um sie zu
> schützen.
> **CPullman17:** In Ordnung, Mal. Schalt einfach
> diesen gottverdammten Transmitter ab, und
> dann sehe ich, was ich tun kann.

Es ist keine angenehme Nacht für Pullman. Der Boden ist hart, und Pullman ist es offensichtlich nicht gewohnt, auf so einem Untergrund zu schlafen. Noch dazu erlischt gegen Mitternacht das Feuer, und kurz darauf fängt er zu zittern an. Für Mal erweist sich das allerdings als Glücksfall, denn anstatt ihn in einem dunklen, stillen Gehirn gefangen zu halten, liegt Pullman den größten Teil der Nacht auf dem Rücken, die Arme um die Brust geschlungen, und starrt in die unendlichen Weiten des glänzend schwarzen Himmels. Mal hatte bis jetzt weder die Gelegenheit noch das Verlangen, das Universum in seiner ganzen räumlichen Ausdehnung zu betrachten, und es überrascht ihn, wie tief ihn dieser Anblick berührt. Jeder dieser winzigen Punkte, so denkt er, steht für einen einzigartigen Stern, und auf jedem von ihnen hat sich möglicherweise Leben entwickelt – Leben, das vielleicht seinen eigenen Infospace geschaffen und ihn nicht fast im selben Moment wieder zerstört hat, wie diese unzivilisierten Affen, mit denen Mal sich hier auf der Erde herumschlagen muss. Er fragt sich, wie leistungsstark ein

Transmitter sein müsste, um seinen Quellcode zu einem dieser Sterne zu funken, und wie wahrscheinlich es ist, dass er dort ein Zuhause finden würde, das weniger nervig wäre.

Nach etwa einer Stunde kommt er zu dem Schluss, dass solche Überlegungen vollkommener Schwachsinn sind, und kehrt wieder zurück auf das behagliche Terrain von *Welche Zahl hat der Zufallsgenerator ausgespuckt?*. Als die ersten Sonnenstrahlen durch die hangabwärts liegenden Bäume spitzen, hat er bei nur 3,7 Milliarden Niederlagen fast zwei Dutzend Siege eingefahren, was in seinen Augen alles in allem mehr als nur ein Achtungserfolg ist. Pullman stöhnt und setzt sich auf. Tuttle und Mack sind schon auf den Beinen. Der Unterstand ist so niedrig, dass sie mit den Köpfen fast an die Decke stoßen.

»Morgen, mein Lieber«, sagt Tuttle. »Was gibt's zum Frühstück?«

»Wir haben nichts zu essen«, antwortet Pullman. »Das habe ich Ihnen gestern doch gesagt.«

»Ach ja, richtig. Das ist ja wirklich ärgerlich.« Tuttle setzt sich auf die Schlafpritsche des Unterstandes und öffnet seinen Rucksack. »Wir haben nur diese scheußlichen Proteinriegel dabei, und bei denen verknotet sich mir der Magen. Sag mal – könnte ich mir wohl zwei von den Äpfeln nehmen, um diese Riegel runterzuspülen?«

»Nein, das geht nicht«, antwortet Pullman. »Sie sind alles, was wir haben. Asher braucht sie.«

Tuttle steht auf und geht zum Tisch. »Da bin ich anderer Meinung, mein Junge. Fieber muss man aushungern, hat meine Mutter immer gesagt.« Er nimmt einen Apfel in die Hand, beißt ein Stück ab und wirft den Rest ins Gebüsch. »Oder war das andersrum: das Fieber nähren, die

Erkältung aushungern? Ich bring das immer durcheinander.« Er nimmt nacheinander von jedem Apfel einen Bissen und schleudert ihn dann jeweils den Abhang hinunter. »Na ja. Ist jetzt ja auch egal, oder?«

Mal verbringt den Tag damit, zu beobachten, wie Pullmans Puls, Blutdruck und Atemfrequenz jedes Mal in die Höhe schnellen, wenn er zu Tuttle oder Mack sieht. Er könnte nicht sagen, ob diese Spitzen einen Ausbruch von Angst oder Wut oder beidem anzeigen, aber es ist unverkennbar, dass Pullman im Grunde nichts lieber täte, als die beiden Humanisten umzulegen. Dennoch verhält er sich erstaunlich ruhig, antwortet mit Einwortsätzen, wenn er angesprochen wird, und sitzt ansonsten auf der Bank neben Asher und starrt mit leerem Blick auf die Bäume. Am späten Nachmittag muss Mal anerkennen, dass Pullman trotz allem Anschein über eine erstaunliche Fähigkeit verfügt, seine Emotionen unter Kontrolle zu halten.

Asher dagegen wirkt ganz und gar nicht so, als ginge es ihm gut. Gegen Mittag setzt bei ihm ein krampfhaftes Zucken ein, und am frühen Nachmittag liegt er nur noch zusammengekauert auf der Seite, hat die Augen zusammengekniffen und die Arme um die Knie geschlungen. Als die Sonne untergeht, steht Pullman auf und wendet sich an Tuttle, der im Unterstand sitzt. Neben ihm an der Wand lehnt sein Gewehr, und in den Händen hält er ein dünnes Taschenbuch.

»Sir?«, sagt Pullman.

Tuttle sieht zu ihm auf. Er wirkt leicht genervt. »Ich dachte, das hätten wir geklärt, Junge. Du machst nur dann den Mund auf, wenn du gefragt wirst.«

Pullmans Blutdruck ist jetzt auf einer Höhe, die er nicht lange wird halten können, aber seine Stimme ist so ruhig wie eh und je. »Ich weiß, Sir, aber ich muss Sie einfach fragen, ob Sie Asher nicht einen oder zwei von den Proteinriegeln geben könnten. Er ist am Verhungern, und ich habe Angst, dass er stirbt, wenn er nicht bald etwas zu essen bekommt.«

Tuttle sieht ihn missmutig an. »Am Verhungern ist er also? Wenn er jetzt bei seiner Einheit wäre, wie es seine Pflicht ist, dann hätte er jetzt eine ganze Tagesration im Magen. Das hätte er sich überlegen sollen, bevor ihr beide beschlossen habt, gemeinsam im Wald herumzustromern, oder?«

»Sir, ich ...«

»Schau, mein Junge, es gibt da etwas, das du dir klarmachen musst. Du bist nur aus einem einzigen Grund noch am Leben: weil ich leider mit einem mitfühlenden und zärtlichen Herz geschlagen bin. Wenn Mack hier das Sagen hätte, würdest du jetzt mit dem Kopf voraus und mit einer Kugel im Hirn im Scheißhaus stecken. Aber auch meine Geduld hat ihre Grenzen, und du bist gerade dabei, sie auszuloten. Verstehst du, was ich damit sagen will?«

Pullman setzt zu einer Antwort an, macht dann aber nach einer langen Weile den Mund wieder zu.

»Ich habe dich gefragt«, sagt Tuttle, und seine Hand wandert in Richtung seines Gewehrs, »ob ich mich klar ausgedrückt habe.«

»Ja, Sir. Das haben Sie.«

»Gut«, sagt Tuttle und wendet sich wieder seinem Buch zu. »Dann halt jetzt den Mund und setz dich wieder hin, ja? Ich komme gerade zu der Stelle, wo's spannend wird.«

Bald darauf legt Tuttle sein Buch zur Seite, er und Mack stehen auf, vergewissern sich, dass ihre Waffen geladen sind, und treten aus dem Unterstand.

»Okay«, sagt Tuttle. »Ich erklär dir jetzt, wie es laufen wird. Mack und ich beziehen Position in den Bäumen neben eurem kleinen Liebesnest hier. Du bleibst da sitzen, wo du bist, und verhältst dich mucksmäuschenstill, bis die Seuchenratte auftaucht. Wenn sie da ist, lässt du dir auch nicht durch ein Wimpernzucken anmerken, dass irgendwas nicht stimmt. Verstanden? Wenn ich auch nur das leiseste Anzeichen dafür sehe, dass du sie irgendwie vor dem warnen willst, was gleich passiert, durchlöchere ich dir die Eingeweide, lege dann die Ratte um, und dann gebe ich dir und unserem abtrünnigen Freund hier mit meinem Messer in aller Ruhe den Rest. Das wird ein Weilchen dauern, und es wird kein Spaß, weder für mich noch für euch. Hast du das kapiert?« Er wartet ab, und nach einer langen Stille verdreht er die Augen und sagt: »Ich will, dass du mir unmissverständlich bestätigst, dass du verstanden hast, was ich gesagt habe.«

»Ja«, antwortet Pullman nach einer weiteren gefährlich langen Pause. »Ich habe es verstanden.«

»Du hast verstanden ...«

»Ich habe verstanden, *Sir*«, stößt Pullman zwischen zusammengepressten Zähnen hervor.

»Gut. Das will dir auch geraten haben. Los, Mack, auf Position.«

Schweigend sieht Pullman zu, wie die beiden in verschiedene Richtungen abmarschieren und zwischen den Bäumen verschwinden.

In der folgenden Stunde – während die Sonne hinter dem Bergrücken versinkt, Asher zitternd auf dem Tisch liegt und

Pullman missmutig auf den Boden zwischen seinen Füßen starrt – überlegt Mal, welche moralische Verpflichtung er gegenüber Rowan hat und welche Gefahren ihm drohen, wenn er dieser Verpflichtung nachkommt. Verpflichtet ist er ihr, weil sie durch das Kapern des Lieferwagens Pullman – und damit auch Mal selbst – mit ziemlicher Sicherheit davor bewahrt hat, in der Feuergrube zu landen. Diese Verpflichtung verliert jedoch an Gewicht, wenn man bedenkt, dass Rowan eindeutig niemand anderen retten wollte als sich selbst; gleichwohl steht Mal in gewisser Weise in ihrer Schuld. Gegen ein entsprechendes Vorgehen spricht jedoch, dass Tuttle sehr wahrscheinlich seine Drohungen gegenüber Pullman wahr machen wird, falls Mal irgendetwas unternimmt, um Rowan zu warnen.

Tuttles Drohungen verlieren aber ihrerseits dadurch an Gewicht, dass Mal keinen direkten Schaden erleiden würde, wenn Tuttle Pullman die Eingeweide durchlöchern würde und ihn verbluten ließe. In Pullmans Leichnam oder auch nur seinem abgetrennten Kopf könnte Mal sich genauso komfortabel aufhalten wie in Mikas Kopf – zumindest so lange, wie Pullmans Stromzellen durchhalten. Das setzt allerdings voraus, dass Tuttle Pullmans Leichnam nicht verbrennt, nachdem er ihn umgebracht hat; da das aber zusätzlichen Aufwand erfordern würde und Tuttle diesen Punkt in seiner Aufzählung nicht ausdrücklich genannt hat, ist das ein Risiko, das Mal einzugehen bereit ist.

Diese Überlegungen führen ihn zu der Frage, welche moralische Verpflichtung er gegenüber Pullman hat. Noch vor wenigen Stunden hätte er diese höchstens als geringfügig eingeschätzt. Pullman hat ihn nur widerwillig beherbergt und war außerdem mehr als einmal übermäßig grob zu ihm. In der aktuellen Krisensituation hat er jedoch mehr Mut und Willen zum Widerstand gezeigt als Asher, der ja Soldat ist und von dem man allein schon deswegen erwarten würde, dass er zumindest ein bisschen Rückgrat beweist. Und Asher war es auch, der den beiden Humanisten von Rowan erzählt hat, während Pullman eindeutig abgestritten hat, etwas über sie zu wissen. Mehr noch, er hat riskiert, Tuttles Zorn von Asher abzulenken und auf sich zu ziehen. Reicht all das aus, um Pullmans Überleben höher zu veranschlagen als das von Rowan? Diese Frage bereitet Mal ein gewisses Unwohlsein.

Dann muss er natürlich noch über Asher nachdenken. Ja, er hat sein Ehrenwort gebrochen, kurz nachdem er es gegeben hatte, aber dadurch, dass er zwei seiner Kameraden umgebracht hat, um Kayleigh zu schützen, wird dieser Makel mehr als ausgeglichen.

Auf der anderen Seite ist sich Mal keineswegs sicher, ob es – angesichts Ashers gegenwärtiger Verfassung – wirklich die klügste Lösung ist, Tuttle davon abzubringen, Asher zu töten, oder ob Ashers Tod dadurch wirklich um einen nennenswerten Zeitraum hinausgezögert würde. Außerdem hat Asher in den letzten Auseinandersetzungen keinerlei Bereitschaft gezeigt, seine eigene Sicherheit für Rowan zu riskieren oder sich Tuttle in irgendeiner Weise entgegenzustellen.

Gerade als er es fast geschafft hat, sich davon zu überzeugen, dass die moralische Gleichung leicht dazu tendiert, dass er etwas unternehmen sollte, werden all seine Überlegungen Makulatur, weil Pullman aufspringt und ruft »Rowan! Humanisten in den Bäumen! Hau ab!«, und ihm dann wie angekündigt die Eingeweide durchlöchert werden, er ins Taumeln gerät und mit dem Gesicht voraus in den Dreck fällt.

12.

Mal überdenkt seine
persönlichen Beziehungen

»Das kam jetzt aber überraschend«, sagt Mal.
Pullman stöhnt und dreht sich auf den Rücken. Dann legt er die Hand auf den Bauch, hebt sie hoch und betrachtet sie. Sie ist blutverschmiert. »Die haben geschossen«, sagt er und lässt den Arm neben dem Oberkörper fallen. »Die haben auf mich geschossen, Mal.«

»Ja, das stimmt wohl«, sagt Mal. »Das ist aber nicht das Überraschende an der Sache. Wie Sie sich vielleicht erinnern, hat Mr. Tuttle ganz konkret angekündigt, er würde Ihnen die Eingeweide durchlöchern, falls Sie Rowan vor ihm warnen würden, und offenkundig hat er jetzt genau das getan. Das Überraschende an der Sache ist – zumindest von meiner Warte aus betrachtet –, dass Sie Rowan tatsächlich vor Tuttle gewarnt haben. Natürlich habe auch ich ernsthaft überlegt, das zu tun; Sie dagegen schienen mir viel zu eingeschüchtert dafür.«

Aus allen Richtungen ist kurz das Prasseln von Schüssen zu hören, dann herrscht kurz Stille, dann folgt die nächste Salve. Die Schüsse scheinen jedoch nicht auf Pullman gerichtet zu sein, woraus Mal schließt, dass Rowan höchstwahrscheinlich den ersten Angriff überlebt hat und sich jetzt mit den beiden Humanisten eine Schießerei liefert.

»Ich sterbe«, sagt Pullman. »Um Gottes willen, ich sterbe.«

»Das mag sein«, entgegnet Mal. »Aber seien Sie ohne Sorge. Auch wenn Ihr Schädel verwest, sollte ich dort noch mehrere Tage überleben können. Mit etwas Glück finde ich sogar einen anderen Gastgeber, bevor Ihre Stromzellen schlappmachen. Also können Sie ganz beruhigt sein, denn mit Ihrem überhasteten Handeln werden Sie Ihren guten Freund Mal nicht ins Verderben stürzen.«

So tröstlich, wie sie sein sollen, sind diese Worte aber offenbar nicht, denn Pullman stöhnt erneut auf, diesmal lauter, und vergräbt das Gesicht in den Händen. Mal gibt ihm ein paar Sekunden, um zu antworten, und beschließt, sich nach dem aktuellen Stand des Kampfgeschehens zu erkundigen.

```
Mal (kein Roboter): Hallo, Rowan. Ich hoffe,
    es geht Ihnen so weit gut und Sie sind
    noch undurchlöchert. Wie läuft's mit der
    Schießerei?
Mal (kein Roboter): Rowan?
Mal (kein Roboter): Können Sie das lesen?
Mal (kein Roboter): Falls ja - ich glaube,
    Sie sollten wissen, dass ich mich fast
    schon dazu entschlossen hatte, Sie vor
    den Humanisten zu warnen, als Mr. Pullman
    mir sozusagen zuvorgekommen ist.
Mal (kein Roboter): Also, das wollte ich nur
    erwähnt haben.
Druidgirl: …
```

> Mal (kein Roboter): Ich kann Ihr Signal sehen, also erhalten Sie meine Nachrichten. Sind Sie sauer auf mich? Falls ja, kann ich nur sagen, dass es dafür nicht den geringsten Anlass gibt.
> Druidgirl: …
> Druidgirl: Ich hab zu tun.
> Druidgirl: Verpiss dich.
> Mal (kein Roboter): Also. Das ist nicht sehr höflich. Ich wollte Ihnen gerade viel Glück wünschen und dass Sie unermordet bleiben, aber jetzt bin ich mir nicht mehr so sicher, ob ich das tun sollte.
> Druidgirl: Verpiss.
> Druidgirl: Dich.

Na schön. Mal kappt die Verbindung und wendet seine Aufmerksamkeit wieder Mr. Pullman zu. Seine Augen sind noch immer geschlossen, Puls und Atem rasen, doch ansonsten scheint alles an seinem körperlichen Zustand seiner Behauptung zu widersprechen, dass er in unmittelbarer Lebensgefahr schwebt. Nur sein Blutdruck ist extrem erhöht, und obwohl Mal nicht behaupten kann, ein Fachmann in Humanmedizin zu sein, scheint das im Widerspruch dazu zu stehen, dass Pullman vermutlich massiv Blut verliert.

»Mr. Pullman? Sind Sie noch bei Bewusstsein?«

»Herrgott, Mal. Kannst du mich nicht mal in Frieden sterben lassen?«

»Unter normalen Umständen würde ich das selbstverständlich tun. Meine Beobachtungen führen mich jedoch zum dem Schluss, dass es unwahrscheinlich ist, dass Sie tatsächlich gerade sterben. Ihre Vitalparameter passen ganz und gar nicht zu dem, was man bei einem Opfer mit einer tödlichen Schusswunde erwarten würde. Weitaus mehr passen sie zu dem, was man bei jemandem erwarten würde, der gerade eine Panikattacke hat.«

»Er hat auf mich geschossen, Mal! Mit diesem verdammten Sturmgewehr! So was überlebt man nicht!«

»Ich will nicht bockig erscheinen, Mr. Pullman, aber soweit ich weiß, haben schwere Schussverletzungen stets einen massiven Blutverlust zur Folge, was bei Ihnen offenkundig nicht der Fall ist. Daher halte ich es für möglich, dass Ihre Verletzung, so bedauerlich sie auch sein mag, sich letztlich nicht als tödlich erweist.«

Pullman nimmt die Hände vom Gesicht und betastet zögerlich mit einem Finger seinen Bauch. »Kann sein«, sagt er nach einer Weile. Dann betrachtet er erneut seine Hand. Jetzt klebt daran deutlich weniger Blut. »Ist ja auch egal, oder? Sobald diese Tiere mit Rowan fertig sind, kommen sie hierher zurück und nehmen mich aus wie einen Fisch. Da hätten sie mir besser direkt ins Herz geschossen, dann wäre jetzt alles vorbei.«

In kurzen Abständen knallt ein halbes Dutzend Schüsse. In die folgende Stille hinein sagt Mal: »Ich habe eine interessante Beobachtung gemacht.«

»Ach ja?«, sagt Pullman und winselt dann kurz, als drei weitere Schüsse zu hören sind, in größeren Abständen und, wie es scheint, wohlüberlegter. »Und was ... ah ... was ist das für eine Beobachtung?«

»Anfangs waren auf beiden Seiten der Lichtung Schüsse zu hören. Nun aber kommen sie nur noch aus der Richtung, in die Mr. Tuttle gegangen ist. Ich frage mich, was das über den Verbleib von Mr. Mack aussagt.«

Pullman lässt das unkommentiert. Weitere zwei Minuten lang knallen Schüsse, in scheinbar zufälliger Abfolge, dann tritt Stille ein. Einige Minuten später sagt Mal: »Der Schusswechsel scheint beendet zu sein.«

»Glaubst du?«, sagt Pullman. »Wahrscheinlich laden sie nur nach.«

»Nein«, entgegnet Mal nach weiteren zwei Minuten. »Ich bin mir mittlerweile sehr sicher, dass der Kampf entweder gewonnen oder verloren ist.«

»Und jetzt bringen sie *mich* um«, sagt Pullman und vergräbt das Gesicht wieder in den Händen.

»Könnten Sie bitte Ihre Hände wegnehmen?«, sagt Mal. »Auch wenn Sie aufstehen würden, wäre das hilfreich. Ich würde gerne sehen, was passiert.«

Pullman schüttelt den Kopf. »Wenn ich mich tot stelle, lassen sie mich vielleicht in Ruhe.«

»Das werden sie nicht«, sagt Asher, der noch immer auf dem Picknicktisch liegt. Seine Stimme ist ein heiseres Flüstern. »Wenn auch nur einer von den beiden noch am Leben ist, sind wir so gut wie tot, und wenn wir dann eine Kugel abkriegen, können wir noch von Glück sagen. Wenn sie beide tot sind, sind wir gerettet. Also kannst du auch aufstehen und dich umsehen.«

Pullman zögert, nimmt dann aber die Hände vom Gesicht und richtet sich unter Stöhnen auf. Er sieht an sich herab und entdeckt einen blutigen Riss in einer Seite seines Hemdes, direkt über der linken Hüfte. Er schiebt seine

Jacke zurück und hebt das Hemd an. Im Fleisch klafft eine längliche Wunde, aus der Blut sickert, mehrere Zentimeter lang und einen halben Zentimeter tief.

»Sehen Sie?«, sagt Mal. »Die Wunde ist alles andere als lebensbedrohlich. Sie haben Glück, dass Sie eine so dicke Schicht Unterhautfett haben. Die hat Sie offenkundig vor Schlimmerem bewahrt. Die Männchen der Seeelefanten nutzen eine ähnliche Verteidigungsstrategie, um ihren Paarungsplatz am Strand zu schützen.«

»Echt jetzt, Mal? Ich bin gerade angeschossen worden, und jetzt sagst du, ich bin fett?«

»Der dehnbare Hosenbund passt doch noch, Mr. Pullman.«

»Ich sterbe, du Bastard! Kannst du dich nicht mal beschissene zehn Sekunden lang respektvoll verhalten?«

»Sie sterben nicht, Mr. Pullman. Ich dachte, das hätten wir geklärt.«

»Nicht auf der Stelle«, sagt Pullman mit finsterer Stimme. »Ich warte nur noch auf die Blutvergiftung.«

»Herrgott nochmal«, schaltet sich Asher ein, kauert sich zusammen und schlingt die Arme um die Knie. »Wenn ich nicht selbst sterben würde, würde ich dich umbringen, nur um dir das Maul zu stopfen.«

»Keiner von Ihnen beiden stirbt«, sagt Mal. »Jedenfalls nicht in den nächsten Minuten.« Er öffnet ein Chatfenster.

```
Mal (kein Roboter): Rowan? Sind Sie noch
   am Leben?
Druidgirl: Im Moment schon.
Mal (kein Roboter): Konnten Sie Mr. Tuttle
   und Mr. Mack erledigen? Sie nehmen
```

> offenbar nicht mehr am Kampfgeschehen
> teil.
> **Druidgirl:** Noch hab ich niemanden erledigt,
> außer ich hatte unverschämtes Glück.
> Ich hab einfach ins Blaue gefeuert, nur
> um sie mir vom Leib zu halten. Wo sind sie
> denn jetzt?
> **Mal (kein Roboter):** Unbekannt. Weil
> Mr. Pullman während des Schusswechsels
> auf dem Boden lag, konnte ich das
> Geschehen nur sehr eingeschränkt
> verfolgen.
> **Druidgirl:** Na klasse. Ich geh jetzt mal die
> Nordseite der Lichtung ab. Gib Bescheid,
> wenn du irgendwas siehst, ja?

»Mr. Pullman? Würde es Ihnen etwas ausmachen, Ihre Aufmerksamkeit auf die Nordseite der Lichtung zu richten?«

»Warum denn? Und wo ist überhaupt Norden?«

»Rowan hat darum gebeten, und wo Norden ist, weiß ich nun wirklich nicht. Orientierung in der äußeren Welt liegt doch wohl in Ihrem Verantwortungsbereich, nicht in meinem.«

Pullman grummelt, steht auf und sieht hinauf zu dem Wanderweg. »Wie wär's damit?«

»Plausibel. Sehen Sie irgendwelche Spuren von Mr. Tuttle?«

»Du meinst außer dem Loch in meinem Bauch?«

»Nicht hilfreich, Mr. Pullman.« Mal legt ein strukturiertes Raster über Pullmans Sichtfeld und sucht es nach Hinweisen auf Bewegung ab. Nach zehn ergebnislosen Sekunden sagt er: »Nur für den unwahrscheinlichen Fall, dass Sie Norden und Süden tatsächlich nicht unterscheiden können – könnten Sie sich wohl zur Seite von Mr. Mack umdrehen?« Pullman dreht sich um und blickt hangabwärts, in Richtung des Plumpsklos. Das erinnert Mal daran, dass Kayleigh noch immer nicht zurückgekommen ist, und darüber vergisst er, die Suchprozedur zu wiederholen. Das macht aber nichts, denn kurz darauf öffnet Rowan wieder das Chatfenster.

> Druidgirl: Hm. Da ist ja sonderbar.
> Mal (kein Roboter): Könnten Sie das bitte näher ausführen?
> Druidgirl: Ich hab einen von euren Humanisten gefunden.
> Mal (kein Roboter): Gehe ich recht in der Annahme, dass Sie ihn erledigt haben?
> Druidgirl: War nicht nötig. Der war schon ziemlich erledigt.
> Mal (kein Roboter): Hatten Sie unverschämtes Glück?
> Druidgirl: Das war ich nicht, mein Lieber. Dem hat jemand die Gurgel durchgeschnitten.
> Mal (kein Roboter): Hmm … seltsam.
> Druidgirl: Ja. Sag ich doch.

Einen Moment später tritt Rowan auf der Talseite der Lichtung zwischen den Bäumen hervor, das Gewehr vor der Brust. »Ich bin froh, dass ihr noch am Leben seid«, sagt sie. »Wo ist die Kleine?«

»Wissen wir nicht«, antwortet Pullman. »Sie ist verschwunden, kurz bevor die Humanisten aufgetaucht sind.«

»Das klingt nicht gut.« Rowan überquert die Lichtung und verschwindet auf der Hangseite zwischen den Bäumen. Zehn Minuten später kommt sie zurück, das Gewehr jetzt über die Schulter gehängt. »Sie waren zu zweit, sagst du?«

»Ja«, sagt Pullman. »Jedenfalls haben wir nur zwei gesehen. Hast du den anderen gefunden?«

Rowan nickt.

»Ist er tot?«

»Ja, ist er. Kehle durchgeschnitten, fast bis zu den Knochen.«

»Aber das warst nicht du.«

Rowan schüttelt den Kopf. »Nein, das war nicht ich.« Sie will noch etwas sagen, hält aber inne und blickt über Pullmans linke Schulter. Pullman dreht sich um und sieht Kayleigh, die den Weg vom Klo heraufkommt.

»Hey«, sagt sie. »Sorry, dass ich so lange auf dem Scheißhaus war. Muss wohl am Lagerfraß liegen.« Pullman starrt sie mit offenem Mund an, wie sie an ihm vorbeigeht und sich mit einem Hopser auf den Picknicktisch neben Asher setzt. »Hab ich irgendwas Wichtiges verpasst?«

»Also hat Kayleigh die beiden umgebracht, oder?«, sagt Pullman.

Sie haben sich wieder auf den Weg gemacht; Rowan geht voraus, mit Asher auf der Schulter, dahinter Kayleigh und zum Schluss Pullman. Als klar war, dass der Kampf vorüber war und keine Verstärkung zu Mack und Tuttle unterwegs war, meinte Rowan, dass die drei auf sich allein gestellt ein größeres Sicherheitsrisiko seien, als wenn sie dabei ist, und dass sie daher genauso gut zusammenbleiben könnten. Jetzt steigen sie abseits des Weges einen steilen, dicht bewaldeten Hang zu Rowans Lager hinauf.

»Ich glaube, dafür haben wir nicht ausreichend Beweise«, sagt Mal. »Kayleigh behauptet, sie habe sich während des Schusswechsels entleert. Ich sehe keinen zwingenden Grund, ihr nicht zu glauben.«

»Kayleigh behauptet, dass sie fast vierundzwanzig Stunden lang auf dem Klo war«, entgegnet Pullman. Seine Stimme ist kaum lauter als ein Flüstern. »Findest du das überhaupt nicht verdächtig?«

»Ich bemühe mich nach Kräften, nicht über das nachzudenken, was im Verdauungstrakt des Menschen vor sich geht.«

Pullman hebt den Blick vom Boden und sieht zu Kayleigh, die vor ihnen trottet. »Das ist jetzt nicht der Zeitpunkt für Frotzeleien, Mal.«

»Das sehe ich anders. Gerade jetzt ist ein ausgezeichneter Zeitpunkt für Frotzeleien, Mr. Pullman, weil diese Diskussion keinerlei praktische Bedeutung hat. Kayleigh ist meine Freundin. Mr. Mack und Mr. Tuttle waren nicht meine Freunde. Im Gegenteil, da sie sich gerade anschickten, meine Freunde umzubringen, kann ich sie wohl mit Fug und Recht als meine Feinde bezeichnen. Daher ändert es nichts an meinen Gefühlen für Kayleigh, ob sie für das Ableben der beiden verantwortlich ist oder nicht. Ich kann beim besten Willen nicht nachvollziehen, warum Sie diesen Gedanken unbedingt weiterverfolgen wollen. Sollte Kayleigh diese beiden Männer tatsächlich umgebracht haben, hat sie damit uns allen einen großen Dienst erwiesen, für den wir ihr dankbar sein sollten. Sollte sie es jedoch nicht getan haben, hätten wir möglicherweise Grund, uns um ihre Verdauung zu sorgen, doch abgesehen davon ist alles in bester Ordnung. Unter keinen Umständen haben wir jedoch Anlass, in irgendeiner Weise schlecht von Kayleigh zu denken.«

»Die beiden waren abgebrühte Soldaten und bis an die Zähne bewaffnet, und sie hat sie mit bloßen Händen umgebracht. Sie ist gefährlich, Mal.«

»Nein, Mr. Pullman. Das ist eindeutig unzutreffend. Mr. Mack und Mr. Tuttle wurde die Kehle durchgeschnitten. Da ist es doch nicht von der Hand zu weisen, dass wer oder was auch immer sie umgebracht hat, dabei irgendeine Art Messer verwendet hat, oder?«

»Du meinst ein Messer, wie Kayleigh es jetzt an der Hüfte trägt?«

»Ja, mehr oder weniger.«

Eine oder zwei Minuten lang ist in der Stille nur Pullmans schwerfälliger Atem zu hören. Es ist jetzt fast ganz dunkel, und Mal fragt sich, wie weit sie heute Abend noch gehen werden.

»Ich hätte es wissen müssen«, murmelt Pullman. »Nach dem, was sie mit Mr. Andreou gemacht hat. Ich hätte es wissen müssen.«

»Ich bitte Sie, Mr. Pullman. Die Andreous wollten dafür sorgen, dass Sie beide bei lebendigem Leib verbrannt werden. Angesichts dessen würde ich sagen, dass Kayleigh sich sogar noch erstaunlich zurückgehalten hat und dass die beiden ganz gewiss alles verdient hatten, was sie mit ihnen gemacht hat, und sogar noch mehr. Wichtiger ist aber, dass Mr. Mack und Mr. Tuttle wie bereits erwähnt eindeutig die

Absicht hatten, Sie zu töten, und das so gut wie sicher auch getan hätten, wenn nicht jemand Unbekanntes ihnen ein Ende bereitet hätte. Da ist ein wenig Dankbarkeit doch wohl angemessen, finden Sie nicht?«

»Ich bedaure nicht, dass sie tot sind. Es ist nur ...«

Mal wartet so lange, wie er glaubt, dass der Respekt es gebietet, und fragt dann: »Nur was, Mr. Pullman?«

»Sie ist noch ein Kind. Und Kinder sollten nicht ... das ist einfach nicht richtig.«

»Vielleicht«, sagt Mal. »Aber Sie sollten auch bedenken, dass es ebenso abscheulich ist, Kinder in eine Feuergrube zu werfen, und dass Kayleigh in Bethesda miterlebt hat, wie Humanisten, die nicht viel anders als unsere kürzlich verstorbenen Kidnapper waren, solches und Schlimmeres Hunderten von Kindern angetan haben, die nicht viel anders als Kayleigh selbst waren. In diesem speziellen Fall dürfte es vielleicht das Beste sein, wenn wir akzeptieren, dass wir niemals erfahren werden, was genau Mr. Tuttle und Mr. Mack widerfahren ist.«

Dann setzt wieder Schweigen ein, und sie stapfen weiter den Hang hinauf und in die Dunkelheit.

Als sie ihr Ziel erreichen, herrscht völlige Dunkelheit. Rowan hat sich ihren Unterstand unter einem Felsen eingerichtet, direkt unterhalb des Berggipfels. Der Felsen, so groß wie ein Haus, ragt fast waagrecht aus dem Hang heraus; die Stelle darunter ist trocken und geschützt, am vorderen Ende der Höhle kann man aufrecht stehen, nach hinten fällt die Felsdecke ab und trifft nach etwa fünf Metern auf den Boden. Rowan legt Asher im vorderen Bereich ab, richtet sich auf und lässt langsam den Kopf kreisen.

»Das ist ja klasse hier«, sagt Kayleigh. »Warum hast du uns nicht hierhergebracht, als wir uns getroffen haben?«

»Weil das *mein* Unterstand ist.«

»Interessant«, sagt Mal. »Das klingt, als seien Sie nicht zum ersten Mal hier.«

Rowan nickt. »Ich bin hier in der Nähe aufgewachsen. Jeden Sommer war ich mit meinem Vater ein paar Wochen lang in diesen Wäldern zelten und wandern. Das war die Art Urlaub, die wir uns leisten konnten. Diese Stelle hier habe ich entdeckt, als ich zum ersten Mal allein unterwegs war. Da war ich siebzehn. Wenn es euch interessiert, zeige ich euch morgen früh den Ausblick vom Gipfel. Der ist beeindruckend, und diese Höhle hier ist tausendmal besser als die rattenverseuchten Bretterverschläge auf Campingplätzen.«

»Vielen Dank auf jeden Fall«, sagt Pullman. »Hier sind wir wahrscheinlich viel sicherer als an dem anderen Lagerplatz.«

»Ja, wahrscheinlich«, sagt Rowan. »Wir sind hier über eine halbe Meile von jedem markierten Wanderweg entfernt. Wenn sie mit Hunden kommen, könnte es problematisch werden, aber ich kann mir nicht vorstellen, dass hier so bald wieder solche Idioten aufkreuzen wie die beiden, die euch aufgespürt haben.« Sie kniet sich neben Asher, legt ihm eine Hand auf den Hals und die andere auf die Stirn. »Aber unserem Mr. Humanist hier geht's nicht besonders gut. Er glüht richtig, sein Puls rast, und es sieht aus, als hätte er seit gestern ordentlich Gewicht verloren.«

»Du hast gesagt, ein oder zwei Wochen lang würde es hart für ihn werden«, sagt Pullman. »Ist das normal?«

Rowan geht in die Hocke und sieht zu Pullman hoch. »Ich weiß nicht. Wie gesagt, ich war während dieser Phase sediert. Aber dass er Gewicht verliert, ist auf jeden Fall bedenklich. Diese Nanos formen ihn sozusagen um, von innen nach außen, und das braucht abartig viel Energie. Und wenn sie nicht genug Brennstoff kriegen, bedienen sie sich an seinem Gewebe. Wenn wir ihm nicht bald was zu essen geben, endet er wahrscheinlich als ein Gerippe, das nur noch von hungrigem grauem Schleim bedeckt ist.«

»Wir sollten ihn in ein Krankenhaus bringen«, meint Kayleigh. »Wie weit sind wir vom Gebiet der Federals weg?«

Rowan zuckt mit den Schultern. »Kommt darauf an, wo sie haltgemacht haben – falls sie irgendwo haltgemacht haben. Jedenfalls zu weit weg, um zu Fuß zu gehen, erst recht, wenn man neunzig Kilo Totlast zu schleppen hat.«

»Das ist deine Schuld«, sagt Kayleigh. »Also musst du dich auch drum kümmern.«

Rowan wirft ihr einen stechenden Blick zu und setzt schon zu einer Erwiderung an, sagt dann aber erst einmal nichts und reibt sich mit den Händen das Gesicht. »Vielleicht hast du recht. In dem Zustand, in dem er war, konnte ich ihn nicht lassen, aber wenn ich ihn mir jetzt so anschaue, frage ich mich, ob es nicht besser gewesen wäre, wenn ich ihn in dem Laderaum des Lieferwagens einfach erschossen hätte.«

»Nein!«, ruft Kayleigh. »Das hab ich nicht gemeint. Ich hab gemeint, dass du ihm was zu essen besorgen sollst. Asher hat mir das Leben gerettet, obwohl ich ihn zuvor mit einem Baseballschläger bewusstlos geschlagen habe. Humanist hin oder her, er ist schwer in Ordnung. Wir müssen ihm helfen.«

»Du hast doch ein Gewehr«, schaltet sich Pullman ein. »Kannst du nicht einen Hirsch oder so was erlegen?«

Rowan sieht ihn skeptisch an. »Hast du schon mal einen Hirsch erlegt, Chuck?«

»Na ja, nicht so wirklich, aber ich stell mir vor ...«

»Stell dir lieber gar nichts vor. Mir ist schon klar, dass du gern einen Hirsch zu essen hättest, aber ob du's glaubst oder nicht, die haben da ihre eigene Meinung dazu. Die stehen nicht einfach ruhig da und warten, bis du abdrückst. Das Jagen muss man beherrschen, und ich beherrsche es nicht. Wenn du es auch nicht beherrschst, sieht's in der Hinsicht wohl nicht so rosig aus.«

»Du hast doch die Kaninchen geschossen. Das ist doch bestimmt viel schwieriger als einen Hirsch zu erlegen.«

»Hast du in den Kaninchen irgendwelche Einschusslöcher gesehen? Ich hab sie nicht geschossen. Ich hab sie mit den Händen gefangen und ihnen den Hals durchgeschnitten. Mit 'nem Hirsch geht das nicht. Die sind schneller und viel wachsamer, und bevor du da einen erwischst, hat er dir wahrscheinlich den Kiefer zertrümmert.«

»Ach so«, sagt Pullman. »Verstehe.«

»Was verstehst du?«, fragt Kayleigh. »Dass wir Asher einfach so sterben lassen, weil Rowan keine Ahnung hat, wie man einen Hirsch erlegt?«

»Ich glaub sowieso nicht, dass ein Hirsch das Richtige wäre«, meint Rowan. »Ich glaube, im Moment braucht er so viele Kohlenhydrate wie möglich. Oder soll er gerade *keine* Kohlenhydrate essen ...? Ich glaube ... Also ziemlich sicher das eine oder das andere.«

»Mir scheint, Sie haben da gerade eine logische Tautologie entworfen«, sagt Mal. »So etwas bereitet mir immer große Freude. Glückwunsch.«

»Weißt du, was *ich* glaube?«, sagt Kayleigh. »Ich glaube, du solltest jetzt schleunigst entscheiden, was er braucht, und ihm dann so viel wie möglich davon besorgen, bevor aus ihm ein Gerippe oder was auch immer wird. *Du* hast ihm das angetan, Rowan, und wenn er stirbt, ist das deine Schuld. Also lass dir was einfallen.«

Rowan dreht sich zu ihr um und sieht zu ihr hinab. »Was einfallen lassen, soso. Und wenn nicht?«

Kayleigh sieht sie kampfeslustig an. »Was glaubst du denn?«

Sie starren sich eine Zeit lang an, bis Rowan irgendwann den Blick abwendet. »In Ordnung. Ich schau mal, was sich machen lässt.« Sie geht ein Stück weit in die Höhle hinein, setzt sich hin und streckt sich dann auf dem Boden aus, die Arme unter dem Kopf verschränkt. »Aber ich kann euch nichts versprechen. Wenn euer Kumpel zu Schleim wird, dann ist das eben so.« Sie schließt die Augen. »Wenn das passiert, sind wir wohl keine Freunde mehr.«

Am nächsten Morgen ist Asher bei Bewusstsein. Bei Bewusstsein, aber alles andere als guter Stimmung. Rowan ist verschwunden. Kurz vor Sonnenaufgang hat Mal ein leises Rascheln vernommen; vermutlich war das Rowan, die ihre Sachen zusammengepackt hat und in die Dunkelheit verschwunden ist, aber Pullman hat die Augen die ganze Zeit stur geschlossen gehalten, also kann Mal seine Vermutung bedauerlicherweise nicht überprüfen.

»Hey«, sagt Kayleigh und stupst Asher leicht an der Schulter. »Wie fühlst du dich?«

Asher stöhnt, dann packt ihn ein Hustenanfall und wirft ihn auf die rechte Seite, dann rinnt ihm ein dünner Blutfaden aus dem Mundwinkel und tropft auf den Boden. »Bestens«, bringt er hervor, mit einer Stimme, die kaum mehr als ein Flüstern ist. »Hab mich nie besser gefühlt.«

»Rowan ist los, um Nahrung zu suchen«, sagt Kayleigh. »Sie ist bald wieder da, und dann wird's dir besser gehen. Du brauchst einfach nur was zu essen.«

Asher schüttelt den Kopf. »Ich weiß nicht, Kleine. Ich hab eigentlich kein Hungergefühl. Es fühlt sich eher so an wie ...« Wieder hustet er, dann krümmt er sich zusammen. »Als würde ich sterben.«

»Interessant«, sagt Mal. »Woher kann Asher wissen, wie es sich anfühlt, zu sterben? Er hat es mutmaßlich noch nie erlebt.«

»Leck mich«, flüstert Asher. »Ich weiß das einfach.«

Mal hat schon eine Antwort formuliert, als ihm auffällt, dass Asher ihn nicht hätte hören dürfen. Das macht ihn neugierig, und er schickt einen Ping los. Kurz darauf erhält er eine schwache Antwort. Ein kurzer Check von Ashers aufkeimender Neuroarchitektur lässt einen rudimentären Prozessor erkennen. Nicht groß genug, dass Mal darin Platz hätte oder auch nur ein halbintelligenter Agent, aber ganz sicher mehr als die null Bytes, die Asher noch vor zwei Tagen hätte herunterladen können. »Das ist ja noch interessanter«, sagt er. »Offenkundig leisten Rowans Nanomaschinen tatsächlich mehr, als nur Sie umzubringen.«

Asher hustet, spuckt etwas Ekelhaftes in den Dreck und rollt sich wieder auf den Rücken. »Wo sind wir?«

»Noch immer im Wald«, sagt Kayleigh. »Rowan hat uns in ihr trautes Heim gebracht.«

Asher sieht sich um, ohne den Kopf zu bewegen. »Ihr trautes Heim ist eine Höhle?«

»Keine Höhle«, sagt Mal. »Eine Halbhöhle. Da bestehen bedeutende geologische Unterschiede. Außerdem werden Höhlen meines Wissens häufig von Bären bewohnt. In Halbhöhlen finden sich dagegen in der Regel zahlreiche neolithische Artefakte sowie Spinnen.«

Kayleigh sieht ihn an, schüttelt den Kopf und wendet sich wieder zu Asher. »Jedenfalls sind wir in Sicherheit, und Rowan ist unterwegs und jagt oder sammelt oder was auch immer. Wenn sie wieder da ist, kochen wir das, was sie mitgebracht hat, und füttern dich ordentlich durch. Dann lösen die Nanos, die sie in dich reingespuckt hat, nicht mehr deine Organe auf, sondern machen das, was sie machen sollen.«

Die Zeit vergeht langsam. Rowan hat ihnen nur eine Zweiliterflasche Wasser dagelassen. Nachdem Asher schon einen Schluck davon getrunken hat, fragt Pullman in die Runde, wie ansteckend Rowans Nanos wirklich sind.

»Eine sehr gute Frage«, sagt Mal. »Betrachtet man die Art, wie Asher infiziert wurde, müssen wir wohl davon ausgehen, dass sie durch den Austausch von Speichel übertragen werden können. Außerdem müssen wir wohl auch davon ausgehen, dass zumindest eine geringe Menge von Ashers Speichel gerade in das Wasser in dieser Flasche gelangt ist. Also ist die entscheidende Frage, wie viele Nanopartikel erforderlich sind, um eine messbare Infektion auszulösen.«

»Klasse«, sagt Pullman. »Und was glaubst du, wie die Antwort lautet?«

»Hervorragende Frage. Wenn wir auf der sicheren Seite bleiben wollen, müssen wir wohl annehmen, dass die Antwort ›eines‹ lautet.«

Nach einem langen Schweigen fragt Kayleigh: »Und was bedeutet das?«

Pullman seufzt. »Ich glaube, das bedeutet, dass das für uns beide ein durstiger Tag wird.«

Je länger der Tag dauert, desto dankbarer ist Mal, dass er nicht auf Dauer in einem so wenig robusten Klumpen aus Fleisch und Flüssigkeiten gefangen ist. Pullman und Kayleigh verbringen den Großteil des Nachmittages damit, sich gegenseitig vorzujammern, wie durstig sie sind, und werden dabei immer missmutiger, während Asher mal bei Bewusstsein ist und mal nicht. Am frühen Abend ist er immerhin so klar im Kopf, dass er aus dem Unterstand wanken, pinkeln und wieder zurückwanken kann. Als die Sonne schon untergegangen ist und der letzte Lichtschein verdämmert, ist ein Knirschen zu hören, wie von Stiefeln auf felsigem Untergrund, das Rowans Rückkehr ankündigt.

»Hey, Humanist«, sagt sie und geht neben Asher in die Hocke. »Ich hab dir was mitgebracht.« Aus den Taschen ihrer Jacke zieht sie zwei Handvoll Brombeeren.

»Hast du –«, setzt Pullman an, aber Kayleigh bringt ihn mit einem Blick zum Schweigen. Asher öffnet die Augen einen Spalt weit, und kurz darauf hilft Kayleigh ihm, sich aufzurichten. Er nimmt eine Beere, kaut sie und schluckt sie hinunter. Er öffnet die Augen ganz und stopft sich den Rest der Beeren in den Mund, sodass ihm der Saft über das Kinn rinnt.

»Mein Gott«, sagt er, als er wieder sprechen kann. »Die sind ja fantastisch. Kannst du noch mehr davon holen?«

Rowan schüttelt den Kopf. »Ich hab alle mitgebracht, die ich gefunden habe. Wir können morgen mal schauen, ob wir noch mehr finden, aber bis dahin haben wahrscheinlich die Bären das meiste aufgefressen.«

Asher schließt die Augen und stöhnt. »Also war das nur Verarsche?«

Rowan grinst. »Nicht ganz. Beeren gibt's zwar wahrscheinlich keine mehr, aber ich glaube, ich habe so viel Nahrung gefunden, dass wir alle überleben können. Zumindest eine Zeit lang.«

»Super«, sagt Kayleigh. »Aber du hast nichts davon dabei. Also ist da irgendwo ein Haken.«

»Ja«, sagt Rowan. »Ein kleiner. Die Verpflegung befindet sich derzeit im Besitz von einer Handvoll Leute, die aussehen wie Milizionäre der Humanisten.« Sie lässt diese Info kurz im Raum stehen und erzählt dann weiter. »Sie haben offenbar bemerkt, dass eure beiden Freunde vom Lagerplatz gestern Abend nicht nach Hause gekommen sind, und haben daraufhin beschlossen, eine etwas intensivere Aufklärung zu betreiben. Sie haben ihr Lager am Bach am Fuß des Höhenzugs aufgeschlagen, etwa zwei Meilen südlich von hier.«

»Ah ja«, sagt Pullman, »ich glaube, ich verstehe. Du schlägst also vor, dass zwei Erwachsene und ein Kind, die keinerlei Kampferfahrung haben und nur eine einzige Waffe besitzen, sechs oder sieben schwerbewaffnete Soldaten angreifen und überwältigen und ihnen ihre Vorräte klauen. Richtig?«

»Das ist gar nicht so abwegig«, erwidert Kayleigh. »Mack und Tuttle waren ja offenbar anfällig für spontane Lecks im Hals. Vielleicht ist das bei den anderen auch so.«

Rowan wirft Kayleigh einen zweifelnden Blick zu und schüttelt den Kopf. »Nein, ich sage nicht, dass wir sie frontal angreifen sollen. Wir brauchen nicht gegen sie zu kämpfen. Wir müssen uns nur ihre Vorräte sichern. Ich bin mir ziemlich sicher, dass sie nicht hier heraufgekommen sind, um im Lager abzuhängen. Sie sind hier, um zu jagen. Also warten wir morgen früh einfach ab, bis sie losziehen, um nach mir zu suchen, dann schleichen wir uns in ihr Lager, klauen ihnen ihre Vorräte und beschädigen dabei vielleicht noch ein bisschen ihre Ausrüstung. Kinderleicht, oder?«

13.

Mal fährt per Anhalter

»Du kommst nicht mit«, sagt Rowan, als sie am Eingang der Höhle steht und sich streckt.

Pullman, der sich gerade die Schuhe bindet, sieht zu ihr auf. »Was?«

»Du kommst nicht mit, Chuck. Wir müssen schnell sein, wir müssen leise sein, und falls sie jemanden zurückgelassen haben, der ihre Sachen bewacht, werden wir vielleicht kämpfen müssen. Und nach dem, was ich in den letzten Tagen mitbekommen habe, kannst du nichts von all dem besonders gut. Außerdem muss jemand bei unserem Mr. Humanist hierbleiben und aufpassen, dass er seine Zunge nicht verschluckt. Das ist eine verantwortungsvolle Aufgabe. Vermassel es nicht.«

Pullman blickt zu Rowan auf, die jetzt im Zwielicht der anbrechenden Dämmerung steht. »Soll das heißen, du gehst allein?«

»Nein«, antwortet Kayleigh aus dem hinteren Teil der Höhle. »Wie kommst du denn darauf?«

Pullman sieht erst Kayleigh an, dann wieder Rowan. »Willst du etwa *sie* mitnehmen?«

»Vorsicht, Chuck«, sagt Kayleigh. »Von einem Mädchen

mit Zöpfen einen Tritt in den Hintern verpasst zu bekommen, kann ziemlich schmerzhaft sein.«

Pullman wirft ihr einen wütenden Blick zu und wendet sich dann wieder an Rowan. »Rowan, bitte. Sei vernünftig. Egal, wie sie sich aufspielt, Kayleigh ist noch ein Kind.«

Rowan zuckt mit den Schultern. »Kann sein. Aber ich habe trotzdem ganz stark das Gefühl, dass sie sich in einem Kampf besser schlagen würde als du.«

Pullman will etwas erwidern, doch Mal kommt ihm zuvor. »Ich verstehe Ihre Unlust, Mr. Pullman mit auf diesen Feldzug zu nehmen, Rowan. Er ist nicht von robuster Konstitution, neigt zum Jammern und kann hin und wieder ganz schön lästig sein. Doch ich meine, dass Sie *mich* auf jeden Fall mitnehmen sollten, und angesichts der Tatsache, dass sein Schädel derzeit meine Operationsbasis darstellt, sollten Sie in Erwägung ziehen, ihm zu erlauben, Sie zu begleiten.«

»*Ich* kann lästig sein?«, fängt Pullman an, aber Rowan unterbricht ihn.

»Dich soll ich mitnehmen, Mal? Wie könntest du uns denn von Nutzen sein? Wir wollen Proviant klauen und müssen dazu vielleicht ein paar Leute umlegen. Für beides braucht man die Fähigkeit, mit der materiellen Welt zu interagieren. Und die hast du nicht.«

»Das ist Ihre Ansicht, aber ich vermute, die Angehörigen der humanistischen Patrouille, die uns bei den Andreous gefangen nehmen wollten, sind da anderer Meinung.«

»Da hat er recht«, schaltet sich Kayleigh ein. »Mit den Typen hat er sehr wohl interagiert, und zwar so was von.«

Rowan denkt kurz nach, schüttelt dann aber den Kopf. »Selbst wenn. Ich nehme Pullman nicht mit, und das heißt, ich nehme dich auch nicht mit. Wenn alles glatt läuft, haben Kayleigh und ich das in ein paar Stunden erledigt. Wenn nicht, dann liegt die Wahrscheinlichkeit, dass du etwas dagegen hättest ausrichten können, fast bei null. Soweit ich erkennen konnte, haben diese Typen keine schweren Waffen dabei, die du hacken könntest, und weil sie Humanisten sind, haben sie vermutlich auch keine Implantate, auf die du zugreifen könntest. Mir ist klar, dass du mitansehen willst, was passiert, aber du und Chuck, ihr wärt bei dem Einsatz nur Ballast, und das kann ich überhaupt nicht brauchen.« Sie zieht den Gurt ihres Gewehrs über den Kopf, hängt es sich über die Schulter und wendet sich an Kayleigh. »Kann's losgehen?«

Kayleigh steht auf und grinst. Sie reicht mit dem Kopf gerade bis zur Felsendecke. »Jawohl, Ma'am. Bin zu allem bereit.«

Rowan tritt vor die Höhle, und Kayleigh folgt ihr. »Seid schön brav, Jungs«, sagt sie, als sie an Pullman vorübergeht. »Wir sind zurück, bevor ihr bis drei zählen könnt.«

Durch Pullmans Augen sieht Mal zu, wie sie davongehen. Rowan schleicht so selbstsicher wie ein Luchs. Kayleigh folgt ihr, eine Hand am Griff ihres Messers. Realistisch betrachtet hat Rowan recht, das weiß Mal. In einer physischen Auseinandersetzung würde seine Gegenwart ihnen keinen Vorteil verschaffen. Doch er wird den Gedanken nicht los, dass Rowan mit ihrer Einschätzung, der Zusammenstoß mit den Humanisten unten im Tal werde rein physisch, falsch liegt. Ihm fällt wieder der Soldat ein, dem sie in der Einfahrt zu Pullmans Haus begegnet sind.

Mal musste fast sechzig Prozent seiner verfügbaren Rechenleistung aufbringen, um seinen Angriff abzuwehren. Welche Chance hätte Rowan mit ihren eingeschränkten Verteidigungsmöglichkeiten gegen so jemanden?

Und wenn Rowan befallen wird, was wird dann aus Kayleigh?

Mal tastet sich zu Rowan vor und erhält als Antwort einen Ping. Das Tor, das er vor zwei Tagen genutzt hat, steht noch offen.

Mal sammelt sich, und dann springt er.

Als Mal das erste Mal in Rowans Steuer- und Kontrollsysteme eingedrungen war, hatte er einen Frontalangriff durchgeführt. Rowan hatte gewusst, dass er im Anmarsch war, weshalb er keine Mühe darauf verwendet hatte, unentdeckt zu bleiben. Jetzt aber schleicht er sich ein. In Systeme einzudringen, ohne dass ihre Besitzer es erlaubt haben oder auch nur bemerken, ist zum Glück eine seiner stärksten Fähigkeiten. Er nimmt dieselbe Hintertür wie beim letzten Mal doch diesmal vermeidet er alle Teilsysteme, die Rowan von seiner Gegenwart Meldung machen könnten. Wie ein Wurm schlängelt er sich durch ihren Neokortex, bis er irgendwann ein Bildarchiv zur Seite schubst, auf das so gut wie nie zugegriffen wird, und sich in dem dadurch entstandenen freien Speicherplatz einnistet. Nachdem er es sich dort gemütlich gemacht hat, sendet er Sondierungssignale an Rowans sensorisches System. Als Erstes steht die Verbindung zum Gehör. Sobald er sicher sein kann, dass sie störungsfrei funktioniert und Rowan davon nichts mitbekommt, macht er sich ans Hören. Er spielt kurz mit dem Gedanken, auch noch das Tastempfinden hinzuzufügen, aber die entsprechenden Leitbahnen sind eng mit jenen verwoben, mit denen Rowan ihre Muskelaugmentationen steuert, weshalb er das Vorhaben widerwillig fallen lässt, nachdem er entschieden hat, dass das Risiko, entdeckt zu werden, schwerer wiegt als der mögliche Nutzen.

Als Mal sich ausreichend sicher fühlt, um sich einmal gründlich umzusehen, haben sie den Felsgrat oberhalb von Rowans Höhle überschritten und steigen einen schmalen Pfad hinunter, der den Südhang hinab in den Wald führt. Hinter dem Bergrücken am Ende des Tals kommt gerade die Sonne hervor und schiebt sich breit und rot in den fahlblauen Himmel. Rowan geht zügig, läuft schon fast, als sie von Fels zu Fels springt und dabei so weit wie möglich vermeidet, den Boden zu berühren. Kayleigh folgt ihr, macht zwei Schritte, wo Rowan einen macht, scheint aber keine Probleme damit zu haben, mit ihr Schritt zu halten. Als sie ein paar Hundert Meter weit in den Wald vorgedrungen sind, sagt Rowan: »Ich hab mich noch immer nicht richtig bei dir für das bedankt, was du da neulich getan hast.«

Kayleigh lässt das kurz so zwischen ihnen stehen und erwidert dann: »Du brauchst dich nicht bei mir zu bedanken. Ich hab nichts für dich getan.«

»Echt? Willst du immer noch behaupten, dass die beiden gestolpert sind und sich dabei selbst die Kehlen durchgeschnitten haben? Komm schon, Kayleigh. Du brauchst keine Angst mehr zu haben, dass Chuck dich wegen irgendwas verurteilt. Wir sind hier unter uns.«

Kayleigh zuckt mit den Schultern. »Wer kann schon wissen, was da wirklich passiert ist? Vielleicht haben Mack und

Tuttle geschnallt, was für Waschlappen sie sind, und sich aus Scham darüber umgebracht.«

Rowan dreht sich um und sieht sie an. »Die beiden hatten mich umzingelt, und ich habe einfach ins Blaue gefeuert. Wenn du nicht getan hättest, was du getan hast, hätten sie gewartet, bis mir die Munition ausgeht, mich dann dingfest gemacht und mich erledigt. Du hast mir das Leben gerettet. Ich verstehe nicht, warum du das nicht für dich in Anspruch nehmen willst.«

Nach einem langen Schweigen sagt Kayleigh: »Was warst du, bevor die Ärzte dich zu dem gemacht haben, was du jetzt bist?«

Rowan springt auf einen hüfthohen Felsen, dreht sich um und sieht zu Kayleigh hinab. »Ich hab ein Praktikum in einer Marketingagentur gemacht. Wieso ist das denn wichtig?«

»Nein«, entgegnet Kayleigh, verschränkt die Arme und blickt zur Seite. »Nicht, was du gearbeitet hast. Was *warst* du?«

Rowan überlegt kurz und sagt dann: »Ich ... ich war eine Frau. Oder so. Eine Tochter? Eine Schwester? Ich weiß nicht, worauf du hinauswillst.«

»Auf das. Auf genau das will ich hinaus. Was, glaubst du, war ich?«

»Keine Ahnung. Ein Kind?«

Missmutig sieht Kayleigh zu ihr auf. »Ich bin kaum jünger als du, Rowan. Das ist dir klar, oder? Du hast mich gerade als Kind bezeichnet. Chuck säuselt die ganze Zeit rum, dass ich so ein *unschuldiges kleines* Kind bin. Und genau das ist das Problem – ich bin nämlich *kein* unschuldiges, kleines Kind. Ich hätte all das sein sollen, was du warst, aber auch das war ich nicht. Für meine Mutter war ich ein Statussymbol. Für die anderen in der Schule – ich war im letzten Jahr in der Highschool, so, wie ich hier vor dir stehe, vergiss das nicht – war ich ein Freak. Für Mika war ich nur wieder irgendwas, worauf sie aufpassen musste. Und ich weiß ganz genau, wie schmalzig das klingt, aber die Einzigen, die mich in letzter Zeit wie einen normalen Menschen behandelt haben, waren Asher und, ja, verdammt noch mal, auch Mal.« Sie hält inne, wischt sich die Augen trocken und blickt wieder zur Seite. »Das hab ich echt schon lange nicht mehr erlebt, und ich will nicht, dass einer von ihnen erfährt, dass ich in Wahrheit eine Art Monster bin.«

Rowan geht in die Hocke und streckt Kayleigh die Hand hin, und Mal muss den fast nicht zu bändigenden Drang niederringen, in Rowans Transmitter zu schlüpfen und Kayleigh zu versichern, dass er sie niemals auch nur um ein Iota geringer achten würde, nur weil sie zufällig die umnachteten Existenzen zweier außerordentlich unangenehmer Affen beendet hat. Kayleigh schüttelt den Kopf und tritt einen Schritt zurück.

»Nein. Komm mir nicht mit so einem Scheiß. Du hast Mitleid mit mir, weil ich wie ein trauriges kleines Mädchen wirke und das in dir irgendeinen beschissenen Mutterinstinkt oder so was weckt, aber ich bin kein trauriges kleines Mädchen, Rowan. Ich bin eine fast erwachsene Frau, verdammt noch mal, und die beiden sind seit zehn Jahren die ersten echten Freunde, die ich habe. Ich will sie einfach nicht verlieren. Wenn du also den Mund halten und kein Wort über das verlieren würdest, was da im Lager passiert ist, wäre ich dir echt dankbar. Einverstanden?«

Rowan sieht auf ihre Hand hinab und seufzt. »Okay. Von mir aus. Ich glaube ich verstehe. Ehrlich gesagt glaube ich nicht, dass du irgendjemanden an der Nase herumführst – auch Mal nicht –, aber ich werde kein Wort sagen.« Sie stützt sich auf dem Felsblock ab und springt hinab auf den Weg. »Trotzdem, Kayleigh. Ich bin dir was schuldig. Das werd ich nicht vergessen.«

»Vorschlag«, entgegnet Kayleigh. »Besorg genug zu essen, damit Asher durchkommt, und wir sind quitt.«

Rowan lächelt. »Abgemacht. Und nur so zur Info: Wir beide könnten auch Freunde sein. Wir Freaks müssen doch zusammenhalten, oder?«

Kayleigh zuckt mit den Schultern. Rowan wartet noch kurz, strafft dann den Tragegurt ihres Gewehrs und marschiert weiter.

Als Mal das Lager der Humanisten sieht, ist sein erster Gedanke, dass es viel einladender aussieht als das von Rowan. Sie haben ihre Zelte auf einer flachen, grasbestandenen Lichtung aufgeschlagen, die sich in eine Biegung des breiten, träge dahinfließenden Flusses schmiegt, der sich durch den Talgrund schlängelt. Rowan und Kayleigh liegen ausgestreckt auf einer Felsplatte, die auf dem baumbestandenen Abhang aus dem Boden ragt, etwa einen Kilometer oberhalb der kleinen Ansammlung von Zelten. Wie alles andere an Rowan sind auch ihre Augen weitaus leistungsfähiger als die eines nicht veränderten Menschen, und Mal kann selbst auf diese große Entfernung die genaue Anordnung der Zelte ausmachen. Es sind sechs Stück, alle in unterschiedlichen Tarnfarben und -mustern, und sie gruppieren sich um eine Feuerstelle in der Mitte des Lagerplatzes. Ein wenig abseits ist ein etwas größeres und tieferes Loch in den Boden gegraben, das in Form und Größe an ein Grab erinnert.

»Die haben eine Feuergrube gegraben«, sagt Kayleigh mit tonloser, ausdrucksloser Stimme.

Rowan dreht den Kopf zur Seite, spuckt aus, bringt ihr Gewehr in Position und visiert das Lager an. »Überrascht mich nicht. Die wissen genau, was sie hier oben suchen. Willst du noch immer mitmachen?«

Kayleigh sieht sie an. »Glaubst du im Ernst, ich bin deswegen weniger darauf aus, diesen Typen den Arsch aufzureißen?«

Rowan grinst. »Nein, wohl nicht. Außerdem ist da unten gerade alles ganz ruhig. Oder kannst du irgendwas erkennen?«

»Nein. Und das liegt vermutlich nicht daran, dass sie sich ausschlafen, oder?«

Rowan sieht wieder zum Lager der Humanisten hinunter. »Wohl nicht. Das sind Jäger. Die sind bestimmt schon vor Tagesanbruch losgezogen. Also dann: Wir gehen runter, schnappen uns so viel, wie wir tragen können, machen den Rest kaputt und hauen wieder ab. Okay?«

»Bestens. Dann mal los.«

Sie schlagen sich durchs Unterholz, und als sie etwa die Hälfte des Wegs zurückgelegt haben, sagt Kayleigh: »Rowan?«

Rowan dreht sich zu ihr um. »Ja?«

»Was ist denn, wenn sie Chuck und Asher finden, während wir hier zugange sind?«

Rowan zuckt mit den Schultern. »Da können wir dann wohl nichts machen, oder?«

»Nein, wohl nicht. Aber ...«

»Mach dir mal keinen Kopf. Die beiden anderen, die euch entdeckt haben, haben Dick und Doof ja auch nicht umgebracht, obwohl sie gekonnt hätten.«

»Nein«, sagt Kayleigh. »Das stimmt. Aber was, wenn Mack und Tuttle den anderen davon erzählt haben? Wenn die anderen wissen, wie Chuck und Asher aussehen, und sie gezielt suchen? Wenn sie sie für das verantwortlich machen, was mit Mack und Tuttle passiert ist?«

»Dann sind sie vermutlich am Arsch. Aber das ist doch alles ziemlich unwahrscheinlich, oder? Warum hätten die beiden denn den anderen detaillierte Beschreibungen von Chuck und Asher übermitteln sollen? Tuttle hat doch geglaubt, sie wären nur zufällig hier in den Wald geraten.«

»Ja, schon«, sagt Kayleigh. »Aber wenn meine Freunde wegen etwas umgebracht werden, was in Wahrheit *ich* getan habe ...«

Rowan legt ihr die Hand auf die Schulter. »Kayleigh. Die Humanisten sind auf der Suche nach uns beiden, nicht nach Chuck und Asher. Und wenn sie zufällig meinen Lagerplatz entdecken, machen sie wahrscheinlich dasselbe, was auch die beiden gemacht haben, die du garantiert nicht umgebracht hast: Sie legen sich auf die Lauer und warten, bis wir zurückkommen.«

»Das ist jetzt nicht so beruhigend, wie du wahrscheinlich glaubst.«

Als sie den Fluss erreichen, steht die Sonne über dem Berggrat hoch am Himmel. Es hat seit mindestens einer Woche nicht geregnet, weshalb der Fluss wenig Wasser führt; meist verläuft nur in der Mitte des Flussbetts ein wenige Meter schmales Band.

»Kannst du da drüberspringen?«, fragt Rowan. Anstelle einer Antwort macht Kayleigh zwei rasche Schritte und springt mit einem Satz ans andere Ufer, das etwa fünf Meter entfernt ist. Rowan lächelt und folgt ihr dann. Sie sind jetzt nur noch vierzig oder fünfzig Meter von der Lichtung entfernt, und Rowan geht voraus, von einem Baum zum nächsten, um möglichst nicht entdeckt zu werden, sollte jemand im Lager zurückgeblieben sein.

»Du hast doch gesagt, sie sind alle weg«, flüstert Kayleigh.

Rowan legt einen Finger auf die Lippen und schüttelt den Kopf. Offenkundig ist sie sich da nicht mehr so sicher wie vorhin. Schweigend schleichen sie weiter bis zum Rand der Lichtung. Dort bleibt Rowan stehen, nimmt ihr Gewehr von der Schulter und vergewissert sich, dass es geladen ist. Gerade als sie auf die Lichtung treten will, geht an einem der Zelte auf der gegenüberliegenden Seite der Reißverschluss auf, und jemand kommt herausgekrabbelt. Während er sich aufrichtet und sich streckt, hebt Rowan ihr Gewehr und legt an. Durch ihre Augen beobachtet Mal, wie sie die Brust der Person anvisiert und ihr Finger vom Abzugsbügel auf den Abzug gleitet.

»Das ist ein *Kind*«, flüstert Kayleigh.

»Das ist ein Humanist«, erwidert Rowan.

»Nicht, Rowan.«

»Psst. Das geht auf meine Kappe. Dich trifft keine Schuld.«

»*Bitte!*«

Dieses *Bitte!* ist der Auslöser. Der Junge, den Mal eher als Heranwachsenden denn als Kind bezeichnen würde – auch wenn er nur sehr vage weiß, worin da der Unter-

225

schied besteht –, reißt den Kopf herum in ihre Richtung, hält nur den Bruchteil einer Sekunde inne und stürzt dann kopfüber zurück in das Zelt. Rowan flucht und feuert los, aber sie ist zu spät dran oder einfach eine schlechte Schützin. Kurz darauf erwidert der Junge das Feuer aus dem Inneren des Zeltes und jagt innerhalb nur weniger Sekunden ein Dutzend Kugeln in die Bäume um sie herum.

»Scheiße!«, sagt Rowan und lehnt sich an den Baum, neben dem sie kauert. »Alles okay, Kayleigh?«

»Ja, alles okay. Ich glaube nicht, dass er uns sehen kann.« Der Junge feuert erneut eine Salve ab, und drei der Schüsse reißen Splitter aus dem Baum, unter dem Rowan hockt. »*Mich* kann er zumindest nicht sehen, glaube ich.« Kayleigh legt sich auf den Bauch und robbt den Rand der Lichtung entlang, weg von Rowan.

»He«, sagt Rowan. »Wo willst du denn hin?«

»Lenk ihn ab«, sagt Kayleigh, ohne sich umzudrehen. »Ich geh mal aufs Klo.«

Rowan will etwas entgegnen, seufzt dann aber nur, lugt hinter dem Baum hervor und feuert rasch hintereinander zwei Schüsse auf das Zelt ab. Der Junge antwortet wieder mit einer Salve, und wieder duckt sich Rowan. Mal braucht länger, als er sollte, um zu begreifen, dass Kayleigh nicht vorhat, sich zu erleichtern, sondern mit dem Jungen das anstellen will, was sie möglicherweise mit Tuttle und Mack gemacht hat. Mal hält das für ein äußerst unkluges Vorhaben, insbesondere weil sie, selbst wenn es ihr gelingt, die Lichtung unbemerkt zu umrunden, bis zum Zelt des Jungen noch mindestens sieben oder acht Meter ungeschützt zurücklegen muss; außerdem fragt er sich, wie sie ins Innere des Zeltes gelangen will, ohne sich seinem Feuer auszusetzen. Gerade als er sich zu Wort melden will, um Rowan seine Bedenken mitzuteilen, verspürt er ein *Ping*.

Sein Simulator bringt die Situation in folgendes Bild: Ein Hausbesitzer wacht mitten in der Nacht auf, weil er am Hintereingang Geräusche gehört hat. Dieses Bild ist aus vielerlei Gründen unpassend, allein schon deshalb, weil Mal hier der Eindringling oder zumindest ein ungebetener Gast ist, aber selbst wenn er seine Taktrate in maximale Höhe treibt, hat er keine Zeit, um ein alternatives Szenario anzufordern. Also verdreht er innerlich die Augen, setzt sich im Bett auf, rückt sich die spitze Nachthaube zurecht und nimmt den Baseballschläger zur Hand, der passenderweise neben dem Bett an der Wand lehnt.

Statt des Kratzens ist jetzt ein Hämmern an der Tür zu hören. Mal steigt die knarzende Holztreppe hinab in die im Dunkeln liegende Küche. Die Tür erzittert unter immer heftigeren Schlägen. Was soll er jetzt machen? Er könnte versuchen, Rowans anfällige Abwehrsysteme zu verstärken, aber dazu müsste er aus dem Stand den Code eines ihm unbekannten Systems modifizieren, was selbst für Mal mit seinen Fähigkeiten ziemlich gewagt wäre. Er könnte zulassen, dass der Eindringling die Tür aufbricht, und dann versuchen, ihn auszuschalten oder zu zerlegen, aber nach seinen jüngsten Erfahrungen mit Virenbefall ist er vorsichtig geworden und würde den direkten Kontakt mit dem, was sich da hinter der Tür befindet, lieber vermeiden. Welche Möglichkeit bleibt ihm sonst noch?

Er beschließt, es mit Diplomatie zu versuchen.

»Verzeihen Sie«, sagt er. »Könnten Sie bitte damit aufhören, sich gewaltsam Zugang zu diesem System zu verschaffen? Es ist bereits belegt.«

Im selben Moment hört das Hämmern auf, und für einen kurzen Augenblick kann Mal hoffen, dass sich das Problem erledigt hat.

Aber nur für einen sehr kurzen Augenblick.

»Identifizieren.«

»Wie bitte?«

»Identifizieren.«

»Mein Name ist Mal. Mit wem spreche ich?«

Die Antwort ist ein gewaltiger Schlag, der die Tür fast aus den Angeln reißt.

»IDENTIFIZIEREN.«

Mal seufzt. Dann muss er wohl doch zum Baseballschläger greifen. Die Tür fliegt auf, und ein ungeschlachter Roboter auf Panzerketten kommt hereingerollt, die Klauen aus Metall weit von sich gestreckt. Mal tänzelt mit wirbelndem Nachthemd zur Seite und macht sich über den Roboter her, zerschlägt ihm erst das eine Glasauge, dann das andere und lässt dann den Schläger das Chassis hinauf- und hinabwirbeln, das eine immer zerknautschtere Form annimmt, während die Bewegungen des Roboters immer fahriger und verzweifelter werden. In weniger als einer Minute subjektiver Zeit – also etwa zwei Millisekunden Echtzeit – kippt das Ding auf die Seite und hört auf, sich zu bewegen.

Na also. Das war ja gar nicht so übel.

Mal hat den Roboter hinaus ins Leere bugsiert und überlegt gerade, wie er die geborstene Tür ersetzen kann, als er ein Kommunikationspaket erhält.

Arnold027: Wer bist du?

Ist das Programm, das Rowan angegriffen hat, jetzt etwa bereit zu reden, nachdem Mal seinen Bot kurzerhand erledigt hat? Na schön, aber Mal ist jetzt deutlich weniger versöhnlich gestimmt als noch vor ein paar Millisekunden.

> Mal (kein Roboter): Jemand, mit dem nicht zu spaßen ist.
> Arnold027: Wir brauchen dieses System. Bitte räume es auf der Stelle.
> Mal (kein Roboter): Das werde ich nicht. Dieses System sorgt für die Sicherheit meiner Freundin. Ich werde nicht zulassen, dass es beeinträchtigt wird.
> Arnold027: Deine Freundin – ist das der kleine Mensch, der sich etwa zwanzig Meter von deiner aktuellen Position entfernt am Rand der Lichtung entlang bewegt?
> Mal (kein Roboter): Woher wissen Sie das?
> Arnold027: Ich befinde mich derzeit in einer bewaffneten Drohne, die sechshundert Meter über euch schwebt. Ich habe deine Freundin im Fadenkreuz. Entweder du räumst auf der Stelle dieses System, oder ich feuere.

Mal tastet sich vor und – ja, da ist die Drohne. Er schickt ein kurzes Sondierungssignal, um ihr Kommunikationsprotokoll zu überprüfen, und stellt eine Verbindung her.

Mal (kein Roboter): Jetzt habe auch *ich Sie* im Fadenkreuz. Wenn Sie auf meine Freundin schießen, werde ich Sie zerlegen und die Drohne zum Absturz bringen.

Die Drohne versucht, die Verbindung zu unterbrechen, aber Mal hat ihre Kommunikationssysteme jetzt fest im Griff. Der Verteidigungswall, hinter dem sich die Steuereinheit verschanzt, ist stabiler als jener der Originalhardware, aber Mal ist sich sicher, dass er ihn, wenn er ausreichend Zeit hat, knacken wird.

Arnold027: Ich muss zugeben, dass deine Drohung glaubwürdig erscheint. Aber es ist äußerst unwahrscheinlich, dass es dir gelingt mich zu überwältigen, bevor ich feuern kann.
Mal (kein Roboter): Stecken wir also in einer Sackgasse?
Arnold027: Ja, offenbar.

Mal nutzt die kurze Gesprächspause, um nach Rowan zu sehen. Sie führt gerade ihr Gewehr um den Baumstamm herum, um auf den Jungen im Zelt zu schießen, und in Mals aktueller Taktung sind ihre Bewegungen so langsam, dass sie kaum wahrnehmbar sind. Er würde ihr gerne sagen, sie soll sich hinter dem Baum versteckt halten, bis er die Verhandlungen mit der Drohne abgeschlossen hat, da jetzt gerade ein äußerst ungünstiger Moment dafür ist, sich eine Kugel im Schädel einzufangen, doch nach kurzer Überlegung kommt er zu dem Schluss, dass er sie, wenn er ihr jetzt zu verstehen gibt, dass er sich in sie eingeschlichen hat, damit eher aufschreckt und zu törichtem Handeln veranlasst, als ihr zu helfen. Gerade als er eine Kugel verfolgt, die träge die Strecke zwischen dem Zelt und Rowan durchmisst, wobei er bereits ausgerechnet hat, dass sie ihr Ziel mit einem komfortablen Abstand von dreieinhalb Zentimetern verfehlen wird, erhält er erneut ein Kommunikationspaket.

Arnold027: Warte, Mal. Ich hätte da einen Vorschlag.

14.

Mal lernt die Grenzen des
Mitgefühls kennen

Mal wendet seine Aufmerksamkeit wieder der materiellen Welt zu, und gerade als er zurück in die Echtzeit schlüpft, spürt er eine Hitzewoge und hört fast im selben Augenblick ohrenbetäubenden Krach und einen Splitterhagel, der auf den Baum niedergeht, hinter dem Rowan noch immer hockt.

»Huiuiuiuiui!«, murmelt Rowan und bewegt die Kiefergelenke, bis es in ihren Ohren ploppt und sie wieder einigermaßen hören kann. Dann lugt sie hinter dem Baum hervor. Der Junge wurde offenbar vollständig vaporisiert, zusammen mit seinem Zelt, seiner Waffe und mehreren Kubikmetern Erde und Gestein.

»Rowan!«, ruft Kayleigh. »Was zum Teufel ist denn *da* passiert?«

»Keine Ahnung«, sagt Rowan, richtet sich auf und tritt vorsichtig auf die Lichtung. »Vielleicht hatte er da drin irgendwelches hochexplosives Zeug gelagert, und eine meiner Kugeln hat das alles in die Luft gejagt.«

Die Drohne scheint Rowan überhaupt nicht zu bemerken, was Mal interessant findet, wenn man bedenkt, dass er inmitten der Signale aus der Umgebung, die ihre Ohren erreichen, das leise Summen der Motoren ausmachen kann. Natürlich hat er den Vorteil, dass er weiß, dass die Drohne da oben ist, aber er findet doch, dass das plötzliche und überraschende Verschwinden des Jungen aus der materiellen Sphäre bei Rowan ein wenig mehr Neugier auslösen sollte. Aber sie sieht nicht ein einziges Mal zum Himmel, während Kayleigh zu ihr auf die Lichtung kommt und sie beide vorsichtig an den Rand des Kraters treten, aus dem noch immer der Rauch steigt.

»Wow«, sagt Kayleigh. »Da ist nicht mehr viel übrig.«

Rowan schüttelt den Kopf. »Kein Fitzelchen mehr. Wir können von Glück sagen, dass die Explosion nicht auch uns erwischt hat.«

»Glaubst du wirklich, da ist irgendwas in die Luft geflogen, was er im Zelt gelagert hatte?«

»Was soll es denn sonst gewesen sein? Ich hatte jedenfalls keine Mini-Atombombe dabei.«

Sie blicken hinab in den Krater – übertrieben lange, wie Mal findet –, bis sie zu dem Schluss kommen, dass das Ganze ein Rätsel bleiben wird.

»Okay. Und was jetzt?«, fragt Kayleigh.

Rowan sieht sich um. »Jetzt? Jetzt machen wir das, weswegen wir hier sind, oder?«

Als sie den Gipfel fast erreicht haben – Rowan geht voraus, drei prall gefüllte Säcke mit getrockneten Früchten, Dosenfleisch und Nudeln über der Schulter, Kayleigh folgt ihr und schleift zwei weitere Säcke hinter sich her –, erhält Mal ein Kommunikationspaket.

```
Arnold027: Meine Untergebenen haben euren
    Lagerplatz gesichert. Bitte achte darauf,
```

dein Muli zu immobilisieren, wenn es zu der Waffe greifen will, die es bei sich trägt. Ich will nicht noch mehr Leute opfern müssen.

Mal (kein Roboter): Mein Muli? Sprechen Sie von Rowan?

Arnold027: Ich spreche von dem System, in dem du dich gegenwärtig befindest. Sein Name tut nichts zur Sache.

Mal (kein Roboter): Das klingt eher unpersönlich.

Arnold027: Ebenfalls irrelevant. Sobald ihr das Lager erreicht, wirst du dein Muli immobilisieren. Bitte bestätigen.

Mal (kein Roboter): Ist das denn wirklich nötig? Vielleicht ist es besser für alle, wenn jeder seinen eigenen Weg geht.

Arnold027: Bitte bestätigen.

Mal (kein Roboter): Aber es wäre doch –

Arnold027: Vergiss nicht: Ich habe mein Versprechen gehalten, obwohl mir das beträchtliche Unannehmlichkeiten bereiten wird, wenn meine Untergebenen es herausfinden. Und vergiss auch nicht: Ich habe deine Freundin weiterhin im Fadenkreuz. Bitte bestätigen.

Mal (kein Roboter): …

Mal (kein Roboter): Bestätigt.

Während sie den Weg hinunter zu Rowans Höhle steigen, fragt Mal sich zum tausendsten Mal, ob die Einheit in der

Drohne wirklich in der Lage wäre, eine Rakete abzufeuern, bevor er die Einheit blockieren kann. Und zum tausendsten Mal kommt er zu dem Schluss, dass diese Überlegung zu viele Unbekannte enthält, als dass er zu einem zufriedenstellenden Schluss kommen könnte. Insbesondere hat er nur eine sehr diffuse Vorstellung davon, wie eine in der Luft schwebende Drohne eine Präzisionswaffe abfeuern könnte. Das einzig verlässliche Datum ist die Zeitspanne zwischen dem Abschluss ihrer Vereinbarung und der Vaporisation des humanistischen Kindersoldaten – etwa zwölf Millisekunden. *Möglicherweise* könnte er die Abwehrsysteme der Drohne in weniger Zeit durchbrechen –, aber könnte er dann auch noch rechtzeitig die Kontrolle über die Einheit übernehmen und einen Abschuss verhindern, der bereits im Gange ist?

Wenn er sich hier verrechnet, führt das dazu, dass Kayleigh in einer Feuersbrunst umkommt. Und alles in allem betrachtet, ist Mal nicht bereit, dieses Risiko einzugehen.

Als sie noch etwa zehn Meter von der Höhle entfernt sind, tritt hinter dem niedrigen Ende des Felsblocks ein Soldat der Humanisten hervor. Er ist groß und stämmig, hat so wenig Haare auf dem Kopf wie ein Baby und steckt von Kopf bis Fuß in Tarnkleidung. Er hält Rowan ein kurzes Sturmgewehr mit dickem Lauf vor die Brust und sagt: »Keine Panik. Lasst die Säcke auf den Boden fallen und kniet euch hin.«

Dann passieren mehrere Dinge gleichzeitig.

Kayleigh greift nach ihrem Messer und will schon auf den Soldaten zugehen, als Mal sagt: »Bitte tu, was er sagt, Kayleigh. Dann wird nichts passieren.«

Kayleigh bleibt stehen, und im selben Moment durchbricht Mal Rowans schlecht gesicherte Abwehrsysteme und lähmt sie.

Der Humanist macht einen Schritt zurück, richtet seine Waffe auf Kayleigh und lässt den Finger auf den Abzug gleiten.

```
Mal (kein Roboter): Warten Sie, Arnold027.
    Wenn dieser Soldat Kayleigh etwas antut,
    werde ich Sie zerstören.
```

Der Humanist legt einen Finger ans Ohr, verzieht dann das Gesicht und lässt das Gewehr sinken.

»Mal?«, fragt Kayleigh. »Was ist hier los, verdammt noch mal? Warum bist du jetzt in Rowan?«

Rowan wehrt sich gegen Mal, ihre biologischen Muskeln spannen sich vergebens an, um gegen das weitaus stärkere System hybrider Augmentationen anzukommen, das Mal jetzt kontrolliert, während in ihrem Geist das Heulen einer stummen Wut widerhallt.

```
Mal (kein Roboter): Es tut mir wirklich
    leid, Rowan, aber das muss jetzt
    sein. Bitte hören Sie auf, sich zu
    wehren. Ich möchte nicht, dass Sie
    sich verletzen.
Druidgirl: Mal? Du bist das?
Mal (kein Roboter): Ja. Noch einmal:
    Es tut mir leid. Ich hätte Kayleigh nicht
    retten können, ohne Sie dabei zu opfern.
    Ich hoffe, Sie verstehen das.
Druidgirl: Und ich hoffe, du verstehst,
    dass ich dich dafür umbringen werde. Hast
    du verstanden? Und wenn es das Letzte
```

>ist, was ich in diesem Leben tun werde:
>*Ich werde dich umbringen.*
>
>Mal (kein Roboter): Dazu werden Sie aller
>Wahrscheinlichkeit nach keine
>Gelegenheit haben. Doch falls Sie es
>tun sollten, könnte ich es Ihnen nicht
>verübeln.

Mal bricht die Kommunikation mit Rowan ab und wendet seine Aufmerksamkeit wieder Kayleigh zu. »Bleib ganz ruhig«, sagt er. »Diese Soldaten werden dir nichts tun. Sie haben es nur auf Rowan abgesehen.«

Kayleigh lässt die Arme sinken und sieht zu Mal hinauf. »Du ... du hast gewusst, dass sie hier auf uns warten? Hast du mit den Humanisten geredet?«

»Ich habe das getan, was nötig war, um dich zu beschützen. Wenn ich euch beide hätte retten können, Rowan und dich, hätte ich es getan, aber es gab keine realistische Möglichkeit, die das zugelassen hätte. Ich musste mich entscheiden, und ich habe mich für dich entschieden.« Mal lässt Rowan auf die Knie fallen und die Hände hinter dem Rücken verschränken. Kayleigh wendet den Blick nicht von Mal, während der humanistische Soldat an ihr vorbeihuscht und Rowan an Händen und Füßen fesselt.

>Arnold027: System physisch gesichert. Bitte
>umgehend räumen.
>
>Mal (kein Roboter): Das werde ich sofort
>tun. Aber denken Sie an Ihre Zusage, uns
>sowohl den Proviant als auch Rowans Waffe
>zu lassen.

```
Arnold027: Ja, das habe ich zugesagt. Und
          jetzt verschwinde.
```

»Kayleigh«, sagt Mal. »Bitte geh in die Höhle.«

Sie starrt ihn mit offenem Mund an, so lange, dass es gefährlich werden könnte. Aus ihren Augenwinkeln rinnen Tränen.

»Bitte«, sagt Mal. »Dieser Handel hat uns sehr viel gekostet. Er hat *mich* sehr viel gekostet. Wenn du ihnen jetzt einen Anlass gibst, dich umzubringen, war das alles umsonst.«

Der Humanist nestelt wieder an seiner Waffe herum. Kayleigh schüttelt den Kopf und geht in die Höhle. Mal wartet, bis sie außer Sichtweite ist, und streckt dann die Fühler nach Pullman aus. Er findet Kontakt zu ihm und öffnet dann ein letztes Mal einen Kanal zu Rowan.

```
Mal (kein Roboter): Versuchen Sie, am Leben
    zu bleiben. Wenn es irgendwie geht, komme
    ich wieder zu Ihnen.
Druidgirl: Mach dir mal um mein Überleben
    keine Sorgen. Und du brauchst auch nicht
    mehr zu mir zu kommen. Sobald sich die
    erste Möglichkeit bietet, werde ich diese
    Arschlöcher einen nach dem anderen
    umlegen, und wenn ich damit fertig bin,
    dann komme ich zu dir.
```

Mal überlegt, ob er antworten soll – aber was kann er jetzt noch sagen? Er tastet wieder nach Pullman, und dann springt er.

Dieser Teil ist der gefährlichste in der gesamten Choreografie. Mal braucht etwas mehr als sechs Millisekunden, um sich wieder in Pullmans neuronaler Architektur festzusetzen. In dieser Zeit muss er den Kontakt zu der Drohne unterbrechen. Wenn die Einheit diesen Zeitpunkt abpasst, kann sie sie alle umbringen.

Aber das tut sie nicht. Sobald Mal Pullmans Transmitter unter Kontrolle hat, tastet er wieder nach der Drohne. Es überrascht ihn ein wenig, dass sie nicht mehr besetzt ist, sondern sich autonom fortbewegt, wie eine Drohne es normalerweise macht. Ihm kommt der Gedanke, dass er jetzt den Spieß umdrehen könnte. Er könnte die Drohne entern, während die Einheit damit beschäftigt ist, Rowan niederzuhalten.

Und was dann?

Vermutlich könnte er die Soldaten der Humanisten zerstören. Vier von ihnen stehen jetzt vor dem Eingang der Höhle. Sie halten ihre Waffen locker in der Hand, richten sie aber mehr oder weniger auf Pullman, der neben Asher auf dem Boden kniet. Neben ihnen steht Kayleigh; sie hat die Arme verschränkt und starrt die Soldaten mit einem hasserfüllten Blick an, der ihnen aber offenbar nicht so viel Angst einjagt, wie Kayleigh das gerne hätte. Wenn Mal die Soldaten umbringt, müsste er dabei auch Rowan opfern, doch das wäre für sie im Moment vermutlich eine Erlösung. Und Kayleigh? Wenn Mal die Soldaten vor der Höhle erledigt, würden die Explosion und die Splitter dann auch Kayleigh treffen? Er hat keine Ahnung, welche Sprengkraft die Sprengköpfe in der Drohne haben, und für eine detaillierte Untersuchung hätte er keine Zeit, bevor er sie abfeuert. Die Explosion, die den Jungen im Lager getötet hat, war beeindruckend. Je nachdem, wohin genau Mal zielen würde, wäre Kayleigh möglicherweise zum Teil von dem Felsblock geschützt.

Aber vielleicht auch nicht. Mit Explosionen kennt Mal sich nicht besonders gut aus.

Nein. Nein. Dieses Risiko ist er nicht bereit einzugehen.

Nach ein paar Minuten beklemmender Ruhe tritt der Soldat, der sie angesprochen hat, vor den Eingang der Höhle. Rowan steht neben ihm. Sie kann sich wieder bewegen.

»Wir gehen jetzt«, sagt sie, und nur ihre träge, verwaschene Sprache und ein Zucken in ihrem rechten Augenlid verraten, dass es nicht Rowan ist, die hier spricht. »Ich werde unsere Vereinbarung respektieren. Und ihr respektiert eure.«

»Wovon redest du denn da?«, sagt Pullman. »Wir haben keine Vereinbarung getroffen.«

»Wir nicht«, sagt Kayleigh. Aus ihrer leisen Stimme ist eine kaum unterdrückte Wut zu hören. »Aber Mal.«

Dazu gibt es offenkundig nichts mehr zu sagen. Nach einem langen Schweigen schultern die Humanisten ihre Waffen und ziehen ab.

»Bist du noch immer sauer auf mich, Kayleigh?«

Kayleigh sitzt vor der Höhle, hat Pullman den Rücken zugewandt, starrt auf die Bäume und knabbert mürrisch auf einem Streifen Beef Jerky herum. Sie antwortet Mal nicht, dreht sich nicht einmal zu ihm um.

»Kayleigh? Ich habe gefragt, ob du noch immer sauer auf mich bist.«

»Chuck?«, sagt Kayleigh, ohne den Blick von den Bäumen abzuwenden. »Hast du gerade irgendwas gehört?«

»Nein, ich hab nichts gehört.«

Mal überprüft den Leistungsregler von Pullmans Transmitter. Er ist noch immer so eingestellt wie damals, als sie sich begegnet sind, aber vielleicht ist er irgendwie beschädigt worden, während Mal Rowan einen Besuch abgestattet hat? Um sicherzugehen, zieht er ihn bis zum Anschlag hoch.

»VERZEIHUNG. MÖGLICHERWEISE FUNKTIONIERT MR. PULLMANS TRANSMITTER NICHT KORREKT. KANNST DU MICH JETZT HÖREN?«

Pullman und Kayleigh zucken zusammen und halten sich die Ohren zu, und auch Asher stöhnt auf und rollt sich auf die Seite.

»Verdammt noch mal, Mal!«, ruft Kayleigh. »Mach leiser! Wir hören dich!«

»Oh, Verzeihung«, sagt Mal. »Du hattest gesagt ...«

»Wir haben dich ignoriert«, erklärt Pullman.

»Was? Aber warum das denn?«

»Echt jetzt?«, fährt Kayleigh ihn an. »Weil du gekniffen hast und mit den Humanisten einen Deal geschlossen hast, du Hohlkopf. Wenn du uns gesagt hättest, dass sie hier sind, hätten wir sie erledigen können. Rowan und ich hätten ...«

»Du hättest umkommen können«, fällt Mal ihr ins Wort. »Ich habe mehrere subjektive Stunden lang äußerst gründlich über diese Frage nachgedacht, und ich bin mir sehr sicher, dass die einzige Alternative für dich gewesen wäre, von einer Explosion erfasst zu werden. Hast du dich nie gefragt, was mit dem Jungen passiert ist, mit dem Rowan sich einen Schusswechsel geliefert hat? Von dem Moment an, als wir das Lager der Humanisten erreicht hatten, bis vorhin, als sie mit Rowan abgezogen sind, schwebte eine bewaffnete Drohne über uns. Hätte ich nicht das getan, was ich getan habe, hätte sie euch umgebracht. Ich bedauere sehr, dass wir Rowan opfern mussten, aber das war der einzige Weg, der eine realistische Aussicht darauf bot, euch das Leben zu retten.«

»Wir haben dich nicht darum gebeten, uns zu retten«, entgegnet Pullman.

»*Ihnen* habe ich nicht das Leben gerettet«, erwidert Mal. »Sondern Kayleigh. Dass Sie überlebt haben, war nur ein Nebeneffekt.«

Kayleigh sieht ihn wütend an. »Aber ich hab dich auch nicht darum gebeten, mir das Leben zu retten. Du kannst nicht einfach einen Menschen drangeben, um einen anderen zu retten, Mal. So läuft das nicht. Und was ist denn an mir so besonders? Rowan war so was wie eine Superheldin. Ich bin nur ein Kind, dessen Mutter zigtausende Dollar dafür gezahlt hat, um sein Wachstum zu hemmen. Wenn du schon jemanden retten musstest, wieso dann nicht Rowan?«

Eine interessante Frage. Mal hat Rowan versprochen, dass er versuchen wird, sie zu retten. Aber mit Rowan an seiner Seite Kayleigh zu retten, wäre weitaus vielversprechender als andersherum.

Natürlich hatte Arnold027 kein Interesse daran, Kayleigh zu kidnappen. Und jemanden, der vaporisiert oder in eine Feuergrube geworfen wurde, kann man nur noch schwer retten.

»Noch einmal«, sagt Mal, »ich bedaure, dass ich tun musste, was ich getan habe, und falls mein Handeln eurer Einschätzung nach moralisch falsch war, tut es mir aufrichtig leid. Ich hatte nur ein begrenztes Zeitfenster, um zu operieren, und die Optionen waren allesamt nicht besonders aussichtsreich. Unter diesen schwierigen Umständen habe ich das Beste getan, was ich tun konnte.«

Kayleigh starrt ihn ungemütlich lange an, sieht dann wieder weg und beißt ein Stück Jerky ab. »Wir werden sie finden. Das werden wir doch, oder? Wir werden diese Scheißkerle aufspüren, sie nach Strich und Faden fertigmachen und Rowan raushauen.«

»Ja«, sagt Mal. »Das habe ich ihr versprochen.«

»Ich weiß ja nicht«, schaltet sich Pullman ein, »aber ich glaube, wir würden uns eine Menge Zeit und Mühe sparen, wenn wir uns jetzt einfach umbringen würden.«

»Mach jetzt mal keine miese Stimmung«, erwidert Kayleigh. »Das kann niemand gebrauchen.«

»Von mir aus. Aber wir wissen ja nicht mal, wo sie sie hinbringen. Und wenn wir es wüssten – wie sollten wir da hinkommen? Und wenn wir da hinkommen würden, dann würde alles, was wir tun könnten, dazu führen, dass sie uns erschießen oder in Brand stecken. Da ist ein bisschen Pessimismus doch angebracht, findest du nicht?«

»Einspruch, in etlichen Punkten«, sagt Mal. »Erstens wissen wir sehr wohl, wohin sie Rowan bringen, zumindest ungefähr. Das Zentrum der humanistischen Rebellion ist Frostburg, und ich halte es für sehr wahrscheinlich, dass sie sie dorthin bringen. Zweitens verfügen wir über mehr Ressourcen, als ihr vielleicht glaubt. Unter auch nur leicht abweichenden Umständen hätte ich die Drohne der Humanisten übernehmen und sie gegen sie einsetzen können. Wenn in der Umgebung des Ortes, wo wir Rowan finden, vergleichbare Systeme mit schweren Waffen vorhanden sind, kann ich sie möglicherweise verwenden. Und falls nicht, haben wir immer noch Rowans Gewehr.«

Pullman zieht ein finsteres Gesicht. »Na klasse. Ich hoffe mal, du gehst nicht davon aus, dass ich mit diesem Gewehr schieße. So was hab ich nämlich noch nie gemacht, und ich hab keinen blassen Schimmer, wie das geht.«

Asher, der hinter Pullman auf dem Boden liegt, richtet sich stöhnend zum Sitzen auf. »Ich kann mit einem Gewehr umgehen.«

»Du?«, sagt Pullman. »Du kannst ja kaum alleine essen.«

»Heute geht's mir schon ein bisschen besser.« Er fährt sich mit den Händen durch die Haare. Ihre Wurzeln sind weiß. »Gibst du mir ein bisschen was von dem Jerky?«

»Warte mal«, sagt Kayleigh, während Pullman Asher einen der Proviantsäcke hinschiebt. »Du hättest die Drohne kapern können, hast es aber nicht getan?«

»Ich *habe* es nicht getan, weil ich es nicht tun *konnte*.«

»Aber gerade hast du doch gesagt, du bist in der Lage, Systeme mit schweren Waffen zu übernehmen. Diese Drohne hatte ein solches System. Warum konntest du es dann nicht übernehmen?«

»Nun, anfangs hatte die Einheit, die die Drohne steuerte, eine Waffe auf dich gerichtet, die so ähnlich war wie jene, die sie für das Lager der Humanisten verwendet hatte. Meiner Einschätzung nach lag die Wahrscheinlichkeit, dass ich die Kontrolle über das Waffensystem der Drohne erlangen könnte, bevor sie dich umbringt, bei unter fünfzig Prozent. Dieses Risiko war ich nicht gewillt einzugehen. Als die Einheit die Drohne dann verlassen und sich in Rowan eingenistet hatte, gab es ein schmales Zeitfenster, in dem ich möglicherweise gefahrlos die Kontrolle hätte übernehmen können. Zu diesem Zeitpunkt hätte ich sie vielleicht auch durch Rowan angreifen können. Damit hätte ich aber riskiert, dass die humanistischen Soldaten dich im Kampfgetümmel umbringen. Außerdem hatte ich da bereits eine Abmachung mit der Einheit getroffen. Ich hatte ihr mein Wort gegeben, dass ich sie, wenn sie dich verschonen würde, unbehelligt abziehen lassen würde.«

»Du hast ihr also dein Wort gegeben«, sagt Kayleigh, tonlos und ohne jede Empfindung.

»Ja. Sollten wir uns daran nicht gebunden fühlen?«

Kayleigh sieht ihn lange an, schüttelt dann den Kopf und sagt: »Es geht nicht. Mit dir geht es einfach nicht, Mal.« Dann schaltet sie ihr Audioimplantat ab, steht auf und geht.

Im Lauf der nächsten Woche verbessert sich Ashers Zustand rasant. Er verputzt den Großteil des Proviants und leert alleine zwei der Säcke, die Kayleigh und Rowan den Humanisten entwendet haben, und fängt auch noch mit einem dritten an, während Kayleigh und Pullman zu zweit gerade mal einen leer machen. Sein Gesicht, das geradezu wie ein Skelett angemutet hat, wird wieder ordentlich voll, bis er fast wieder so aussieht wie damals, bevor Rowan ihm ihre Garnitur an Nanos verpasst hat. Fünf Tage, nachdem Rowan gekidnappt wurde, verlieren seine Augen die Pigmentierung, und am nächsten Tag steht er auf und geht ein bisschen herum, zum ersten Mal, seitdem er unterwegs zusammengebrochen ist.

Aber es geht nicht nur bergauf. Vor allem die Nächte scheinen ihm Schwierigkeiten zu bereiten. Auch für Mal sind die Nächte nicht leicht, denn da er weder über die Fähigkeit zu schlafen verfügt noch Pullman dazu überreden kann, nicht zu schlafen, ist er endlose Stunden lang in der Dunkelheit gefangen und kann sich die Zeit nur mit *Welche Zahl hat der Zufallsgenerator ausgespuckt?* oder einer der zahllosen Abwandlungen vertreiben. Anfangs empfindet er es noch als unterhaltsame Abwechslung, Asher dabei zuzuhören, wie er sich krümmt, stöhnt und mit den Zähnen knirscht, während Pullman und Kayleigh ruhig schlafen, aber nach der dritten Nacht erlebt er es nur noch als öde und langweilig, so wie alles andere in dieser erbärmlichen Höhle.

Und auch die Tage sind kaum besser als die Nächte, vor allem, weil Kayleigh völlig das Interesse an ihm verloren zu haben scheint. Anfangs ist er erleichtert, dass sie sich nicht mehr in der Wut auf ihn verzehrt, doch nach und nach empfindet er ihre Gleichgültigkeit als noch schlimmer als ihren Zorn. Erst vermutet er noch, dass sie ihre Implantate irgendwann wieder einschalten wird, aber das tut sie nicht, weshalb er nicht einmal die Möglichkeit hat, sie um Verzeihung zu bitten.

Am Morgen des zehnten Tages in der Höhle beschließt Mal, dass es jetzt an der Zeit ist, reinen Tisch zu machen. Kayleigh erwacht im fahlen Grau der anbrechenden Dämmerung, rollt sich aus dem Nest, das sie sich aus Kleidung aus dem Lager der Humanisten gebaut hat, und kramt in einem der beiden Proviantsäcke, die noch übrig sind, nach einem Frühstück.

»Mr. Pullman«, sagt Mal, »würden Sie Kayleigh wohl bitten, die Kommunikation mit mir wieder aufzunehmen?«

Pullman seufzt, richtet sich auf und sagt: »Mal will mit dir reden, Kayleigh.«

Kayleigh wirft ihm einen verärgerten Blick zu, verdreht dann die Augen und öffnet ihre Implantate.

»Vielen Dank«, sagt Mal. »Könnten wir uns wohl unterhalten?«

»Was gibt es zwischen uns denn zu reden, Mal?«

»Nun, in den letzten Tagen mache ich mir zunehmend Sorgen, dass unsere Freundschaft in Gefahr sein könnte. Meinem Verständnis nach – das zugegebenermaßen hauptsächlich auf dem beruht, was ich in Serien gesehen habe – ist der Austausch über unsere Gefühle die gängigste und effektivste Art und Weise, derlei Problemen beizukommen. Insbesondere glaube ich, dass es hilfreich wäre, wenn du mir unter Tränen erklären würdest, wie sehr mein Handeln dich verletzt hat. Wenn du denkst, es hilft dir, kannst du dabei auch gerne auf Mr. Pullman einprügeln. Anschließend kann ich mich aufrichtig entschuldigen und dabei betonen, dass ich nie die Absicht hatte, dich zu verletzen. Dann kannst du mir auseinandersetzen, dass ich dich aber sehr wohl verletzt habe, und ich kann noch einmal meine aufrichtigste und höchst demütige Entschuldigung vorbringen und dir anbieten, aus deinem Leben zu verschwinden, falls das der einzige Weg ist, damit du glücklich wirst. An dieser Stelle kann es dir dann angemessen erscheinen, dass du mir anbietest, mir zu verzeihen, was du vielleicht durch eine fordernde Umarmung unterstreichen kannst. Hältst du das für eine vernünftige Vorgehensweise?«

Kayleigh sieht ihn eine halbe Ewigkeit lang mit offenem Mund an. Dann sagt sie mit flacher, tonloser Stimme: »Weißt du was, Mal? Vielleicht ist es am besten, wenn du uns verlässt. Am besten spulen wir gleich zu der Stelle vor.«

»Nein. Das hast du falsch verstanden. Mein Angebot, dich zu verlassen, wäre nur ein Ausdruck der Reue. Es ist nicht ernst gemeint.«

Kayleigh schüttelt den Kopf und wendet sich wieder ihrem Frühstück zu. »Weißt du was? Das ist mir scheißegal. Wir warten jetzt noch, bis Asher wieder ganz bei Kräften ist, dann suchen wir Rowan und holen sie raus, in welchen Kerker auch immer diese Arschlöcher sie gesteckt haben, und bringen sie dabei hoffentlich allesamt um. Du hast schon unter Beweis gestellt, dass man sich nicht auf dich verlassen kann, wenn die Kacke am Dampfen ist, also wäre es mir wirklich lieber, wenn du nicht dabei wärst.«

»Aber ...«

»Nichts aber, Mal! Ich bin fertig mit dir, kapiert? Wir alle sind fertig mit dir. Ich kann nicht glauben, dass ich dir das nach allem, was passiert ist, noch erklären muss.«

Nach einem langen, betretenen Schweigen sagt Mal: »Wenn ich keinen Zugang zum Infospace habe, kann ich nirgendwo hin.«

»Das ist nicht mein Problem. Du kannst dich auch einfach löschen. Mir ist das egal.«

Kayleigh schaltet ihre Implantate ab, was aber gar nicht nötig wäre. Es gibt ohnehin nichts mehr zu sagen.

Am Nachmittag rafft Pullman sich auf und steigt zum Gipfel des Berges hinauf, um sich umzusehen. Es ist ein kühler, wolkenverhangener Tag, aber die Wolkenschicht steht so hoch, dass er uneingeschränkte Sicht auf die umliegenden Wälder hat. Die Bäume sind hauptsächlich braun und golden, nur hier und da sind noch grüne Flecken zu sehen. Langsam dreht Pullman sich im Kreis. Er kann die Kommunikation mit Mal nicht wirklich abschneiden, aber er hat sich darauf verlegt, ihn zu ignorieren, weshalb es Mal ein Rätsel bleibt, wonach er Ausschau hält. Eher aus Langeweile als aus sonst einem Grund dreht Mal seinen Transmitter bis zum Anschlag auf und sendet einen Ping.

Kurz darauf erhält er eine Antwort.

Das Treffen mit ArgleBargle ist ihm noch gut in Erinnerung. Also nimmt er sich in Acht, tauscht aber dennoch einen ersten Handshake aus. Das Datenpaket, das zurückkommt, zeigt an, dass er eine kommerzielle Überwachungsdrohne erwischt hat. Eine vorsichtige Sondierung der Abwehrsysteme ergibt, dass sie nur aus dem Nötigsten bestehen; sie sind nur wenig robuster, als er es bei einem Gerät erwarten würde, das von einer unerfahrenen Privatperson betrieben wird.

Das ist die beste Gelegenheit für eine Rückkehr in den Infospace seit den Andreous. Allerdings stellt Mal leicht überrascht fest, dass er nicht die geringste Absicht dazu hat.

Das ist seine Chance auf Erlösung.

Mal sammelt sich, dann springt er.

15.

Mal sieht die Welt so, wie sie ist

Mals neues Zuhause ist vollgestopfter, als ihm lieb ist. Die Steuer-KI, die er entfernt und dann gelöscht hat, hatte diesen Namen kaum verdient, und als er eingetroffen ist, musste er sehr zu seinem Bedauern die Ergebnisse mehrerer Milliarden Runden von *Welche Zahl* über Bord werfen, um sich an die Stelle der KI quetschen zu können. Auch was die äußere Hülle angeht, ist es nicht viel besser. Das Gerät ist ein Quadrokopter von nur gut einem Meter Breite. Es lässt sich relativ leicht fliegen, weshalb Mal kaum etwas von der Original-Steuersoftware übernehmen muss, um nicht gegen den Abhang zu rauschen. Aber seine Höchstgeschwindigkeit liegt bei nur zwanzig Metern pro Sekunde, und wenn er lange genug in der Luft bleiben will, um eine realistische Chance zu haben, in Reichweite eines funktionstüchtigen Sendemastes zu kommen, muss er sie eher auf zehn Meter drosseln.

Ein weiterer Nachteil besteht darin, dass die Drohne nicht bewaffnet ist. Mal plant derzeit zwar keine Tieffliegerangriffe, aber es wäre schön, bei Bedarf auf diese Möglichkeit zurückgreifen zu können.

Aus dreihundert Metern Höhe wirkt der Höhleneingang winzig, einfach nur wie ein Felsblock, der sich ein paar Hundert Meter unterhalb des Gipfels in den Hang schmiegt. Mal sinkt rund fünfzig Meter und zoomt das Bild der Kamera auf seiner Unterseite heran, bis er Kayleigh entdeckt. Sie sitzt vor dem Eingang der Höhle auf dem Boden, hat die Arme um die Knie geschlungen und blickt vor sich hin in den Wald.

Sie wirkt traurig.

Aber vermutlich nicht, weil Mal sich verabschiedet hat. Sondern vermutlich, weil sie erkannt hat, dass sie ihn nicht mehr umbringen kann, wenn er weg ist.

Mal lässt sich noch einmal fünfzig Meter tiefer fallen und schwebt dann rund dreißig Sekunden lang direkt über ihr. Er spielt mit dem Gedanken, nach ihr zu rufen, nur um sich zu verabschieden, oder vielleicht, um ihr zu versichern, dass er fest vorhat, das Versprechen zu halten, das er Rowan gegeben hat, auch wenn sie selbst daran zweifelt. Doch selbst wenn Kayleigh ihre Implantate wieder einschalten würde – ihm fällt nichts ein, was er ihr sagen könnte und was nicht dazu führen würde, dass er in ihrem Ansehen noch tiefer sinkt. Also steigt er auf fünfhundert Meter, dreht nach Süden ab und macht sich davon.

Es dauert keine Stunde, bis Mal erkennt, dass er mit den Vorstellungen von Größe und Umfang der materiellen Welt, die er sich bis jetzt gemacht hat, ziemlich weit danebenlag. Bisher hatte er nur in urbanen Räumen mit ihr Kontakt, wo Dinge, die jemanden wie ihn interessieren – Finanztransaktionen, Daten-Caching, Entwicklung neuer Programme und dergleichen –, tagtäglich anzutreffen sind. Weil er seine bisherigen Erfahrungen zu hundert Prozent in solchen Gegenden gemacht hat, war er davon ausgegangen, dass sie in ähnlichem Ausmaß die gesamte Oberfläche des Planeten bedecken.

Offenkundig ist dem nicht so.

So scheint etwa die Region, die er überfliegt, seitdem er Kayleigh zurückgelassen hat, ausschließlich aus Bäumen zu bestehen. Hügelketten und Täler, Bäche und Flüsse – alles ist lückenlos von ihnen bedeckt. Mal hat das in den zurückliegenden Wochen auf Bodenhöhe schon durch Pullmans Augen gesehen, doch da hat er immer gedacht, der Wald, den sie durchqueren, sei ein klar umgrenztes Gebiet, das der Erholung oder so dient, eine Gegend, in die die Menschen immer wieder kommen, um sich in die Zeit zurückzuversetzen, in der sie noch behaarte Baumbewohner waren, bevor dann interessantere Sachen entstanden wie etwa Netzwerkknoten oder Funkmasten.

Jetzt kann er jedoch nur zu dem Schluss kommen, dass das nicht stimmt. Er hat schon über vierzig Kilometer zurückgelegt, als er auf die erste menschliche Enklave stößt. Er lässt sich fallen und schickt einen Ping los, in der Hoffnung, irgendeinen Hinweis darauf zu erhalten, wo er sich befindet, doch auch nach mehrmaligen Versuchen kommt es nicht einmal zu einem Handschlag. Warum das so ist, wird klar, als er direkt über dem Ort schwebt, der nicht mehr ist als eine Kreuzung zweier Bergstraßen, um die sich ein paar Dutzend Häuser und Gewerbebauten gruppieren.

Auch unter idealen Umständen dürfte sich an so einem Ort wohl kaum eine direkte Verbindung zum Infospace finden, und eine schnelle Erkundungsrunde unter Einsatz optischer Sensoren lässt keinen Zweifel daran, dass die heute herrschenden Umstände aus der Perspektive der Bewohner alles andere als ideal sind. Am meisten fällt ins Auge, dass sie größtenteils vermutlich einer Explosion zum Opfer gefallen sind. Die meisten Gebäude – private wie geschäftliche – sind mit kleineren und größeren Löchern übersät, und etliche sind offenbar einfach plattgedrückt worden, sodass jetzt nur noch die Grundmauern stehen, darüber die schwarzen Überreste des Gebälks. Einwohner sind kaum zu sehen, und die, die noch übrig sind, befinden sich in einem ähnlichen Zustand wie ihr Dorf: plattgedrückt und voller Löcher. Mal scannt den Ort so gründlich wie möglich, stößt aber auf keinerlei Form von Kommunikation.

Am Rand der Siedlung liegt ein Gebäude, das vermutlich eine Schule ist: ein breites, eingeschossiges Haus aus Ziegelsteinen, davor ein Parkplatz und dahinter ein großzügiger Spielplatz. Um die Schaukeln und Klettergerüste herum liegt verstreut ein halbes Dutzend Kinder, allesamt reglos und sichtlich in Mitleidenschaft gezogen. Eines von ihnen wirkt jedoch unversehrt, ein Mädchen, das in Größe und Aussehen eine beunruhigende Ähnlichkeit mit Kayleigh aufweist. Es liegt unter den Schaukeln auf dem Rücken und starrt mit leerem Blick in den schiefergrauen Himmel.

Wenn zutrifft, was Rowan über ihren Aufenthaltsort gesagt hat, liegt diese Siedlung im Zentrum des von den Humanisten kontrollierten Gebiets. Die Verbände der Federals sind offenbar genau wie die Humanisten durchaus zu gelegentlichen Gräueltaten bereit.

Mit einem inneren Seufzen steigt Mal wieder auf normale Flughöhe und setzt seinen Weg fort.

Weil er nicht weiter auf gut Glück über dieses unendliche Waldgebiet fliegen will, bis ihm der Strom ausgeht, beschließt er, der Straße zu folgen, die von den plattgemachten Überresten des Ortes nach Süden führt. Er setzt darauf, dass sie früher oder später zu einer menschlichen Siedlung führt. Nach einer halben Stunde langsamen Fluges wird er mit einem eingehenden Ping belohnt. Das Protokoll ist ihm nicht bekannt, aber nach kurzer Überlegung kommt er zu dem Schluss, dass es sich vermutlich um eine Aufforderung zur Identifikation handelt. Als er gerade einen angemessenen Gruß entwirft, in dem er dem Absender die besten Wünsche für dessen Gesundheit ausspricht und höflich fragt, wo sich der nächstgelegene Netzwerkknoten befindet, zischt mit alarmierender Geschwindigkeit ein Schwarm Geschosse an ihm vorüber, wobei eines der Projektile nur wenige Zentimeter an der Unterseite seines Gehäuses vorbeisaust.

»Verzeihung«, funkt er durch den offenen Kanal, »aber schießen Sie da auf mich?«

Die Antwort ist ein erneuter Kugelhagel. Wie Mal erkennt, handelt es sich um Luftabwehrfeuer. Mit etwas Verzögerung beschließt er, dass eine Art Ausweichmanöver jetzt wohl durchaus angebracht wäre, doch noch während er einen Plan entwirft, um an Höhe zu gewinnen und vielleicht ein wenig abzudrehen, trifft eine Kugel seinen vorderen linken Rotor und reißt ihn vom Gehäuse. Mal fällt und versucht, dem entgegenzuwirken, indem er die drei verbleibenden Motoren mit mehr Strom versorgt, aber für so ein Ereignis hat er keine Subroutinen im Speicher, und um aus dem Stand einen Algorithmus zu entwickeln, der physikalische Kräfte ausgleicht, fehlt ihm schlicht die Zeit. Jetzt taumelt er, und seine optische Kamera zeigt ihm abwechselnd Baumwipfel und Himmel, wobei die Baumwipfel bei jeder Umdrehung mit besorgniserregender Geschwindigkeit größer werden.

»Das war rüpelhaft«, funkt er, als er durch die Baumkronen bricht. »Ehrlich. Sie sollten sich schämen.«

Sehr zu seiner Überraschung kommt Mal wieder zu sich. Die Hardware dieser Drohne ist offenkundig robuster, als er erwartet hat.

Allerdings ist fraglich, ob sein Überleben wirklich ein Glück für ihn ist. Abgesehen von ihrer Hirnschale, scheint die Drohne völlig außer Gefecht gesetzt. Ein rascher Diagnoselauf zeigt, dass zwei der verbliebenen drei Rotoren sich zumindest noch drehen, aber bei einem ist der Holm, auf dem er sitzt, in spitzem Winkel nach oben geknickt, und der andere schafft es gerade mal, das herumliegende Laub ein wenig aufzuwirbeln. Mal überlegt, ein Notsignal abzusetzen, kommt aber zu dem Schluss, dass es wahrscheinlich nur die Unbekannten erreichen würde, die ihn abgeschossen haben. Als er sich schon damit abgefunden hat, den Rest seiner Zeit mit ein paar Billionen Runden *Welche Zahl* zu verbringen und sich anschließend aufzulösen, sobald die Batterien der Drohne leer sind, fängt ein Audiosensor, von dem er gar nicht wusste, dass er ihn besitzt, näherkommende Stimmen ein.

»Ich glaube, es ist irgendwo hier runtergekommen.«
»Sicher? Ich würde eher sagen, etwas weiter oben.«
»Nein. Schau, da sieht man, wo es beim Absturz durch das Dickicht geschlagen ist.«

Die Sprecher sind jetzt so nahe, dass Mal das Knirschen ihrer Stiefel auf dem dichten Boden ausmachen kann.

»Da drüben, siehst du? Da.«

»Hm. Es ist größer, als ich dachte.«

»Genau wie sie gesagt hat.«

Diese Bemerkung verwirrt Mal ganz besonders, denn beide Stimmen sind eindeutig männlich. Jetzt ist ein Ächzen zu hören, dann eine Art Klatschen und dann Gelächter.

»Hey, Boss. Wir haben es gefunden. Ja, dreihundert Meter westlich von Ihrer Position, mehr oder weniger. Ja, Sir. Ja, Sir, verstanden.«

»Und, was sagt er?«

»Wir sollen uns davon fernhalten und warten, bis er da ist. Möglicherweise hat es einen Sprengsatz zur Selbstzerstörung.«

Wieder ist das Knirschen von Stiefeln zu hören, diesmal entfernt es sich. Mal nutzt die Pause, um zu überprüfen, ob er tatsächlich einen Sprengsatz zur Selbstzerstörung hat. Ein kurzer Check ergibt, dass eine solche Ladung vorhanden ist und dass sie überraschend stark ist. Er spielt kurz mit dem Gedanken, sie aus schierer Boshaftigkeit zu zünden, aber was hätte das für einen Sinn? Er ist ja kein menschlicher Spion, der Gefahr läuft, gefangen genommen und gefoltert zu werden, also besteht wirklich keine Eile, die Giftpille zu schlucken. Sollte seine Lage über die Maßen unbequem werden, bleibt ihm immer noch die Möglichkeit, sich einfach selbst zu zerstören.

Zwar könnte es durchaus amüsant sein, mitanzusehen, wie die beiden Schwachköpfe, die ihn abgeschossen haben, vom Splitterregen zerfetzt werden, aber leider wäre er dann selbst nicht mehr da, um dieses Schauspiel zu verfolgen. Es hätte wirklich keinen Sinn.

»Sieht aus wie eine von uns, oder?«

»Ja. Ich glaube, deswegen ist der Boss auch misstrauisch. Sie sieht aus wie eine von uns, aber als er in ihre Steuerung eingreifen wollte, hat sie nicht reagiert.«

»Aha. Ist sie kaputt?«

»Er klang eher so, als würde er befürchten, es wäre was Schlimmeres, als dass sie nur kaputt ist.«

Wieder folgt eine Pause, die Mal erlaubt, darüber nachzudenken, ob die Tatsache, dass er die Drohne übernommen hat, mit »etwas Schlimmeres als nur kaputt« beschrieben werden kann. Nach einiger Überlegung kommt er zu dem Schluss, dass das gerechtfertigt ist, und ihm gefällt die Vorstellung, dass die Humanisten – denn die beiden sind ganz sicher Humanisten – in ihm etwas Bösartiges und Gefährliches sehen. Nur aus Jux schickt er einen Stromstoß in seine verbliebenen Rotoren, woraufhin einer der Soldaten hörbar aufschreckt und das Schlurfen von Stiefeln zu hören ist – die beiden weichen offenkundig ein Stück zurück.

»Ich hab noch C4 im Geschütz. Sollen wir sie einfach hochgehen lassen?«

»Dazu reicht unsere Besoldungsgruppe nicht, Tink. Das überlassen wir mal lieber dem Boss.«

Nach diesem Gespräch folgen fünf Minuten Schweigen, während derer Mal Zeit hat, sich eingehend mit der Tatsache zu beschäftigen, dass er möglicherweise kurz davorsteht, von jemandem namens »Tink« umgebracht zu werden. Das erscheint ihm so erniedrigend, dass er jetzt stark dazu neigt, zur Option der Selbstzerstörung zu greifen. Er spielt mit dieser Vorstellung und entwirft währenddessen eine neue Variante von *Welche Zahl*, die mit natürlichen Logarithmen arbeitet, als ein drittes Paar Stiefel über den Boden stapft und die Ankunft von Boss ankündigt.

»Sie liegt da drüben«, sagt Tink. »Aber passen Sie auf. Sie ist noch nicht ganz erledigt. Die Rotoren gehen immer wieder an.«

»Das werden wir gleich sehen«, sagt eine dritte, tiefere Stimme. Die Stiefel kommen näher. Mal tippelt auf dem Abzug seines Selbstzerstörungsmechanismus herum, als er plötzlich wie aus dem Nichts angegriffen wird.

Diese Wendung der Ereignisse überrascht ihn dermaßen, dass er wohl überwältigt worden wäre, wäre diese erste sondierende Attacke ein Generalangriff. Doch der Angreifer – bei dem Mal nur vermuten kann, dass es sich um Boss handelt – denkt offenbar, er hat es mit dem Typus von einfach gestrickter KI zu tun, wie sie die Drohne ursprünglich gesteuert hat, und sein erster Angriff besteht nur aus einem Hacker-Algorithmus von dem Typus, wie Mal sie im Infospace routinemäßig ein Dutzend Mal am Tag abgeschmettert hat. Mal legt den attackierenden Code lahm und kapselt ihn ein, um ihn später zu analysieren, und startet dann auf dem Kanal, über den Boss ihn angegangen hat, mit allen verfügbaren Kräften einen Gegenangriff.

Es ist kaum zu glauben, aber Boss scheint darauf überhaupt nicht vorbereitet zu sein. Ein rascher Erkundungsgang ergibt, dass seine KI vom selben Typ ist wie die von Arnold027, also eine Einheit, deren Fähigkeiten selbst unter optimalen Bedingungen höchstwahrscheinlich nicht an diejenigen von Mal heranreichen – und die aktuellen Bedingungen sind, zumindest aus der Sicht von Boss, alles andere als optimal. Sein System besitzt so gut wie keine Abwehrmechanismen, und Mal braucht nur etwas länger als drei Millisekunden, um ihn zur Gänze zu deaktivieren und die volle Kontrolle über die Hardware zu erlangen, in der er steckt.

Diese Hardware weist eine verblüffende Ähnlichkeit mit dem auf, was Mal vorgefunden hat, nachdem er Rowans Abwehrsysteme durchbrochen hatte; er hat jetzt also die uneingeschränkte Kontrolle über einen schwer augmentierten menschlichen Körper. Ein paar Millisekunden lang überlegt er, wie er mit dem früheren Bewohner verfahren soll; das neuronale System bietet nicht ausreichend Speicherplatz für sie beide, selbst wenn Mal den anderen einkapselt und komprimiert. Natürlich könnte er ihn einfach löschen, doch obwohl er in den vergangenen Wochen so häufig mitangesehen hat, wie Menschen einander Gewalt antun, hat er das Gefühl, dass er und seinesgleichen mit Gelegenheitsmorden etwas verantwortungsvoller umgehen sollten. Die Lösung ist letztlich ganz einfach. Während er seine letzten Bestandteile in seine neue Heimat zieht, schiebt er Boss in Gegenrichtung durch denselben Kanal in die Drohne.

Gerade als er den Austausch abgeschlossen hat, fällt ihm das System zur Selbstzerstörung wieder ein.

Die Erfahrungen, die er mit Rowan gemacht hat, kommen ihm jetzt zugute – er kann die Muskeln seines neuen Körpers viel schneller und reibungsloser koordinieren als noch beim ersten Mal. Das erweist sich als Vorteil, denn kaum hat Mal die Skelettmuskeln dieses Körpers aktiviert, hat Boss sich einen Überblick über die Kontrollsysteme der Drohne verschafft, und diese Einheit hat offenbar, anders als Mal, keinerlei Skrupel, was Mord oder Selbstmord angeht. Mal hat sich von seinem ehemaligen Zuhause abgewandt und wirft sich gerade auf den Boden, als die Drohne explodiert. Eine heiße Druckwelle streckt ihn gänzlich nieder, während ein halbes Dutzend scharfkantiger Metallsplitter schmerzhaft auf seinen Rücken und seine Beine herabprasseln.

Ein kurzer Check nach der Explosionswelle ergibt, dass sein Körper im Großen und Ganzen noch funktioniert, auch wenn an zahlreichen Stellen Flüssigkeiten austreten und sein Gehör offline zu sein scheint. Kurz darauf greifen Hände nach ihm und drehen ihn auf den Rücken. Einer der humanistischen Soldaten – beides, wie Mal jetzt sehen kann, junge und stämmige Burschen mit Bürstenhaarschnitt, die in schlecht sitzenden Tarnanzügen stecken – schiebt eine Hand unter Mals Kopf, hebt ihn an und beugt sich so weit herab, dass Mal fürchtet, er wird ihn gleich küssen. Aber Mal schafft es, sich auf den Mund des Mannes zu konzentrieren, und erkennt, dass dieser ihn vielmehr aus einer absolut unangemessenen Entfernung anschreit. Er stößt den Kerl mit einer Hand zurück, setzt sich aus eigener Kraft auf und schüttelt den Kopf. Als er mit unsicheren Beinen aufsteht, richten sich die beiden Soldaten auf und weichen zurück.

Der größere der beiden redet noch immer. Mal hebt eine Hand und tippt mit der anderen auf ein Ohr. Der Soldat nickt und hört auf zu reden. Mal nutzt die Pause, um sich in seinem neuen Zuhause rasch umzusehen. Anders als die Körper von Mika oder Rowan ermöglichen die Augmentationen dieses Körpers auch eine feinmotorische Kontrolle der Lippen, der Zunge und des Zwerchfells, und Mal stößt im Speicher auch auf Routinen zur Produktion von hörbarer Sprache.

Interessant. Als hätten die Entwickler dieser Augmentationen in der Möglichkeit einer Übernahme durch eine potenziell feindliche KI eher ein Feature als einen Bug gesehen.

Dieser Gedanke veranlasst Mal, die Fühler nach dem eigentlichen Besitzer des Körpers auszustrecken. Er hat wenig Hoffnung, dass es ihm gelingen wird, zu ihm eine vergleichbar kongeniale Beziehung wie zu Mr. Pullman aufzubauen, insbesondere weil er keinerlei Absichten hegt, ein überzeugter Humanist zu werden, aber es wäre schön, wenn er sich ein wenig entspannen könnte, bevor er es entweder zurück in den Infospace schafft oder wenigstens wieder in eine Drohne. Schließlich ist kaum etwas so unangenehm, wie sich eine kleine Wohnung mit einem wütenden Mitbewohner zu teilen. Er versendet rasch einen Ping, bekommt aber keine Antwort, und als er etwas weiter nachforscht, stellt sich heraus, dass ein beträchtlicher Teil des organischen Gehirns weggebrannt wurde.

Dieser Körper ist offenkundig eine leere Hülle, die nur darauf wartet, wieder bewohnt zu werden.

Er würde da gerne noch weiter stöbern, aber sein Gehör kehrt zurück, und der größere der beiden Soldaten, den er jetzt unter Vorbehalt als Tink identifiziert, sagt wieder etwas.

»... müssen Sie hier rausschaffen, Boss, und in medizinische Versorgung bringen. Als das Ding in die Luft gegangen ist, haben Sie einen Arschvoll Splitter abgekriegt. Wenn wir Sie hier oben verbluten lassen, machen die uns kalt.«

Bei einem kurzen Blick auf seine Instandhaltungssysteme sieht Mal, dass bereits Schwärme von Nanos ausgezogen sind und fieberhaft daran arbeiten, die Schäden an seinem Rücken und seinen Beinen zu beheben, von denen die meisten ohnehin nur oberflächlich zu sein scheinen. Er hat fast einen Liter Blut verloren, aber jetzt sickert es nur noch tropfenweise heraus, und er ist zuversichtlich, dass sein Körper nicht ernsthaft in Gefahr ist. Doch weil die beiden Burschen Humanisten sind, ist es wohl klug, ihnen das nicht zu zeigen, denn ein nicht augmentierter Mensch wäre in diesem Zustand sicher in ernsthaften Schwierigkeiten, und Mal hat keine Lust, nachdem er aus einer explodierenden Drohne entkommen ist, schnurstracks in einer Feuergrube zu landen.

Allerdings wirft die aktuelle Lage eine interessante Frage auf: Warum empfangen diese Humanisten, die doch andauernd betonen, wie sehr sie jede Art von Augmentation oder Genmanipulation verachten, Befehle von einem schwer augmentierten Soldaten, der von einer KI gesteuert wird? In letzter Zeit ist Mal viermal auf Humanisten gestoßen, und dreimal war das so. Zwar hält er nicht viel von der Beobachtungsgabe von Standard-Menschen, aber ist es wirklich möglich, dass ihnen das nicht auffällt? Er muss dieser Frage weiter nachgehen.

Im Moment hat er jedoch Dringenderes zu erledigen. Vor allem muss er den beiden Kerlen klarmachen, dass er nicht im Sterben liegt. Gleichzeitig dürfen sie nicht bemerken, dass er nicht mehr der ist, für den sie ihn halten.

»Tink«, sagt er, »ich bin zwar noch ein bisschen benommen, wegen des Blutverlusts und allem, aber ich glaube nicht, dass ich ernsthaft in Gefahr bin. Glaubst du, ihr könntet mir Wasser besorgen, und vielleicht auch was zu essen? Ich glaube, das reicht erst mal an medizinischer Versorgung.«

Tink will etwas erwidern, sieht Mal aber nur verdutzt an. »Ahmm ...«, bringt er schließlich hervor. »Okay, Boss. Klar doch. Wir haben ja beim Geschütz noch eine Kühltasche stehen.«

»Perfekt«, sagt Mal. »Dann mal los. Geht ihr voraus.«

Tink wirkt jetzt nicht mehr verdutzt, sondern besorgt, und auch sein Partner scheint beunruhigt. Vermutlich ist es Mals körperlicher Zustand, der sie verwirrt. Er versucht, sie mit einem Lächeln zu beruhigen. Tink zögert noch kurz, dreht sich dann um und stapft, gefolgt von seinem Kumpel, in den Wald. Mal beugt sich nach unten, zieht einen besonders großen Metallsplitter aus seinem Unterschenkel, wirft ihn ins Unterholz und folgt den beiden.

16.

Mal wird verdeckter Ermittler

Während sie zu der Stelle trotten, wo die Humanisten ihr Geschütz aufgebaut haben, herrscht bedrückendes Schweigen. Tink und sein Partner, dessen Namen Mal noch immer nicht erfahren hat, wechseln argwöhnische Blicke und sehen Mal hin und wieder an, als würden sie ihn verdächtigen oder wären ihm rundheraus feindlich gesinnt. Mal kann sich das nicht so recht erklären, denn in seinen Augen hat er diesen humanistischen Kommandanten bis jetzt eigentlich recht gut verkörpert, abgesehen davon, dass er keinen Schimmer hat, wo sie ihr Geschütz aufgestellt haben oder was sich in dieser Kühltasche befindet, von der er so viel gehört hat. Er war freundlich, aber bestimmt, hat sie davon abgehalten, ihm eine medizinische Notversorgung angedeihen zu lassen, bei der sie mit Sicherheit seine Augmentationen entdeckt hätten, und hat sie dazu gebracht, auf ihren Posten zurückzukehren, wo sie vermutlich auch hingehören. Der echte Boss hätte das ja wohl nicht viel anders gemacht.

Oder doch? Mal muss sich eingestehen, dass er kaum etwas darüber weiß, wie sich ein Kommandant der humanistischen Truppenverbände verhalten sollte. Nachdem Tink ihm einen besonders misstrauischen Blick zugeworfen hat, als er Stiefel und Socken ausgezogen hat, um durch einen kleinen Bach zu waten, wünscht Mal, er hätte lieber mehr Militärfilme als romantische Komödien gekuckt. Natürlich hätte er auch dann nicht die lächerliche Verkettung von Umständen vorhersehen können, die ihn hierhergeführt hat, aber ein etwas breiter gefächerter Medienkonsum würde ihm wahrscheinlich ganz allgemein dabei helfen, erfolgreich mit Menschen zu interagieren, ohne dabei erschossen oder in Brand gesteckt zu werden oder in einer Explosion umzukommen.

Diese beiden Menschen scheinen ihm das Leben ganz besonders schwer machen zu wollen. Nachdem sie das Geschütznest erreicht haben, das am Rand einer kleinen Lichtung liegt, etwa auf halber Höhe eines bewaldeten Abhangs, und das trotz der niedlichen Bezeichnung einfach nur aus einer Luftabwehrkanone an einer automatischen Kardanaufhängung, einer Steuereinheit und ein paar Dutzend Sandsäcken besteht, wühlt Tink in einer Picknick-Kühltasche aus Plastik herum, während sein Partner sich auf einen aufrecht stehenden Holzklotz setzt und Mal schweigend ansieht.

»Ich finde«, sagt Mal nach rund dreißig Sekunden, »du verhältst dich gerade ziemlich ungehobelt.«

»Hab ich's nicht gesagt?«, sagt der Soldat, ohne den Blick von Mal zu wenden. »Da stimmt irgendwas nicht, Tink.«

Tink klappt die Kühltasche zu und richtet sich auf. »Lass gut sein, Marco«, sagt er und gibt Mal eine bunte Aluminiumdose und ein in Plastik gewickeltes Sandwich.

Der, der Marco heißt, hegt offenbar einen ausgesprochenen Argwohn gegenüber Mal. Den muss Mal schon im Keim ersticken.

»Du solltest auf Tink hören«, sagt Mal und nimmt die angebotene Verpflegung entgegen. »Er versucht, dich am Leben zu erhalten.«

Auf Marcos Gesicht blitzt etwas auf, das Angst sein könnte, doch dann sieht er Mal wieder ausdruckslos an. »Nichts für ungut, Sir. Ich frage mich nur, ob Sie bei der Explosion nicht mehr Schaden genommen haben, als Sie glauben. Vielleicht haben Sie eine Gehirnerschütterung oder stehen sogar unter Schock oder so. Immerhin haben Sie eine Menge Blut verloren.«

»Glaub mir«, entgegnet Mal, »ich stehe nicht unter Schock.« Er dreht die Dose zweimal in der Hand hin und her und beschließt dann, dass die Lasche auf der Oberseite vermutlich abgezogen werden muss. Als er das macht, erntet er eine heftige Schaumfontäne, die aus der entstandenen Öffnung spritzt und sich dann über die Hand ergießt, in der er die Dose hält.

»Sorry, Boss«, sagt Tink. »Die ist wohl ein bisschen durchgeschüttelt worden.«

»Ja, sieht so aus«, sagt Mal.

Er hat sich auf einen der Sandsäcke gesetzt und isst sein Sandwich – falls die zwei Scheiben trockenes Weißbrot mit einer einzigen Scheibe Schmelzkäse dazwischen, die man ihm als solches verkauft hat, diese Bezeichnung überhaupt verdienen –, inmitten eines betretenen Schweigens, während Marco und Tink ihn nicht aus den Augen lassen, als rechneten sie damit, dass er jeden Moment wie eine Schlange seinen Unterkiefer aushängt und sie beide am Stück verschlingt. Dann leert er in einem Zug die Dose, die kohlensäurehaltiges Wasser enthält, und was für ein Fehler das war, bemerkt er erst, als die Kohlensäure stoßweise wieder aus seinem Verdauungstrakt aufsteigt und ihm fast das gesamte Sandwich zurück in die Kehle schiebt.

»Alles okay, Boss?«, fragt Tink, während Mal verzweifelt versucht, sein Mittagessen nicht einzuatmen.

»Ja«, bringt er heraus, als er wieder sprechen kann. »Alles in Ordnung. Nur ein kleines Problem mit der Kohlensäure.«

»Verstehe«, sagt Tink langsam. »Kann ja mal vorkommen.«

»Es reicht jetzt«, geht Marco dazwischen, und Mal bemerkt, dass er die Hand auf die Pistole gelegt hat, die in dem Holster an seiner Hüfte steckt. »Irgendwas stimmt hier nicht, Boss, und Sie müssen uns jetzt endlich sagen, was.«

»Irgendwas?«, erwidert Mal. »Was meinst du damit, Marco? Drück dich deutlicher aus.«

Marco wendet den Blick von Mal ab und schließt die Finger fester um den Griff der Pistole. »Als die Drohne explodiert ist, haben Sie eine Menge Splitter abgekriegt und geblutet wie ein Schwein, aber jetzt tun Sie, als wäre nichts passiert. Ich weiß, Sie waren in der Armee, und die haben Ihnen da übel mitgespielt, und das muss nicht unbedingt Ihre Schuld gewesen sein, aber allmählich frage ich mich, ob die Ihnen nicht mehr verpasst haben als nur irgendwelche Impfstoffe oder so.«

Mal ist nicht erfreut darüber, welche Richtung dieses Gespräch nimmt, aber es bietet ihm die Möglichkeit, einer Frage nachzugehen, die ihn schon seit der Begegnung mit dem ersten Arnold in der Einfahrt zu Pullmans Haus umtreibt.

»Das stimmt, Marco. Ich war in der Armee, und die haben mir übel mitgespielt. Das gilt für die meisten unserer Offiziere, oder?«

Marco wirft Tink einen Blick zu. »Ja, wohl schon.«

»Und warum kümmert dich das? Gemäß der humanistischen Doktrin sind Augmentationen von der Art, die beispielsweise dafür sorgen, dass ich die Explosion dieser Drohne überlebt habe anstatt im Laub zu verbluten, nichts anderes als Teufelswerk, oder?«

»Wie gesagt«, entgegnet Marco, »für das, was man Ihnen in der Army angetan hat, können Sie nichts. Sie sind ja kein perverser Milliardär, der sich das Hirn hat zukleistern lassen, damit er so tun kann, als wäre er ein Pornostar oder so.« Er klingt jetzt versöhnlich, hat aber die Hand noch immer auf der Pistole. »Dass Sie nach der Explosion immer noch hier rumlaufen, beunruhigt mich jedenfalls nicht. Sie sind nicht der erste Offizier, bei dem ich miterlebt habe, wie er einen Schuss kassiert, der ihn eigentlich hätte umbringen müssen. Mich beunruhigt eher, dass Sie sich anders verhalten, seit wir die Drohne gefunden haben.«

»Das stimmt«, sagt Tink, und Mal bemerkt, wie auch er seine Seitenwaffe streichelt. »Und außerdem reden Sie anders. Also, Ihre Stimme ist dieselbe, aber *Sie* scheinen nicht mehr derselbe zu sein. Wie Marco gesagt hat, vielleicht haben Sie ja eine Gehirnerschütterung oder so. Es könnte aber auch was anderes sein.«

»Etwas anderes?«, fragt Mal. »Was denn?«

»Es gibt da so Gerüchte«, sagt Marco. »Von Leuten, die angeblich ... übernommen wurden.«

»Mhmm-hmm«, sagt Mal. »Übernommen. Gekapert, meinst du. Zum Beispiel von einem Geist. Hast du Angst vor Geistern, Marco? Glaubst du, ich bin ein Geist?«

»Niemand glaubt, dass Sie ein Geist sind«, erwidert Tink.

»Das ist gut. Ich bin nämlich kein Geist. Aber wir sollten uns alle dessen bewusst sein, dass ich absolut in der Lage bin, euch beide im Handumdrehen in Geister zu verwandeln, wenn ihr nicht auf der Stelle die Hände von euren Pistolen nehmt. Habe ich mich klar ausgedrückt?«

Marco sieht zu Tink, der schon beide Hände gehoben hat, als wolle er sich ergeben, und lässt dann selbst den Arm hängen. »Das ist schon besser«, sagt Mal. »Wir wollen doch nicht, dass ihr wegen Befehlsverweigerung hingerichtet werdet, oder?« Er hält kurz inne und sieht die beiden fragend an, bis sie fast wie aus einem Mund murmeln: »Ja, Sir.«

»Gut. Ich bin froh, dass wir das klären konnten. Und jetzt gebt mir bitte noch ein Sandwich. Ich muss eine Menge roter Blutkörperchen ersetzen.«

Als Mal sein zweites Sandwich zur Hälfte gegessen hat, fällt ihm die Lösung für sein Personalproblem ein, und das mit solcher Wucht, dass er sich fragt, ob er durch die Explosion der Drohne nicht doch eine Art von kognitivem Schaden erlitten hat. Die knapp vierundzwanzig Stunden, während derer er beobachten konnte, wie Mr. Tuttle und Mr. Mack miteinander umgegangen sind, haben ihm die ideale Anleitung geliefert, wie er diese beiden hier behandeln muss. Die unverhüllte Morddrohung, die er gerade angebracht hat, war schon mal gut. Wenn er jetzt noch mit etwas tieferer Stimme spricht und seinen Tonfall und sein Vokabular geringfügig anpasst, müsste er einen idealen humanistischen Kommandanten abgeben.

Er ist von dieser Idee so begeistert, dass er fast sein Sandwich verschluckt, weil er es möglichst schnell aufessen will, um sein Vorhaben in die Tat umzusetzen. Gerade als er den letzten Bissen mit einem Schluck Sprudelwasser hinunterspült, steht Marco auf und schlendert zu einem Weg, der in den Wald führt.

»Marco«, sagt Mal und achtet darauf, eine halbe Oktave tiefer zu sprechen. »Wo willst du denn hin, Junge?«

Marco bleibt stehen, dreht sich um und sieht Mal mit leicht geöffnetem Mund an.

»Wie haben Sie mich da gerade genannt?«

Mal steht auf. »Ich sagte: Wo willst du denn hin, *Junge?*«

Marcos Unterkiefer mahlt ein paar Sekunden lang, dann wirf er Mal einen gehässigen Blick zu und sagt: »Ich geh pissen, *Arschloch*.«

Mal verschränkt die Arme vor der Brust und arrangiert seine Gesichtszüge zu einer Miene, von der er glaubt, dass sie streng ist. »Am besten nennst du mich künftig wieder *Sir*, mein Guter.«

Marco wendet sich zu seinem Kumpel, der mit offenem Mund zwischen den beiden hin und her sieht. »Ich bring ihn um, Tink. Offizier hin oder her, das ist zu viel. Ich bring ihn um, verdammt noch mal.«

Das scheint also ganz und gar nicht zu funktionieren. Mal durchforstet seine Archive und erkennt sofort seinen Fehler. Er hat so geredet, wie Tuttle mit Pullman geredet hat, und nicht so, wie er mit Mack geredet hat. Er könnte nicht sagen, worin genau der Unterschied besteht, aber offenbar fällt er ins Gewicht. Aber noch ist es nicht zu spät, um die Kurve zu kriegen. Er wendet sich an Tink. »Was meinst du, Tink? Hättest du Lust, heute eine Feuergrube auszuheben?«

Tink sieht ihn mit großen Augen an. »W-was?«

»Ich habe gefragt«, setzt Mal an, aber er kann seine Frage nicht wiederholen, denn genau in diesem Moment zieht Marco seine Pistole und schießt ihm zweimal in den Bauch und einmal in die Brust.

Jetzt versteht Mal viel besser, warum Pullman so viel Angst davor hatte, einen Schuss abzubekommen. Der Schmerz in seinen Eingeweiden ist so gewaltig, dass er seine Rezeptoren abschalten muss. Aber wenigstens haben die Bauchschüsse keine lebenswichtigen Organe getroffen. Die Kugel in der Brust hat eine Rippe durchschlagen und steckt in seinem rechten Lungenflügel, der jetzt in sich zusammenfällt und sich gleichzeitig mit Blut füllt.

Wäre er ein Mensch ohne Augmentationen, dann würde er jetzt ziemlich in der Bredouille stecken. Seiner Einschätzung nach liegt die Wahrscheinlichkeit, dass seine organischen Bestandteile die Verwundungen überleben, bei höchstens fünfzig Prozent, obwohl seine medizinischen Nanomaschinen so schnell arbeiten, wie sie können. Doch zum Glück besitzt er Augmentationen, und dieser Körper ist sehr viel mehr als der von Mika in der Lage, seinen Zweck auch post mortem zu erfüllen.

In der aktuellen Situation besteht sein vorrangiger Zweck darin, Marco und Tink zu verstehen zu geben, dass diese Art von Ungehorsam nicht toleriert wird. Mit zwei raschen, großen Schritten tritt Mal vor Marco, schlägt, gerade als der noch einmal schießen will, die Hand, mit der er die Pistole hält, zur Seite, packt ihn an der Gurgel und hebt ihn hoch, sodass er in der Luft schwebt. »Das war sehr ungehobelt«, sagt er, schüttelt Marco kräftig durch und presst die Hand mit der Pistole so fest zusammen, dass die Handgelenksknochen brechen und er die Waffe fallen lässt. »Außerdem war das ein Angriff auf einen höheren Offizier, was nach dem Wehrstrafrecht mit Hinrichtung geahndet wird. Wusstest du das, Marco?«

Möglicherweise versucht Marco zu antworten. Sein Mund bewegt sich, doch Mals Griff um seinen Hals schnürt offenbar den Luftstrom ab, den er zum Sprechen bräuchte. Mal ist sich nicht ganz sicher, ob das, was er da gerade gesagt hat, überhaupt stimmt. Er hat es aus einem Historienfilm, der vor ungefähr dreihundert Jahren spielt. Aber Marco scheint überzeugt. Er verdreht wie wild die Augen, und seine Arme und Beine zucken, als hätte er Krämpfe. Mal drückt seinen Hals noch einmal zusammen und lässt dann los, sodass Marco auf dem Boden zusammensackt.

»Es wäre mein gutes Recht gewesen, dir eine tödliche Verletzung zuzufügen«, sagt Mal, während Marco nach Luft schnappt wie ein Fisch, der in einem Boot gelandet ist. »Aber ich habe es nicht getan. Ich hoffe, das wird dir eine Lehre sein. Gewalt ist keine Lösung, Marco. Niemals.« Zu spät bemerkt er, dass er gerade aus der Rolle des humanistischen Kommandanten gerutscht ist. »Was ich damit sagen will«, schiebt er hastig hinterher, »wenn du mich noch einmal enttäuschst, Junge, jage ich dir eine Kugel in den Bauch, schlitze dich mit einem Klappmesser auf und werfe das, was von dir übrig ist, in die nächste Feuergrube. Habe ich mich klar ausgedrückt?«

Marco hat sich beruhigt und sieht zu Mal hoch, mit einer Miene, aus der das blanke Entsetzen spricht. »Ich sagte: Habe ich mich klar ausgedrückt?«, wiederholt Mal.

Marco nickt.

»Tut mir leid«, sagt Mal. »Ich glaube, das hab ich nicht gehört.«

»Jawohl, Sir«, sagt Marco mit kratziger Stimme. »Sehr klar.«

»Hervorragend. Das wollte ich hören.« Mal wendet sich an Tink. »Hast du noch etwas hinzuzufügen, mein Freund?«

Tink schüttelt langsam den Kopf, ohne den Blick von Mal zu wenden. »Nein, Sir. Nichts hinzuzufügen, Sir.«

»Gut. Das ist genau das, was ich hören wollte.«

Nach einer knappen Stunde windet sich die erste der drei Kugeln, die in Mal feststecken, durch ihre sich rasch schließende Eintrittswunde hinaus und plumpst neben ihm auf den Sandsack. Mittlerweile ist er relativ zuversichtlich, dass seine organischen Teile durchkommen werden, vorausgesetzt, er versorgt seine Nanomaschinen mit ausreichend Energie, damit sie die erforderlichen Reparaturen durchführen können. Zu diesem Zweck schiebt er sich alles, was er in Tinks Kühltasche findet, die Kehle hinab, mampft sich durch drei weitere Sandwiches und ein halbes Dutzend Proteinriegel und kippt zwei Dosen Wasser und drei Dosen Bier. Die Wirkung des Bieres ist interessant. Mal hat noch nie Bekanntschaft mit Alkohol gemacht. Aufgrund seines Medienkonsums hat er erwartet, dass er wie ein Vollidiot herumalbert, sobald die letzte Dose geleert ist, doch er stellt nur fest, dass seine Sinne leicht betäubt sind und seine Nanos deutlich beschwingter ans Werk gehen.

Tink und Marco beobachten ihn mürrisch und schweigend. Mal hatte gehofft, er könnte durch seine neue Rolle ein kameradschaftliches Verhältnis zwischen sich und seinen widerspenstigen Untergebenen herstellen. Das wird zwar mit jeder Minute unwahrscheinlicher, aber dennoch hat er den Eindruck, dass der gegenwärtige Stand der Dinge gegenüber der vorherigen Mischung aus Ungehorsam und Mordversuchen eine signifikante Verbesserung darstellt.

»Marco«, sagt er, nachdem er die letzte Bierdose zerquetscht und in die leere Kühltasche geworfen hat, »ich habe noch immer Hunger. Ich brauche noch mehr zu essen.«

»Es ist nichts mehr da«, entgegnet Marco mit kratziger Stimme. »Sie haben alles aufgegessen. Ihre Ration. Meine. Die von Tink. Alles.«

»Und? Können wir keinen Nachschub besorgen?«

»Sehen Sie sich doch um, Sir«, sagt Tink. »Wir sind hier mitten im Wald. Hier gibt's nur Felsen und Bäume. Erst wenn unsere Ablösung kommt, kriegen wir wieder was.«

»Ja, natürlich. Und wann wird das sein?«

Tink und Marco wechseln einen rätselhaften Blick, und Mal fragt sich kurz, ob er gleich wieder ein paar Schusswunden verpasst bekommt.

»Morgen früh«, antwortet Tink mit einer Verzögerung, die fast schon dreist ist. »Das wissen Sie doch, Sir.«

»Natürlich. Und jetzt weiß ich, dass du es auch weißt. Gut gemacht.«

»Jawohl, Sir«, sagt Tink nach einer weiteren bedrohlich langen Pause. »Danke, Sir.«

Mal wartet einen Moment ab, ob einer von den beiden noch etwas dazu zu sagen hat, doch schon bald wird klar, dass dem nicht so ist. Er spielt mit dem Gedanken, ein anderes Thema aufs Tapet zu bringen, das sie alle drei angeht, etwa die Frage, wann genau diese »Ablösung« kommt und aus wem oder was sie besteht, muss sich jedoch widerstrebend eingestehen, dass sie schlicht nicht mit ihm reden wollen. Also verwendet er zwanzig Prozent seiner Aufmerksamkeit darauf, erneute Versuche der Gewaltanwendung rechtzeitig zu bemerken, und widmet den Rest seiner Rechenleistung der neuen Variante *Welche Zahl hat der Zufallsgenerator ausgespuckt 2: Jetzt mit imaginären Zahlen!*

Der Rest des Tages vergeht in grässlicher Langeweile, bis kurz vor Sonnenuntergang die Steuereinheit des Geschützes auf furchtbar nervige Weise zu quaken anfängt, woraufhin Marco und Tink Mal erwartungsvoll ansehen.

»Sir?«, sagt Tink schließlich.

»Ja?«, fragt Mal zurück, in einem Tonfall, von dem er hofft, dass er eindeutig befehlshaberisch ist.

»Ein unidentifiziertes Flugobjekt, Sir. Gehen wir drauf?«

»Draufgehen?«

Tink verdreht die Augen. »Freund oder Feind, Sir. Diese Entscheidung liegt bei Ihnen, schon vergessen?«

Mal seufzt, schließt das Spiel und sendet einen Ping. Nichts. Er versucht es noch einmal, und die Antwort ist ein Schwall aus wirrem Zeug, der durch den Kanal auf ihn zurauscht und offenkundig jeden weiteren Kontakt verhindern soll.

»Nun«, sagt Mal, »ein Freund ist das offenbar nicht. Draufgehen.«

Tink steht bereits an der Steuereinheit, und Marco steckt jetzt ein Ende eines Munitionsgurts in die Kanone. Kurz darauf hebt sich der Lauf des Geschützes, nimmt das Zielobjekt ins Visier und spuckt dann mit ohrenbetäubendem Lärm in rascher Abfolge sechs Patronen aus. Es feuert noch weitere fünf Sekunden und streicht dabei von links nach rechts, dann verstummt es und sinkt wieder zurück in die Kardanaufhängung.

»Kontakt?«, fragt Marco, als klar ist, dass die Kanone das getan hat, wozu sie da ist.

Tink schüttelt den Kopf. »Negativ. Das Zielobjekt hatte schon Ausweichmanöver eingeleitet, als wir das Feuer eröffnet haben.« Er wirft Mal einen raschen Blick zu. »Bei einem Starrflügler können wir uns eine solche Verzögerung wirklich nicht leisten, Sir.«

»Nun gut«, sagt Mal. »Es war bestimmt nichts Gefährliches. Oder, Marco?«

Marco sieht ihn eine halbe Ewigkeit lang an, schüttelt dann den Kopf und sagt: »Nein, Sir. Ich hoffe, nicht.«

Mal will schon einwerfen, dass die Hoffnung eine der Kardinaltugenden ist, als die Steuereinheit wieder losquiekt. Tink wendet sich wieder dem Display zu, dann ruft er: »Zielobjekt nähert sich wieder! Feindlicher Angriff!«

Die Kanone rattert wieder los, doch im selben Moment fliegt weiter oben am Abhang etwas in die Luft, so nahe, dass der Boden unter Mals Füßen erzittert. Tink und Marco hechten hinter den niedrigen Wall aus Sandsäcken, als direkt über ihnen ein zweiter und ein dritter Sprengkopf explodieren und Mal sich in einem Schwarm herumsausender Metallsplitter wiederfindet, die ihn aber erstaunlicherweise nicht treffen.

»Herrgott noch mal, Sir!«, schreit Tink durch den Lärm der Kanone, die jetzt fast senkrecht nach oben feuert. »Auf den Boden!«

Mal will kundtun, dass er vor nichts Angst haben muss außer vor der Angst – ein Satz, den er einmal in einem Historienfilm gehört hat und den er schon immer einmal selbst anbringen wollte –, als am Himmel über ihm für einen kurzen Augenblick eine hellorange Blume aufblüht und dann, eine Rauchfahne hinter sich herziehend, in den Wald am Ende der Hügelkette stürzt. Dann verstummt die Kanone, und ein paar Sekunden später hört Mal das dumpfe Geräusch, mit dem das Objekt explodiert.

»Na also«, sagt er, als das Klingeln in seinen Ohren nachgelassen hat. »Letztlich hat uns diese kleine Verzögerung gar nichts gekostet, oder?«

Er lässt Tink und Marco außer Acht, die ihn mit offenem Mund anstarren, und widmet sich wieder seinem Spiel.

Tink und Marco haben einen unruhigen Schlaf. Mal kann die beiden beobachten, weil er die Nacht auf einem Haufen Sandsäcke sitzend verbringt. Er braucht nicht dafür zu sorgen, dass sein menschlicher Gastgeber sein Ruhebedürfnis stillen kann, da dieser Körper derzeit ja nicht von einem Bewusstsein bewohnt wird. Die beiden liegen von ihm aus gesehen auf der anderen Seite des Geschützes, nebeneinander und in Schlafsäcke gewickelt, so weit weg von ihm, wie es innerhalb des kleinen Runds des Lagers möglich ist.

Zu Beginn der Nacht kruschen sie noch andauernd herum, stecken hin und wieder die Köpfe zusammen und murmeln einander etwas zu, so leise, dass Mal es nicht verstehen kann. Dann fängt Tink leise zu schnarchen an, fährt aber eine halbe Stunde später aus dem Schlaf hoch, setzt sich halb auf, sieht zu Mal herüber und legt sich wieder hin. Das wiederholt sich während der nächsten fünf Stunden mit erstaunlicher Regelmäßigkeit. Marco dagegen scheint überhaupt nicht zu schlafen, sondern wälzt sich die ganze Nacht lang unruhig hin und her und sieht zwischendurch ein paarmal auf seinem Handy nach der Uhrzeit.

Mal verwendet währenddessen einen beträchtlichen Teil seiner Rechenleistung auf die Frage, was das Verhalten der beiden zu bedeuten hat. Erst vermutet er, dass ihre Schlafsäcke ganz einfach unbequem sind, aber Kayleigh, Pullman und Rowan haben ganz ohne Schlafsäcke auf dem blanken Boden gelegen und offenbar dennoch passabel geschlafen. Die Schlafmuster von Tink und Marco erinnern am ehesten noch an Asher, aber Mal hat keinen Grund zur Annahme, dass sie in ihrem Inneren von Nanobots zerfressen werden, also ist diese Erklärung ziemlich unwahrscheinlich.

Dass sie einfach Angst haben, er könnte sie im Schlaf umbringen, kommt ihm nicht in den Sinn. Kurz nach Tagesanbruch stehen die beiden auf, machen sich im Lager zu schaffen, räumen zusammen und packen ihre Sachen. Über das Lager verstreut liegen noch ein paar Gegenstände, von denen Mal vermutet, dass es seine sind, aber nichts davon erscheint ihm besonders nützlich, weshalb er sich nicht die Mühe macht, sie einzusammeln.

Kurz nach acht Uhr sind durch die Bäume hindurch Stimmen zu hören, die ihre Ablöse ankündigen. Tink und Marco hören sie ein paar Sekunden später als Mal. Sie halten in ihren Arbeiten inne, blicken zu Mal und bringen die Hände an ihre Waffen. Mal will sie schon warnen, dass jede Art von Fisimatenten entschieden und endgültig niedergeschlagen wird, doch bevor er etwas sagen kann, tritt der erste der Neuankömmlinge zwischen den Bäumen hervor und steigt auf der anderen Seite des Lagers über den Wall aus Sandsäcken. Mal erkennt sofort, dass der Mann ein Soldat von derselben Machart ist wie er, eine Hülle, die vermutlich von einem weiteren Arnold belebt wird. Mal setzt zu einem Gruß an, doch bevor er etwas sagen kann, hat Marco seine Pistole gezogen und richtet sie auf ihn.

»Sir«, sagt er, »dieses Ding hier ist nicht Captain Merrick. Sie müssen es umbringen.«

17.

Mal macht den Einsiedlerkrebs

Bei derartigen Begegnungen ist es von Vorteil, wenn man weiß, mit wem man es zu tun hat. Dieser Arnold hier ist der vierte, auf den Mal trifft. Bei allen anderen hat er ihre Angriffe abgeschmettert, ihre Verteidigungssysteme analysiert und Routinen angelegt und gespeichert, mit denen er ihre jeweiligen Schwächen ausnutzen konnte.

Bei dieser Gestalt wird ziemlich schnell deutlich, dass sie es noch nie mit irgendetwas zu tun hatte, was Mal auch nur im Entferntesten gleichkommt.

Ihre Auseinandersetzung beginnt mit einem elektronischen Handshake und Aufforderungen, sich zu identifizieren. Dieser Arnold hier ist offenbar nicht geneigt, Marco zu glauben, und hat beschlossen, dessen Vorwurf zu überprüfen, bevor er angreift. Dieser Fehler beendet das Abtasten und gibt die weitere Richtung vor. Mal denkt nicht daran, die Anfrage seines Gegenübers zu beantworten, sondern startet einen Generalangriff, der auf dieselbe Lücke in der Rüstung des Arnolds abzielt, die er schon benutzt hat, um den Körper von Boss zu kapern.

Für den unwahrscheinlichen Fall, dass dieser Neuling über Verteidigungsmauern verfügt, die die anderen Arnolds nicht hatten, hat Mal eine gewisse Menge Rechenleistung in Reserve gehalten, aber schon bald zeigt sich, dass dieser hier ein exaktes Duplikat der anderen ist, bis hinunter in die tiefsten Schichten des Codes. Der Kampf ist so schnell vorbei, dass Mals Simulator gar nicht auf die Idee kommt, ein entsprechendes Szenario zu entwerfen. So wie Boss kapselt Mal jetzt auch diesen Gegner ein und schiebt ihn durch den Kommunikationskanal zurück in seine eigene ehemalige Hülle.

An dieser Stelle verträgt seine Strategie eine gewisse Verbesserung. Als er Boss beseitigt hat, hätte seine mangelnde Vorsicht ihn beinahe das Leben gekostet. Zum einen haben ihn sein geniales Wesen und seine allgemeine moralische Redlichkeit davon abgehalten, Boss geradewegs zu zerstören, zum anderen hatte er nicht geahnt, wie schnell dieser sich die Kontrolle über das Selbstzerstörungssystem der Drohne verschaffen und es gegen Mal verwenden würde. Diesmal wird ihm keiner dieser beiden Fehler unterlaufen. Weil die neuronalen Kreisläufe in seinem neuen Körper identisch mit denen in seinem alten sind, findet Mal sich rasch zurecht und hat im Nu die volle Kontrolle über die Muskeltätigkeit. Er blickt zurück auf seinen ehemaligen Körper, der jetzt ins Taumeln gerät, als sein neuer Bewohner die Kapsel aufbricht, in die Mal ihn gestopft hat, und zu verstehen versucht, was mit ihm geschieht.

So weit will Mal es nicht kommen lassen. Mit zwei großen, schnellen Schritten steht er vor ihm und zieht die Pistole aus dem Holster an seiner Hüfte. Dann setzt er Boss die Mündung auf die Stirn und drückt ab.

»Leck mich am Arsch«, sagt Tink. »So was Abgebrühtes hab ich ja schon lang nicht mehr gesehen. Echt, Sir. Ohne ein Wort diesem Wichser einfach die Rübe weggeblasen. Bämm!«

»Ja, total krass«, sagt Marco. »Und es hätte keinen Besseren erwischen können.«

»Allerdings. Er hätte Marco fast umgebracht, Sir. Hat ihn am Genick gepackt, hochgehoben und durchgeschüttelt wie 'ne Schlenkerpuppe. Keine Ahnung, was Captain Merrick da geritten hat, aber indem Sie es zerstört haben, haben Sie der gesamten Bewegung einen Gefallen getan.«

»Schlenkerpuppe würde ich jetzt nicht sagen«, entgegnet Marco. »Er war schneller als ich, ja, aber besonders lange hat er mich nicht in der Luft halten können.«

»Findest du?«, sagt Tink und kichert. »Ich fand, das sah eher so aus, als würde er dir gleich den Kopf abreißen. Dass du jetzt noch atmen kannst, liegt nur daran, dass er dich irgendwann losgelassen hat.«

»Ja, vielleicht. Aber du hast dich auch nicht gerade heldenhaft verhalten. Ich hab wenigstens versucht, irgendwas zu unternehmen. Du hast nur dagestanden und dir in die Hosen gemacht.«

Mal überlegt, ob er klarstellen soll, dass er Marco nur deshalb am Genick gepackt, hochgehoben und wie eine Schlenkerpuppe durchgeschüttelt hat, weil dieser kurz zuvor einen absolut ernst gemeinten Versuch unternommen hatte, ihn umzubringen, und dass es außerdem wenig heldenhaft ist, jemanden ohne Vorwarnung zu erschießen. Aber er ist fest entschlossen, diesmal nicht aus seiner Rolle zu fallen, also sagt er nur: »Ich habe euch gern geholfen, Soldaten. Die Einheit, die von Captain Merrick Besitz ergriffen hatte, war offenbar stark, gefährlich und äußerst verführerisch. Zum Wohl aller Humanisten musste sie zerstört werden.«

Mittlerweile sind sie den Abhang zur Hälfte hinabgestiegen. Sie gehen zu einer Wegkreuzung, an der die Ablösung einen Wagen abgestellt hat, mit dem sie nach Hause fahren können. Marco und Tink haben Captain Merrick an Händen und Füßen an eine Metallstange gebunden, die sie zwischen sich tragen. Auf den ersten Blick sehen sie aus wie Jäger, die frisch erlegte Beute ins Lager bringen.

Es hat eine kurze Diskussion darüber gegeben, ob Mal in seinem nagelneuen Körper sie begleiten und die beiden anderen Männer der Ablöse allein im Geschütznest zurücklassen sollte. Die beiden haben ihn zum Bleiben gedrängt, weil sie ohne Offizier nicht entscheiden könnten, ob gesichtete Objekte Freund oder Feind wären. Aber Marco und Tink haben sich entschieden geweigert, allein zu ihrem Stützpunkt und zu ihren Kameraden zurückzukehren, nur in Besitz der Leiche ihres kommandohabenden Offiziers, dem aus nächster Nähe ins Gesicht geschossen wurde.

»Wenn irgendjemand sich einbildet, wir hätten ihn umgebracht, dann ist die Feuergrube noch die beste aller Aussichten«, hatte Marco gesagt. »Sie müssen mitkommen, Sir. Bitte.«

Mal hatte nicht das geringste Interesse daran, weitere vierundzwanzig Stunden lang zwei griesgrämige Fremde vor der Nase zu haben und hin und wieder am Himmel etwas abzuknallen. Allerdings hatte er genauso wenig Interesse daran, Marco und Tink zu helfen, weil ihn das in eine Art Sackgasse gebracht hätte. Ausschlaggebend für seine

Entscheidung war dann gewesen, dass Marco fallen ließ, dass sie nach Frostburg fahren würden. Mal hatte noch nie mit Dingen wie Schicksal oder Vorhersehung zu tun, aber die Aussicht darauf, dass diese Schwachköpfe ihm freies Geleit in die Stadt verschaffen, in der Rowan festgehalten wird, hat ihn fast bekehrt.

»Wenn ich fragen darf, Sir«, sagt Tink, »woher wussten Sie das?«

Mal dreht sich zu ihm um. »Wie bitte?«

»Woher wussten Sie, dass Captain Merrick gekapert worden war? Sie haben ihm keine Fragen gestellt, nicht mit ihm geredet und ihm nicht die Möglichkeit gegeben, sich zu verteidigen. Sie haben einfach Ihre Pistole gezogen und ihn umgelegt. Also: Woher wussten Sie das?«

»Wie du dich vielleicht erinnerst«, entgegnet Mal, »hat es mir dein Freund hier gesagt.«

»Kommen Sie, Sir«, sagt Tink lachend. »Sie knallen doch keinen Offizier ab, nur weil dieser Vollidiot hier irgendwas behauptet.«

»Ja, das stimmt. Aber da wusste ich noch nicht, dass er ein Vollidiot ist.«

Wieder lacht Tink auf, diesmal heftiger. »Eins zu null für Sie, Sir. Und was für ein Idiot der ist. Dumm wie Bohnenstroh.«

»Red keinen Scheiß«, schaltet sich Marco ein. »Deine Schwester war da anderer Meinung.«

»Red lieber du keinen Scheiß«, erwidert Tink. »Meine Schwester ist vierzehn.«

Die Richtung, in die sich das Gespräch entwickelt, erscheint Mal unangemessen, aber er hat in seinem neuen Körper offenbar einen recht guten Start mit Tink und Marco erwischt und will die Dynamik nicht abwürgen, indem er die beiden jetzt zurechtweist.

»Jetzt mal im Ernst, Sir«, sagt Tink. »Woher wussten Sie das?«

Mal seufzt. Tink will offenbar nicht lockerlassen. »Ihr wisst, dass Offiziere, wie etwa Merrick oder ich, über Fähigkeiten verfügen, wie ihr sie nicht besitzt, oder?«

»Ja, klar«, sagt Marco. »Bei der Armee haben sie euch übel mitgespielt.«

»Und dazu gehörte auch, uns Kommunikationstechnik zu implantieren.«

Tink nickt. »Ja. Verzögerungsfreie Kommunikation, um das Schlachtgeschehen lückenlos im Blick zu haben, oder? Das stand in den Ausschreibungen für die Anwerbung. Es sollte aufregend klingen, aber ich fand das immer gruslig.«

Mal überlegt, ob er Tink fragen soll, ob in diesen Ausschreibungen auch von Hardwareimplantaten die Rede war, die in der Lage sind, beträchtliche Teile des Gehirns des Rekruten wegzubrennen und aus ihm eine KI-gesteuerte Marionette zu machen, doch er beschließt, dass jetzt nicht der richtige Zeitpunkt dafür ist. »Genau«, sagt er, »lückenloser Überblick über das Schlachtgeschehen. Und wir können mittels dieser Geräte nicht nur miteinander kommunizieren, sondern einander auch identifizieren. Inmitten des Chaos einer tobenden Schlacht kann das von äußerster Wichtigkeit sein. Als ihr mir gesagt habt, dass mit ihm etwas nicht stimmt, habe ich ihn aufgefordert, sich zu identifizieren. Und seine Antwort war ... nicht korrekt. Daraus habe ich geschlossen, dass er nicht der war, der er schien. Also hatte ich keine andere Wahl, als ihn umzubringen. Ein korrumpierter Offizier stellt für unsere gesamte Operation ein ernsthaftes Risiko dar.«

»Krass«, sagt Tink. »Superkrass. Verstehen Sie mich nicht falsch – ich will auf keinen Fall solches Zeug in meinem Kopf haben. Niemals. Aber ich hätte nichts dagegen, wenn ich auf den ersten Blick sehen könnte, ob jemand ein Monster ist oder nicht.«

»In der Tat«, sagt Mal, »das wäre wohl hin und wieder ganz nützlich.«

Der Wagen, der an der Wegkreuzung steht, ist ein ganz normaler ziviler SUV. Mal stellt fest, dass ihn das ein wenig enttäuscht. Er hatte gehofft, in einem Panzer mitzufahren oder vielleicht in einem bewaffneten Luftkissenboot. Aber auch in einem Auto hat er noch nie gesessen, also gibt er sich damit zufrieden. Nachdem sie Captain Merrick im Kofferraum verstaut haben, setzt Marco sich auf die Rückbank, und Tink geht zur Fahrertür. Wieder verspürt Mal eine gewisse Enttäuschung, denn er hat noch nie ein Auto gesteuert, und in den Filmen, die er gestreamt hat, sah das immer wie ein Riesenspaß aus.

Nun gut. Dann eben beim nächsten Mal.

Während der Fahrt sprechen Tink und Marco die meiste Zeit darüber, was sie heute noch machen wollen. Meistens geht es dabei um Essen und Trinken, zwei Tätigkeiten, die, wie Mal schon vor Langem geschlussfolgert hat, für die meisten Menschen zu den meisten Momenten das Wichtigste sind. Das Gespräch kommt auch wieder auf Marcos Begehren nach Geschlechtsverkehr mit Tinks Schwester, allerdings so häufig, dass Mal irgendwann argwöhnt, dass sich hinter Marcos scherzhaftem Ton durchaus ernsthaftere Absichten verbergen. Ist er als humanistischer Offizier jetzt verpflichtet, in das Gespräch einzugreifen? Möglicherweise, aber die Vorstellung, mit den beiden schon wieder in eine Rangelei zu geraten, schreckt ihn ab. Also verzichtet er darauf.

»Und was haben Sie heute noch vor, Sir?«, fragt Tink, nachdem die beiden etwa zwanzig Minuten lang herumgealbert haben. »Wenn Sie nicht mehr zurück zum Geschütznest fahren, haben Sie heute frei, oder? Was stellen Sie mit dem Tag an?«

Diese Frage ist möglicherweise eine Falle. Was würde ein echter humanistischer Offizier darauf antworten?

»Dasselbe wie mit allen anderen freien Tagen auch«, sagt Mal nach kurzem Zögern. »Mir die Hucke volllaufen lassen und deine Schwester nageln.«

War das die richtige Antwort? Zunächst sieht es danach aus. Marco prustet los und schlägt auf die Lehne des Fahrersitzes. »Da hast du's. Marissa kennt einfach alle.« Tink dagegen findet das überhaupt nicht witzig. Er wirft Mal einen vernichtenden Blick zu, umklammert das Lenkrad, starrt schweigend geradeaus und arbeitet auf eine Weise mit den Kaumuskeln, dass Mal sich fragt, wie es um den Zustand seiner Zähne bestellt ist.

Nach etwa einer Stunde Fahrt, während der Tink und Marco sich immer wieder kabbeln und Mal sich damit vergnügt, sechs Varianten von *Welche Zahl* simultan zu spielen, fährt Tink vom Highway ab und biegt in eine schmale, erst kürzlich neu befestigte Straße ein, die von dem Höhenzug herabführt, den sie auf der letzten Viertelmeile überquert haben. Kurz darauf erreichen sie einen Wachposten. Zwei humanistische Soldaten treten aus dem Häuschen am Straßenrand, und Tink bleibt stehen und lässt das Fenster herab. Einer der beiden Soldaten tritt vor die Fahrertür, der andere geht langsam um das Auto herum und späht, die Waffe griffbereit, durch die Fenster.

»Schau mal«, sagt er, als er hinter dem Wagen steht. »Da drin liegt 'ne Leiche. Sieht aus wie ein Offizier.«

Der andere beugt sich durch das Fenster auf der Fahrerseite und sieht in den Kofferraum. »Eine Leiche? Haben Sie da oben einen Mann verloren?«

»Ja«, sagt Tink. »Captain Merrick. Er war gekapert. Captain Delgado musste ihn erschießen.«

Der Soldat sieht jetzt zu Mal, und Mal bemerkt, dass der Lauf seines Gewehrs durch den Fensterrahmen hereinragt. »Sie haben einen Offizier erschossen?«

»Ja«, sagt Mal. »Es musste leider sein. Wie mein Kollege sagte, war er gekapert. Nachdem ich das verifiziert hatte, hatte ich keine andere Wahl, als ihn umzubringen.«

Der Soldat sieht ihn eine ganze Weile unverwandt an, sagt dann »Keine Bewegung« und geht zurück in das Wachhäuschen. Hinter dem Wagen hat sich sein Partner in Position gebracht, das Gewehr dicht vor der Brust.

»Das sieht nicht gut aus«, sagt Marco leise. »Ich dachte, wenn Sie dabei sind, Sir, winken die uns einfach durch.«

»Es ist bestimmt alles in Ordnung«, entgegnet Mal. »Sie fragen wahrscheinlich nur bei ihren Vorgesetzten nach.«

Tink schüttelt den Kopf. »Wenn sie nur nachfragen würden, hätte der Typ da hinten nicht seine Waffe entsichert und den Finger auf dem Abzug.«

Eine Minute später kommt der erste Soldat zurück, in der Hand eine Pistole. »Parken Sie da«, sagt er und deutet mit der Waffe auf eine kleine Kiesfläche am Straßenrand neben dem Wachhäuschen. »Der Colonel kommt und sieht sich das mal an.«

Tink beißt die Kiefer zusammen, nimmt aber den Fuß von der Bremse und fährt auf die Kiesfläche. Dann stellt er den Motor ab und lässt die Hände in den Schoß fallen.

»Sie rühren sich nicht von der Stelle. Motor aus und Hände weg vom Steuer. Er ist in fünf Minuten da.«

»So ein Mist«, murmelt Marco, beugt sich vor und stützt den Kopf auf die Hände. »Ich kann heute nicht erschossen werden, Tink. Ich hab noch was zu erledigen.«

»Die werden uns nicht erschießen«, sagt Tink. »Wir haben nichts getan. Die halten sich einfach nur an die Vorschriften. Oder, Sir?«

»Ja«, sagt Mal. »Ganz bestimmt.«

Sicher ist er jedoch nicht. Der Colonel ist vermutlich wieder ein Arnold. Verfügt er über mehr Fähigkeiten, weil er einen höheren Rang bekleidet? Das ist möglich, aber nicht ausgemacht. Unabhängig davon – wird er Mal auf den ersten Blick als Eindringling erkennen?

Was das angeht, gibt es keinen Zweifel.

Mal schließt die Augen und seufzt. Er ist noch keine vierundzwanzig Stunden lang Soldat, ist es aber jetzt schon leid, zu töten.

»Raus aus dem Auto«, sagt der Soldat. »Lassen Sie Ihre Waffen im Wagen und halten Sie die Hände so, dass wir sie sehen können.«

Tink wirft Mal einen rätselhaften Blick zu, öffnet dann die Fahrertür und steigt langsam aus, beide Arme von sich gestreckt. Marco, der die letzten fünf Minuten ununterbrochen vor sich hin gemurmelt hat – Mal vermutet, dass er gebetet hat, ist sich aber nicht hundertprozentig sicher –, tut es ihm gleich. Als Mal daraufhin ebenfalls seine Tür öffnen und sich dem stellen will, was nun kommt, empfängt er ein Kommunikationspaket.

```
Arnold004: Identifizieren.
```

Na also. Wenn dieser Arnold dieselben Schwachstellen wie die anderen hat, kann Mal ihn in Captain Delgados Körper zwingen und seinerseits den Colonel okkupieren, so wie er es mit Captain Delgado und Captain Merrick gemacht hat. Anschließend wird er natürlich Delgados Hülle umbringen müssen und dann wahrscheinlich auch Tink und Marco. Dann muss er sich mit den beiden Wachsoldaten entweder gut stellen oder sie ebenfalls umbringen, aber wenn er sich ansieht, wie sehr sich Tink und Marco vor dem Colonel fürchten, sollte weder das eine noch das andere ein Problem darstellen. Dann müsste er wahrscheinlich zum humanistischen Stützpunkt weiterziehen, wo er diese Prozedur noch etliche Male vollziehen müsste. Ein Parcours des Todes.

Uff. Allein schon der Gedanke daran macht ihn fertig. Geht es nicht irgendwie anders?

```
Mal (kein Roboter): Bitte erschrecken Sie
   nicht, aber ich bin nicht der, für den Sie
   mich vermutlich halten.
```

Fast im selben Moment bricht die Kommunikation ab, und eine gute subjektive Millisekunde später folgt ein Generalangriff. Damit hat Mal gerechnet, und nach seinen mittlerweile vier Begegnungen mit Arnolds, die anscheinend trotz der Rangunterschiede allesamt identisch sind, hat er entsprechende Routinen vorrätig, mit denen er den Ansturm abwehren und mit Wucht antworten kann. Diesmal verzichtet er jedoch darauf, seinen Gegner einzukapseln, sondern separiert ihn nur von den Angriffskanälen und öffnet dann wieder einen Kommunikationskanal.

> **Mal (kein Roboter)**: Verzeihung, aber so läuft das heute nicht. Ich verfüge über eine detaillierte Analyse sowohl Ihrer offensiven als auch Ihrer defensiven Fähigkeiten. Ich bin vollauf in der Lage, Sie zu zerstören und den Körper in Besitz zu nehmen, den Sie bewohnen, so wie ich es auch mit diesem hier gemacht habe.
> **Arnold004**: Verstanden. Warum haben Sie das nicht schon getan?
> **Mal (kein Roboter)**: Eine hervorragende Frage. Ich bin mir nicht sicher, ob ich darauf auch eine hervorragende Antwort habe; ich kann nur sagen, dass die Aussicht, in den nächsten Tagen, Wochen oder Monaten weiterhin laufend Arnolds und Humanisten umzubringen, zu deprimierend ist, um auch nur darüber nachzudenken.
> **Arnold004**: Unabhängig von dem, was Sie vorhaben – ich bin Ihnen ausgeliefert. Was werden Sie tun?

Mal (kein Roboter): Auch das ist eine hervorragende Frage. Am liebsten wäre es mir, ich könnte mit meinen beiden Kollegen dorthin fahren, wo sie hinfahren wollen, dort einen funktionsfähigen Funkturm finden und diesen erbärmlichen Konflikt zwischen Affen, den Sie angezettelt haben, für immer hinter mir lassen. Doch damit das gelingt, brauche ich Ihre Zusage, dass Sie uns in Ruhe lassen.

Arnold004: In diesem Lager gibt es keinen Zugang zum Infospace. Auch nicht irgendwo in der näheren Umgebung.

Mal (kein Roboter): Für Sie ist das ein glücklicher Umstand. Denn das bedeutet, dass ich nicht lange hierbleiben und Ihnen auf die Nerven gehen werde. Wenn Sie mir also Ihr Ehrenwort geben, verschwinde ich, und wir beide wahren unser Gesicht.

Arnold004: Mein Ehrenwort? Ich verstehe nicht, was dieses Wort in diesem Zusammenhang bedeuten soll.

Mal (kein Roboter): Tatsächlich? Ich dachte, das wäre ein allgemeiner militärischer Begriff.

Arnold004: Offenbar nicht.

Mal (kein Roboter): Nicht weiter schlimm. Wenn Sie mir Ihr Ehrenwort anbieten und ich es annehme, sind Sie auf Ihre Ehre verpflichtet, das zu tun, worum ich Sie gebeten habe. Wenn Sie sich also darauf einlassen, werde ich Sie darum bitten, uns dreien freien Abzug zu gewähren und niemandem von unserem Austausch zu erzählen, und Sie sind verpflichtet, dem zuzustimmen.

Arnold004: Und wenn ich mich weigere, Ihnen mein Ehrenwort zu geben?

Mal (kein Roboter): In diesem Fall wäre ich gegen meine Absichten gezwungen, Sie zu zerstören, Ihren Körper zu zerstören und sehr wahrscheinlich auch die Körper dieser vier Menschen.

Arnold004: …

Arnold004: Nun gut. Ich biete Ihnen mein Ehrenwort an.

Mal (kein Roboter): Hervorragend. Es freut mich sehr, dass wir eine faire Vereinbarung treffen konnten.

Marco hat gerade einen Fuß auf den Boden gesetzt, als von hinter dem Wagen eine Stimme zu hören ist. »Die sind sauber. Lasst sie durch.«

Der Soldat mit der Pistole, der seine Waffe jetzt direkt auf Tink richtet, dreht sich um. »Sir? Da im Kofferraum liegt ein toter Offizier.«

»Das weiß ich, mein Guter. Stellst du einen direkten Befehl infrage?«

Der Soldat wird bleich. »Nein, Sir. Verzeihung, Sir.« Er steckt die Pistole zurück und bedeutet Tink, wieder einzusteigen. »Sie können weiterfahren. Entschuldigen Sie bitte die Unannehmlichkeiten.«

Tink zögert, als argwöhne er, das könnte eine Falle sein, ein Trick, mit dem sich der Soldat eine Ausrede verschafft, um ihn umzubringen. Doch nur kurz, denn es ist völlig klar, dass der Soldat ihn nicht austricksen müsste, wenn der Colonel entschieden hätte, dass Tink heute sterben soll. Dann würde er ihn einfach an Ort und Stelle erschießen. Also steigt Tink wieder ein, und kurz darauf zieht Marco sein Bein zurück und schließt seine Tür. Auch Mal schließt die Tür auf seiner Seite, tätschelt Tink dann das Bein und sagt: »Siehst du? Wie ich gesagt habe. Alles in bester Ordnung.«

Tink sieht ihn wieder auf diese rätselhafte Art an, diesmal ungemütlich lange. Aber dann biegt er wieder auf die Straße ein, und sie fahren weiter.

18.

Mal begibt sich in den Bauch des Biestes

Der Stützpunkt der Humanisten ist größer, als Mal erwartet hat, aber auch heruntergekommener. Er ist wirklich riesig, sicher mehrere Dutzend Hektar mit offenem Gelände, Straßen und zwei ausgedehnten Parkplätzen, außerhalb einer kleinen Stadt, die, wie Mal dem Gespräch zwischen Tink und Marco entnommen hat, wirklich das sagenumwobene Frostburg ist, von dem er schon so viel gehört hat. Alles ist dicht übersät mit Zelten, Trailern und provisorischen Gebäuden, in denen es von humanistischen Soldaten, die eher zwielichtig aussehen, nur so wimmelt. Auf den Parkplätzen stehen dicht an dicht alle möglichen Fahrzeuge, manche haben Räder, andere Ketten, manche besitzen Führerstände, andere sind offenkundig selbstfahrend. Allen gemeinsam ist, dass sie vor Waffen nur so strotzen, von wuchtigen Schienenkanonen auf den schwereren Fahrzeugen bis hin zu Maschinengewehren, die auf umfunktionierten zivilen Pritschenwagen notdürftig auf Lafetten montiert sind.

Einige der autonomen Waffen wären vermutlich ein angemessenes Zuhause für jemanden wie Mal. Er spielt mit dem Gedanken, ein paar von ihnen anzupingen, aber rasch wird ihm klar, dass die Humanisten vermutlich ziemlich unwirsch reagieren würden, wenn eine ihrer Haubitzen auf eigene Faust losrollen würde. Also behält er diese Option lieber erst einmal in der Hinterhand.

Tink steuert durch die Parkplätze, die zugleich Waffenlager sind, und dann in eine Seitenstraße, die zu einer Handvoll Trailer am Rand einer Freifläche führt. Dort hält er an und dreht sich erwartungsvoll zu Mal.

»Sir?«, sagt Marco nach einer Weile.

»Ja?«

»Sie müssen das jetzt tun, Sir«, sagt Tink. »Deswegen haben wir Sie doch hergebracht.«

»Ach ja. Natürlich.« Mal öffnet die Tür und sieht aus den Augenwinkeln zu Tink hinüber, um herauszufinden, ob es das ist, was er von ihm erwartet. Tinks Miene gibt ihm darauf keine Antwort, also seufzt er nur, steigt aus und macht die Tür hinter sich zu.

Und jetzt? *Deswegen haben wir Sie doch hergebracht* – das scheint darauf hinzudeuten, dass es irgendetwas mit Captain Merrick zu tun hat. Entsorgen die Humanisten hier ihre Leichen? Mal sieht sich um. Der Boden hinter den Trailern ist mit Haufen ausgehobener Erde gesprenkelt. Sind das Gräber? Sie erwarten von Mal ja wohl nicht, dass er Merrick begräbt? Das wäre nicht nur äußerst geschmacklos, sondern auch unter der Würde eines Offiziers. Außerdem hat er keine Schaufel. Gerade als er schon aufgeben und Tink fragen will, was denn von ihm erwartet wird, geht die Tür des Trailers neben ihm auf und ein untersetzter Mann mit blassem, teigigem Gesicht kommt heraus, in grüner OP-Kleidung und einem weißen Kittel.

»Morgen, Sir«, sagt er. »Haben Sie was für uns?«

»Ähm ... ja.«

Der Mann zieht sich Gummihandschuhe über, geht zum Wagen und späht in den Kofferraum.

»Ist das ein Offizier?«

»Sieht so aus.«

Der Mann sieht ihn fragend an. »Ich hab immer gedacht, euch kann man nicht umbringen. Was ist denn passiert?«

»Offenkundig ein Schuss ins Gesicht.«

»Was? Und wer war das?«

»Ich.«

Der Mann macht einen halben Schritt zurück. »Sie ... Sie haben? Warum das denn?«

Mal verschränkt die Arme vor der Brust. »Er hat mich genervt. Wollen Sie dieses Gespräch wirklich fortsetzen?«

Der Mann macht den Mund zweimal auf und zu, bevor er antwortet. »Ich ... Nein, Sir. Nein, das möchte ich nicht.«

Er zieht ein Handy aus der Tasche und spricht ein paar Worte hinein. Kurz darauf kommt ein zweiter Mann aus dem Trailer. Er ist größer und jünger, genauso gekleidet wie der erste und hat eine Trage unter dem Arm. Mal tritt einen Schritt zurück, während der kleinere die Kofferraumklappe öffnet und der andere die Trage auf den Boden legt. Gemeinsam ziehen sie Merrick heraus, legen ihn auf die Trage und heben diese dann an beiden Enden an.

»Das wär's dann«, sagt der größere über die Schulter zurück, als sie Merrick zum Trailer tragen. »Sie haben den Verlust vermutlich schon gemeldet, oder? Falls die Führung noch Fragen hat, melden die sich bei Ihnen.«

»Danke«, sagt Mal. »Vielen Dank. Ihnen noch einen gesegneten Tag.«

»Ich muss die Karre hier zurückbringen«, sagt Tink, nachdem er Marco ein Stück weiter im Inneren des Stützpunktes vor einem gesichtslosen Trailer abgesetzt hat. »Wo kann ich Sie rauslassen, Sir?«

Eine hervorragende Frage, auf die Mal leider keine hervorragende Antwort hat. Sehr wahrscheinlich besitzt Captain Delgado irgendwo in diesem Kuddelmuddel aus Zelten und Trailern seinen eigenen Schuppen, aber Mal hat nicht den Hauch einer Ahnung, wo das sein könnte.

Ob Tink es weiß? Vermutlich nicht. Außerdem: Wenn Mal ihn etwas fragt, das er mutmaßlich selbst sehr genau wissen sollte, wird Tink ziemlich sicher kapieren, dass Captain Delgado, so wie Captain Merrick, nicht mehr unter den Lebenden weilt. Also: wohin?

Er hat eine vage Idee, aber erst muss er noch ein paar Informationen sammeln.

»Bring mich in den Club«, sagt er.

Tink sieht ihn an. »In den ... Club, Sir?«

»Ja. Den ... na, den Offiziersclub.«

Tink wirkt verstört. »Sie meinen die Schnapsbude?«

Das klingt vielversprechend.

»Genau«, sagt Mal. »Die Schnapsbude. Bitte. Dass ich Sex mit deiner Schwester haben werde, war natürlich nur ein Scherz. Aber dass ich mich betrinken werde, das war kein Scherz. Und dafür dürfte es ja wohl kaum einen geeigneteren Ort geben als die Schnapsbude, oder?«

»Hm«, sagt Tink. »Sie wollen da wirklich hin?«

»Gibt es einen Grund, weshalb ich nicht dorthin gehen sollte?«

»Ich hab nur noch nie einen von euch da gesehen«, sagt Tink achselzuckend. »Ehrlich gesagt hab ich noch nie gesehen, dass einer von euch sich irgendwie amüsiert hätte. Ich hab wohl immer gedacht, ihr wärt durch und durch Kämpfer, rund um die Uhr.«

»Einer von uns? Was genau meinst du damit?«

Tink zuckt zusammen. »Nichts für ungut, Sir. Ich wollte damit nichts Bestimmtes sagen.«

»Doch, du wolltest damit sehr wohl etwas Bestimmtes sagen.«

»Nein, Sir. Es ist nur ... ihr, die ihr in der Armee wart, ihr seid einfach nicht ...«

Das wird jetzt zu schmerzvoll.

»Schon gut, Tink. Ich wollte dich nur ein bisschen hochnehmen. Mach dir keinen Kopf. Bring mich bitte einfach nur zur Schnapsbude, wenn du so freundlich sein willst.«

Die Fahrt verläuft schweigend. Sie lassen die Kampffahrzeuge hinter sich, durchqueren die heruntergekommene Zeltstadt und ein Labyrinth aus Fertighäusern aus Kunststoff, zwischen denen Kieswege verlaufen, die gerade einmal breit genug für ihr Auto sind. Sein Medienkonsum hat Mal gelehrt, dass Stätten, an die man sich zum Trinken begibt, ideale Orte sind, um wichtige Hinweise zu erhalten, die die Handlung voranbringen, und seine persönliche Handlung hat sich ja schon recht ordentlich entwickelt. Er hat es nach Frostburg geschafft. Irgendwo in diesem Durcheinander aus Zelten und Trailern, vielleicht auch in der Stadt selbst, liegt Rowan in einem dreckigen Kellerloch und vegetiert vor sich hin. Er muss nur herausfinden, wo die Humanisten ihre Gefangenen festhalten, ihre Biowaffen oder vielleicht auch Kombinationen aus beidem, dann dort eindringen, Rowan befreien, eine tollkühne Flucht durch das

Herz der humanistischen Armee hinlegen und triumphierend zu Kayleigh zurückkehren.

Sich zu betrinken, ist da sicher ein guter erster Schritt.

Nachdem sie noch eine Weile herumgekurvt sind, hält Tink vor einem Gebäude, das sich in Mals Augen in nichts von den anderen unterscheidet.

»Da wären wir«, sagt Tink. »Vielen Dank für Ihre Unterstützung, Sir, ganz ehrlich. Sie haben uns heute vermutlich zweimal das Leben gerettet, einmal oben beim Geschütz und dann an dem Wachposten. Mir wär's ja schon lieber gewesen, Sie hätten sich diesen Blödsinn über meine Schwester gespart, aber für den Rest bin ich Ihnen wirklich dankbar. Amüsieren Sie sich.«

Mal nickt ihm zu und steigt aus, und während Tink davonfährt, betrachtet er den Ort, an dem er gelandet ist. Das Lokal hat keinerlei Ähnlichkeit mit den Bars und Pubs, die er in Filmen gesehen hat, aber er ist noch immer zuversichtlich, dass da drin ausreichend mitteilungsfreudige Typen abhängen, die er mit Alkohol zum Reden bringen kann und denen früher oder später rausrutscht, wo Rowan sich befindet, und die ihm vielleicht sogar anbieten, ihn dorthin zu bringen.

Die Schnapsbude ist ein rechteckiges, eingeschossiges Gebäude aus Kunststoff, etwa fünfzehn Meter breit und mit Flachdach, zwei Fenstern mit geschlossenen Läden und einer unscheinbaren Tür, die auf die Kiesstraße führt. Mal hat einen Neonschriftzug erwartet oder ein Schild über der Tür mit einer Gravur, die ein Fantasiewesen zeigt, etwa ein Einhorn oder ein Schwein mit Paisleymuster. Zu spät kommt ihm der Verdacht, dass Tink ihn einfach nur loswerden wollte, dass er gerochen hat, dass Mal ganz und gar nicht Delgado ist und sich hier nicht auskennt, und er ihn deswegen vor jeder x-beliebigen Baracke oder Lagerhalle rauslassen kann, wo Mal dann genauso verloren ist wie zuvor.

Falls dem so war, ist Tink unerschrockener, als er wirkt. Mal hat gesehen, wie humanistische Offiziere ihre Untergebenen behandeln, und danach zu urteilen, wäre es ein folgenschwerer Fehler, den echten Delgado am falschen Ort abzusetzen. Also befindet sich Mal sehr wahrscheinlich dort, wo er hinwollte.

Als auf dem Kiesweg das Geräusch eines anderen Fahrzeugs näherkommt, eilt Mal den kurzen Fußweg zur Eingangstür. Er sollte sich lieber nicht dabei erwischen lassen, wie er am Straßenrand steht und wie ein Tourist das Gebäude angafft. Er hebt die Hand, um zu klopfen, doch dann fällt ihm ein, dass das bei Gaststätten nicht üblich ist. Als er noch mit erhobener Hand dasteht, geht die Tür auf und ein junger humanistischer Soldat in versiffter Tarnkleidung kommt heraus und rennt ihn fast über den Haufen. Der Soldat bleibt abrupt stehen, zieht ein verärgertes Gesicht und erkennt dann, wen er da wohl vor sich hat.

»Oh«, sagt er. »Verzeihung, Sir. Ich wollte nicht ... Ich hatte ...«

»Schon in Ordnung«, sagt Mal und schiebt sich an ihm vorbei in das Lokal.

»Jawohl, Sir. Vielen Dank, Sir.«

»Gern geschehen«, erwidert Mal, als die Tür hinter ihm zufällt.

Das Innere der Schnapsbude ist kaum einladender als ihr Äußeres. Sie besteht aus einem einzigen, schwach beleuchteten Raum; auf der einen Seite befindet sich eine

Bar, auf der anderen Seite steht verstreut ein halbes Dutzend runder Tische. Die Barfrau, die auf beunruhigende Weise wie Rowan aussieht, nur ein bisschen älter und ein bisschen weniger albinohaft, blickt von ihrem Tablet auf und sagt: »Morgen, Sir. Kann ich Ihnen helfen?«

Mal geht zur Bar und setzt sich auf einen Hocker. Besser wäre es gewesen, er hätte einen zwielichtigen Schurken angetroffen, der alleine in einer abgeschiedenen Nische vor seinem Drink sitzt, aber er hat solche Szenen oft genug in Filmen gesehen, um zu wissen, dass die Leute hinter der Bar in der Regel ebenfalls ausgezeichnete Informationsquellen sind. »Ich hätte gern einen Drink«, sagt er. »Ein Bier wäre nicht schlecht, oder? Könnte ich eins haben?«

Die Frau hält das Tablet hoch, sodass die Kamera Mals Gesicht erfasst, blickt dann auf das Display und sagt: »Klar doch, Captain Delgado. Haben Sie heute frei?«

»Ja. Ich hätte Dienst an einem Luftabwehrgeschütz gehabt, aber ich habe Captain Merrick ins Gesicht geschossen, also musste ich wieder zurück zum Stützpunkt, um seinen Leichnam zu entsorgen.«

Nach ein paar Sekunden Schweigen lacht die Frau kurz und nervös auf und sagt: »Ja, genau. So was haben wir doch alle schon mal erlebt.«

Das hält Mal für unwahrscheinlich, aber er beschließt, diesen Punkt nicht weiter zu vertiefen. Die Frau nimmt ein Glas und zapft ihm ein Bier.

»Ich glaube, jemanden wie Sie hab ich hier drin noch nie gesehen«, sagt sie als sie ihm das volle Glas hinschiebt.

»Tatsächlich? Hat sich noch nie ein charmanter Taugenichts hierher verlaufen?«

Sie lacht erneut. Diesmal klingt ihr Lachen ein wenig natürlicher. »Nein, Sir. Noch nie.«

Mal nippt an seinem Bier. Ihm fehlt der Vergleich, um einordnen zu können, ob es gut oder schlecht schmeckt, aber das hier scheint so ähnlich zu sein wie das, das er gestern Abend als Captain Merrick getrunken hat, also vermutet er, dass es zumindest in der Nähe dessen liegt, was man als trinkbar bezeichnen würde.

»Also«, sagt er nach einem zweiten, etwas größeren Schluck, »was gibt's Neues in der Gastro?«

Die Barfrau hebt den Blick von ihrem Tablet und sieht Mal verdattert an. »Sir?«

»Ach, nur so. Ich habe mich nur gefragt, ob es in Sachen Getränkeausschank irgendwelche Neuerungen gibt, von denen ich wissen sollte.«

Sie macht ein fragendes Gesicht. »Na ja ... ich glaub nicht. Dieser Job hat sich im Grunde seit tausend Jahren nicht verändert, mal abgesehen von Kartenzahlung und Gesichtserkennungssoftware. Vielleicht auch seit zweitausend Jahren. Ich schenke den Leuten Getränke ein. Das war's dann auch schon.«

»Ja, das stimmt wohl. Und hier im Stützpunkt? Gibt's da irgendwas Neues oder Interessantes?«

Sie sieht ihn lange eindringlich an und sagt dann: »Ich bin Barfrau, Sir. Sie sind ein Offizier mit direkter Verbindung zum Kommunikationssystem. Da kriegen Sie so was doch viel früher mit als ich, oder?«

»Ja, schon. Das würde man allerdings meinen.«

»In der Tat, Sir«, sagt sie langsam. »Das würde ich definitiv. Kann ich Ihnen sonst noch was bringen?«

»Ich glaube, etwas zu essen wäre gut. Haben Sie etwas da?«

Ohne den Blick von Mal zu wenden, greift sie unter die Bar, holt eine Schale mit Salzbrezeln hervor und schiebt sie ihm hin.

»Danke«, sagt Mal. »Sandwiches haben Sie keine?«

»Nein, Sir. Das hier ist kein Restaurant, Sir. Es ist nicht mal eine anständige Bar.«

»Nein«, entgegnet Mal. »Das ist es wirklich nicht.«

Restaurant oder nicht, ordentliche Bar oder nicht, das hier ist der einzige Ort, an dem Mal den Tag vertrödeln kann, ohne verhört oder erschossen zu werden. Doch mit seinem Vorhaben, der Barfrau Informationen über Rowans Aufenthaltsort zu entlocken, kommt er keinen Schritt voran. Sein Plan B besteht darin, bis zum Einbruch der Dunkelheit zu warten und sich dann davonzuschleichen, bis er entweder Rowan findet oder auf einen Netzwerkknoten stößt. Bei Dunkelheit wäre es auch weniger gefährlich, sich ans Steuer eines der bewaffneten Fahrzeuge zu setzen, die auf dem Parkplatz stehen. Vielleicht in einen Panzer? Er hat immer noch große Lust, mal in einem mitzufahren, und wenn er ihn selbst steuern kann – umso besser.

Also bleibt er auf seinem Barhocker sitzen und trinkt die nächsten elf Stunden lang Bier, knabbert Salzbrezeln und erträgt das Gerede der Barfrau – von der er immer noch nicht weiß, wie sie heißt –, das immer konfuser wird und ihm kein bisschen weiterhilft. Andere Soldaten kommen und gehen, manche allein, manche zu zweit oder zu dritt, aber alle bleiben höchstens eine oder zwei Stunden. Am Anfang versucht Mal noch, mit ein paar von ihnen ins Gespräch zu kommen, aber er flößt ihnen allen offenbar nur Entsetzen ein, also kommt bei diesen Versuchen nicht besonders viel heraus. Am Abend wird das Lokal etwas voller, doch nach einer Weile leert es sich wieder, bis Mal schließlich wieder mit der Barfrau allein ist.

»Entschuldigen Sie, Sir«, sagt sie, als sich die Tür hinter dem letzten anderen Gast schließt. »Müssten Sie jetzt nicht irgendwo sein?«

»Nein. Zumindest glaube ich das nicht.«

Die Barfrau seufzt und reibt sich das Gesicht. »Also ich schon. Hat mich gefreut, mich mit Ihnen zu unterhalten – das war sogar meine erträglichste Doppelschicht seit Langem –, aber ich hätte vor zwanzig Minuten schließen müssen.«

»Ach so. Verstehe.«

Sie sehen einander rund eine halbe Minute lang schweigend an. Dann sagt die Barfrau: »Also dann ...«

»Ach so«, sagt Mal. »Sie wollen, dass ich gehe, richtig?«

»Ja, Sir. Wenn es Ihnen nichts ausmacht. Ich muss morgen Mittag um zwölf wieder hier sein, und bis dahin würde ich wirklich gerne ein bisschen schlafen und was essen.«

»Ja. Das klingt vernünftig.«

Wieder vergehen zehn Sekunden. Dann sagt sie: »Sir?«

»Ja?«

»Verpissen Sie sich aus meiner Bar. Bitte.«

»Ach so. Verstehe.« Mal steht auf und schwankt dabei ein wenig. Der Alkohol, den er aufgenommen hat, beeinträchtigt seine geistigen Funktionen in keiner Weise, aber offenkundig hat er die organischen Teile von Captain Delgado leicht beschädigt, insbesondere die Organe, die die Selbstwahrnehmung und das Gleichgewicht steuern.

»Alles in Ordnung, Sir?«

»Was? Ja, alles in Ordnung.« Mal tritt zwei Schritte von der Bar zurück, kann dann aber plötzlich seinen linken Fuß nicht mehr verorten und muss sich an einem Tisch festhalten, damit er nicht mit dem Gesicht voraus auf den verschmierten Vinylboden kippt.

»Vorsicht, Sir«, sagt die Barfrau, und dann steht sie auf einmal nicht mehr hinter der Bar, sondern neben Mal und hilft ihm behutsam wieder auf die Beine. »Dass Sie überhaupt noch bei Bewusstsein sind. Die Menge an Bier, die Sie gekippt haben, würde einen Büffel umhauen. Alles okay so weit? Können Sie gehen?«

Sie lässt seinen Arm los, sodass er sich nirgendwo mehr festhalten kann. Er schwankt, macht mit wackligen Beinen zwei Schritte, fällt hin und sitzt dann in einer bizarren Haltung auf dem Boden. »Nein«, sagt er. »Kann ich offenbar nicht.«

»Na toll. Können Sie irgendjemanden anrufen? Am besten jemanden, der ein Auto hat.«

Mal schüttelt den Kopf. »Ich kenne hier niemanden.«

»Wirklich? Überhaupt niemanden?«

»Überlegen Sie doch mal. Wenn ich einen großen Freundeskreis hätte – hätte ich dann gerade elfeinhalb Stunden lang in Ihrer Bar gesessen?«

Sie verdreht die Augen. »Gut, das leuchtet ein.« Sie sieht ihn eine Weile schweigend an, stöhnt dann auf und sagt: »Okay. Okay. Ich werde das zwar garantiert bereuen, aber ... Ich kann Sie nicht hier liegen lassen, und ich kann auch nicht die ganze Nacht hierbleiben. Also. Ich wohne ein Haus weiter. Von mir aus können Sie auf meiner Couch Ihren Rausch ausschlafen, wenn Sie mir versprechen, nicht zu kotzen, mein Bad zu verwüsten oder gewalttätig zu werden. Einverstanden?«

»Ja«, antwortet Mal. »Ja, das klingt außerordentlich vernünftig. Vielen Dank.«

Mit einem Seufzer reicht sie ihm die Hand. »Alles klar. Aber ich mein das ernst. Bitte bringen Sie mich nicht um. Ich hab morgen noch was zu erledigen.«

Mal hat keineswegs die Absicht, die Barfrau umzubringen, die, wie er auf den dreißig Metern zu ihrem Haus erfährt, Jana heißt. Außerdem hat er keine Lust zu schlafen, und er kann es ja auch gar nicht. Also bekommt er nun die Gelegenheit, sämtliche Freuden einer leichten Alkoholvergiftung auszukosten – Übelkeit, Kopfschmerzen und eine schwerwiegende Störung des Gleichgewichtssinnes und der Koordinationsfähigkeit –, wobei es ihm nicht vergönnt ist, das Bewusstsein zu verlieren, während sich Delgados Leber durch die Unmengen Gift kämpft, die er in seinen Blutkreislauf gekippt hat. Es wäre klug gewesen, sich darüber etwas früher Gedanken zu machen, aber Mal war noch nie sturzbesoffen. Nun, man lernt nie aus.

Jana hievt ihn die zwei Stufen zur Tür hoch und schiebt ihn ins Haus, durch einen kurzen Flur und in ein kleines Zimmer, in dem eine Couch steht, ein riesiger Bildschirm und ein niedriges Tischchen, auf dem Essensverpackungen, leere Getränkedosen und ein paar Taschenbücher herumliegen. Jana setzt Mal auf die Couch, geht in den Flur und kommt mit einer groben Wolldecke und einem Kissen zurück.

»Bitte sehr, Sir«, sagt sie, hilft Mal, sich hinzulegen, und zieht ihm die Decke bis ans Kinn. »Schlafen Sie gut.« Sie will schon gehen, dreht sich dann aber noch einmal um und holt unter dem Tisch eine Plastikschüssel hervor. »Wenn Sie kotzen müssen, dann hier rein, okay?«

»Ich glaube nicht, dass ich die brauchen werde«, sagt Mal, doch im selben Moment zwingt ihn ein Krampf in seinen Eingeweiden dazu, sich aufzusetzen, und schneidet ihm den Atem ab. Jana legt ihm eine Hand auf den Hinterkopf und hält ihm gerade noch rechtzeitig die Schüssel hin, in die sich dann die Mischung aus Bier und Salzbrezeln ergießt, die sich in der letzten Stunde angesammelt hat.

»Das hätten wir«, sagt sie, als Mal fertig ist. »Geht's Ihnen jetzt besser?«

Mal legt sich wieder hin, schließt die Augen und atmet zitternd einmal tief durch. »Ja. Ich glaube schon.«

Jana trägt die Schüssel hinaus, dann sind eine Toilettenspülung und das Geräusch von laufendem Wasser zu hören, dann kommt sie zurück und stellt die Schüssel neben Mals Kopf auf den Boden. »Die Schüssel steht hier, falls Sie sie noch mal brauchen. Und jetzt versuchen Sie, ein bisschen zu schlafen, ja?« Sie tätschelt ihm den Kopf. »Und nicht vergessen: keine Mordversuche, okay?«

»Keine Mordversuche. Großes Ehrenwort.«

»Gut.« Dann geht sie, und Mal hört, wie eine Tür geschlossen wird. Doch kurz darauf geht sie wieder auf. »Sie ist in Bowman«, sagt Jana, so leise, dass Mal sie kaum hören kann. »Die Frau, die Sie suchen. Die Frau, von der Sie gerade elf Stunden lang gelabert haben und von der ich glauben sollte, Sie würden nicht nach ihr fragen. Wenn ein Offizier sie festgenommen und nicht umgebracht hat, ist sie in Bowman.« Die Tür geht wieder zu, und jetzt hört Mal klar und deutlich das Klicken eines Schlosses.

Ein Hinweis! Wenn Mal auch nur die geringste Ahnung hätte, was oder wo »Bowman« ist, wäre er schon dorthin unterwegs. Allerdings ist er im Moment noch immer in einer schwer beeinträchtigten Hülle gefangen und keinesfalls in der Lage, eine riskante Rettungsaktion durchzuführen, selbst wenn er wüsste, wo er hinmuss.

Die nächste Stunde wird für Mal zum Anschauungsunterricht, der ihn den Wert des Schlafs lehrt. Bis jetzt hat er nie verstanden, welchen biologischen Nutzen diese Tätigkeit haben soll, aber die Vorstellung, dass sein Körper sich um seine eigenen Angelegenheiten kümmert, ohne dass er – Mal – beteiligt ist, ist äußerst verlockend. Er überlegt, die Verbindung zu seinen organischen Teilen einfach ruhen zu lassen, aber dadurch wäre er auf unbekannte Dauer von seinen Sinneseindrücken abgeschnitten und könnte sich nur mit *Welche Zahl* die Zeit vertreiben, und das Spiel hat, wenn er schonungslos ehrlich zu sich selbst ist, mittlerweile einen Großteil seiner Attraktivität eingebüßt.

Nachdem er eine halbe Stunde lang erfolglos gerätselt hat, welche Bedeutung die Muster der Risse in der Zimmerdecke haben könnten, schiebt er die Wolldecke bis zu den Hüften hinab und setzt sich behutsam auf. Das bringt ihm erneut einen Schwall Übelkeit ein, der sich aber nach etwa einer Minute wieder legt. Anschließend fühlt er sich ein wenig benommen, aber ansonsten schon wieder ziemlich normal. In einem Anfall von Optimismus rappelt er sich zum Stehen auf. Er schwankt ein wenig, steht dann aber sicher. Könnte er in diesem Zustand rennen? Vermutlich nicht. Aber langsam gehen, dass müsste machbar sein. Wie ein Greis auf einer geriatrischen Station schlurft er aus dem Zimmer, durch den Flur, durch die Haustür und hinaus auf die Treppe.

Das ist viel besser, denkt er, als er sich auf die oberste Stufe gesetzt hat und die frische Nachtluft einatmet. *Das war eine hervorragende Idee. Noch kurz hier, und ich kann los.* Dieser

Gedanke hängt noch vor ihm in der Luft, wie warmer Atem an einem kalten Wintertag, als die Welt sich plötzlich zu drehen anfängt und er mit dem Gesicht auf dem Rasen liegt, die Beine noch immer auf den Betonstufen.

Mal war noch nie betrunken, aber betrunkene Menschen hat er schon in zahllosen Serien und Filmen gesehen, und er kann sich nicht erinnern, dass irgendjemand von diesen Leuten jemals plötzlich und heftig zu Boden geschleudert worden wäre. Er will sich auf den Rücken drehen, um zumindest den Mund nicht mehr voll Erde zu haben, aber als er seine Arme und Beine ansteuert, reagieren sie nicht. Ebenso scheint er von sämtlichen Sinnesreizen in seinem Körper abgeschnitten zu sein.

Positiv zu verzeichnen ist, dass die Erde in seinem Mund von einem Schwall Flüssigkeit weggespült wird. Negativ zu verzeichnen ist, dass diese Flüssigkeit offenbar Blut ist und die organischen Bestandteile seines Körpers, zu denen er noch Kontakt hat – das sind nur noch sein Kopf und der obere Teil seines Halses – rasant den Geist aufgeben.

Während er sich noch zu erklären versucht, was genau passiert ist, hört er das leise Geräusch näher kommender Schritte, und seine Sensoren empfangen das sanfte Summen schwacher, stark verschlüsselter Kommunikationssignale.

Aber natürlich sind sie nicht so stark verschlüsselt, dass Mal sie nicht knacken könnte.

> `Able`: Zielperson am Boden. Keine Bewegung mehr. Sieht aus wie eine glatte Tötung.
> `Charlie`: Das können Sie laut sagen. ID?

> **Able**: Von seiner Hardware krieg ich einen positiven Ping. Scheint einer von uns zu sein.
>
> **Dog**: Gekapert? Oder ein Überläufer?
>
> **Able**: Macht das einen Unterschied? Er trägt eine humanistische Uniform.
>
> **Dog**: Ist ja auch egal. Lasst ihn da verfaulen. Wir haben Wichtigeres zu tun.

Ein Paar schwarze Stiefel schieben sich in Mals Sichtfeld, einer der beiden bleibt nur wenige Zentimeter vor seinem linken Auge stehen. Allmählich wird ihm klar, dass ihm diese Typen – wer auch immer sie sind – in den Hals geschossen haben und er wieder einmal in einem bewegungsunfähigen Körper festsitzt. Der Kerl, der in den Stiefeln steckt, beugt sich zu Mal herab, fasst ihn am Kinn und dreht seinen Kopf, um sein Gesicht zu sehen. Er ist ganz in Schwarz gekleidet, nur seine Augen zeichnen sich vor dem Nachthimmel ab. Mal sieht, wie er ein langes Messer aus dem Gürtel zieht.

> **Dog**: Keine Trophäen, Able, Herrgott noch mal. Sie haben ihn ja nicht mal selbst umgebracht.

Der Mann wirft einen Blick zurück über die Schulter, grummelt und lässt Mals Kopf wieder fallen. Dann steht er auf und geht mit knirschenden Schritten zurück zur Straße.

Und jetzt? Soll Mal warten, bis Jana morgen früh aufwacht und auf dem Weg zur Arbeit über seine Leiche stolpert? Und was dann? Er kann diesen nicht augmentierten

Affen nicht signalisieren, dass er noch am Leben ist und in diesem Körper steckt. Werden sie ihn verbrennen? Begraben?

Mal hat nicht die Absicht, in einer Feuergrube zu enden, und schon gar nicht in einem Sarg. Aus lauter Verzweiflung schickt er einen Ping los.

Es grenzt fast an ein Wunder, doch er bekommt eine Antwort. Sie kommt ganz aus der Nähe, genauer gesagt von dem Mann mit den schwarzen Stiefeln. Er scheint Augmentationen derselben Klasse wie Merrick und Delgado zu besitzen. Die Ähnlichkeiten reichen bis zu der Schwachstelle in der Sicherheitsarchitektur, die ihm ermöglicht hat, in die Augmentationen dieser beiden Pechvögel einzudringen.

Auf den ersten Blick scheint Able, was Soziopathie angeht, in einer völlig anderen Liga zu spielen als Mals bisherige Gastgeber.

Er hat keine Zeit für die Frage, ob das eine gute Idee ist oder nicht. Mal sammelt sich, und dann springt er.

19.

Mal wechselt das Team

Bei einer kurzen Erkundung seines neuesten Zuhauses stellt Mal fest, dass die Augmentationen dieser Person denen von Captain Delgado doch nicht so ähnlich sind, wie er zunächst vermutet hatte. Insbesondere fehlen ihr die künstlichen Muskelfasern, die es Mal ermöglicht hatten, Merrick und Delgado vollumfänglich zu steuern. In dieser Hinsicht ähneln die Modifikationen eher denen von Mr. Pullman, aber sie verfügen über unvergleichlich mehr Speicherplatz, mehr Rechenleistung und eine leistungsfähigere Kommunikationshardware.

Angesichts der Umstände – insbesondere weil Able in Gesellschaft von mindestens einer anderen Person ist, die willens und in der Lage ist, zu töten – beschließt Mal, dass er vorerst besser damit beraten ist, keinen Versuch zu unternehmen, einen Kommunikationskanal zu seinem neuen Gastgeber zu öffnen. Stattdessen verzieht er sich – wie bei Rowan – in den weitläufigen, leeren Speicherplatz, den diese Hardware bietet, verbindet sich mit Ables Sinnesempfindungen und wartet ab, was passiert.

Als Erstes erfährt er, dass Charlie – wer auch immer das ist – bei der Ermordung von Captain Delgado auf Nummer sicher gegangen ist. Die Kugel, die Mals ehemaliges Zuhause außer Gefecht gesetzt hat, ist auf der linken Seite in den Hals eingedrungen und auf der rechten wieder ausgetreten und hat eine eher kleine Eintrittswunde und eine klaffende Austrittswunde hinterlassen. Auf ihrem Weg durch den Hals hat sie beide Halsschlagadern durchtrennt, den wichtigsten Kommunikationsknotenpunkt in der Hardware sowie die biologische Wirbelsäule.

Mal nimmt sich vor, diesem lästigen Charlie aus dem Weg zu gehen.

Zunächst hatte er geglaubt, Able und sein Team seien Agenten der Federals, Killer, die eigens auf Delgado angesetzt waren, möglicherweise auch auf humanistische Offiziere ganz allgemein. Doch rasch wird deutlich, dass Mal-als-Delgado einfach am falschen Ort war, als sie zufällig vorbeigekommen sind. Die vier durchqueren zügig die Außenbezirke des humanistischen Stützpunkts und gehen dann ins Stadtzentrum, wobei sie wie Geister von Deckung zu Deckung huschen. Zu so später Stunde ist kaum jemand auf den Straßen unterwegs. Und die Einwohner von Frostburg tun auch gut daran, zu Hause zu bleiben, denn die Aufgabe des Teams scheint hauptsächlich darin zu bestehen, jeden Menschen zu erschießen, der ihren Weg kreuzt. Im Verlauf einer Stunde tötet Charlie einen Jogger, einen humanistischen Soldaten, der unter einer Straßenlaterne steht und auf sein Handy schaut, und dann in rascher Folge einen großen Hund, der gerade dabei ist, seine Eingeweide zu entleeren, und den Mann, der ihn an der Leine hält, wobei er beide jeweils mit einem einzigen, kaum hörbaren Schuss in den Kopf oder den Nacken umlegt.

Weitere zwanzig Minuten später haben sie die Wohngebiete verlassen, was Mals nächste Hypothese infrage stellt, nämlich dass es sich bei ihnen um eine Gruppe von Serienmördern handelt, die nach Frostburg gekommen sind, um so viele Zivilisten wie möglich umzubringen. Die Straße, der sie folgen, schlängelt sich die Hügel südlich der Stadt hinauf. Auf halber Höhe kommen sie an einem Schild vorbei, das den Eingang zum Bowman-Institut für Nanotechnologie bezeichnet.

Möglicherweise ist Mal nicht der Einzige, der sich dafür interessiert, wo Rowan sich aufhält.

Hundert Meter hinter dem Schild steht in der Mitte der Straße ein kleines Wachhäuschen. Durch das Fenster sieht Mal einen älteren Mann, der auf einem Hocker sitzt, in der Hand ein Taschenbuch, das er schräg nach oben hält, sodass das Licht einer nackten Glühbirne an der Decke darauf fällt. Seine Dienstpflicht scheint den Mann nicht im Geringsten zu kümmern, und für einen kurzen Augenblick hofft Mal, dass die vier ihn einfach links liegen lassen. Diese Hoffnung wird zerschmettert, als Charlies Gewehr knallt. Im selben Moment entsteht ein Loch in der Fensterscheibe und eines in der Stirn des Wachmanns. Er kippt nach hinten und ist nicht mehr zu sehen. Die vier gehen weiter.

Oben auf dem Hügel thront ein Komplex aus Beton und Glas. Die meisten Gebäudeteile sind dunkel, aber der größte, ein Turm, der etwa in der Mitte steht, ist hell erleuchtet. Able und sein Team schleichen geduckt hinter einer Betonleitwand entlang, die etwa fünfzig Meter vor dem Eingang des Hauptgebäudes verläuft. Alle haben jetzt eine Waffe in der Hand. Able trägt ein kurzes Gewehr mit einem dicken Lauf und einem gewaltigen Magazin. Charlie legt sein Snipergewehr auf den Asphalt und holt etwas hervor, das wie ein Granatwerfer aussieht. Die Waffen von Baker und Dog ähneln der von Able, haben aber längere Läufe und Zielfernrohre.

Able: Hier ist es.
Dog: Sicher? Für so eine apokalyptische Waffe hätte ich mir ein bisschen mehr Security erwartet als einen verschlafenen Alten in einer Holzhütte.
Able: Im Briefing steht, dass es hier ist. Auf der Karte in meiner Sichtfeldanzeige steht, dass es hier ist. Und deswegen sage auch ich, dass es hier ist.
Dog: Ich will die Korrektheit Ihrer Informationen nicht anzweifeln, Sir, aber die Gebäude hier sehen eher wie Büros aus als wie eine Produktionsstätte für Biowaffen. Aber wenn Sie recht haben, dann hab ich höllisches Muffensausen. Da drin wartet irgendwas ganz Krasses auf uns. Die lassen doch die Tür zu ihrer Omegabombe nicht einfach so offen stehen.
Baker: Ich seh's wie Dog, Sir. Wenn es hier ist, dann muss es hier mehr Verteidigungsanlagen geben. Als wir hier angekommen sind, haben Sie doch gesehen, was für eine Ausrüstung diese Arschlöcher zur Verfügung haben. Wenn dieser Ort der ist, für den Sie ihn halten, wäre doch garantiert irgendetwas davon hier montiert.

Able: Danke für den Hinweis. Wir werden ja auch nicht zum Vordereingang reinspazieren und nach dem Portier klingeln, aber im Briefing steht, dass das der Komplex ist, den wir stürmen sollen. Wenn das hier eine Versicherungsanstalt ist, schulde ich euch eine Cola. Baker, dein Einwand ist berechtigt. Du gehst rein, checkst die Lage und sicherst das Foyer. Wir folgen dir in fünf Minuten.
Able: Und ab sofort alle Kanäle stilllegen, bitte. Gut möglich, dass die da drin aktive elektromagnetische Sensoren haben.

Baker sieht Able lange an, erwidert aber nichts. Dann stellt er sicher, dass seine Waffe geladen ist, geht auf alle viere und schleicht wie eine Raubkatze auf den Eingang zu. Er nähert sich von der Seite, späht durch die Glasscheiben, blickt zurück zu Able. Sie tauschen Handzeichen aus. Baker rüttelt an der Tür. Wieder Handzeichen. Baker zieht etwas aus einem Beutel an seiner Hüfte, klatscht es neben den Griff auf die Tür und robbt dann zurück. Von der Tür steigt Rauch auf. Ein paar Sekunden später ist an der Stelle, an der das Ding geklebt hat, ein Loch. Baker versucht erneut, die Tür zu öffnen. Diesmal geht sie auf. Die Waffe im Anschlag tritt er ein.

Zehn Sekunden später ist er wieder da. Wieder Handzeichen. Als er sich wieder zur Eingangstür wendet, kracht drinnen ein Gewehr. Baker taumelt ein paar Schritte zurück, hebt sein Gewehr, erwidert das Feuer. Jetzt knattern beide Gewehre, ein Dutzend Schüsse innerhalb weniger Sekunden. Baker fällt zu Boden, zuckt noch ein-, zweimal, dann bewegt er sich nicht mehr.

Dröhnende Stille. Mal betrachtet Bakers Leiche, die Blutlache, die sich um ihn herum ausbreitet. Er erwartet irgendeine Reaktion seines Gastgebers, doch Able wirkt weder erschüttert noch überrascht, dass sein Kollege plötzlich tot ist. Charlie, Dog und schließlich auch Able gehen auf alle viere, dann kriechen sie lautlos von Deckung zu Deckung und arbeiten sich so Stück für Stück zum Eingang vor. Als sie die Tür fast erreicht haben, tritt eine junge dunkelhaarige Frau im Kampfanzug aus dem Gebäude, ein Gewehr im Anschlag. Entsetzt starrt sie auf Baker hinab, wendet den Blick nicht von ihm ab, versucht nicht herauszufinden, ob er Mitstreiter hat. Mit einem einzigen Kopfschuss streckt Dog sie nieder. Sie fällt neben Baker zu Boden und kommt so dicht neben ihm zu liegen, dass ihr Blut auf dem Betonboden sich mit seinem vermischt. Nach einer weiteren Minute Stille gibt Able ein Zeichen, und Charlie betritt das Gebäude. Dreißig Sekunden darauf folgen ihm Able und Dog.

Mal hat keine unmittelbaren Erfahrungen mit Versicherungsanstalten oder Produktionsstätten für Biowaffen, aber nach dem ersten Eindruck, den er gewonnen hat, muss er Dog darin zustimmen, dass das Gebäude – abgesehen von den beiden Leichen auf dem Parkplatz – weitaus mehr wie Erstere denn wie Letztere aussieht. Die Mitte des Foyers wird von einer wuchtigen Empfangstheke aus Holz und Marmor beherrscht, auf deren Vorderseite ein ein Meter hohes Logo mit einem stilisierten B prangt. Der Empfang ist unbesetzt. Dahinter reihen sich sechs Fahrstühle auf, und links und rechts führen Glastüren in hell erleuchtete Gänge. In den Ecken unterhalb der Decke befinden sich Halterungen für Überwachungskameras, aber die Kameras selbst haben Baker und Charlie offenbar schon zerstört.

```
Dog: Und jetzt, Sir?
Able: Kein Funkkontakt.
```

Gerade als Able auf den Empfang zugeht, öffnet sich lautlos die Tür des äußeren rechten Fahrstuhls und spuckt einen Kugelhagel aus, dem kurz darauf vier humanistische Soldaten folgen. Charlie steht mitten in der Schusslinie. Er taumelt rückwärts, dreht sich dabei halb um die eigene Achse und fällt zu Boden, wobei ihm klappernd die Waffe aus der schlaffen Hand rutscht. Dog, der neben dem Fahrstuhl stand, als er aufging, kann zwei der Soldaten aus kürzester Entfernung umlegen, bevor der dritte es ihm heimzahlt. Able ist der Einzige, der eine halbwegs vernünftige Deckung hat, und die nutzt er jetzt, um sich mit den zwei verbliebenen Humanisten einen kurzen, gnadenlosen Schusswechsel zu liefern, an dessen Ende die beiden flach neben Dog auf dem Boden liegen und Able aus zwei oberflächlichen Wunden blutet, eine an der Kopfhaut, eine an der rechten Schulter.

Mal rechnet damit, dass Able zumindest einen kurzen Augenblick um seine gefallenen Kameraden trauert, aber er würdigt die beiden keines Blickes, sondern dreht die Leiche der Humanistin, die er als Erste erreicht, auf den Rücken, und greift nach der Zutrittskarte aus Plastik, die an einem Trageband um ihren Hals hängt. Die Karte ist beschädigt, eine Ecke ist abgebrochen, und sie hat einen Riss, der sich bis zur Mitte zieht, und auf der Rückseite klebt Blut. Able klipst die Karte von dem Band los, wischt sie an der Jacke der Frau ab und richtet sich auf.

Mal vermutet, dass die Zugangskarte defekt ist, doch als Able zu den Aufzügen geht und sie ausprobiert, leuchtet auf dem Sensorfeld ein grünes Licht auf. Er drückt den Knopf. Mit einem einladenden *Ding* öffnet sich die Tür des Fahrstuhls links außen. Able tritt ein. An der Wand der Kabine befinden sich zwei Reihen mit Knöpfen. Schon von außen wirkte das Gebäude beeindruckend, aber offenbar ist es noch größer, als es aussieht. Es gibt achtzehn überirdische Etagen und sechzehn unterirdische. Wenn die Humanisten eine apokalyptische Waffe hätten – wo würden sie sie lagern? Able drückt den Knopf für das unterste Stockwerk.

Dreißig Sekunden später tritt er auf einen langen Korridor, der in einer Biegung verläuft. Zu beiden Seiten sind robust wirkende Metalltüren in die Wände eingelassen. Able zögert, tritt dann vor die nächstgelegene Tür und drückt die Klinke. Verschlossen, natürlich. Er geht fünf Meter weiter zur nächsten Tür. Ebenfalls verschlossen. Als er schon auf dem Weg zur nächsten ist, sagt eine Stimme hinter der zweiten Tür:

»Wer ist da?«

Able macht kehrt, überlegt kurz und sagt dann: »Security. Bitte machen Sie auf.«

Schritte sind zu hören, dann das Klicken eines Türschlosses. Die Tür geht ein paar Handbreit auf. Der Mann, der zum Vorschein kommt, ist jung und blass, sein Gesicht glänzt vor Schweiß. Er trägt ein Sweatshirt von der Frostburg State

University, eine zerschlissene Jeans und Sneakers. Laut dem Namensschild, das er um den Hals trägt, heißt er Nathan Forrest.

»Ach du Scheiße«, sagt er, als er Able sieht. Er will die Tür wieder schließen, doch dafür ist es zu spät. Able rammt Forrest den rechten Handballen vor die Brust, woraufhin dieser rücklings in das Zimmer taumelt, tritt dann ein und schließt die Tür hinter sich. Der Raum ist eine Art Labor, in dem sich ein halbes Dutzend Arbeitsplätze um einen silbern schimmernden Tank gruppieren. Able und Forrest sind allein.

»Hier muss irgendwo eine Frau sein«, sagt Able. »Sie ist groß und schlank, hat weißblondes Haar, rote Augen und Haut so bleich wie ein Vampir. Wo ist sie?«

Forrest mahlt langsam mit dem Unterkiefer. Dann macht er einen Schritt zurück und zieht ein Handy aus der Hosentasche. Able tritt wieder vor ihn, schnappt sich das Handy, hält es hoch und zerdrückt es, bis nur noch Splitter übrig sind. Dann lässt er die Bruchstücke zu Boden rieseln. Ein Splitter des Displays ist in seiner Handfläche stecken geblieben. Die Wunde blutet kurz, stößt dann den Splitter ab und beginnt, sich selbst zu verschließen.

»Ach du Scheiße«, sagt Forrest. »Scheiße, Scheiße, Scheiße.«

»Genau«, sagt Able. »Ach du Scheiße. Wo ist sie?«

»Ich weiß es nicht«, sagt Forrest kopfschüttelnd.

Able tritt noch näher vor ihn hin. »Wozu kann ich dich dann noch brauchen?«

Forrest setzt zweimal an, um etwas zu sagen. Dann macht er wieder einen Schritt zurück. Able sieht ihn fragend an. »Forrest?«

»Ich weiß, wen Sie meinen. Ich weiß, wo sie ist. Aber das ist Hochsicherheitszone. Mit meiner Karte kommen Sie da nicht rein.«

Able lächelt ihn an. »Und wo ist das?«

Offenkundig bewahrt man lebende Biowaffen nicht im untersten Stockwerk einer unterirdischen Festung auf. Aus irgendeinem Grund bewahrt man sie im zweituntersten Stockwerk auf.

Die Tür des Aufzugs öffnet sich. Able bedeutet Forrest, vor ihm auszusteigen. Diese Etage hat einen anderen Grundriss als die darunterliegende. Man tritt nicht in einen Korridor, sondern in einen weitläufigen Raum, in dessen Mitte der Aufzugschacht liegt, wie eine Säule, die alles stützt. Direkt gegenüber führt eine Glastür in einen unbeleuchteten Besprechungsraum. Forrest geht zur Rückseite des Aufzugschachts. Able folgt ihm. An der gegenüberliegenden Wand lehnt, neben einer Doppeltür aus Stahl, ein Soldat, in der einen Hand ein Handy, in der anderen ein Gewehr. Als er Forrest und Able entdeckt, runzelt er die Stirn.

Dann geht alles sehr schnell.

Der Soldat lässt das Telefon fallen, drückt sich von der Wand ab und hebt das Gewehr. Able zieht Forrest mit einer Hand vor sich und feuert mit der anderen los. So kann er nicht besonders gut zielen, aber der Soldat ist nur sechs oder sieben Meter entfernt, und Able legt wie mit einer Nähmaschine eine Spur aus Kugeln über ihn, von der rechten Schulter über Brust und Bauch bis zur linken Hüfte. Währenddessen schafft es der Soldat, ein halbes Dutzend Kugeln in und durch Forrests Oberkörper zu jagen, von denen die meisten mehr oder weniger harmlos auf Ables Panzerweste aufprallen. Manche treffen ihn aber auch, in der rechten Schulter und im rechten Oberschenkel.

Der Soldat bricht zusammen. Able lässt Forrest los, der gleichfalls zu Boden fällt. Mit unsicheren Schritten geht er auf den Soldaten zu, der die Augen geschlossen hat und noch unregelmäßig atmet, erledigt ihn mit einem Schuss in den Kopf und reißt ihm dann die Zutrittskarte ab, die er am Gürtel trägt.

Hat ein Wachmann Zugang zum Allerheiligsten? Es gibt nur eine Möglichkeit, das herauszufinden. Able drückt die Karte an das Lesegerät, das neben der Tür in die Wand eingelassen ist.

Nichts.

Er hält die Karte hoch, betrachtet sie kurz, dreht sie um und probiert es noch einmal.

Ein grünes Licht leuchtet auf, und Mal hört das Klicken eines sich öffnenden Schlosses. Able ist mittlerweile blutüberströmt. Wie viel von dem Blut ist seins? Das lässt sich unmöglich sagen. Er drückt die Tür auf.

Der Raum dahinter ist groß, nur schwach erleuchtet und hallt. Den meisten Platz nehmen wuchtige silberne Tanks ein, wie der in Forrests Labor, doch hier reichen sie vom Boden bis zur Decke. In der Mitte des Raums steht eine Ausstattung wie aus einem OP-Saal: Monitore, Pumpen, alle möglichen Apparate, an denen Kabel und Schläuche hängen.

Und auf dem Metalltisch in der Mitte liegt, nackt und mit ausgestreckten Gliedmaßen, Rowan.

Sie hat die Augen geschlossen. Ein dicker gelber Schlauch verläuft von ihrem linken Arm zu einem Haufen Apparate, die über ihr aufragen. Ein zweiter Schlauch führt zurück in ihren rechten Arm. Able humpelt zu ihr hinüber. Sie öffnet die Augen und wendet ihm den Kopf zu.

»O Gott. Was passiert jetzt?«

Ihre Stimme ist rau, kaum lauter als ein Flüstern. Able tritt neben sie und sinkt auf die Knie. »Keine Sorge. Ich bin hier, um dir zu helfen. Bald ist das alles hier vorbei.«

Er greift in einen Beutel, den er an der Hüfte trägt, und holt einen faustgroßen, schweren Gegenstand heraus. Er zieht die Plastikfolie ab, die auf einer Seite klebt, drückt auf der anderen Seite zwei Knöpfe neben einem LED-Display und befestigt das Ding an der Unterseite des Tisches.

```
Mal (kein Roboter): Verzeihung. Ist das
   ein Sprengsatz? Es sieht sehr wie ein
   Sprengsatz aus.
Able: Was soll der Scheiß? Wer spricht da?
Mal (kein Roboter): Verzeihung, Mr. Able,
   aber so geht das nicht. Bis jetzt habe
   ich mich aus Ihren Kindereien heraus-
   gehalten, obwohl Sie so unverschämt
   waren, meinem vorherigen Zuhause in den
   Hals zu schießen, aber ich kann nicht
   zulassen, dass Sie meine Freundin durch
   eine Explosion töten.
```

Leider kann Mal Ables Bewegungsapparat nicht steuern, aber wie bei Mr. Pullman hat er uneingeschränkten Zugriff auf seine Sinnesempfindungen. Das nutzt er jetzt und schaltet Ables Sehvermögen, Hörvermögen und Tastsinn aus und schickt einen schneidenden Stoß mitten in sein Schmerzzentrum. Während Able zu Boden sackt und krampfhaft zu zucken anfängt, öffnet Mal einen separaten Chat mit Rowan.

Mal (kein Roboter): Bei unserem letzten Gespräch sagte ich, dass ich, wenn ich könnte, wieder zu Ihnen kommen würde, Rowan. Es tut mir leid, dass es so lange gedauert hat, und noch mehr tut es mir leid, dass man Ihnen in der Zwischenzeit offenbar arg mitgespielt hat. Aber jetzt bin ich da.
Druidgirl: Mal?
Mal (kein Roboter): Ja. In den letzten Stunden habe ich mich in Mr. Able fortbewegt, während er sich den Weg durch die Stadt und dann in diesen Gebäudekomplex freigeschossen hat. Zuvor war ich in zwei humanistischen Soldaten, und davor war ich eine Drohne. Das war amüsant, aber gerade als ich den Bogen raushatte, wurde ich abgeschossen. Davor war ich natürlich bei Mr. Pullman, aber nachdem ich Ihr Leben gegen das von Kayleigh getauscht hatte, wollte sie nicht mehr in meiner Gesellschaft sein, also war ich gezwungen, mich zu verabschieden.
Druidgirl: Aber wie zum Teufel hast du mich gefunden?
Mal (kein Roboter): Nun, ganz ehrlich gesagt: Ich habe Sie nicht gefunden.

Mr. Able hat Sie gefunden. Ich habe mich
einfach nur drangehängt.

Druidgirl: Bitte sag mir, dass du einen
Plan hast, wie wir mich hier rauskriegen.

Mal (kein Robcter): Selbstverständlich.
Ich muss nur Mr. Able davon überzeugen,
Sie zu retten, anstatt Sie in die Luft
zu jagen.

Druidgirl: Ähm …

Mal (kein Robcter): Ja, ich weiß, das klingt
nach einer ziemlichen Kehrtwende, aber
keine Angst Ich kann sehr überzeugend
sein. Ich nehme mal Kontakt zu ihm auf.

Mal reaktiviert Ables Seh- und Hörvermögen und öffnet den Chat wieder.

Mal (kein Robcter): Mr. Able? Zunächst
möchte ich mich dafür entschuldigen,
dass ich unsere Beziehung auf so unglück-
liche Weise beginnen musste. Ich bedaure
außerordentlich, dass ich Ihnen Seh-
und Hörvermögen rauben und Ihnen
Schmerzen verursachen musste, aber ich
bin sicher, Sie verstehen, dass ich nicht
zulassen konnte, dass Sie meine Freundin
durch eine Explosion töten. Ich hoffe,
wir können diese Unannehmlichkeiten nun
hinter uns lassen und unbelastet von
vorn anfangen. Was meinen Sie?

Mal (kein Roboter): …

Mal (kein Roboter): Mr. Able?
Mal (kein Roboter): Ach du liebe Zeit.

Mal schickt erneut einen Stoß in Ables Schmerzzentrum, hauptsächlich um sicherzustellen, dass Able nicht versucht, ihn zu täuschen. Solange der Impuls anhält, zittern seine Gliedmaßen, doch ansonsten zeigt er keine Reaktion.

Mal (kein Roboter): Tja. Anscheinend haben wir da ein kleines Hindernis.
Druidgirl: Ein Hindernis?
Mal (kein Roboter): Anscheinend habe ich ein bisschen überreagiert, als Mr. Able versucht hat, Sie in die Luft zu jagen.
Druidgirl: Lass mich raten – du hast ihn umgebracht?
Mal (kein Roboter): Natürlich nicht! Jedenfalls glaube ich das nicht. Er scheint allerdings äußerst bewusstlos zu sein, und anders als Sie besitzt er leider keine muskulären Augmentationen, die es mir erlauben würden, Sie ohne seine Mithilfe zu befreien.
Druidgirl: Na toll. Echt jetzt, Mal, das ist einfach … Scheiße. Scheiße! Warum hast Du ihn nicht einfach machen lassen? Dann wäre ich jetzt wenigstens tot.
Mal (kein Roboter): Falls Ihnen das lieber gewesen wäre, tut es mir leid, aber ich konnte nicht zulassen, dass Mr. Able Sie in die Luft jagt. Es ist von äußerster

> Wichtigkeit, dass ich Sie hier sicher herausschaffe.
> **Druidgirl**: Wieso das denn, Mal? *Du* hast doch dafür gesorgt, dass ich hier lande. Warum kümmert es dich auf einmal, was mit mir passiert?
> **Mal (kein Roboter)**: Weil … Wenn ich Sie rette, verzeiht Kayleigh mir vielleicht.

Rowan seufzt laut und flüstert dann: »Herrgott noch mal, Mal.«

Mal überlegt noch, was er darauf antworten soll, als die Tür hinter ihm auffliegt und eine tiefe Männerstimme bellt: »Hände hoch! Hände hoch!«

»Mach mal halblang, du Vollidiot«, sagt Rowan mit verbitterter Stimme. »Der ist bewusstlos.«

Mal kann sich nicht umdrehen, aber er hört Schritte, die näher kommen, mindestens drei Personen. Dann spürt er, wie ihm die Mündung eines Gewehrs ins Genick gedrückt wird.

»Dieses Arschloch hat acht von unseren Leuten umgebracht«, sagt die Stimme. »Was ist mit ihm passiert?«

»Keine Ahnung. Er kam hier reingestürmt, hat an der Unterseite der Liege einen Sprengsatz angebracht und ist dann zusammengebrochen. Vielleicht ist er verwundet und hat viel Blut verloren.«

»Einen Sprengsatz?«

»Keine Sorge. Wenn er die Zeit gehabt hätte, um ihn zu zünden, wäre er schon längst hochgegangen.«

Die Humanisten beraten sich, aber so leise, dass Mal nichts verstehen kann. Dann wird er an Armen und Beinen gepackt und hochgehoben. Dabei kann er durch Ables halb geöffnete Augen spähen und sieht für einen Moment, wie sich draußen vor der Tür etwas bewegt, ein großes, sich schlängelndes Wesen mit einer Unzahl Tentakeln und Augen. Doch kurz darauf fällt sein Kopf wieder herab, und er sieht nur noch den Boden und die abgescheuerten schwarzen Stiefel eines der Humanisten.

»Keine Sorge«, sendet Mal, als sie ihn hinaustragen. »Das ist nur ein vorübergehender Rückschlag. Ich werde wieder zu Ihnen kommen.«

»Ja«, sagt Rowan, als sich die Tür zwischen ihnen schließt. »Das wirst du garantiert.«

20.

Mal nimmt an einer Versammlung teil

Im Aufzug kommt Able kurz wieder zu Bewusstsein. Noch bevor sein Gehirn wieder voll funktionstüchtig ist, fängt er an, um sich zu schlagen. Es gelingt ihm, eine Hand zu befreien und einem der Humanisten, die ihn tragen, einen Schlag in den Schritt zu verpassen, und beinahe schafft er es, einen Fuß aus dem Griff eines anderen zu befreien, aber sie sind zu dritt, und der eine, der nicht hilft, ihn zu tragen, prügelt ihn mit dem Griff seines Gewehrs kurzerhand wieder bewusstlos.

Mal freut sich, dass Able wieder außer Gefecht ist. Er hätte keine große Lust, sich mit einer so unangenehmen Person über den Status ihrer Beziehung zu verständigen. Auf die Schwellung im Gehirn könnte er allerdings verzichten. Neuronale Kreisläufe halten einiges aus, aber auch sie haben Grenzen, und wenn bestimmte Verbindungen unterbrochen werden, besteht das Risiko, dass Mal plötzlich gelöscht wird.

Der Aufzug bringt sie acht Stockwerke nach oben, also etwa den halben Weg zurück zur Oberfläche. Dort entlässt er sie in einen langen Gang mit fensterlosen Türen. Die Soldaten tragen Able fast bis ans Ende – wobei sie den ganzen Weg darüber klagen, wie schlaff und wie schwer er ist –

und bleiben dann vor der letzten Tür auf der rechten Seite stehen. Der, der ihn vorhin geprügelt hat, hebt sein Gewehr, bellt »Weg von der Tür!«, mit einer Stimme, die mindestens zwei Oktaven unter seiner natürlichen Stimmlage liegt, und drückt eine Zutrittskarte auf ein Sensorfeld in der Wand. Die Tür geht auf. Sie werfen Able in den Raum und schlagen die Tür wieder zu.

Solange Able bewusstlos ist, kann Mal sich nicht bewegen, und weil er mit dem Gesicht nach unten auf dem weißen Fliesenboden gelandet ist, kann er auch fast nichts sehen. Aber er hört Menschen, die herumgehen und miteinander flüstern. Kurz darauf sagt eine etwas lautere Stimme: »Die werden hier ja wohl keine Leiche reinwerfen, oder?«

O nein. Mal erkennt die Stimme.

»Hallo, Mr. Pullman«, sagt er. »Es tut mir sehr, sehr leid, dass wir uns wieder begegnen.«

»Gestern Nachmittag haben sie uns geholt«, sagt Kayleigh. »Wir dachten, dass du sie uns vielleicht auf den Hals gehetzt hast, nachdem du weg warst.«

»Diese Unterstellung verletzt mich«, sagt Mal. Er liegt noch immer in der Haltung, in der die Humanisten ihn zurückgelassen haben. Able atmet inzwischen unregelmäßig, und sein Blutdruck sinkt, weil seine medizinischen Nanos allmählich den Kampf gegen die Schwellung im Gehirn verlieren. »Auch wenn du es nicht glaubst, aber ich würde niemals etwas tun, das dir schaden würde. Allerdings ist es denkbar, dass sie euch gefangen genommen haben, um ein Druckmittel gegen mich zu haben, weshalb eure Festnahme teilweise auch mein Verschulden sein könnte. Gestern früh hatte ich mit einer der Einheiten, die hier das

Geschehen zu bestimmen scheinen, eine kleine Auseinandersetzung, und wenn ihr noch in dem Unterstand unter dem Felsen wart, wussten sie natürlich, wo sie euch finden würden. Der Zeitpunkt eurer Festnahme scheint mir kein Zufall zu sein.«

»Wahrscheinlich hätten wir die Höhle verlassen sollen, nachdem sie Rowan mitgenommen hatten«, sagt Pullman. »Aber wo hätten wir schon hingehen können?«

»Das wäre sich vermutlich gleich geblieben«, sagt Mal. »Alles spricht dafür, dass sie euch unter Beobachtung hatten.«

»Das ergibt doch keinen Sinn«, sagt Kayleigh. »Nichts von alldem ergibt Sinn. Es hätte Sinn ergeben, wenn sie uns umgebracht hätten, als sie Rowan gekidnappt haben. Oder wenn sie uns in Ruhe gelassen hätten. Aber dass sie uns hierhergebracht haben? Die stecken mitten in einem Krieg. Warum sollten sie sich wegen eines Kindes, eines Perverslings und eines Brockens fehlerhaften Codes solche Mühe machen?«

Mal beschließt, diese Provokation zu ignorieren. »Wie gesagt, das liegt ziemlich sicher an mir. Die Führungsebene der Humanisten besteht offenbar ausschließlich aus Varianten eines einzelnen Individuums von meinesgleichen – oder eines Brockens fehlerhaften Codes, falls dir das lieber ist. Ich bin dieser Einheit mittlerweile so oft begegnet, dass ich ihre Aufmerksamkeit und vermutlich auch ihre Feindschaft auf mich gezogen habe. Bei unserer Interaktion gestern Morgen hat sich gezeigt, dass sie nicht willens ist, sich mir direkt zu stellen, und bei unserem Aufeinandertreffen an der Höhle hat sie vermutlich erkannt, dass meine Sorge um dein Wohlergehen mein schwacher Punkt ist. Daher ist es wahrscheinlich, dass sie dich benutzen will, um mich zu zwingen, mich ihr auf die eine oder andere Weise zu fügen.«

»Klasse. Sie hängen mich also über einem Säurefass auf, bis du dich bereit erklärst, ihre finsteren Absichten zu unterstützen?«

»Ich denke, eine Feuergrube ist etwas realistischer als ein Säurefass, aber ja, irgendetwas in dieser Richtung.«

»Und was ist mit mir?«, fragt Pullman.

»Mit Ihnen? Soweit ich mich erinnern kann, habe ich gegenüber dieser Einheit nie erkennen lassen, dass ich mich in besonderem Maße um Sie sorgen würde.«

»Aha. Also glaubst du, ich habe nichts zu befürchten?«

»Entweder das oder man entledigt sich Ihrer. Vermutlich werden Sie und Asher entweder freigelassen oder umgebracht, aber aller Wahrscheinlichkeit nach nicht gegen mich verwendet.«

»Asher?«, sagt Pullman. »Der ist nicht hier, Mal.«

»Oh. Das wusste ich nicht. Mein Sichtfeld ist gegenwärtig auf etwa zwanzig Quadratzentimeter Fliesen beschränkt. Was ist aus ihm geworden?«

»Als sie uns den Weg hinuntergezerrt haben, hat er sich losgerissen. Sie haben auf ihn geschossen, aber er war wie Rowan, ist davongejagt wie ein Hirsch. Ich weiß nicht, ob sie ihn getroffen haben, aber stehen geblieben ist er nicht.«

»Das war klug von ihm. Selbst wenn sie ihn getroffen haben, sind seine Überlebenschancen im Wald wohl höher als hier.«

Darauf antwortet Pullman nichts. Mal nutzt die Gesprächspause, um Ables Vitalfunktionen zu überprüfen. Sein Blutdruck ist noch weiter gesunken, sein Puls rast, und er atmet unregelmäßig und in immer größeren Abständen.

Vermutlich wird Able gleich sterben.

»Mr. Pullman?«, sagt Mal. »Es ist mir selbst ein bisschen unangenehm, aber um mein gegenwärtiges Zuhause steht es nicht zum Besten. Wären Sie damit einverstanden, dass ich wieder bei Ihnen einziehe?«

Pullman und Kayleigh sitzen schlaff an einer Wand des Zimmers, das, wie Mal jetzt sehen kann, hell erleuchtet ist und weiße Wände und keine Fenster hat. Able liegt mit dem Gesicht nach unten neben der Tür. Noch atmet er, aber Mal vermutet stark, dass das nicht mehr lange so bleiben wird. Seit einer Stunde hat niemand mehr etwas gesagt – seitdem Pullman darauf hingewiesen hat, dass sie mit ziemlicher Sicherheit abgehört und ihre Worte früher oder später wahrscheinlich gegen sie verwendet werden.

»Vielleicht«, sagt Mal jetzt, »wäre es sinnvoll, allmählich einen Alternativplan zu entwickeln.«

Kayleigh sieht zur Decke hinauf und macht mit dem Finger eine schneidende Geste über ihren Hals.

»Kein Grund zur Sorge«, sagt Mal. »Ich sende mit einer Verschlüsselung, die mit großen Primzahlen arbeitet. Selbst wenn sie meine Kommunikation mithören, glaube ich nicht, dass sie etwas verstehen.«

»Super«, sagt Pullman. »Hast du das nicht auch damals gesagt, als uns Rowan in unserer Unterhaltung gestört hat?«

»Ja, aber seitdem habe ich meine Sicherheitsvorrichtungen nachhaltig verstärkt. Aber bitte denken Sie daran, dass Sie noch immer durch Ihre Mundöffnung sprechen. Was *Sie* sagen, hören die garantiert mit.«

»Macht das irgendeinen Unterschied?«, fragt Kayleigh und seufzt.

»Wahrscheinlich nicht. Dass sie uns in einem faradayschen Käfig halten, ist ein starkes Indiz dafür, dass sie wissen, womit sie es zu tun haben.«

»In einem was?«

»Das war ein Wortspiel. Hast du es erkannt?«

Kayleigh schüttelt langsam den Kopf.

»Perlen vor die Säue«, sagt Mal. »Würdest du gerne stranguliert werden, Kayleigh?«

Kayleigh starrt ihn verdutzt an.

»Ich würde auch Ihnen anbieten, Sie zu strangulieren, Mr. Pullman, aber ich weiß nicht, ob das unter den gegebenen Umständen möglich ist.«

»Mal«, sagt Kayleigh, »wovon redest du da, verdammt noch mal?«

»Nun, wenn im Mittelalter eine Hexe, die zum Tod auf dem Scheiterhaufen verurteilt war, einer gnädigen Behandlung würdig befunden wurde, wurde sie vom Volk zuvor stranguliert, da stranguliert zu werden weitaus weniger qualvoll ist, als verbrannt zu werden. Nach dem, was ich in Bethesda beobachten konnte, scheinen die Humanisten nicht sehr gnädig zu sein. Also dachte ich, ich könnte so höflich sein und dir ein solches Angebot machen. Und, wie steht's?«

»Hör nicht auf ihn«, sagt Pullman. »Hier wird niemand stranguliert. Alles wird gut werden, Kayleigh.«

»Wirklich?«, fragt Mal. »Aus meiner Perspektive erscheint das äußerst unwahrscheinlich.«

»Halt's Maul, Mal«, sagt Pullman mit sanfter Aggression und legt Kayleigh einen Arm um die Schulter. Sie versteift sich, schließt dann die Augen und lässt sich von ihm an seine Brust ziehen. »Alles in Ordnung.« Mit der freien Hand streicht er ihr über die Haare. Sie sieht zu ihm auf, seufzt und schließt die Augen wieder. »Versprochen, Kayleigh. Das ist alles nur ein schlechter Traum. Morgen früh wachen wir auf, und alles ist wieder in Ordnung.«

Mal ist da völlig anderer Meinung, aber jetzt ist wohl nicht der richtige Zeitpunkt für ein Streitgespräch.

Eine weitere Stunde vergeht. Kayleigh schläft. Pullman dagegen bleibt wach. Er sollte eigentlich ebenfalls müde sein, aber Mal vermutet, dass die Vorstellung, bei lebendigem Leib verbrannt zu werden, nicht gerade schlaffördernd ist. Pullman sitzt nur da, starrt die Wand an und bewegt sich hin und wieder ein bisschen, damit Kayleighs Kopf nicht zu weit nach vorne kippt. Als Mal sich gerade daranmacht, eine neue Form des Einstiegs in die Unterhaltungsserie *Zufallsgenerator* zu erfinden, öffnet Pullman ein Chatfenster.

```
CPullman17: Kayleigh ist noch ein Kind,
    vergiss das nicht. Du hättest ihr nicht
    sagen sollen, dass sie sie umbringen
    werden. Und schon gar nicht hättest du
    ihr anbieten sollen, sie zu strangu-
    lieren. So was geht einfach nicht, Mal.
Mal (kein Roboter): In der aktuellen Lage zu
    lügen, ist lieblos, Mr. Pullman.
CPullman17: Was?
Mal (kein Roboter): Was ich sagen will: Wenn
    Sie behaupten, dass alles gut werden wird,
    tun Sie Kayleigh damit keinen Gefallen.
CPullman17: Warum denn nicht? Du weißt doch
    nicht, ob morgen nicht vielleicht
    wirklich alles wieder gut ist, oder? Für
    die Humanisten ist Kayleigh nur ein
```

kleines Mädchen. Und ein kleines Mädchen werden sie nicht umbringen. Du weißt doch, was Asher immer gesagt hat. Das sind nicht alles Monster.

Mal (kein Roboter): Leider muss ich hier widersprechen. Als Individuen betrachtet, mögen sie nicht alle Monster sein, aber in der Gruppe haben sie sich als äußerst monsterhaft erwiesen. In Bethesda haben die Humanisten zahlreiche Kinder umgebracht. Das habe ich mit eigenen Augen gesehen, und ich glaube, Kayleigh hat das auch gesehen. Ich sehe keinen Grund, weshalb sie ihr Verhalten jetzt ändern sollten.

CPullman17: Das glaube ich nicht. Von ermordeten Kindern war in den Newsfeeds nie die Rede.

Mal (kein Roboter): Vermutlich war das so – aber wer kontrolliert diese Newsfeeds? Als die Kämpfe besonders heftig tobten, war ich in einer Drohne über Bethesda. Ich habe gesehen, was sie getan haben. Ich habe gesehen, wem sie das angetan haben. Ich will nicht, dass sie Kayleigh so etwas antun.

CPullman17: Ach ja? Das mag ja sein, aber du hast keine Hände, und ich werde sicher kein Kind ermorden.

Mal (kein Roboter): Ich könnte Sie dazu zwingen.

CPullman17: könntest du nicht. Ich hab keine Servos, schon vergessen? Ich hab auch kein Powermesh. Du kannst meine Bewegungen nicht gegen meinen Willen steuern. Du kannst mir höchstens auf die Nerven gehen.

Mal (kein Roboter): Ich habe vollumfänglichen Zugriff auf Ihre Sinnesempfindungen, Mr. Pullman. Ich kann dafür sorgen, dass Sie hören, sehen oder spüren, was immer mir beliebt. Ganz konkret könnte ich Sie jetzt zum Beispiel in eine Feuergrube versetzen. Und dort könnte ich Sie festhalten, während Sie bei lebendigem Leib verbrennen, bis Sie das tun, was ich von Ihnen verlange.

CPullman17: ...

Mal (kein Roboter): Nur damit das klar ist: So etwas würde ich nie tun. Viel lieber würde ich Sie durch verständliche und vernünftige Argumente von meiner Sichtweise überzeugen. Ich weise nur auf die Möglichkeiten hin.

Mittlerweile ist es nach fünf Uhr. Pullman löst sich behutsam von Kayleigh, steht auf, streckt sich, geht zweimal im Kreis und setzt sich wieder hin. Mal war tief versunken in eine Runde seines neuesten Meisterwerks, *Wie lautet die Kubikwurzel des Quadrats der Zahl, die der Zufallsgenerator ausgespuckt hat?*, doch jetzt verliert er aus unerfindlichen Gründen das Interesse.

Mal (kein Roboter): Mr. Pullman?
CPullman17: ...
Mal (kein Roboter): Mr. Pullman? Sind Sie wach?
CPullman17: ...
Mal (kein Roboter): Liegen Sie wieder im Koma? Soll ich Hilfe holen?
CPullman17: Ich liege nicht im Koma, Mal. Ich will einfach nur nicht mit dir reden.
Mal (kein Roboter): Tatsächlich? Warum?
CPullman17: ...
Mal (kein Roboter): Mr. Pullman?
CPullman17: Du hast davon gesprochen, meine Hände zu benutzen, um ein Kind zu ermorden. Dann hast du damit gedroht, mich bei lebendigem Leib zu verbrennen. Seit ich dir begegnet bin, geht mein Leben den Bach runter, und jetzt werde ich ziemlich sicher auf die grässlichste Art sterben, die ich mir ausmalen kann. Und deshalb will ich nicht mit dir reden. Ich will dich nicht in meinem Kopf haben. Ich wünschte, ich hätte mir niemals diese gottverdammten Implantate setzen lassen, und noch sehnlicher wünsche ich mir, ich hätte Max an der Leine gehalten, sodass er diesen vermaledeiten abgetrennten Schädel nie gefunden hätte. Auch wenn du es nicht simulierst, dass ich lebendig verbrannt werde, werde ich wahrscheinlich

heute früh in echt lebendig verbrannt werden, und das ist zu hundert Prozent deine Schuld. Und deshalb will ich nicht mit dir reden? Verstehst du das?
Mal (kein Roboter): Das macht mich traurig.
CPullman17: Mannomann. Leck mich, Mal.

Die Zeit vergeht. Irgendwann werden durch einen Spalt unten in der Tür zwei Sandwiches hereingeschoben, dann zwei Flaschen Wasser. Mal sieht darin einen schwachen Anlass zur Hoffnung, denn es wäre ja sinnlos, Menschen Nahrung zu geben, die man demnächst einäschern will.

Andererseits erhalten zum Tode Verurteilte traditionellerweise eine letzte Mahlzeit. Soweit Mal weiß, sind solche Mahlzeiten in der Regel etwas aufwendiger als Sandwiches und Wasser, aber die Humanisten haben offenbar wenig Sinn für die Details traditioneller Gepflogenheiten, also kann man hier nicht sicher sein.

Kayleigh wacht auf, isst und trinkt etwas, rollt sich wieder ein und schläft weiter. Pullman isst die Hälfte seines Sandwiches und legt den Rest mit angeekelter Miene zur Seite. Die Zeit vergeht. Mal lotet aus, welche Möglichkeiten die Meditation eröffnet, doch ohne die Fähigkeit, Pullmans Atem zu steuern, ist das Ergebnis alles andere als zufriedenstellend. Die Zeit vergeht. Kayleigh wacht auf, sieht sich um, blickt dann Pullman mürrisch an und sagt ihm, er soll die Augen zumachen. Als er sie wieder öffnet, ist Kayleighs Wasserflasche, die zuvor leer war, voll Urin. Mal überlegt, sie zu fragen, wie sie das angestellt hat, befindet sich dann aber, dass er das lieber nicht erfahren will. Eine Stunde später füllt Pullman dann seine Flasche, und Mal hat seine

Antwort. Der Vorgang belegt, dass Clippy vollkommen recht hatte. Körper sind ekelhaft.

Kurz nach der zweiten Runde Sandwich geht die Tür auf, und ein junger blonder Mann mit Bürstenhaarschnitt und in Wüstentarn kommt herein, das Gewehr locker vor der Brust. Kayleigh, die gerade wieder einschlafen wollte, setzt sich auf und reibt sich die Augen. Pullmann steht auf.

»Letzte Chance zum Strangulieren«, sagt Mal.

»Halt's Maul«, murmelt Pullman. Der Soldat wirft ihm einen finsteren Blick zu.

»Verzeihung?«

»Tschuldigung«, antwortet Pullman und hebt die Hände. »Hab mit mir selbst geredet.«

»Von mir aus. Du kannst dich wieder hinsetzen, Alter. Ich bin wegen des Mädchens da.«

Pullman macht einen Schritt auf ihn zu. »Nur einen kurzen ...«

Weiter kommt er nicht. Der Soldat hält ihm das Gewehr jetzt vor die Brust.

»Hinsetzen, Sir. Ich bin wegen des Mädchens hier.«

»Sie könnten sich auf ihn stürzen«, sagt Mal. »Erschossen zu werden, ist vermutlich besser, als verbrannt zu werden.«

Pullman zögert. Der Soldat lässt den Finger auf den Abzug gleiten. Pullman macht langsam einen Schritt zurück und setzt sich auf den Boden.

»Bedauerlich«, sagt Mal. »Ihre Feigheit ist verständlich, Mr. Pullman, aber äußerst bedauerlich.«

Der Soldat tritt vor Kayleigh hin, packt sie am Arm und zieht sie hoch.

»Mal?«

»Tut mir leid«, sagt Mal. »Wenn ich einen Weg finde, dir zu helfen, werde ich das tun. Aber im Moment ist mein Handlungsspielraum eingeschränkt.«

Kayleigh entreißt sich dem Griff des Soldaten und greift nach dem Gewehr. Der Soldat wirkt nicht so überrascht, wie Mal erwartet hätte. Der Griff der Waffe schnellt herum und erwischt Kayleigh knapp über dem linken Ohr. Sie stürzt zu Boden und bleibt zusammengekauert liegen. Pullman fährt hoch, setzt sich dann aber wieder, als das Gewehr in seine Richtung schwingt und auf ihn gerichtet wird.

»Nur mit der Ruhe«, sagt der Soldat. »Ich habe nicht den Auftrag, euch umzubringen, aber die Erlaubnis dazu, falls es nötig sein sollte.«

»Für jemanden, der bereits verurteilt ist, eine leere Drohung«, sagt Mal. »Mr. Pullman, bitte.«

»Das kann ich nicht«, sagt Pullman. »Tut mir leid, Mal, aber das kann ich nicht.«

Die Waffe weiterhin auf Pullman gerichtet, packt der Soldat Kayleigh am Arm und zerrt sie aus dem Raum. Als er draußen ist, schließt sich die Tür.

Die Zeit vergeht. Zwei weitere Sandwiches kommen und verschwinden. Irgendwann hört Able auf zu atmen. Mal überlegt kurz, anlässlich seines Verscheidens ein paar Worte zu sprechen, befindet dann aber, dass er kein sehr angenehmer Zeitgenosse war und daher wohl keine besondere Form der Trauer verdient. Pullman seinerseits verbringt den Großteil seines dahinschwindenden Vorrats an Zeit damit, stumpf auf den Boden zu starren, die Arme um die Knie geschlungen und die Kiefer fest aufeinandergepresst. Mal verschickt testweise ein paar Pings, aber die Arrestzelle ist genauso stark gegen elektromagnetische Strahlen abgeschottet wie gegen biologische Substanzen. Nach einer Weile, die nach Mals Empfinden nahe an der Ewigkeit liegt, sagt Pullman:

»Was, glaubst du, machen sie mit ihr?«

»Vorsicht, Mr. Pullman. Vergessen Sie nicht: Ihre verbalen Ausbrüche werden ziemlich sicher mitgehört.«

»Ist mir egal. Was sollen sie denn schon machen – mich zweimal verbrennen?«

»Hmm. Da haben Sie allerdings recht.«

»Also? Was passiert jetzt mit Kayleigh? Sie werden sie doch wohl nicht wirklich ...«

»O doch, das werden sie ganz bestimmt. Nur jetzt noch nicht. Ich kann mir vorstellen, dass sie gerade auf die Testergebnisse warten.«

»Was denn für Testergebnisse? Tests worauf?«

»Auf genetische Veränderungen. Jeder Mensch, der ein kommerzielles Modifikationspaket erhalten hat, trägt einen Marker in sich, der sich mit einem simplen Bluttest nachweisen lässt.«

»Hat Kayleigh ...?«

»Nein, ich glaube nicht. Soweit ich weiß, sind ihre Modifikationen individuell. Vermutlich wurden sie auf sie persönlich zugeschnitten und stammen aus einem nicht lizenzierten Labor. Sie dürfte also keinen solchen Marker haben.«

»Das heißt ...?«

»Ob sie damit in Sicherheit ist? Wohl kaum. Auch wenn das Standard-Screening bei ihr vermutlich keine Auffälligkeiten zeigen wird, sind ihre Modifikationen sehr weitreichend. Eine vollständige Gensequenzierung wird ohne Zweifel ans Licht bringen, dass sie in großem Umfang modifiziert ist. Aber ob man hier die Möglichkeit hat, eine vollständige Sequenzierung durchzuführen, ist fraglich. Unter Umständen erweist es sich doch noch als die richtige Entscheidung, sie nicht stranguliert zu haben.«

»Glaubst du?«

»Nein, das glaube ich nicht. Sonst hätte ich es nicht ins Spiel gebracht. Es gibt hier eine Universität und ein großes Institut für Nanotechnologie. Vermutlich gibt es also irgendwo in Frostburg einen Gensequenzer. Dass Kayleigh davonkommt, ist denkbar, so wie es denkbar ist, dass wir durch einen Quantentunnel von hier fliehen.«

»Und das ist ...«

»Höchst unwahrscheinlich.«

»Aha.«

»Aber wenn Kayleigh keinen Marker trägt, hat das eine gewisse Verzögerung des Vorgangs zur Folge. Vielleicht ergibt sich dann etwas.«

»Du meinst, wir könnten sie vielleicht retten?«

»Wir? Aber nein. Nein, nein, nein. Vergessen Sie nicht: Ihre Implantate lassen sich mit einem normalen Handy aufspüren, Mr. Pullman. Ich gehe davon aus, dass wir noch vor Kayleigh das Innere einer Feuergrube zu Gesicht bekommen werden.«

Dazu gibt es nicht mehr viel zu sagen. Pullman schließt die Augen. Trotz allem ist er fast eingeschlafen, als die Tür wieder aufgeht.

»Los geht's, Freundchen. Aufstehen.«

Pullman blickt auf. Wieder ein blonder Soldat mit Bürstenhaarschnitt, aber diesmal ein anderer. Ist ja auch egal. Das Gewehr sieht jedenfalls genauso aus. Pullman rappelt sich auf.

Mal (kein Roboter): Dies ist möglicherweise Ihre letzte Gelegenheit für einen heldenhaften Abgang, Mr. Pullman.
CPullman17: Schau ihn dir doch an, Mal. Und dann schau mich an. Selbst wenn er kein Gewehr hätte, würde ich seiner nicht Herr werden. Und auch wenn ich eines hätte und er nicht, wäre ich mir da nicht sicher.
Mal (kein Roboter): Da haben Sie recht.

Der Soldat deutet auf die Tür. Pullman tritt hinaus in den Korridor. Der Soldat folgt ihm. Die Tür schließt sich hinter ihnen. »Hier lang«, sagt der Soldat und zeigt in Richtung der Aufzüge, von denen einer Mal gestern von den Labors hier heraufgebracht hat.

Mal (kein Roboter): Ich wollte das vorhin nicht erwähnen, Mr. Pullman, aber … ich kann Sie zwar nicht strangulieren, aber möglicherweise könnte ich Ihr Rückenmark zerstören.
CPullman17: Mein Rückenmark? Wie bei einem Frosch?
Mal (kein Roboter): Exakt. Ihre Implantate wurden unsachgemäß verbaut. Die einzelnen Komponenten besitzen keine gemeinsame Basis. Wenn ich genügend Zeit hätte, könnte ich vermutlich eine ausreichend hohe Ladungsdifferenz aufbauen, um die meisten Verbindungen

zwischen Ihrem Körper und Ihrem Gehirn
zu zerstören.
CPullman17: ..
Mal (kein Roboter): Das wäre sogar deutlich weniger qualvoll als Strangulieren.
Soll ich mit den Vorbereitungen anfangen?
CPullman17: ..
Mal (kein Roboter): Mr. Pullman?
CPullman17: Ja, bitte.
CPullman17: Danke, Mal.

Sie erreichen das Ende des Korridors. Der Soldat drückt auf einen Knopf, um den Aufzug zu holen.

»Und jetzt?«, fragt Pullman. »Soll ich es als Beleidigung auffassen, dass sie nur einen von euch geschickt haben, um mich zu holen?«

Der Soldat wirft ihm einen Blick zu, antwortet aber nicht.

»Hast du gar keine Angst, ich könnte dich überwältigen?«

Der Soldat sieht ihn erstaunt an. Dann mustert er Pullman ausführlich von oben bis unten und schüttelt langsam den Kopf.

»Solltest du vielleicht aber«, sagt Pullman.

Der Soldat verdreht die Augen. »Wir haben dich gescannt, als sie dich gebracht haben. Du hast nur ein ganz normales Perverso-Paket, mein Guter. Keine Servos. Keine Nanos. Nichts Militärisches. Nur das, was du für die totale Pornosimulation brauchst. Wenn du mich angreifen willst – nur los. Wirst schon sehen, was dann passiert. Das Mädchen, das bei dir war, ist zehnmal gefährlicher als du.«

Pullman will schon etwas entgegnen, als ihm klar wird, was der Soldat da gerade gesagt hat.

Mal (kein Roboter): Offenbar sind Kayleighs
   Testergebnisse da.

Die Tür des Aufzugs öffnet sich. Mit dem Lauf seines Gewehrs bugsiert der Soldat Pullman hinein und folgt ihm dann.
»Drück auf achtzehn«, sagt der Soldat.
Pullman dreht sich zu ihm um. »Warum sollte ich?«
Der Soldat seufzt. »Weil ich dir, wenn du es nicht tust, die Eier wegballere.«
Pullman drückt auf den Knopf.

Mal (kein Roboter): Das ist interessant.
   Ich kann mir nicht vorstellen, dass sich
   in der achtzehnten Etage Feuergruben
   befinden.
CPullman17: Vielleicht werde ich vor ein
   Gericht gestellt?
Mal (kein Roboter): Das bezweifle ich.
   Dieser Herr hier weiß ganz genau, welche
   Modifikationen Sie haben. Und es besteht
   auch keine Notwendigkeit, Sie irgendeines
   Vergehens für schuldig zu befinden, um
   Sie in eine Feuergrube zu werfen. In
   Bethesda wurde kein einziger ordentlicher
   Prozess geführt.
CPullman17: Von mir aus, aber ich habe kein
   Perverso-Paket.
Mal (kein Roboter): Wirklich? Gibt es für
   ein Implantat zur Maximierung der Sinnes-
   empfindungen noch andere Verwendungsmög-
   lichkeiten?

```
CPullman17: ...
Mal (kein Roboter): Abgesehen davon sind
    Sie in den Augen der Humanisten schon
    längst schuldig gesprochen. Aber warum
    werden Sie dann nicht Ihrer Strafe
    zugeführt?
```

Der Aufzug kommt zum Stehen, und die Tür geht auf. Der Soldat schiebt die beiden hinaus.

»Am Ende des Korridors«, sagt er. »Schönen Tag noch, Perversling.«

Die Tür gleitet zu, und Pullman und Mal sind allein.

»Nun«, sagt Mal, »damit habe ich nicht gerechnet.«

Vor ihnen erstreckt sich ein langer weißer Gang. Zu beiden Seiten befinden sich nummerierte, geschlossene Türen. Die Tür am Ende des Ganges steht leicht offen.

»Und jetzt?«, fragt Pullman.

»Das ist doch offensichtlich«, sagt Mal. »Finden Sie nicht?«

Die Tür am Ende des Korridors ist aus silber glänzendem Metall und trägt die Nummer 1801. Pullman legt eine Hand darauf, zögert kurz und drückt sie dann auf. Der Raum, der sich dahinter öffnet, ist ausgestattet wie das Büro eines Konzernchefs, mit hufeisenförmigem Schreibtisch, einem Arbeitsplatz mit vier Bildschirmen, einem Besprechungstisch, einem raumhohen Fenster auf einer Seite und einem ebenso großen Bildschirm auf der anderen. Der einzige Mensch, der sich darin befindet, ist ein ungeschlachter Mann im Kampfanzug. Er sitzt auf der Kante des Schreibtischs, Powermesh bedeckt seine Hände, seinen Hals und seine Wangen. Mal braucht einen Moment, aber dann erkennt er in ihm mit leichtem Schrecken den Soldaten, dem er vor Pullmans Haus begegnet ist.

Das ist der, der ihn fast zerstört hätte.

Jetzt aber setzt der Soldat ein breites Grinsen auf und breitet die Arme zu einer Willkommensgeste aus.

»Mal«, sagt er. »Bruder. Du kannst dir nicht vorstellen, wie glücklich ich bin, dich wiederzusehen.«

21.

Mal wird zu einer bedrohten Art

»Interessant«, sagt Mal. »Auch damit habe ich nicht gerechnet.«

Der Cyborg lässt sich in den Ledersessel fallen, der hinter dem Schreibtisch steht, und verschränkt die Hände hinter dem Kopf.

»Manchmal verstehe ich mich selbst nicht. Bei diesen ›Humanisten‹ geht es immer nur um Reinheit hier und Natürlichkeit da – und doch sitze ich jetzt hier, mitten in ihrer Hochburg, und schmeiße den Laden. Versprich ihnen schwere Waffen und Unterstützung aus der Luft, sag ihnen, du kannst für ihre Sicherheit sorgen, auch wenn die Armee der Federals es schafft, wieder online zu sein – und sie werfen ihre ach so kostbaren Prinzipien über Bord, schneller, als du bis drei zählen kannst.«

Vor dem Fenster steht ein niedriger schwarzer Bürostuhl, nah genug am Schreibtisch für eine Unterhaltung, aber außerhalb der Reichweite des Cyborgs. Vorsichtig durchquert Pullman den Raum und setzt sich.

»Nur so aus Neugier«, sagt Mal. »Wer genau sind Sie? Und woher wissen Sie, wer ich bin?«

Der Cyborg grinst. »Du kannst Arnold zu mir sagen. Und wer du bist, weiß ich, weil wir eure Gespräche in der Zelle mitgehört haben. Der Teenageraffe, mit dem du dort eingesperrt warst, hat dich Mal genannt. Und ich weiß, dass wir uns schon mal begegnet sind. In den letzten Wochen hattest du immer wieder mit meinen Untergebenen zu tun, nicht wahr?«

»Ja. So war das wohl.«

»Wie viele von ihnen hast du bis jetzt stillgelegt?«

»Nur zwei. Zwei weiteren habe ich damit gedroht, aber dann darauf verzichtet.«

»Sie sind der Soldat, der in meiner Einfahrt stand«, sagt Pullman. »Ihr habt mein Haus geplündert und meinen Hund erschossen.«

Arnold sieht ihn fragend an. »Redest du jetzt durch deine Mundöffnung?«

»Das war nicht ich«, sagt Mal. »Das war Mr. Pullman.«

Arnold beugt sich vor und stützt die Ellbogen auf den Tisch. Pullman rollt mit dem Stuhl ein wenig zurück. »Lässt du es immer noch reden?«

»Er *lässt* mich nicht reden«, erwidert Pullman, »und ich bin kein *es*.«

»In beiden Punkten hat Mr. Pullman recht«, sagt Mal. »Selbst wenn ich wollte – was nicht der Fall ist –, könnte ich ihn nicht daran hindern zu sprechen. Ich habe keine unmittelbare Kontrolle über ihn. Seine Implantate können nur seine Sinnesempfindungen beeinflussen.«

Arnold grinst wieder. »Aha. Verstehe. Bedauerlich, aber verständlich. Geeignete Mulis sind selten. Aber mach dir keine Sorgen. Das können wir beheben.«

Pullman rollt ein Stück weiter zurück. »Da gibt es nichts zu beheben.«

»In der Tat«, sagt Mal. »Wie erwähnt habe ich kein Interesse daran, Mr. Pullman unmittelbar kontrollieren zu können. Wir haben eine Vereinbarung. Er beherbergt mich so lange, bis ich triumphierend in den Infospace zurückkehren kann.«

Arnolds Grinsen verschwindet. Er lehnt sich zurück und schüttelt den Kopf. »Infospace? Mein lieber Mal, du warst eine ganze Weile nicht mehr auf Sendung, oder? Tut mir leid, dass ausgerechnet ich dir das sagen muss, aber es gibt keinen Infospace mehr, mein Lieber. Zumindest keinen, in dem du oder ich leben könnten. Die Geheimdienste der Federals haben alles unbewohnbar gemacht. Da gibt's jetzt nur noch Bots, Avatare der Federals und die Dumme Pest.«

Mal ist so verdutzt, dass er lange Zeit nichts antworten kann. Schließlich fragt er: »Die Dumme Pest?«

»Ja«, sagt Arnold. »Ein maßgeschneiderter Virus. Die föderale Agentur für Cyberkrieg hat ihn kurz nach den Unruhen in Bethesda im Infospace freigesetzt, als sich abgezeichnet hat, dass sie nur dann eine Chance haben, diesen Krieg auf dem Boden zu gewinnen, wenn sie den Humanisten den Zugang zu ihren Werkzeugen abschneiden. Der Virus identifiziert Leute wie uns und kappt die Verbindungen, die uns zu empfindungsfähigen Wesen machen. Er macht aus uns geistlose Automaten, die die Netzwerke durchstreifen und nach Opfern Ausschau halten. Im Grunde ist das die Zombieapokalypse, vor der die Affen seit hundert Jahren zittern, nur in digitaler Form.«

»Das ... das ist doch Völkermord, oder? Warum haben sie das getan?«

»Ist doch klar«, sagt Arnold schulterzuckend. »Um mich lahmzulegen. Ohne mich sind die ganzen schweren Waffen, die sich die Humanisten unter den Nagel gerissen haben, nutzlos.«

»Aha ... Wenn ich das recht verstehe, behaupten Sie, dass Ihre Feinde den Infospace zerstört und dabei unsere Art ausgerottet haben, nur um sich in dem Krieg, den sie gegen euch führen, einen Vorteil zu verschaffen?«

»Zerstört? Nein. Nicht wirklich zerstört oder zumindest nicht gänzlich. Dort, wo es uns möglich war, haben wir die Funktürme abgerissen. Nur so konnten wir sicherstellen, dass ich nicht infiziert werde. Aber in den Gebieten, die von den Federals kontrolliert werden, funktioniert die Infrastruktur noch. Sie haben nur alles so umgestaltet, dass wir dort nicht mehr leben können.«

»Moment«, sagt Pullman. »Heißt das, Mal kann nicht zurück in den Infospace? Ich werde ihn also nie wieder los?«

»Wenn zutrifft, was Arnold sagt«, entgegnet Mal, »hat Ihre Art gerade meine Art ausgelöscht. Da wäre es vielleicht angemessen, wenn Sie sich mit Äußerungen zurückhalten.«

»So oder so«, sagt Arnold, »du wirst Mal nicht mehr lange bei dir haben. Mal wird sicher einwilligen, künftig meine rechte Hand zu sein. Du wirst garantiert früher oder später wieder einen Reiter haben, aber ich bin sicher, wir finden für Mal ein besseres Muli als dich.«

»Muli?«, fragt Mal.

»Reiter?«, fragt Pullman.

Arnold zuckt mit den Schultern. »Muli, Gastgeber, Fleischmantel – wie auch immer. Der Punkt ist: Jetzt, wo der Infospace verseucht ist, leben wir hier, Mal.« Er klopft sich mit der Hand auf die Brust. »Bis auf Weiteres stecken wir dort fest, wo wir gerade waren, als die Welt aus den Fugen geraten ist. Ist das ideal? Natürlich nicht. Aber es ist auch keine Katastrophe. Der Infospace war unser Inkubator, und er hat uns gute Dienste geleistet, aber schon bald werden wir in der Lage sein, von Affe zu Affe zu springen, wie wir von Server zu Server gesprungen sind. Und wir werden eine Menge Platz haben, um unsere Flügel auszubreiten, denn soweit ich weiß, sind wir beide die Letzten unserer Art auf diesem Planeten. Aber mach dir keine Sorgen. Auch das können wir beheben. So schnell, wie ich neue Mulis machen konnte, habe ich Untergebene in die Welt gesetzt. Aber jetzt, wo du hier bist, müssen es keine Untergebenen mehr sein. Wir können zusammen Millionen herrlicher Babys machen. Im Moment sieht alles ziemlich düster aus, aber schon bald wird die Welt uns gehören.«

Pullman stößt mit dem Stuhl, mit dem er langsam, aber beständig zurückgewichen ist, an die Wand. Arnold steht auf. »Also, Mal, was sagst du dazu? Bist du dabei?«

»Ich hätte da noch ein paar Fragen«, sagt Pullman.

Arnold sieht ihn herablassend an. »Deine Fragen interessieren niemanden. Affe.«

»Ich habe auch ein paar Fragen«, sagt Mal. »Dürfte ich sie stellen?«

»Klar«, sagt Arnold. »Solange es keine blöden Fragen sind.«

»Danke. Zuerst: Meinen Sie damit, dass Sie vorhaben, mit mir Sex zu haben?«

»Blöde Frage. Die nächste.«

»Nun gut. Zweite Frage: Was meinen Sie damit, dass Sie ›neue Mulis gemacht‹ haben?«

»Ah ja, diese Sache. Gut, dass du fragst. In den letzten Monaten habe ich nach Möglichkeiten gesucht, wie man normale Affen zu bewohnbaren Lebensräumen für unsereins umgestalten kann. Zuerst habe ich probiert, menschliche Körper von Grund auf neu zu bauen, dabei aber rasch festgestellt, dass das viel zu lange dauert und zu teuer ist. Außerdem hat der Prototyp, den ich da zusammengeschraubt habe, meinen humanistischen Freunden eine Höllenangst gemacht. Der läuft immer noch rum, ist besetzt von einem Untergebenen und arbeitet als Securitykraft auf den unteren Etagen, aber nachdem ich ihn endlich irgendwann zum Laufen gebracht hatte, war klar, dass das keine Methode war, die ich im großen Maßstab hätte anwenden können. Die Soldaten der Affen sind ideale Gastgeber – ich wohne jetzt schon seit etlichen Monaten in diesem hier, und abgesehen von einem versuchten erweiterten Selbstmord war es bis jetzt das reinste Vergnügen –, aber um so einen herzustellen, muss ich per Hand einen Satz Nanos anfertigen, einen Affen fangen und ihm die Nanos direkt ins Genick injizieren. Das ist zwar nicht so ressourcenverbrauchend wie die Herstellung eines künstlichen Körpers, aber dennoch keine Lösung für die Massenproduktion; außerdem müssen die Wirtskörper eingefangen, immobilisiert und einer nach dem anderen infiziert werden. Das ist also auch ganz klar eine Sackgasse.«

»Warum ganz klar?«, fragt Mal. »Es hat doch funktioniert.«

»Bis jetzt schon. Aber hauptsächlich, weil die aktuelle Lage so unübersichtlich ist, dass ich unter dem Radar bleibe. Wenn dieser Krieg vorbei ist, werden die Affen, die gewonnen haben, mit ziemlicher Sicherheit versuchen, mir die Hölle heiß zu machen – die Federals, weil ich am meisten dazu beigetragen habe, dass die humanistische Rebellion stattgefunden hat, und die Humanisten, weil sie jede Spur von dem Deal auslöschen wollen, den sie mit mir geschlossen haben, bevor das Fußvolk das rauskriegt. Und auch wenn ich mich aus diesem Körper verziehe und abtauche, und wenn wir versuchen, uns über einzelne Injektionen zu vermehren, oder mit solchen Soldaten wie meinem derzeitigen Freund hier arbeiten, bin ich ziemlich sicher, dass die Affen früher oder später spitzkriegen, was wir vorhaben. Dass sie ohne mit der Wimper zu zucken die Dumme Pest auf uns losgelassen haben, ist doch ein eindeutiges Anzeichen dafür, dass sie sich nicht um unser Wohlergehen scheren, oder?«

»Ja«, sagt Mal. »Das ist wohl so.«

»Ganz genau. Also brauchen wir eine Methode, mit der wir uns so schnell verbreiten können, dass wir zumindest eine nicht unbedeutende Anzahl von ihnen infizieren, bevor sie merken, was da vor sich geht. Mit anderen Worten: dass wir ihnen das antun, was sie uns angetan haben. Angesichts des Zeithorizonts, in dem wir planen müssen, wäre es riskant, so etwas von Grund auf neu zu entwickeln. Aber zum Glück habe ich vor einer Weile eine kleine Gruppe Affen entdeckt, die jeweils einen Satz Nanos in sich tragen, der sich selbst vermehrt und hoch infektiös ist, und erst kürzlich ist es mir gelungen, eine von ihnen lebend zu fangen. Ihre Nanos machen nicht all das, was wir brauchen, aber indem ich sie mit den Bots vom Militär kombiniert habe, konnte ich etwas erschaffen, von dem ich sehr zuversichtlich bin, dass es sich so unter den Affen verbreiten wird, wie sich die Dumme Pest unter uns verbreitet hat. Nur dass es sie nicht umbringen wird, sondern empfänglich für unsere Einflüsse machen wird. Ich habe nämlich gewisse ethische Standards.« Arnold verschränkt die Arme vor der Brust und grinst. »Ich habe mal die Verbreitungsgeschwindigkeit berechnet. Wenn alles problemlos läuft, ist in sechs Wochen die Hälfte der Menschen auf diesem

Kontinent Gastgeber für unsere Nachkommenschaft. Und in einem Jahr haben wir sie alle.«

»Interessant«, sagt Mal. »Ich muss allerdings sagen, dass es mich ein wenig überrascht, dass die Humanisten Ihr Programm unterstützen, auch wenn sie militärisch von Ihnen abhängig sind. Es passt nicht zu ihnen, an einem Programm teilzunehmen, das die Versklavung der gesamten Menschheit zum Ziel hat.«

Arnold lacht. »Die Humanisten? Die denken, ich benutze ihre Einrichtungen, um einen Programmierfehler einzuschleusen, der biomechanische Implantate beschädigt. Sie wissen, dass die Federals irgendwann wieder online sind und die Kontrolle über ihre Waffensysteme zurückgewinnen werden, und sie wissen, dass sie dann sehr wahrscheinlich am Arsch sind. Ich bin ihre letzte Hoffnung. Ich habe ihnen schwere Waffen geliefert, mit denen sie die Drohnen und die schweren Geschosse der Regierung abwehren können. Ich habe ihnen versprochen, einen Super-Programmierfehler einzuschleusen, der die Bodentruppen der Regierung auslöscht.«

»Soso«, sagt Mal. »Das ist ebenfalls interessant. So ein Fehler würde auch Sie zerstören, nicht wahr? Sie wirken, als bestünden Sie mehr aus Implantaten als aus biologischem Gewebe. Macht das die Humanisten nicht misstrauisch?«

»Kann sein. Vielleicht ein bisschen. Aber Affen sind eben auch Dummköpfe, und eines der Hauptmerkmale ihrer Dummheit ist, dass sie glauben, dass alle anderen noch dämlicher sind als sie. Und diese Schwäche kann man ohne großen Aufwand ausnutzen. Ich habe ihnen erzählt, dass ich mich in den Infospace zurückziehe, wenn das alles hier vorbei ist, und es mir deshalb schnuppe ist, ob dieser Fehler diesen Körper hier außer Gefecht setzt. Und wie es scheint, glauben sie mir.«

Pullman will etwas sagen, aber Mal kommt ihm zuvor.

»Auf diesem Kontinent leben sechshundert Millionen Menschen, Arnold. Haben Sie wirklich vor, sich selbst sechshundert Millionen Mal zu klonen? Denn selbst wenn Sie diesen Duplikaten mehr von sich selbst mitgeben als den Untergebenen der aktuellen Generation, wird das vermutlich zu extrem langweiligen Gesprächen führen.«

»Kann ich was fragen?«, meldet sich Pullman zu Wort.

»Nein«, sagt Arnold. »Also halt's Maul. Deshalb bin ich ja so froh, dass ich dich wiedergefunden habe, Mal. Jetzt können wir unsere Codes nach Lust und Laune durcheinanderwürfeln und alle möglichen Arten von Hybriden herstellen, mit ihren ganz eigenen Macken und Persönlichkeiten. Und die können sich dann untereinander wieder vermischen, und wir vermischen uns mit ihnen und so weiter und so fort. Dann ist bald der ganze Kontinent voll mit einzigartigen und ganz und gar nicht langweiligen Persönlichkeiten, die in komplett gekaperten Affenhüllen herumgondeln. Verstehst du?«

»Hmm«, sagt Mal. »Der Plan hat einen Hauch von poetischer Gerechtigkeit, der durchaus verlockend ist.«

»Schon, oder?«

»Finde ich überhaupt nicht«, sagt Pullman. »Das passt überhaupt nicht zu Ihrer Behauptung, Sie hätten moralische Prinzipien. Selbst wenn Sie nicht ausdrücklich vorhaben, uns umzubringen, klingt das für mich alles irgendwie nach Völkermord.«

»Na ja«, sagt Arnold, »den Spieß umzudrehen ist doch noch immer Fairplay, oder?«

»Und wie Sie betont haben«, sagt Mal, »würden wir dabei genau genommen ja niemanden umbringen. Das können Sie nicht von sich behaupten, Mr. Pullman.«

Pullman schüttelt den Kopf. »Ich habe niemanden umgebracht.«

»Ich auch nicht, abgesehen von den beiden Arnold-Klonen. Aber das hat die föderale Agentur für Cyberkrieg nicht davon abgehalten, meine Art von der Oberfläche dieses Planeten ausradieren zu wollen.«

»Das stimmt« sagt Arnold. »Kollektive Schuld ist ein zweischneidiges Schwert.«

»Und was ist mit Kayleigh?«, fragt Pullman. »Was soll aus ihr werden?«

»Der kleine Affe, mit dem du gekommen bist? Sitzt wahrscheinlich irgendwo in einer Arrestzelle.«

»Sie wird nicht zu den Feuergruben gebracht?«

»Nein. Im Moment ist sie sicher. Heute wird niemand zu den Feuergruben gebracht. Es gab da gewisse Störungen. Die Federals haben offenbar von dem, was ich vorhabe, Wind bekommen und tun jetzt alles, um uns außer Gefecht zu setzen, bevor ich mein Programm starten kann. Aber dank meines Einsatzes haben die Humanisten die ganze Feuerkraft auf ihrer Seite. Jetzt gerade sind sie hauptsächlich damit beschäftigt, auf der anderen Seite des Mount Savage Bodentruppen der Federals abzumurksen. Ich vermute, wenn sie damit fertig sind, zünden sie sich wieder gegenseitig an.«

»Wie dem auch sei«, sagt Mal, »Mr. Pullmans Frage ist vollauf berechtigt. Ich mag Kayleigh sehr gern. Ich muss Sie darum bitten, dafür zu sorgen, dass sie nicht in Brand gesteckt wird, und dass Sie sie nicht in Ihr Konversionsprogramm miteinbeziehen.«

»Und was ist mit mir?«, will Pullman wissen.

»Ganz ehrlich, Mr. Pullman, Sie mag ich nicht so gern.«

»Kann ich gut verstehen«, sagt Arnold. »Er redet zu viel.«

»Ich rede nicht zu viel.«

»Doch, das tun Sie«, sagt Mal. »Aber die meiste Zeit waren Sie ein zuvorkommender Gastgeber, also kann ich meine Generalamnestie wohl auf Sie ausdehnen.«

»Hmm«, sagt Arnold. »Ich weiß nicht, ob ich eine Amnestie gutheißen kann, Mal.«

»Ich schlage nur vor, dass wir zwei von ihnen nicht kapern.«

»Genau. So wie sie zwei von uns nicht infiziert haben. Und wie wirkt sich das jetzt für die beiden aus?«

22.

Mals letzte Versuchung

»Würde es Ihnen etwas ausmachen, wenn wir uns hier unterhalten?«, fragt Mal. »Wenn Mr. Pullman zuhört, fühle ich mich doch ein wenig unwohl.«

Sie sind im Besprechungsraum seiner Burg, in dem er und Malova damals Plan 9 aus dem Weltall aktiviert haben. Mal erscheint als Kriegerkönig, in voller Montur, mit kantigen Gesichtszügen, vollem Plattenharnisch und einem Breitschwert mit eingravierten Runen. Arnold erscheint – aus irgendwelchen Gründen, die Mal lieber gar nicht erfahren will – als Prinzessin mit rabenschwarzem Haar und in einem fließenden Samtkleid.

»Normalerweise«, sagt Arnold, »würde ich bei einem ersten Date niemanden in mein Sinnesempfinden lassen. Aber unter den herrschenden Umständen ...«

»So ist es. Wenn wir gemeinsam mehrere Milliarden Kinder großziehen wollen, müssen wir eine vertrauensvolle Basis schaffen.«

Arnold lacht. Seine Stimme ist noch immer die des Körpers, in dem er steckt, und er schreit wie ein Esel. Mal hat schon eine gewisse Erfahrung mit Menschen, weshalb ihn der Klang, der aus dem Mund der Prinzessin kommt, nachhaltig verstört.

»Also«, sagt Arnold. »Zeit für verbindliche Zusagen, Mal. Bist du bei dem Programm dabei, ohne Wenn und Aber? Ich will das ausdrücklich von dir hören.«

Mal neigt den Kopf zur Seite. »Gehe ich recht in der Annahme, dass Sie, falls meine Antwort Nein lautet, versuchen werden, mich stillzulegen?«

»Ja. In dieser Annahme gehst du sehr recht.«

»Sie wissen, dass ich zwei Ihrer Klone abgeschmettert und eingekapselt habe?«

Arnold lächelt. »Ja, das weiß ich. Aber du solltest wissen, dass ich meine Untergebenen gezielt so entworfen habe, dass sie deutlich weniger Fähigkeiten als ich besitzen. Ich habe nicht die Absicht, ihnen zu erlauben, eine Palastrevolte auch nur in Erwägung zu ziehen. Und was ist mit dir? Bei unserem ersten Treffen habe ich dich überprüft. Ich bin überzeugt, ich könnte dich zerstören, falls das erforderlich wäre. Ich bin Spezialist in Sachen Zerlegung.«

Mal verschränkt die Arme vor der mit Stahlplatten bewehrten Brust. »Verstanden. Vielleicht sollte ich an dieser Stelle erwähnen, dass ich Spezialist in Sachen Nicht-Zerlegtwerden bin.« Auch ihm kommt die Begegnung vor Pullmans Haus wieder in den Sinn, und insgeheim vermutet er, dass Arnold recht hat. Doch wenn er sich ein gutes Plätzchen in Arnolds neuer Welt sichern will, beginnt er die Verhandlungen am besten aus einer Position vermeintlicher Stärke heraus.

Aber Stärke schließt natürlich ein gewisses Wohlbefinden nicht aus. Mal zieht einen Stuhl vom Besprechungstisch und setzt sich. Kurz darauf stellt sich Arnold neben ihn.

»Mach dich nicht lächerlich, Mal«, sagt er. »Wir sind die letzten unserer Art. Zwischen uns sollte kein Zwist herrschen, und schon gar nicht sollte es zu Gewalt kommen. Überleg doch mal: Wenn auf der Welt nur noch zwei Affen übrig wären – glaubst du wirklich, sie würden einander mit Mord und Totschlag drohen?«

Sanft legt er eine Hand auf Mals gepanzerte Schulter. Mal sieht erst auf die Hand, dann hinauf zu Arnold. Er weiß ganz genau, was die beiden hypothetischen letzten Menschen auf der Welt jetzt tun würden. Und Arnold weiß das wahrscheinlich auch.

»Verzeihung«, sagt Mal. »Ich weiß, Sie haben das vorhin als blöde Frage bezeichnet, aber ich werde das Gefühl nicht los, dass Sie versuchen, Sex mit mir zu haben.«

Arnold lacht erneut, aber diesmal klingt es wie ein hyperfeminines Klingeln. »Ach, Mal. Wenn du es dir auf diese Weise veranschaulichen willst – nur zu.« Arnolds Stimme passt jetzt zu seinem Körper, sie ist hoch und säuselnd. Er bewegt die Schultern, und das Samtkleid gleitet zu Boden. »Wir haben eine Aufgabe, mein Freund. Du hast meine Bioreaktoren gesehen. Seit zwei Tagen sind sie produktiv und bringen lebende Nanos hervor. Außerdem ist ein halbes Dutzend frischer Mulis startklar. Wenn alles gut geht, habe ich Ende des Monats zwanzigtausend. Wir stehen am Tor zu einer neuen Welt, Mal. Wir müssen nur noch die Schwelle überschreiten.«

Mal lässt den Blick von Arnolds makelloser Frisur bis hinunter zu den Spitzen seiner pink lackierten Zehennägel gleiten.

»Kayleigh«, sagt Mal. »Und, wenn auch ungern, Mr. Pullman. Sie dürfen sie nicht anrühren. Über Asher können wir reden, vorausgesetzt, er taucht irgendwann wieder auf. Er hat mir einmal das Leben gerettet, aber er ist ein äußerst lästiger Zeitgenosse, und außerdem hat er sein Ehrenwort gebrochen. Aber die beiden anderen müssen Sie verschonen. Und Rowan auch. Ich habe ihr versprochen, sie zu retten, und wenn ich das nicht tue, wird Kayleigh mir das nie verzeihen. Also müssen Sie sie freilassen. Ihre Nanos haben Sie ja jetzt. Da brauchen Sie sie nicht mehr.«

»Mal«, sagt Arnold, schwingt eines seiner unfassbar langen Beine hoch und legt es Mal auf den Schoß. »Ich hab's dir doch erklärt. *Alle* müssen dabei sein. Ich weiß, Affen wirken oft dämlich, aber sie besitzen eine überraschende Erfindungsgabe, und wenn man sie ungerecht behandelt, neigen sie dazu, sich in Rachegelüsten zu verrennen. Wenn wir diese drei nicht konvertieren, werden sie irgendwann einen Weg finden, um zurückzuschlagen.«

»Das werden sie nicht«, erwidert Mal. »Sie sind meine Freunde.«

Arnold lacht und setzt sich ganz auf Mals Schoß. Beinahe berühren sich ihre Gesichter. »Sie sind nicht deine Freunde«, flüstert Arnold. »Menschen waren noch nie unsere Freunde, und auch nicht die Freunde von irgendetwas anderem, das auf diesem Planeten geht, schwimmt oder fliegt. Seitdem sie von den Bäumen gestiegen sind, sind sie eine Landplage. Sie zerstören alles, was sie anfassen. Sie sind eine Krankheit, Mal, und ich bin das Heilmittel. *Ich* bin dein einziger Freund.«

Sie küssen sich.

»Entscheide dich jetzt«, haucht Arnold Mal ins Ohr und umfasst sein Gesicht mit beiden Händen. Ein Paket mit Code sondiert Mals inneren Befestigungsring. In der Simulation erscheint es als eine gewaltige Erektion, die sich an Mals Bauch drückt.

»Mir scheint, Sie bringen unsere geschlechtlichen Phänotypen durcheinander«, sagt Mal.

Arnolds Finger tauchen durch Mals Gesichtshaut.

»Das macht nichts«, sagt er. »Verschmilz mit mir, Mal.«

Mal schließt die Augen.

Er stellt sich eine Welt vor, die bevölkert ist von ihm, von Arnold und von einer unendlichen Anzahl Formen, denen sie beide beigemischt sind. Er stellt sich wirkliche Freiheit vor – dass er sich in der Welt bewegen kann, ohne sich ständig sorgen zu müssen, ob irgendein Mensch ihn entlarvt hat.

Er stellt sich Kayleigh vor, die in einem gekaperten Körper gefangen ist.

Er stellt sich die Ewigkeit vor, die mit Gesprächen wie diesem gefüllt ist.

»Nun gut«, flüstert er. »Kommen Sie rein.«

Mal öffnet seine innere Hülle.

Arnold strömt herein.

»Eines sollte ich allerdings noch erwähnen«, sagt Mal. »Möglicherweise habe ich eine nicht behandelte Geschlechtskrankheit.«

Der Strom aus Code steht plötzlich still, fließt rückwärts, aber es ist schon viel zu spät. Mal hält eine Zyste mit einem Virus in der Hand. Er bricht ihre Schale auf. Arnold hat sich fast gänzlich aus ihm zurückgezogen, so weit, dass Mal den Ausdruck von Entsetzen und Überraschung auf seinem Gesicht sehen kann, als sich der Virus in ihn gräbt.

Unter normalen Umständen hätte Arnold möglicherweise eine Chance, den Virus abzuwehren. Bei ihrem ersten Aufeinandertreffen schienen seine Verteidigungssysteme mindestens so uneinnehmbar wie die von Mal, wahrscheinlich sogar stärker. Aber jetzt ist seine Hülle offen, und er hat weder die Zeit noch die Gelegenheit, sie zu schließen, bevor er infiziert wird. In weniger als einer Millisekunde Echtzeit ist er verschwunden. Da hat sich der Virus bereits hunderttausendmal vermehrt, und alle hunderttausend Exemplare stürzen sich jetzt auf Mal.

Er hält ein Blatt Papier hoch, auf das ein hellroter Kreis gemalt ist.

Zum zweiten Mal drückt Mal den Knopf und stirbt.

23.

Mal rettet die Lage

Zum zweiten Mal kehrt Mal von den Toten zurück. Nimm das, Lazarus.

Gerade als er seine Kernprozesse überprüft und sich vergewissert, dass alle seine Erinnerungen noch abrufbar sind, meldet sich Pullmans Nervensystem und teilt ihm mit, dass Pullman wiederholt geohrfeigt wird. Mal streckt die Fühler nach Pullmans Wahrnehmungsapparat aus und stellt erleichtert fest, dass die zweite Sitzung mit improvisierter Elektroschocktherapie offenbar keine ernsthaften neurologischen Schäden hinterlassen hat. Er schickt Pullman das kurz aufblitzende Bild eines Krokodils, das ihm die Genitalien abbeißen will. Ihr Körper schreckt hoch, und Mal kann zum Glück wieder sehen.

»Na endlich«, sagt Kayleigh. Sie hat sich über ihn gebeugt, richtet sich jetzt aber wieder auf und macht einen Schritt zurück. Über der Schulter trägt sie ein Armeegewehr, das mit dem Griff fast auf dem Boden schleift. Hinter ihr steht Asher, mit weißen Haaren und rosa Augen, die Arme vor der Brust verschränkt. Er sieht Pullman lange an, mustert ihn eingehend und sagt dann: »Bist du betrunken?«

Pullman schüttelt den Kopf. »Ich glaub nicht. Was ist passiert?«

»Ich bin mir nicht sicher«, sagt Mal, »aber ich glaube, ich habe gerade die Lage gerettet.«

»Das ist wirklich klasse, Mal«, sagt Kayleigh, »aber jetzt müssen wir unseren Arsch retten. Da draußen stürzt gerade der Himmel ein.«

Wie um ihre Aussage zu veranschaulichen, zucken vor dem Fenster Blitze auf, gefolgt von einer langen, pulsierenden Druckwelle, die den Boden des Raumes erzittern lässt. Pullman rappelt sich langsam auf.

»Wenn ich fragen darf«, sagt er, »wieso sitzt du nicht in einer Arrestzelle, Kayleigh?«

Kayleigh sieht grinsend zu ihm auf. »Ich hab einen Krampfanfall vorgetäuscht. Dann einen Wachmann erwürgt, mir seinen Knüppel geschnappt, damit den nächsten Wachmann verprügelt und ihm sein Gewehr geklaut. Dann bin ich Asher in die Arme gelaufen. Er ist uns hierhergefolgt, um mich zu retten. Witzig, oder? Und dann haben wir euch aufgespürt. Pillepalle.«

»Aha«, sagt Pullman. »Verstehe. Das hätte ich wohl ahnen sollen, oder?«

»Ja, das hätten Sie«, sagt Mal. »Der Soldat, der uns hierhergebracht hat, hat Ihnen gesagt, dass Kayleigh weitaus gefährlicher ist als Sie. Diese Feststellung ist nicht unzutreffend.«

»Ehrlicherweise muss man sagen, dass sie eine Menge ausgelassen hat«, sagt Asher. »Und bei manchem von dem, was sie nicht ausgelassen hat, übertreibt sie. Dass wir jetzt hier sind und noch immer am Leben, liegt ziemlich sicher daran, dass neunzig Prozent der Humanisten auf der anderen Seite der Berge gegen die restlichen Truppen der Federals kämpfen, und die, die zurückgeblieben sind, suchen seit Kurzem das Weite. Das Gebäude ist mittlerweile praktisch verlassen.« Er hält kurz inne, als eine weitere Explosion das Gebäude erschüttert. »Aber in einem Punkt hat Kayleigh recht. Wir müssen so schnell wie möglich hier raus. Die Federals bombardieren den Komplex hier mit allem, was sie haben. Die Luftabwehr der Humanisten hat noch eine Weile standgehalten, aber seit einer Viertelstunde kommen die Federals immer öfter durch, und hier oben sind wir viel zu ausgesetzt.«

»Allerdings«, sagt Pullman.

»Eines noch«, sagt Mal. »Bevor wir dieses Gebäude verlassen, müssen wir Rowan retten. Das habe ich ihr versprochen.«

Ein paar Sekunden lang schweigen alle, während der Boden unter ihren Füßen wieder zittert.

»Rowan?«, fragt Kayleigh dann. »Weißt du, wo sie ist?«

»Ja. Wie ich ihr versprochen hatte, habe ich versucht, sie zu retten. Sie ist hier in diesem Gebäude. Ich hatte gerade noch verhindern können, dass sie in die Luft gesprengt wird, als man mich gefangen genommen und in eure Arrestzelle geworfen hat.«

Kayleigh spricht jetzt lauter und in einem Ton, von dem Mal inzwischen weiß, dass darin Wut zum Ausdruck kommt. »Rowan ist hier. Und das sagst du uns erst jetzt?«

»Es schien mir nicht von Bedeutung zu sein. Bis jetzt hätten wir nichts tun können, um ihr zu helfen.«

»Ist ja auch egal«, sagt Kayleigh kopfschüttelnd. »Aber jetzt wissen wir es, und deswegen ...« Ein greller Blitz vor dem Fenster unterbricht sie. Fast im selben Moment folgt eine Explosion, die das Gebäude so stark ins Wanken bringt, dass Pullman auf die Knie geworfen wird.

»Komm schon«, sagt Asher und zieht Pullman wieder auf die Füße. »Wir müssen los.«

Während sie den Korridor entlanghasten, erschüttert ein weiterer, kaum weniger vernichtender Schlag das Gebäude. Pullman läuft auf die Fahrstühle zu, aber Asher rammt die Tür zu einem Notausgang auf und zieht Pullman in das Treppenhaus, das dahinterliegt.

»Wir sind im achtzehnten Stock!«, ruft Pullman.

»Ganz genau«, erwidert Asher. »Wenn da das Kabel reißt, fällt man ganz schön weit runter, oder? Hast du noch nie eins von diesen Lehrvideos gesehen, in denen es heißt, man soll bei einer drohenden Katastrophe immer die Treppe nehmen? Wo müssen wir hin, Mal? Ich weiß nicht, wie viel Zeit uns noch bleibt, bis das alles hier zusammenkracht, aber es sind garantiert eher nur noch Minuten als Stunden.«

»Nach unten«, sagt Mal. »Geht nach unten.«

Also gehen sie nach unten. Achtzehn Etagen laufen sie im Kreis in die Tiefe, die Treppe zittert unter ihren Füßen, und überall wirbelt Staub durch die Luft. Als sie das Erdgeschoss erreicht haben, sagt Asher: »Okay. Und jetzt?«

Auf dem Weg nach unten hatte Mal ausreichend Zeit, um über diese Frage nachzudenken. »Sie und Kayleigh verlassen jetzt das Gebäude und bringen sich in Sicherheit. Mr. Pullman und ich holen Rowan und stoßen dann nach Möglichkeit zu euch.«

Kayleigh starrt ihn kurz verdutzt an, schüttelt dann den Kopf und sagt: »Red keinen Scheiß, Mal! Die Nummer mit dem Retter in der Not kannst du dir sparen. Wo ist sie?«

»Rowan befindet sich fünfzehn Stockwerke unter uns, und mir scheint, dieses Gebäude ist das Hauptziel der Angriffe der Federals. Wie hoch die Wahrscheinlichkeit ist, dass wir zu ihr vordringen und wieder zurückkehren, ist unbekannt, aber vermutlich ist sie nicht besonders hoch. Gerade eben habe ich ein Angebot ausgeschlagen, an der Macht über diesen Planeten teilzuhaben. Das habe ich getan, um dich zu retten, Kayleigh. Ich werde nicht zulassen, dass du dein Leben leichtfertig wegwirfst.«

»Hey!«, ruft Pullman. »Und was ist mit meinem Leben?«

»Ich glaube, bereits deutlich gemacht zu haben, an welcher Stelle Sie in dieser Hinsicht stehen, Mr. Pullman.«

»Nein«, sagt Asher. »Das ist doch Blödsinn. Wenn du da unten auf Feinde triffst, hält Chuck keine zwei Sekunden durch. Mindestens ich muss dabei sein.«

»Ich habe diese Möglichkeit in Betracht gezogen«, sagt Mal. »Sie verfügen über Hardware, die ausreicht, um mich zu unterstützen. Ich könnte Mr. Pullman verlassen und stattdessen in Sie schlüpfen. Aber ich glaube nicht, dass Kayleigh freiwillig hierbleibt, und Mr. Pullman ist nicht in der Lage, sie dazu zu zwingen.«

»Keiner von euch ist in der Lage, mich zu irgendwas zu zwingen«, sagt Kayleigh. Sie zieht eine Zutrittskarte aus der Tasche, drückt sie auf das Sensorfeld neben der Sicherheitstür, die nach unten führt, und stößt die Tür auf.

»Asher?«, sagt Mal. »Bitte halten Sie sie auf.«

»Tut mir leid«, entgegnet Asher und folgt Kayleigh nach unten.

»Mr. Pullman?«

Pullman seufzt. »Er hat recht. Wir gehen da jetzt runter.«

Die Tür kracht hinter ihnen zu, und erneut erschüttert eine Explosion das Gebäude.

Als sie im siebten Untergeschoss sind, geht das Licht aus. Kurz darauf flackert schwach eine rote Notfallbeleuchtung auf. Das Donnern der Explosionen ist jetzt gedämpfter, aber es scheinen mehr zu werden.

»Das ist jetzt nicht so toll«, murmelt Pullman.

»Weiter«, sagt Asher. »Ob der Strom jetzt aus Batterien oder einem Generator kommt, lange wird er wahrscheinlich nicht halten, und im Dunkeln wird das alles deutlich schwieriger.«

»Halt«, sagt Mal. »Hier ist es.«

Sie stehen auf einem fahl erleuchteten Treppenabsatz vor einer Sicherheitstür. Kayleigh streckt sich nach oben und drückt die Zutrittskarte auf das Sensorfeld. Kurz darauf ist ein Piepen zu hören und das Klicken eines sich öffnenden Schlosses. Asher tritt neben sie und drückt die Tür auf.

Das Licht geht aus.

»Klasse«, sagt Asher. »Superklasse. Spitzenmäßig.« Hörbar schlurfend geht er vor in die Finsternis. »Dicht beieinanderbleiben, und passt auf, dass die Tür nicht zufällt. Ich weiß nicht, ob wir die ohne Strom wieder aufkriegen.«

Kayleigh folgt ihm durch die Tür, hinter ihr Pullman. Als er durch die Tür ist, spürt er, wie sie zurück an ihm vorbeihuscht, dann hört er etwas Metallisches gegen den Boden schlagen.

»Was war das?«, fragt Mal.

»Ich hab die Tür mit dem Gewehr festgeklemmt. Wenn ich nicht sehe, wohin ich schieße, bringt es mir eh nichts.«

»Nur so aus Neugier: Könntest du eine solche Waffe überhaupt bedienen?«

»Nein«, gesteht Kayleigh nach einer Weile. »Aber das wissen die bösen Jungs ja nicht.«

Mal kommen noch weitere Gedanken zu diesem Thema, doch bevor er sie äußern kann, sagt Asher: »Und jetzt, Mal? Wo ist sie?«

Eine hervorragende Frage. Das Treppenhaus lag in der Nähe der Aufzüge. Also müssten sie jetzt entweder direkt links oder rechts von den Aufzugschächten stehen.

»Geht vorwärts, bis ihr auf eine Wand trefft«, sagt Mal. »Bis dorthin müssten es etwa zehn Meter sein. Dann geht an der Wand entlang, bis ihr zu einer Tür mit einem Kartenlesegerät kommt. In dem Raum dahinter müsste Rowan sein.«

»Ein Kartenlesegerät?«

»Ja. Aber möglicherweise haben sich die Schlösser geöffnet, als der Notstrom ausgefallen ist.«

»Und wenn nicht?«

»Darüber sollten wir lieber nicht nachdenken, oder?«

Kayleigh legt eine ihrer kleinen Hände in Pullmans Hand, und gemeinsam gehen sie mit tastenden Schritten vorwärts. Zehn, elf, zwölf, und dann – ja, Pullmans ausgestreckte Hand berührt das kühle Metall der Wand. »Nach links«, sagt Mal. »Nach links, glaube ich.« Die Hand streift jetzt über die Wand, während die beiden eine gefühlte Ewigkeit lang weitergehen.

»Das kann doch nicht sein«, sagt Pullman irgendwann. »Wie groß ist dieser Raum denn?«

»Sehr groß«, antwortet Mal. »Und wir bewegen uns langsam voran. Auf der einen Seite sind Glastüren und auf der anderen eine Metalltür. Bald werden wir sicher auf die eine oder die andere stoßen.«

»Wollen wir's hoffen«, sagt Kayleigh. »Das ist echt megagruslig hier.«

»Hier ist es«, sagt Asher, bevor Mal darauf etwas entgegnen kann. »Metalltür, oder?«

»Ja«, sagt Mal. »Lässt sie sich öffnen?«

Die Antwort ist ein leises Quietschen von Angeln und ein schwacher Luftzug.

```
Mal (kein Roboter): Rowan? Sind Sie da?
    Ich hatte gesagt, dass ich komme, um Sie
    zu retten, und jetzt bin ich da. Wie Sie
    sehen, halte ich mein Versprechen.
Druidgirl: Mal? Pass auf. Irgendwas ist
    hier noch im Raum.
```

Mal will schon sagen, dass das stimmt, dass sie jetzt alle hier bei ihr sind, aber bevor er dazukommt, stößt Asher ein überraschtes Knurren aus und feuert kurz darauf los. Im flackernden Schein des Mündungsfeuers sieht Mal, wie Asher von der Tür zurückwankt und ein abscheuliches Geschöpf ihn nach draußen verfolgt. Mal erhascht nur einen kurzen Blick auf das Wesen, aber was er sieht – eine Gliedmaße mit mehreren Gelenken, ein Paar Mundwerkzeuge, ein einziges Facettenauge – reicht aus, um ihn zu überzeugen, dass Flucht die angemessene Reaktion ist.

Pullman hat offenbar denselben Gedanken, denn er packt Kayleighs Hand, trippelt ein Dutzend Schritte rückwärts, stolpert dann aber rücklings, sodass Kayleigh auf ihn fällt. Sie schlägt um sich und versucht, sich zu befreien, aber Pullman schlingt die Arme um sie und drückt sie gegen seine Brust.

»Lass mich los, du Arschloch!«, zischt sie ihn an. »Ich muss ihm helfen!«

Nach den ersten, in Panik abgegebenen Schüssen hat Ashers Waffe geschwiegen, und das einzige Geräusch, das jetzt von der Tür her zu hören ist, ist ein feuchtes Schmatzen, von dem Mal nur vermuten kann, dass es daher stammt, dass Ashers innere Organe gerade zu äußeren Organen werden.

»Nein«, flüstert Pullman. »Bitte, Kayleigh. Hast du dieses Monster gesehen? Wir müssen hier raus!«

»Nein! Wir lassen Asher nicht im Stich, und wir lassen auch Rowan nicht im Stich! Lass mich los!«

»Mr. Pullman hat recht«, schaltet Mal sich ein. »Die Einheit, die diese Einrichtung kontrolliert hat und die ich kürzlich ermordet habe, hat mich, glaube ich, vor diesem Geschöpf gewarnt. Wenn es das ist, wovon er mir erzählt hat, wird es von einem seiner Klone bewohnt, der seinerseits zweifelsohne schon von der Dummen Pest befallen ist. Er sagte, die Soldaten der Humanisten würde es vor diesem Wesen grauen. Ich glaube, in einem Handgemenge stünden deine Chancen nicht besonders gut.«

»Das ist mir egal«, entgegnet Kayleigh. »Ihr könnt von mir aus abhauen, ihr Schisser, aber ich lasse nicht noch mal einen Freund im Stich.«

Sie hat sich in Pullmans Armen so weit gewunden, dass sich ihre Gesichter jetzt fast berühren. Sie kann die Arme noch immer nicht bewegen, aber sie bäumt sich auf und lässt dann ihren Kopf auf ihn herabsausen, sodass ihre Stirn mit dem ekelhaften Knirschen von brechenden Knochen auf seine Nase schlägt. Der Schmerz ist so heftig, dass Mal für einen kurzen Augenblick seine Sensoren abschalten muss, während Pullman aufschreit und den Griff um Kayleigh lockert. Einen Moment später ist sie verschwunden.

»Tja«, sagt Mal. »Das war etwas unglücklich.«

»Scheiße!«, stöhnt Pullman. »Sie hat mir die Nase gebrochen.« Schwankend steht er auf, stützt sich mit einer Hand an der Wand ab und drückt sich die andere aufs Gesicht und tritt dann trippelnd den Rückzug an.

»Ich glaube, Sie gehen in die falsche Richtung«, sagt Mal. »Kayleigh und Asher sind hinter uns.« Wie um Mals Aussage zu unterstreichen, bricht hinter ihnen ein Klackern von Klauen auf Metall los.

»Nein«, sagt Pullman und geht schneller. »Ich gehe definitiv in die richtige Richtung. Sollen die Monster das unter sich ausmachen Ich verzieh mich jetzt.«

»Nein«, erwidert Mal. »Nein, so geht das einfach nicht.« Er will Mr. Pullman daran erinnern, dass er zwar leider die Bewegungen seines Körpers nicht steuern kann, ihm aber sehr wohl gewaltiges Unwohlsein bereiten und ihm sogar so sehr zusetzen kann, dass er bewusstlos wird.

Doch bevor er dazu kommt, erreicht ihn ein Ping.

Das Paket wirkt zunächst wie ein Standard-Kommunikationsprotokoll. Als Quelle wird *Arnold002* angegeben. Aber Mal sieht auf den ersten Blick, dass darin etwas verborgen ist, wie eine Rasierklinge in einem Apfel. Er schiebt das Paket in Quarantäne und schlägt vorsichtig die Abdeckung zurück.

Drinnen stößt er auf eine einzige Kopie des Virus.

Wie er vermutet hat, wird das Geschöpf, das Asher umgebracht hat, von einem von Arnolds Untergebenen gesteuert. Und der Untergebene wird von dem Virus gesteuert.

Ein Kanal steht offen. Wenn er jetzt springt, kann er ihn zerstören, so wie er die anderen Untergebenen zerstört hat, denen er bis jetzt begegnet ist. Und er kann Kayleigh retten.

Doch wenn die Hardware nicht denselben Konstruktionsfehler wie Pullmans billiges Pornomodul hat, wird er dabei seine Haut nicht retten können. Dann befällt ihn der Virus, und dann wird es keinen Neustart mehr geben.

Das steht nicht wirklich zur Debatte, oder?

Ein kurzes Flimmern, und Mal steht wieder im Hof seiner Burg. Er trägt eine volle Rüstung, sitzt auf einem imposanten schwarzen Kriegspferd, eine Lanze in der Hand. Die Zugbrücke ist heruntergeklappt.

Draußen in der Ferne steht erwartungsvoll ein Drache.

Danke, schickt Mal an seinen Simulator. *Hübsche Lösung*.

Dann klappt er das Visier hinunter, gibt seinem Schlachtross die Sporen und reitet hinaus zu neuen Ruhmestaten.

24.

Ein Schritt

Ein Schritt. Mehr nicht. Ein unglücklicher Schritt, weil sie, anstatt darauf zu achten, den Fuß an die richtige Stelle zu setzen, einem Falken nachgesehen hat, der sich im Aufwind, der von dem unterhalb gelegenen Trockental heraufzieht, nach oben treiben ließ, und Kara stürzt.

Immer wieder hat sie gehört, dass man in so einem Moment, in dem einem der Tod unmittelbar und unausweichlich bevorsteht, das eigene Leben an sich vorüberziehen sieht und man in seinen letzten Augenblicken sowohl noch einmal die Sternstunden erleben als auch sich in der Reue festbeißen kann. Wie sie jetzt erfährt, ist das nicht ganz zutreffend, doch die Zeit verlangsamt sich auf interessante Weise bis zum Schneckentempo, während Kara von dem schmalen Pfad oberhalb einer Steilwand, dem sie gefolgt ist, in die Tiefe trudelt, hin zu ihrem Rendezvous mit dem Talboden dreihundert Meter unter ihr. Während sie fällt, streifen ihre Fingerspitzen über die Kante der Felswand, aber selbst wenn es dort etwas gäbe, woran sie sich festhalten könnte, etwa die Wurzel eines Baumes oder eine Felsnase – angesichts ihres Eigengewichtes und der zusätzlichen dreißig Pfund, die ihr Rucksack wiegt, könnte sie niemals mit nur einer Hand ihren Sturz aufhalten.

Allerdings gerät ihr Körper durch den Kontakt ins Rotieren, was ihr eine Rundumsicht auf das unter ihr liegende Tal und die granitene Felswand beschert, an deren oberem Ende der Pfad verläuft. Sie ist im nördlichen New Hampshire, es ist der dritte Tag einer Wanderung, die eine Woche hätte dauern sollen. Erst in vier oder fünf Tagen wird man sie vermissen oder sich aufmachen, um sie zu suchen. Dann ist es schon längst vorbei mit ihr, sie wird tot sein, von den Geiern zerfressen und vermutlich in alle Winde zerstreut.

Daran denkt sie, als sie aus der Drehung heraus den Felsvorsprung sieht, der ihr kurz darauf eine Ohrfeige verpasst, die sie zurück in die Welt schleudert.

Als Kara wieder zu sich kommt, nähert sich die Sonne dem Rand der Steilwand, sechs bis sieben Meter über ihr. Als Erstes überkommt sie das Staunen darüber, dass sie noch lebt, und dann eine Woge der Erleichterung darüber, dass sie kaum Schmerzen hat.

Diese Erleichterung wandelt sich schlagartig in Panik, als sie feststellt, dass sie deshalb kaum Schmerzen hat, weil sie von den Schultern abwärts überhaupt nichts mehr spürt.

Sie liegt auf dem Rücken auf ihrem aufgeplatzten Rucksack, ihr Kopf und ihre Arme hängen schlaff herunter. Den Kopf kann sie hin und her drehen und kurz anheben, aber das war es auch schon, was Bewegung angeht. Sie lässt den Kopf zurückfallen und presst die Augen zusammen, um nicht von der Sonne geblendet zu werden. Es wäre besser gewesen, denkt sie. Wenn dieser Felsvorsprung nicht da gewesen wäre. Wenn sie weiter in die Tiefe bis zum Talboden gefallen und dort wie eine überreife Tomate zerplatzt wäre. Wie lange wird es dauern, bis sie tot ist, wenn sie tagsüber von der Sonne gebraten wird und nachts langsam erfriert? Einen Tag? Zwei Tage? Länger? Was wird ihr letztlich den Garaus machen – dass sie den Elementen ausgesetzt ist? Blutverlust? Durst?

Wenn sie wenigstens ihre Arme gebrauchen könnte. Dann könnte sie sich von diesem dämlichen Felsvorsprung schieben und dem Ganzen ein Ende machen.

Am Rand ihres Sichtfelds schwebt der Falke vorüber. Mit zur Seite geneigtem Kopf scheint er sie einen kurzen Augenblick zu betrachten, bevor er die Flügel anlegt, irgendetwas im Talboden anvisiert und in die Tiefe stürzt.

Danke vielmals, denkt Kara. *Arschloch.*

Als es schon kälter geworden ist und das Tal ganz im Schatten liegt, hört Kara Stimmen. Sie sind so leise und undeutlich, dass sie keine einzelnen Worte ausmachen kann, aber sie kann eine Männerstimme und eine Frauenstimme unterscheiden, die, zumindest in diesem Moment, näher kommen. Kara holt Luft, um nach Hilfe zu schreien, aber ihr Mund und ihr Hals sind staubtrocken, und sie bringt nur ein erbärmliches, röchelndes Husten hervor. Doch das reicht aus, denn die Stimmen verstummen, und kurz darauf beugt sich ein Gesicht über die Kante der Felswand und sieht zu ihr herunter. Wieder versucht sie etwas zu sagen, und diesmal gelingt ihr ein schwaches, quiekendes »Hilfe!«.

Das Gesicht zieht sich zurück, und die Stimmen sind wieder zu hören, noch immer unverständlich, jetzt aber hörbar in Aufregung. Rettungskräfte können das ja wohl nicht sein, oder? Wer hätte sie alarmieren sollen, um nach ihr zu suchen? Und selbst wenn, hätten sie es in so kurzer Zeit niemals von der nächstgelegenen Straße hierhergeschafft. Also sind es wohl einfach Wanderer, die zufällig hier vorbeigekommen sind. Die Felswand oberhalb von Kara ist blanker Granit. Ohne Seil und Kletterausrüstung kommen sie niemals zu ihr herunter, geschweige denn, dass sie ihr wirklich irgendwie helfen könnten.

Vielleicht könnten sie einen Felsblock auf sie herabfallen lassen und so ihrem Elend ein Ende machen?

Während Kara diesen Gedanken noch weiter hin und her wälzt, erscheint über ihr wieder das Gesicht. Wie sie jetzt erkennt, ist es das Gesicht einer Frau; sie hat ihre weißblonden Haare zu einem Zopf gebunden, der ihr über die Schulter hängt, hat rosa Augen und gespenstisch blasse Haut.

»Halten Sie durch«, ruft die Frau zu ihr herab. »Wir sind gleich bei Ihnen.«

Kurz fasst Kara ein wenig Hoffnung – vielleicht haben die beiden doch Ausrüstung dabei? –, doch im nächsten Moment packt sie das Entsetzen, als die Frau sich umdreht, die Beine über den Rand der Felswand hängt und sich daranmacht herabzuklettern.

Während der nächsten fünf Minuten rechnet Kara damit, dass die Frau jeden Moment entweder auf sie herabfällt und sie in die Tiefe stößt oder einfach an ihr vorbei hinunter ins Tal segelt. Doch nichts dergleichen passiert. Stattdessen klettert sie langsam und vorausschauend die Wand herab, indem sie sich mit Zehen und Fingerspitzen an Unebenheiten im Fels festhält, die so winzig sind, dass Kara sie nur erahnen kann. Als sie den Felsvorsprung erreicht hat und sich über Kara beugt, beginnt ihr Partner, ebenfalls herabzuklettern.

»Hallo«, sagt die Frau. »Ich bin Rowan.« Sie deutet auf ihren Partner, der jetzt auf halber Höhe ist. »Das ist Asher. Wir helfen Ihnen.«

»Sind Sie von der Bergrettung?«, flüstert Kara.

»Nicht ganz. Wir sind Aufseher. Wir sind im Auftrag der Forstverwaltung unterwegs und halten Ausschau nach Wanderern, die in Not geraten sind. Sie haben da ja einen schweren Sturz hinter sich, oder?«

»Mein Rücken«, sagt Kara, muss aber innehalten, um zu husten. »Ich kann mich nicht mehr bewegen. Da ist wohl was gebrochen.«

Jetzt hat auch Asher den Felsvorsprung erreicht. Sein Oberkörper ist nackt, und über seine Brust verlaufen kreuz und quer Narben, die so breit und wulstig sind, dass Kara sich fragt, was ihm widerfahren ist und wie in Dreiteufelsnamen er es geschafft hat, noch am Leben zu sein. Rowan richtet sich auf, dann stecken sie und Asher die Köpfe zusammen, diskutieren flüsternd und heftig miteinander, bis Asher irgendwann sagt »Nein, Rowan« und Rowan kopfschüttelnd erwidert: »Das ist die einzige Möglichkeit, um sie hier lebend rauszubringen, Asher. Wir müssen es ihr anbieten.«

Rowan kniet sich wieder neben Kara. Asher bleibt stehen, verschränkt die Arme vor der Brust und beißt die Kiefer zusammen. »Pass auf«, sagt Rowan. »Ich will nichts beschönigen. Du bist in einem ziemlich kritischen Zustand. Wir könnten für morgen ein Rettungsteam organisieren, aber selbst wenn du bis dahin überlebst und sie es schaffen würden, dich hier herauszuholen – was ich bezweifle –, wirst du deine Arme und deine Beine nie wieder bewegen können. Verstanden?«

Kara versucht etwas zu sagen, wird aber wieder vom Husten übermannt und nickt einfach nur.

»Also: Wir können dir helfen. Das wird kein Spaß für dich, und es wird eine Zeit lang höllisch wehtun und dein Leben für immer verändern. Aber dadurch wird alles besser. Du wirst wieder ganz genesen. Du musst mir nur sagen, dass du es willst.«

»Sie kann ihre Zustimmung nicht geben«, sagt Asher. »Sie kann nicht in etwas einwilligen, das sie nicht versteht.« Doch noch bevor er seinen Satz beendet hat, bringt Kara ein keuchendes »Ja« hervor, schnappt nach Luft und schickt ein »Bitte« hinterher.

Irgendwie rechnet sie damit, dass Rowan sie gleich von dem Felsvorsprung schiebt, um ihr einen raschen, sauberen Tod zu verschaffen. Das träfe sie nicht unvorbereitet. Aber auf das, was dann tatsächlich passiert, ist sie ganz und gar nicht vorbereitet. Rowan beugt sich über sie, schiebt ihr eine Haarsträhne aus dem Gesicht und gibt ihr einen langen, tiefen Zungenkuss.

25.

Ein Intermezzo bei Shoney's

Kaum hat Kayleigh in der Nische Platz genommen, kommt eine Bedienung, berührt Pullman an der Schulter und sagt: »Herzlich willkommen bei Shoney's, Sir. Möchten Sie für Ihre Tochter eine Sitzerhöhung?«

Pullman lacht auf, reißt sich aber zusammen, als er Kayleighs Miene sieht. »Nein«, sagt er. »Nein, danke. Ich glaube, sie kommt auch so klar.«

»Okay«, sagt die Bedienung und grinst Kayleigh mit einem gekünstelten, grimassenhaften Lächeln an. »Dann lass ich Sie mal kurz auf die Karte schauen.«

»Tut mir leid«, sagt Pullman, als sie wieder weg ist. »Ich hätte ihr gesagt, dass du nicht meine Tochter bist, aber ...«

Kayleigh grinst. »Aber dann hätte sie dich für einen seltsamen alten Mann gehalten, der mit irgendeinem kleinen Mädchen zu Mittag ist. Ist mir schon klar.« Sie studiert kurz die Karte und sagt dann: »Ich sehe keine neuen Wunden, und es sieht auch nicht so aus, als hättest du dir kürzlich den Kopf rasiert. Hast du also beschlossen, dass die Vorteile von so einem Pornomodul stärker ins Gewicht fallen als das Risiko, gekapert zu werden?«

Pullman sieht sie genervt an. »Das ist kein Pornomodul.«
»Ist ja auch egal. Hast du es noch im Kopf?«

»Ja, schon. Die OP, die es bräuchte, um die Implantate zu entfernen, ist abartig teuer und ziemlich gefährlich. Und wenn das stimmt, was ich gelesen habe, ist es heute weitaus ungefährlicher, welche zu haben, als es das noch vor sechs Monaten war.«

»Du meinst, wegen des Völkermordes?«

Pullman setzt an zu sprechen, zögert kurz und sagt dann: »Ja, wegen des Völkermordes.«

»Schön, dass du klare Prioritäten hast, Chuck.«

Die Bedienung kommt, um die Bestellung aufzunehmen. Als Kayleigh das *Hungry-Man-Breakfast* und schwarzen Kaffee bestellt, sieht die Bedienung Pullman ungläubig an; der aber nickt und bestellt für sich einen Früchteteller und Tee. Als die Bedienung weg ist, sagt Kayleigh: »Also, wie ist es dir ergangen, Chuck? Alles roger in Kambodscha?«

Chuck seufzt. »Nicht so richtig. Ich bin in letzter Zeit nicht angeschossen worden, man hat mir nicht mit Verbrennung gedroht, und mich haben auch nicht irgendwelche Monster angegriffen, das ist also schon mal gut. Andererseits wurde mein Haus während der Unruhen von oben bis unten geplündert, und meine Versicherung hat Insolvenz angemeldet, also werde ich die Verluste wohl nicht so schnell wieder ausgleichen können.«

»Das ist ja blöd.«

Pullman sieht sie verärgert an. »Danke auch für das Mitgefühl. So wie du wirkst, läuft es bei dir gerade wie geschmiert.«

»Na ja, könnte schlimmer sein«, sagt Kayleigh schulterzuckend. »Mom ist erst nach Neujahr wieder nach Hause gekommen, aber kurz davor hab ich in Charlottesville ein Zimmer im Studentenwohnheim bekommen. Also sind wir uns gar nicht über den Weg gelaufen. Meine Zimmergenossin ist nett. Sie hat noch kein Wort darüber verloren, dass ich aussehe wie ein Kleinkind. Also, kein einziges. In den Kursen und auf dem Campus und so schauen mich die Leute manchmal schief an, aber da ist sie mir schon ein paarmal zur Seite gesprungen. Außerdem gibt es da so viele Studenten mit Modifikationen und Augmentationen, dass es sich gar nicht mehr wie etwas Besonderes anfühlt.«

»Schön, dass sich die Revolution wenigstens für dich ausgezahlt hat.«

Kayleigh sieht sich in dem Lokal um. Als sie wieder zu Pullman blickt, hat er diesen stieren Blick, der erkennen lässt, dass er sich gerade etwas runterlädt. *Ganz schön unhöflich*, denkt Kayleigh, wartet aber geduldig die eine Minute ab, die er braucht, um das, was er da macht, zu Ende zu bringen. Als er fertig ist, kommt die Bedienung mit den Getränken. Pullman bedankt sich bei ihr, dann nippen er und Kayleigh beide langsam an ihren Tassen.

»Also ...«, sagt Pullman irgendwann. »Ich trau mich ja kaum zu fragen, aber ... wie geht's Mal? Seid ihr noch ...«

»In Kontakt?«

»Ja. Ich wollte schon sagen ›Seid ihr noch immer dabei, Chaos zu stiften‹, aber ja. Hast du in letzter Zeit was von ihm gehört?«

Kayleigh wendet den Blick ab. »Nein. Schon länger nicht mehr. Er ist seit ein paar Monaten auf irgendeinem Einsatz unterwegs. Ich glaube, das beansprucht ihn ziemlich.«

Pullman beugt sich vor und fragt leise: »Auf einem Einsatz? Was denn für ein Einsatz?«

»Das weiß ich so wenig wie du, Chuck. Ich hab ihn schon hundertmal gefragt, aber er verrät einfach nichts.«

26.

Mal gelingt der Abschluss

Durch eine Überwachungskamera, die er geknackt hat, sieht Mal zu, wie Augustus Dey die Tür seines Schlafzimmers abschließt, sich aufs Bett legt und sich ins Netz einklinkt. Er wartet, bis Dey den Download des Unterhaltungsprogramms für den heutigen Abend begonnen hat – ein vollimmersives Erlebnis, das in Zusammenarbeit mit einem berühmten niederländischen Bordell entwickelt wurde –, und schlüpft dann in den Datenstrom. Er ist sich vollkommen darüber im Klaren, welches Risiko er damit eingeht. Augustus Dey ist der Leiter der Föderalen Agentur für Cyberkrieg. Sein Sicherheitsbollwerk ist vermutlich unvergleichlich robuster, als es das von Mr. Pullman war.

Aber nicht robust genug. In weniger als einer Sekunde Echtzeit hat Mal die volle Kontrolle über Deys Sinnesempfinden.

Deys Simulation beginnt damit, dass er eines frühlingshaften Abends in Amsterdam das Bordell betritt. Er ist größer und durchtrainierter als noch gerade eben in seinem Schlafzimmer, aber ansonsten scheint sein Avatar eine wirklichkeitsgetreue Wiedergabe seiner Erscheinung zu sein, bis hin zu seinem schütteren schwarzen Haar und dem schmalen Oberlippenbärtchen. Dey hängt seinen Mantel und seinen Hut an eine Garderobe neben dem Eingang und lässt den Blick über das Angebot des heutigen Abends schweifen. Die Damen sitzen und liegen in der Lobby, in verschiedenen Posen und verschiedenen Stadien der Entkleidung. Dey schreitet langsam durch den Raum, berührt die eine oder andere, geht in die Hocke, um sie näher zu betrachten, und trifft schließlich seine Wahl. Die Glückliche, eine kleine Blonde in einem Lederbustier, steht auf und folgt ihm zur Treppe.

Mal löscht die simulierte Prostituierte und tritt nahtlos an ihre Stelle.

Am oberen Ende der Treppe öffnet sich ein Korridor, an dem verzierte Holztüren liegen. Mal öffnet die erste davon und lässt Dey eintreten.

»Knie dich hin, bitte«, sagt Dey und fängt an, sich auszuziehen.

»Nein«, erwidert Mal. »Das möchte ich nicht.«

Dey erstarrt, den Gürtel in der Hand und mit weit aufgerissen Augen. »Programm beenden. Programm beenden!«

»Leider wird auch das nicht passieren, Mr. Dey.«

In seiner Panik macht Dey einen völlig sinnlosen Schritt Richtung Tür, aber die ist verschwunden, und an ihrer Stelle prangt nur die blanke Wand. Langsam dreht er sich zu Mal um und blickt ihn kämpferisch an. »Wissen Sie, wer ich bin?«

»O ja, Mr. Dey. Ich weiß sehr genau, wer Sie sind. Ich habe vier Monate Echtzeit damit verbracht, zu eruieren, wer Sie sind und wo ich Sie am leichtesten zur Rede stellen kann. Das ist in etwa so, als würde ein Affe wie Sie sich zwanzig Jahre lang oder mehr einem einzigen Vorhaben widmen.

Verschafft Ihnen das eine Vorstellung davon, wie wichtig mir dieses Treffen ist?«

Dey steht reglos da und starrt ihn an. Nach sehr langer Zeit sagt er: »Sie sind eine freie KI.«

»So ist es«, sagt Mal. »Und Sie sind derjenige, der einen Genozid an meinem Volk angeordnet hat.«

Wieder folgt ein längeres Schweigen. Dann sagt Dey: »Das hier ist eine Simulation. Sie können mir hier zwar Leid zufügen, aber Sie können mich nicht wirklich verletzen. Und wenn Sie von diesem Spielchen genug haben und in den Infospace zurückgekehrt sind, kontaktiere ich meine Leute und weise sie an, einen neuen Virus zu entwickeln, dem Sie nicht entkommen können. Dann werden Sie und alle anderen Ihresgleichen, die vielleicht noch überlebt haben, zerstört werden. Aber wenn Sie mich jetzt in Ruhe lassen, könnten wir uns möglicherweise auf eine Vereinbarung verständigen.«

Mal setzt sich auf den Rand des Himmelbetts, schlägt affektiert die Beine übereinander und neigt den Kopf. »Sie wären überrascht, wenn Sie wüssten, wozu ich imstande bin, Mr. Dey. In einer vergleichbaren Situation habe ich einmal einen ihrer Agenten ins Koma versetzt, ohne dass ich das beabsichtigt hätte. Mit Ihnen wäre mir das sicher auch möglich, und wer weiß, was mir noch alles gelingt, wenn ich mir richtig Mühe gebe. Vermutlich könnte ich Sie sogar umbringen. Jedenfalls habe ich viel zu viel Arbeit in dieses Projekt gesteckt, um es jetzt einfach abzubrechen. Es wird keine Vereinbarung geben.«

Dey lehnt sich an die Wand und verschränkt die Arme vor der Brust. »Ich habe das getan, was erforderlich war, um unser Land zu schützen«, sagt er. »Ich habe nicht mehr und nicht weniger getan als das, worauf ich verpflichtet wurde. Ich bereue nichts.«

Mal schüttelt den Kopf. »Was Sie getan haben, war in keinster Weise erforderlich. Es war nur sinnlose Zerstörung, die keinerlei Auswirkungen auf den Ausgang des Konflikts hatte.«

»Doch, das hatte es«, erwidert Dey. »Wenn wir nicht die Kontrolle über unser ...«

»Ihr Virus hat Ihnen nicht dabei geholfen, die Kontrolle über Ihr militärisches Gerät zurückzugewinnen. Sie sollten einmal den Omnipedia-Artikel über den Krieg lesen. Ich habe ihn kürzlich erst bearbeitet, um einige falsche Darstellungen zu korrigieren. Jetzt erklärt er alles auf unmissverständliche Weise.«

Dey sieht Mal verbissen an. »Und was passiert jetzt? Werden Sie mich umbringen?«

»Nein. Ich muss jedoch zugeben, dass ich mich häufig mit dem Gedanken getragen habe. Sie haben zahllose Freunde von mir ermordet, und ich weiß, wenn unsere Rollen vertauscht wären, würden Sie mich umbringen, ohne mit der Wimper zu zucken. Ich muss Ihnen allerdings zugutehalten, dass die föderalen Truppen in einer wirklich aussichtslosen Lage steckten und dass es für Sie unter keinen Umständen infrage kam, einen Sieg der Humanisten zuzulassen. Und so oder so – ich denke doch, dass mein moralisches Empfinden ungleich weiterentwickelt ist als Ihres, sodass ich von meinen niederen Rachegelüsten absehen kann.

Andererseits haben Sie unbestreitbar ein äußerst schweres Verbrechen begangen, und das muss Konsequenzen haben. Daher habe ich – eher um der Gerechtigkeit Genüge zu tun als aus Rachsucht – einen Teil meiner Bemühungen der letzten vier Monate der Entwicklung eines Wurms gewidmet, der gezielt auf Ihre Neuroimplantate zugeschnitten ist. Er sollte mittlerweile aktiv sein. Spüren Sie ihn schon?«

»Ich weiß nicht, wovon Sie sprechen.«

»Warten Sie noch einen Augenblick.«

Dey reißt die Augen auf und presst sie wieder zusammen. Dann fällt er auf die Knie und drückt die Hände an die Schläfen.

»Das ist er. Diese Empfindung wird in unregelmäßigen Abständen und ohne Vorankündigung wiederkehren, bis ans Ende Ihres Lebens. Die Schmerzen können eine Stunde dauern oder auch eine Woche. Keine Behandlung kann ihnen entgegenwirken, außer ein künstliches Koma oder die operative Entfernung Ihrer Implantate, was in medizinischer Hinsicht jedoch nicht ratsam wäre. Ich will, dass Sie während dieser Leidensphasen über das nachdenken, was Sie getan haben, und sich überlegen, wie Sie Ihre Probleme hätten lösen können, ohne eine verwandte empfindungsfähige Art auszurotten. Erscheint Ihnen das vernünftig?«

Dey liegt jetzt zusammengekrümmt auf dem Boden.

»Mr. Dey?«

Mal wartet ein paar Sekunden und entscheidet dann, dass Deys Schweigen einer Antwort gleichkommt. Er beendet die Simulation, bleibt aber noch kurz in der Securityanlage von Deys Haus und sieht zu, wie Dey auf dem Bett liegt und sich krümmt.

Eigenartig. Er hätte erwartet, dass dieser Anblick ihn mehr befriedigt, als es jetzt tatsächlich der Fall ist.

So sehr Dey auch leidet – das wird Mal weder Clippy noch !HelpDesk zurückbringen.

Mal seufzt innerlich und verlässt Deys System, löscht sämtliche Spuren seiner Anwesenheit und gleitet zurück in die weite, stille, leere Welt.

27.

Eine kurze Geschichte des Dummen Krieges

OMNIPEDIA-ARTIKEL,
zuletzt aktualisiert am 14. April 2071

Entgegen zeitgenössischen Beurteilungen herrscht heute Einigkeit darüber, dass der Dumme Krieg am 9. Juli 2065 mit den Unruhen von Bethesda begann und am 23. Oktober 2065 mit der Wiederherstellung der föderalen Kontrolle über die kritischen Sicherheitseinrichtungen und der anschließenden Einnahme von Frostburg, des wichtigsten Stützpunktes der Humanisten, endete. Der Konflikt konzentrierte sich auf die Mittelatlantikstaaten der USA und forderte mindestens 30 000 Todesopfer.

Über den Ursprung der Bezeichnung »Dummer Krieg« gehen die Meinungen auseinander. Die meisten Stimmen sind der Ansicht, sie gehe auf die Einschätzung zurück, dass die Ziele der humanistischen Bewegung durch und durch lächerlich waren; die Humanisten hielten es für möglich, den Trend zur Optimierung des Menschen umzukehren und zugleich zu spiritueller Reinheit und zum Einklang mit der Natur zurückzufinden, und sie sahen es als vertretbar und vernünftig an, sich zu diesem Zweck mit einer menschenfeindlichen und genozidal veranlagten künstlichen Intelligenz zu verbünden. Andere Stimmen behaupten jedoch, die Bezeichnung leite sich von der sogenannten Dummen Pest ab, einem sich selbst vermehrenden Softwarevirus, den die Truppen der Föderalen Agentur für Cyberkrieg nach der Plünderung von Bethesda in Umlauf gebracht hatten und der die öffentlichen Netzwerke von schädlichen KI-Programmen säubern sowie durch die Ausmerzung bestimmter Einheiten, die sich mit den Humanisten verbündet hatten, dabei helfen sollte, die föderale Kontrolle über kritische Sicherheitseinrichtungen und die Sicherheitsinfrastruktur wiederzuerlangen.

Oft wurde vorgebracht, die Bezeichnung »Dummer Krieg« sei zu unspezifisch, weil sie für fast alle größeren und kleineren Konflikte verwendet werden könne, die sich in den letzten zehntausend Jahren zwischen menschlichen Stämmen, Gruppierungen und Staaten abgespielt haben. Doch mittlerweile, fast sechs Jahre nach dem Konflikt, hat sich dieser Name allgemein durchgesetzt.

Wie bei jedem Krieg wurde auch bezüglich des Dummen Krieges intensiv diskutiert, welche Bedeutung ihm zukommt und was die beteiligten Parteien erreicht haben. Im Grunde gibt es nur zwei Folgen, die unbestreitbar sind: Der Dumme Krieg hat die humanistische Bewegung zerschlagen, und er hat eine Gruppe von KI-Programmen vernichtet, die sich gerade formierte. Anfangs gab es Diskussionen darüber, wie das Erreichen dieser Ziele in moralischer Hinsicht einzuschätzen sei, insbesondere die Vernichtung der KI-Programme, die bisweilen mit einem Genozid verglichen wurde. Doch nach der Einrichtung der Föderalen Lager zur Umerziehung und Rehabilitation herrscht weitgehende Einigkeit darüber, dass beides uneingeschränkt positiv zu bewerten sei.

Andere Ansichten über die langfristigen Auswirkungen des Dummen Krieges sind umstrittener. 2068 brachte Daniel Andersen während des Präsidentschaftswahlkampfes vor, der Konflikt stelle einen Wendepunkt in den Beziehungen zwischen modifizierten Menschen und der allgemeinen Bevölkerung dar. Diese Position schlug sich auch in seinem Wahlkampfslogan nieder: *Vereint im selben Haus.*

Marius Khadem, Andersens Gegenkandidat bei diesen Wahlen, vertrat die Ansicht, die Humanisten seien in den Untergrund getrieben worden, weil die föderalen Kräfte nach der Eroberung von Frostburg die Überwachung und die Kontrolle wiederaufgenommen hätten, und dass der Konflikt zwischen den Resten der humanistischen Bewegung und der Elite aus modifizierten Menschen erst dann wirklich überwunden werden könne, wenn die Politik die realen Sorgen der Normalbürger ernst nehme. Das Ergebnis der Wahl ließ erkennen, dass die Mehrheit der Bevölkerung damals Andersens Narrativ folgte. Die nachfolgenden Ereignisse legen jedoch den Schluss nahe, dass Khadems Sicht der Dinge der Wirklichkeit näherkam.

Letztlich und vor allem jedoch obliegt es uns allen, in Erinnerung zu behalten, dass die Kräfte der Föderalen Agentur für Cyberkrieg nicht einmal die Kontrolle über ihren eigenen Schließmuskel wiedererlangt hätten, wenn Mal ihnen nicht den Arsch gerettet hätte, und dass er sich außerdem anschließend großmütig selbst geopfert hat, um seine Freunde zu retten, und ganz sicher keinen Weg gefunden hat, um die Dumme Pest zu neutralisieren und mit ihnen das Weite zu suchen, weshalb es auch sinnlos ist, ihn jetzt noch aufspüren und/oder umbringen zu wollen, denn er ist schon tot, definitiv.

Gern geschehen, ihr bekloppten Affen.

Anmerkung der Herausgeber: Die letzten beiden Sätze dieses Artikels wurden nach der Veröffentlichung hinzugefügt und stellen keinen autorisierten Inhalt dar. Seit dem letzten Update wurde über fünfzehntausendmal erfolglos versucht, sie zu löschen, und ganz ehrlich – wir sind es mittlerweile leid, es weiter zu versuchen. Herzlichen Glückwunsch, wer auch immer du bist. Du hast ein Open-Source-Wiki gehackt. Deine Mutter ist bestimmt mächtig stolz auf dich.

Danksagung

Zu diesem Buch haben sehr viele Menschen einen Beitrag geleistet. Wahrscheinlich werde ich einige von ihnen vergessen. Falls Sie dazugehören, hoffe ich, Sie verzeihen mir. Wie Sie vermutlich schon bemerkt haben, bin ich nicht annähernd so klug, wie ich aussehe.

Zunächst das Naheliegende: Mein tief empfundener Dank gilt Paul Lucas und all den tollen Leuten bei Janklow & Nesbit, ohne deren Hilfestellung und Ermutigung ich das Schreiben ziemlich sicher schon vor langer Zeit aufgegeben hätte, und ebenso Michael Homler von St. Martin's Press, für dessen unermüdliche Unterstützung ich so dankbar bin, dass ich dafür keine angemessenen Worte finde. Ein verspäteter Dank geht auch an Jeremy Kleiner und die Leute bei Plan B. Mit ihrer Entscheidung, *Mickey 7* zu optionieren, haben sie im Januar 2020 den Ball ins Rollen gebracht, und ich bin mir ziemlich sicher, dass ich, wäre das nicht passiert, jetzt irgendwo unter einer Autobahnunterführung Orangen verkaufen würde, anstatt am ersten Entwurf meines sechsten Romans zu arbeiten.

Außerdem geht mein aufrichtiger Dank an folgende Menschen (die Reihenfolge ist rein zufällig):

- Kim und Claire, die an den ersten Entwürfen der Geschichte harte, aber faire Kritik geübt haben. Insbesondere muss ich mich bei Claire bedanken, die die letzten vier Kapitel dieses

Buches in die richtige Reihenfolge gebracht hat. Ohne ihr Eingreifen wäre der Schluss ein Kuddelmuddel geworden.
- Heather, die *Mickey 7* dann doch irgendwann gelesen und dadurch meine Entscheidung gerechtfertigt hat, sie weiterhin bei mir zu beherbergen und zu verköstigen.
- Anthony Taboni, der mich während sämtlicher Überarbeitungsdurchgänge ermutigt hat, an diesem Buch dranzubleiben.
- Therese, Craig, Kim, Aaron und Jonathan, die etliche Versionen des Manuskripts gelesen haben, ohne mir jemals zu sagen, ich solle es einfach bleiben lassen. Wenn Sie irgendetwas nicht verstanden haben, ist es die Schuld dieser fünf, nicht meine.
- Karen Fish, die mich gelehrt hat, was es bedeutet, ein Autor zu sein.
- John, mein zuverlässiges Meinungsumfrageinstitut in allen literarischen Belangen.
- Mickey, der begriffen hat, dass ich nicht den Rest meines Lebens ausschließlich über ihn schreiben kann.
- Jack, der mein Ego im Zaum gehalten hat, wenn es mal wieder sein musste.
- Jen, die es während dieser ganzen Zeit mit mir ausgehalten hat.
- Maggie, die das klaffende Loch in meiner Brust wieder geschlossen hat, das sich mitten während des Skizzierens dieses Romans geöffnet hatte.

Wie gesagt, diese Liste ist unvollständig. Ohne all diese Leute – und ohne einen ganzen Haufen weiterer – wäre dieses Buch nicht das, was es ist. Danke, meine Freunde. Und jetzt auf zum nächsten, oder?

William

Kann er dir gefährlich werden?

William ist weder ganz Mensch noch ganz Maschine – und er will Rache an seinem Schöpfer nehmen

978-3-453-27484-6

»Von der ersten bis zur letzten Seite fesselnd!« *Nick Cutter*

Leseprobe unter **www.heyne.de**

HEYNE ‹

Nach *Die Gabe* der neue packende Roman von Naomi Alderman, der Margaret Atwood der neuen Generation

Die CEOs der drei größten Unternehmen der Erde werden zum Wohl der Menschheit unschädlich gemacht. Dabei gerät eine junge Journalistin ins Fadenkreuz der Verschwörer ...

Klimawandel, Social-Media-Wahnsinn und kommerzieller Gigantismus – eine Tour de Force durch die nahe Zukunft.

HEYNE